HEYNE<

DAS BUCH

Graue Strähnen im Haar, Fältchen, die über Nacht entstehen, unerklärliche Gewichtszunahme – als »Traumfrau« älter zu werden ist eine echte Herausforderung. Cora Schiller ist entschlossen, ihr mit Würde zu begegnen. An ihrem fünfzigsten Geburtstag aber wird plötzlich alles anders. Sohn Paul zieht in eine WG, Ehemann Ivan braucht für sein Kunstprojekt eine Auszeit, und bei ihren Freundinnen herrscht Gefühlschaos: die eine verlässt ihren Mann, eine andere verliebt sich in eine Frau, die dritte will endlich das große, erotische Abenteuer erleben, und dann taucht auch noch Coras ehemaliger Lover auf und sorgt für Verwicklungen. Zweifel am Ideal der monogamen Zweierbeziehung werden für Cora, die als Paarvermittlerin versucht, ihren Kunden zum ersehnten Traumpartner zu verhelfen, immer größer. Als es zur Krise mit Ivan kommt, fragt Cora sich besorgt: Haben Frauen ihres Alters noch ein Leben? Haben sie noch Sex? Oder müssen sie statt erotischer Dessous jetzt Stützstrümpfe tragen? Schließlich stellt sie fest, dass das Leben noch jede Menge Überraschungen für sie bereithält.

DIE AUTORIN

Amelie Fried, Jahrgang 1958, wurde als TV-Moderatorin bekannt. Alle ihre Romane waren Bestseller. *Traumfrau mit Nebenwirkungen, Am Anfang war der Seitensprung, Der Mann von nebenan, Liebes Leid und Lust und Rosannas Tochter* wurden erfolgreiche Fernsehfilme. Für ihre Kinderbücher erhielt sie verschiedene Auszeichnungen, darunter den »Deutschen Jugendliteraturpreis«. Zuletzt erschien bei Heyne der Bestseller *Verliebt, verlobt – verrückt?*, den sie gemeinsam mit ihrem Mann Peter Probst schrieb. Die Autorin lebt mit ihrer Familie in der Nähe von München.

AMELIE FRIED

TRAUM FRAU

mit Lackschäden

ROMAN

WILHELM HEYNE VERLAG
MÜNCHEN

Verlagsgruppe Random House FSC® N001967
Das für dieses Buch verwendete
FSC®-zertifizierte Papier *Holmen Book Cream*
liefert Holmen Paper, Hallstavik, Schweden.

Vollständige Taschenbuchausgabe 11/2015
Copyright © 2014 by Wilhelm Heyne Verlag, München,
in der Verlagsgruppe Random House GmbH
Umschlaggestaltung: Eisele Grafik · Design, München
Satz: Leingärtner, Nabburg
Druck und Bindung: GGP Media GmbH, Pößneck

ISBN 978-3-453-40634-6

www.heyne.de

*Manche Männer gehen, manche bleiben,
man weiß nicht, was schlimmer ist.*

EINS

Es war mein fünfzigster Geburtstag. Ich stand an der Tür unserer Wohnung und lauschte ins dunkle Treppenhaus. Vier Stockwerke unter mir ließ jemand die Haustür ins Schloss fallen. Dieser Jemand war Ivan, mein Mann.

Gerade hatte er mir erklärt, dass er für eine Weile ausziehe. Dass er eine »Überdosis« habe. Dass er Abstand brauche und Zeit für sich selbst.

Unsere Ehe war nach fast zwanzig Jahren nicht besser oder schlechter als die meisten Ehen nach so langer Zeit, fand ich. Natürlich hatten wir Probleme, wer hatte die nicht? Aber alles in allem hatten wir es gut hinbekommen. Das hatte ich jedenfalls bis zu diesem Tag gedacht.

Benommen stand ich da und versuchte zu begreifen, was passiert war. Ich fühlte mich, als hätte mich eine riesige Hand gepackt und einmal kräftig durchgeschüttelt. Ungläubig lachte ich auf. Da behaupte noch mal einer, das Leben jenseits der fünfzig halte keine Überraschungen mehr bereit!

Dabei war wenige Stunden zuvor noch alles in bester Ordnung gewesen.

Ich hatte meine engsten Freunde eingeladen und den ganzen Tag gekocht, freute mich auf einen gemütlichen Abend mit gutem Essen und reichlich Alkohol. Ivan hatte versprochen, pünktlich aus dem Atelier zurück zu sein, und sogar Paul, unser achtzehnjähriger Sohn, der vor Kurzem ausgezogen war, hatte gnädig sein Kommen angekündigt.

Ich stand im Bad und versuchte, mich dem Anlass entsprechend zu stylen. Beim Blick in den Spiegel verspürte ich einen kurzen Anfall von Mutlosigkeit. Ich hätte meinen Haaransatz nachfärben sollen, das Grau wurde immer stärker. Seit wann hatte ich solche Tränensäcke? Diese Falten über den Augenbrauen? Und hängende Lider? Bei Charlotte Rampling hieß das Schlafzimmerblick. Bei mir war es nur eine Hauterschlaffung, die mich müde und angestrengt aussehen ließ.

Plötzlich hatte ich eine seltsame Wahrnehmung. Wie im Zeitraffer veränderte sich mein Gesicht, und ich sah mich am Abend meines dreißigsten Geburtstages. Damals hatte ich genau so vor dem Spiegel gestanden und mich selbstkritisch begutachtet – allerdings war ich da jung und schön gewesen. Zweihundert Leute hatten in einer aufwendig dekorierten Fabrikhalle gewartet, um mit mir zu feiern – und ich wollte das Fest schwänzen, um zu meiner großen Liebe nach Rom abzuhauen. Nur weil ich keinen Platz im Flugzeug bekommen hatte, war ich doch noch bei meiner eigenen Geburtstagsparty erschienen.

Und was für eine Party das gewesen war! Wehmütig dachte ich an die Videoskulptur, die roten Samtvorhänge, die Fackeln, den Auftritt des New Yorker Rappers und die Musikeinlage der Drei Tournedos zurück. Der Abend hatte mich ein Vermögen gekostet, aber als erfolgreiche PR-Frau mit eigener Firma hatte ich mir das damals leisten können.

Sollte ich es diesmal tun? Einfach zum Flughafen fahren und

nachsehen, wohin das nächste Flugzeug ging? Meinen Gästen würde ich eine Nachricht hinterlassen: »Ich bin dann mal weg, macht euch keine Sorgen!« Und dann würde ich allein in … ja, wo? Ich hatte keine Ahnung, wohin heute Abend noch Flüge gehen würden. Istanbul, Kopenhagen, Warschau? An irgendeinem dieser Orte würde ich allein in meinen fünfzigsten Geburtstag hineinfeiern und mich super spontan und jugendlich fühlen. Ich würde durch die Straßen einer fremden Stadt schlendern, allein in einem Restaurant sitzen, interessierte Blicke der Kellner ernten, mich an der Hotelbar von furchtbar lustigen Vertretertypen anbaggern lassen und irgendwann betrunken ins Bett fallen.

Ernüchtert gab ich den Plan auf. Dann lieber im Kreis meiner Lieben, die sicher eine Menge Sprüche à la »Das Leben geht weiter«, »Besser fünfzig werden als nicht fünfzig werden«, »Du siehst keinen Tag älter aus als neunundvierzigeinhalb« und dergleichen mehr auf Lager haben würden. Was sollte schon schlimm daran sein, fünfzig zu werden? Die Alternative wäre gewesen, jung zu sterben, aber die Chance hatte ich verpasst. Wir selbst waren es doch, die in einem Datum unbedingt etwas Besonderes sehen oder ihm eine symbolhafte Bedeutung geben wollten. Sonst war so ein fünfzigster Geburtstag doch nur »ein Furz im Universum«, wie meine Tante Elsie gesagt hätte, Gott hab sie selig.

Tante Elsie war meine Familie gewesen, bei ihr war ich aufgewachsen, nachdem meine Eltern sich getrennt hatten und mein Vater verschwunden war. Er hatte nicht gewusst, dass er nicht mein richtiger Vater war, und diese Kränkung nie verwunden. Mein leiblicher Vater war Spanier, meine Mutter und er hatten nur eine Affäre gehabt, und ich war zu klein gewesen, um mich an ihn erinnern zu können. Tante Elsie hatte mich über die Zeit hinweggerettet, in der meine Mutter krank geworden und gestorben war, und vielleicht hatte ich sie über den Verlust ihres Sohnes hinweggerettet, der aus Liebeskummer gegen einen Baum gefahren war. Seit ihrem Tod hatte ich außer Ivan und Paul keine Familie mehr. Meine Freunde waren meine Familie geworden.

Die junge Cora im Spiegel war verschwunden, ich war wieder die alte.

Ich versuchte mittels einer raffinierten Drehung aus einer Handvoll schwarz-grauer Haarsträhnen eine lässige Hochfrisur zu zaubern.

Plötzlich hörte ich eine Stimme. »Alte, du siehst zum Kotzen aus.«

Überrascht sah ich mich um. Dann begriff ich. Sie war wieder da. Meine innere Stimme, meine »bessere Hälfte«, die mich vor zwanzig Jahren verlassen hatte.

»Was machst du denn hier?«, fragte ich überrascht.

»Ich glaube, du brauchst mich wieder.«

»Ich, wieso? Ich bin die letzten Jahre bestens ohne dich zurechtgekommen.«

»Findest du?« Die Stimme klang spöttisch. »Schau dich doch mal an. Dein Sohn ist von zu Hause abgehauen, so schnell er konnte, deine Ehe ist auch nicht mehr das, was sie mal war, du haderst mit dem Älterwerden und spielst mit dem Gedanken an Botox und Faltenunterspritzung – wenn du mich fragst, hast du eine satte Midlife-Crisis.«

»Ich frage dich aber nicht«, knurrte ich. »Und jetzt verpiss dich!«

Sie lachte spöttisch. »Hey, Traumfrau, sei nicht so empfindlich!«

Ich warf einen kritischen Blick in den Spiegel. Traumfrau mit Lackschäden wäre wohl passender.

Ich ging ins Schlafzimmer und vermied den Blick in den Ganzkörperspiegel. Seit Kurzem konnte ich einen Teil meiner Hinterbacken sehen, ohne mich umzudrehen. Dafür brauchte ich keine Gürtel mehr, mein Rettungsring würde jeden Hosenbund festhalten. Und unter meinen Busen könnte ich nicht nur einen Bleistift, sondern den Inhalt eines kompletten Federmäppchens klemmen, ohne dass etwas runterfallen würde.

Ich zog ein schwarzes Kleid an, das mit etwas gutem Willen als festlich-elegant durchgehen könnte, band mein Haar im Nacken zusammen und legte imposante Ohrringe an. Die würden vom Rest ablenken. Ich blickte auf die Uhr. Schon kurz vor sieben. Um halb acht sollten meine Gäste kommen.

Auch so eine Alterserscheinung, dachte ich. Die Fete zu meinem Dreißigsten hatte erst um neun begonnen, dafür aber bis fünf Uhr morgens gedauert. Heute war ich froh, wenn Einladungen früh begannen, damit ich möglichst um Mitternacht im Bett sein konnte. Wurde es später, konnte ich nicht mehr schlafen.

Ich ging in die Küche und kontrollierte die Töpfe. In einem schmorte ein Ossobuco, im nächsten Ratatouille. Ich schaltete den Ofen ein, damit die Kartoffeln rechtzeitig fertig und schön goldbraun werden konnten, bereitete Vorspeisenplatten mit Avocado, Shrimps, Serranoschinken und Tomaten mit Mozzarella vor, schnitt knuspriges Baguette in Scheiben und kippte das Balsamicodressing über den vorbereiteten Salat. Im Kühlschrank schlummerten eine Zitronencreme und eine Mousse au Chocolat, garniert mit exotischen Früchten. Der Weißwein war kalt gestellt, den Rotwein hatte ich bereits geöffnet, damit er atmen konnte. Zur Sicherheit hatte ich auch Champagner aufs Eis gelegt, obwohl ich wusste, dass die meisten ihn nicht mehr mochten oder vertrugen. Champagner war was Tolles gewesen, als wir jung waren und ihn uns nicht leisten konnten. Heute tranken die meisten meiner Freunde lieber Wein. Auf jeden Fall tranken wir alle deutlich weniger. Mit Grausen dachte ich an die Zeit zurück, als ich mehrere Cocktails hintereinander wegkippen und zum Durstlöschen ein, zwei Biere hinterhertrinken konnte. Oft folgte dann noch ein Absacker in Gestalt eines Cognacs oder Calvados. Nach diesem Quantum müsste man mich heute in die Notaufnahme einliefern.

Gab es eigentlich irgendetwas, das mit dem Alter besser wurde?

Sex war es jedenfalls nicht. Ich hatte seltener Lust und kam schwerer in Fahrt. Sex konnte immer noch Spaß machen und mir Befriedigung verschaffen, aber ich spürte auch immer wieder eine Art Ernüchterung. Die Erinnerung an Momente großer Leidenschaft in der Vergangenheit konnte nicht mehr übertroffen werden. Die Gegenwart war immer ein bisschen weniger großartig, weniger befriedigend, irgendwie … banaler. Wenn es ganz schlecht lief, blickte ich mitten im Liebesakt plötzlich von außen auf die Situation. Der Anblick zweier ineinander verkeilter Leiber, die sich begrapschten, ableckten, besabberten und dabei ekstatisch stöhnten, kam mir dann nur noch lächerlich vor.

Aber ich wollte nicht aufgeben. Mochten andere mit fünfzig das Thema Erotik abhaken, weil sie sich zu alt fühlten – ich fühlte mich nicht zu alt. Oder besser: Ich hatte beschlossen, mich nicht zu alt zu fühlen. Ich legte Wert auf mein Aussehen und kleidete mich so weiblich, wie ich es immer getan hatte. Aber die Blicke der Männer wurden seltener. Es war, als würde ich allmählich unsichtbar werden.

Als ich kürzlich im Aufzug gefahren war, hatte hinter mir ein Mann gestanden. Plötzlich hörte ich ihn murmeln: »Sie haben wunderschönes Haar! Kann ich Ihre Telefonnummer haben?«

Ich war so geschmeichelt gewesen, dass ich sie ihm sofort gegeben hatte. Leider habe ich nie mehr etwas von ihm gehört.

Als ich einer Freundin davon erzählte, sagte sie: »Von hinten Lyzeum, von vorne Museum. Hättest dich halt nicht umdrehen dürfen.«

Zugegeben, ich liebte den Flirt. Trotzdem hatte ich Ivan in zwanzig Jahren nicht ein einziges Mal betrogen. Jedenfalls nicht, wenn man unter Betrug den vollzogenen Geschlechtsakt verstand. Ich gebe zu, hie und da von anderen Männern geträumt zu haben, von der Aufregung und Verwirrung des Verliebtseins, von Begegnungen, die meiner erotischen Fantasie entsprangen oder sie anregten. Aber nie hatte ich diese Fantasien in die Tat umgesetzt.

Schon fünf vor halb acht! Ich öffnete eine Flasche Champagner (ich mochte ihn immer noch), schenkte mir ein Glas ein und kippte es hinunter. Und gleich noch ein zweites. Sofort spürte ich, wie meine Wangen sich röteten und sich in meinem Kopf eine angenehme Leichtigkeit ausbreitete.

Ich warf einen letzten Kontrollblick in den Spiegel vor dem Gästeklo. Eigentlich gar nicht so übel. Für fünfzig.

»Na los, Alte, amüsier dich!«, hörte ich meine innere Stimme. »Wer weiß, wie viel Gelegenheit du noch dazu hast.«

Im letzten Jahr waren zwei Frauen aus unserem Bekanntenkreis an Krebs gestorben – mit noch nicht einmal fünfzig. Aber solche Gedanken wollte ich heute nicht mal in die Nähe meines Bewusstseins kommen lassen. Ich scheuchte sie weg wie schmutzige, verflohte Straßenköter.

Da klingelte es auch schon. Ich riss die Tür auf und blickte in einen riesigen, dunkelroten Rosenstrauß. Dahinter kamen die Köpfe von Arne und Hubert zum Vorschein.

»O mein Gott, ihr seid verrückt!«, stammelte ich.

»Fünfzig Rosen für die ersten fünfzig Jahre«, erklärte Arne lachend. »Lass dich drücken, schöne Frau!«

Beide umarmten und beglückwünschten mich, und schon spürte ich Tränen der Rührung aufsteigen. Das konnte ja was werden, wenn ich schon bei den ersten Gästen heulte!

Arne war vor zwanzig Jahren Mitarbeiter in meiner PR-Agentur gewesen und hatte die Irrungen und Wirrungen dieser Zeit miterlebt. Stoisch hatte er immer zu uns Frauen gehalten, auch wenn wir über die Männer geschimpft hatten. Und das hatten wir ständig getan.

»Ich bin nicht wie andere Männer«, pflegte Arne zu sagen. Als ich ihn mit einem meiner Freunde im Bett erwischte, begriff ich, was er meinte. Kurz danach hatte er Hubert kennengelernt und war mit ihm zusammengeblieben. Vor ein paar Jahren hatten die beiden ihre Partnerschaft eintragen lassen und ein Kind adoptiert. (Das hieß, Hubert musste es allein adoptieren, weil homosexuelle Paare in Deutschland nicht gemeinsam adoptieren durften. Tolle Logik.)

»Kommt rein, ihr Lieben!«

Ich komplimentierte die beiden ins Wohnzimmer und drückte ihnen Gläser in die Hand.

Es klingelte wieder. Meine älteste Freundin Uli und ihr Mann Thomas. Er war es gewesen, mit dem ich Arne im Bett erwischt hatte. In meinem Bett übrigens. Thomas hatte nur mal ausprobieren wollen, ob er auch auf Männer stand.

»Meine Güte! Fünfzig! Was soll ich sagen?« Uli warf theatralisch die Arme um mich.

»Am besten nichts«, sagte ich grinsend. »Du machst es in jedem Fall schlimmer.«

»Alles Gute, meine Süße! Ich hoffe, du bleibst von der obligatorischen mediae-vitalen Crisis verschont.«

»Von was?« Uli hatte ihre Leidenschaft für Fremdwörter und Fachbegriffe nicht verloren.

»Na, die Krise in der Mitte des Lebens.«

»So was kriege ich nicht«, sagte ich.

»Kriegen die nicht eh nur Männer?«, sagte Thomas und umarmte mich. »Alles Gute, Cora!«

Thomas war damals mein »Hintergründler« gewesen, schwer in mich verliebt und allzeit für mich da. In einem schwachen Moment hatte ich ihn erhört – ein großer Fehler. Gute Freunde waren schlechte Liebhaber. Wir hatten es geschafft, unsere Freundschaft zu retten, und bald darauf verliebte er sich in die schwangere Uli, die gerade ihren untreuen Freund verlassen hatte. Clara kam zur Welt, und Thomas erwies sich als perfekter Ersatzvater. Zwei Jahre später bekamen die beiden noch eine gemeinsame Tochter, Laura.

»Was wollt ihr trinken?«

Uli wollte Weißwein, Thomas ein Bier. Sie stellten sich zu Arne und Hubert, während ich schon die Tür für die nächsten Gäste öffnete. Ein blonder Pagenkopf erschien im Treppenhaus, und im nächsten Moment hielt ich eine kleine, dralle Person im Arm, die begeistert kreischte: »Herzlichen Glückwunsch zum Geburtstag, Chefin!«

»Hella! Ich freue mich so!«

»Und ich mich erst! Alles Gute, Cora!«

Wir lachten und umarmten uns noch einmal. Hella hatte zur gleichen Zeit für mich gearbeitet wie Arne. Leider hatte sie sich in einen meiner größten Kunden verknallt, den Schokoladenfabrikanten Herbert Hennemann. Sie heiratete ihn, zog mit ihm in die schwäbische Provinz und bekam Zwillinge. Wir waren all die Jahre in Kontakt geblieben, hatten uns aber selten gesehen. Und nun stand sie leibhaftig vor mir!

»Wo hast du den guten alten Hennemann gelassen?«

Das Lächeln verschwand kurz aus ihrem Gesicht. »Er ist auf Geschäftsreise, lässt dich aber herzlich grüßen.«

Ich zeigte ihr Pauls Zimmer, in dem sie übernachten würde, drückte ihr ein Glas Wein in die Hand und flitzte in die Küche, um nach den Ofenkartoffeln zu sehen.

Ivan und Paul trafen gemeinsam zu Hause ein, ihrer aufgekratzten Stimmung nach hatten sie schon »vorgeglüht«, wie Pauls Freunde das Trinken vor der eigentlichen Party zu nennen pflegten.

»Wo kommt ihr denn her?«, fragte ich lächelnd.

»Papa hat mir geholfen, Regale anzuschrauben«, gab Paul zurück und umarmte mich. »Happy Birthday, Mom.«

Ich spürte einen Stich. Mich hatte er noch nicht in sein neues WG-Zimmer eingeladen. Mir fiel es immer noch schwer zu akzeptieren, dass er ausgezogen war. Natürlich wusste ich, dass man einen Achtzehnjährigen nicht davon abhalten durfte, selbstständig zu werden, aber im Grunde hatte ich mir gewünscht, er würde einfach bei uns bleiben. Deshalb hatte ich mich auch geweigert, Miete für ein Zimmer zu bezahlen – schließlich war unsere Wohnung groß genug. Leider verdiente Paul inzwischen durch die Auftritte mit seiner Band genügend, sich das Zimmer selbst leisten zu können.

Ivan, der meinen Blick bemerkt hatte, legte den Arm um mich. »Sei nicht traurig. Er will erst alles schön machen und es dir dann vorführen.« Ich lehnte kurz den Kopf an seine Schulter. »So lange war ich das Wichtigste in seinem Leben. Und dann steht er eines Tages einfach auf und verlässt mich.«

Ivan verzog das Gesicht. »Er hat dich doch nicht verlassen! Sei froh, dass er kein neurotisches Muttersöhnchen geworden ist.«

Sofort fühlte ich mich angegriffen. »Klar, bei *dieser* Mutter muss man ja dankbar sein, wenn das Kind nicht verkorkst ist!«

Einer unserer ständigen Konflikte war, dass ich Paul angeblich mit meiner übergroßen Fürsorge und meinen Ängsten erdrückte. In manchen Momenten sah ich es ein, meist aber kränkte mich dieser Vorwurf zutiefst. Ivan und ich stritten oft darüber. Heute ließ mein Mann sich auf keinen Streit ein. Er küsste mich auf die Wange und ging weg.

Warum begriff er nicht, wie wichtig dieses Kind für mich war? Früher war ich eine totale Egozentrikerin gewesen, oberflächlich, auf mein Vergnügen bedacht, ohne viel Verantwortungsgefühl. Als Paul geboren wurde, veränderte sich alles. Ich, die Mütter immer grässlich gefunden und Babys für lästige Quälgeister gehalten hatte, die einen davon abhielten, auszugehen und Spaß zu haben, wollte plötzlich die beste Mutter der Welt sein. Ich wollte diesem Kind geben, so viel ich konnte. Und obwohl ich wusste, dass es blödsinnig war, erwartete ich so etwas wie … Dankbarkeit?

Eigentlich waren Ivan und ich als Eltern ein gutes Team. Wir ergänzten uns, jeder glich die Schwächen des anderen aus. Nur bei den Sorgen lag ich weit vorn, ich war ganz groß darin, mir die schlimmsten Szenarien auszumalen, wenn Paul krank war oder eine halbe Stunde länger wegblieb als ausgemacht. Dabei hätte eigentlich Ivan der Ängstlichere sein müssen. Mit seiner ersten Frau Katja hatte er einen Sohn gehabt, der mit fünf Jahren gestorben war.

Als Paul fünf geworden war, hatte er bemerkt, dass es ein Nachteil war, ungetauft zu sein. Er bekam weniger Geschenke als andere Kinder. Eines Tages sagte er: »Ich wünsche mir eine Patentante.« Wir fragten überrascht, wen er sich vorstelle, und er sagte, ohne zu zögern: »Katja.«

Ivan und ich überlegten lange, ob wir sie fragen sollten. Schließlich wagten wir es, und sie hatte voller Rührung zugestimmt. Noch heute hatte Paul eine enge Beziehung zu ihr.

Natürlich hatte ich Katja auch heute eingeladen. Als ich beim nächsten Klingeln die Tür öffnete, stand sie vor mir, blond, schlank und schön wie die italienische Schauspielerin Greta Scacchi, an die sie mich vom ersten Moment an erinnert hatte. Als Mann würde ich vor ihr auf den Knien liegen.

Trotz der schwierigen Umstände war Katja meine Freundin geworden. Anfangs hatte ich befürchtet, sie könnte mir Ivan wieder wegnehmen, aber bald hatte ich begriffen, dass von ihr keine Gefahr ausging. In langen Gesprächen waren wir uns nähergekommen. Ich bewunderte sie dafür, wie sie mit dem Verlust ihres einzigen Kindes fertiggeworden war. Und damit, dass Ivan einen weiteren Sohn bekommen hatte – mit mir. Nie hatte sie mir das Gefühl gegeben, ich müsste mich deshalb schlecht fühlen.

Sie drückte mich an sich. »Ich wünsche dir alles Schöne und Gute«, sagte sie. »Du hast es verdient. Unsere Freundschaft ist ein großes Geschenk für mich, das wollte ich dir immer schon mal sagen.« Sie küsste mich auf die Wange.

»Bring mich bloß nicht zum Heulen!«, befahl ich, und wir lachten. Ich versorgte auch sie mit einem Getränk, und sie ging zu den anderen ins Wohnzimmer. Dann wollte ich in die Küche, um die Vorspeisen zu holen. Es klingelte wieder. Ich kehrte um. Wer konnte das sein, wir waren doch komplett?

Ich öffnete und traute meinen Augen nicht. Obwohl ich ihn viele Jahre nicht gesehen hatte, erkannte ich ihn sofort. Vor mir stand ein unverschämt gut aussehender Typ mit kastanienbraunen Augen. Tim Knopf, natürlich »Jim Knopf« genannt. Vor zwanzig Jahren, ungefähr zu der Zeit, als ich Ivan kennengelernt hatte, war er mein Lover gewesen. Nie hatte ich besseren Sex gehabt.

»Jim … äh … Tim«, stotterte ich. »Was … was machst du denn hier?«

Er grinste mich an, mit diesem fröhlichen Jungengrinsen, das ich schon damals unwiderstehlich gefunden hatte. »Ich bin deine Geburtstagsüberraschung! Darf ich reinkommen?«

»Aber … ich verstehe nicht …«

In diesem Moment kam Uli aus dem Wohnzimmer geschossen. »Ah, Tim, da bist du ja!« Sie strahlte mich an. »Na, was sagst du? Wir haben uns neulich zufällig getroffen, und da hatte ich die Idee, ihn für heute Abend einzuladen. Ich wusste, dass du dich freust!«

Das wusste ich zwar noch nicht, aber ich hatte ja ohnehin keine Wahl. Also küsste ich meinen ehemaligen Liebhaber auf beide Wangen und sagte: »Na klar freue ich mich. Wie geht's dir? Komm doch rein!«

Zu dritt gingen wir ins Wohnzimmer, und ich stellte den anderen meinen Überraschungsgast vor: »Das ist Jim, äh, ich meine Tim, wir kennen uns schon ewig … haben mal zusammen gearbeitet … und jetzt ist er hier.«

Es gab ein großes Hallo, denn Hella, Arne und Thomas kannten Tim von früher. Natürlich wussten alle, dass wir was miteinander gehabt hatten, und so mischte sich ein leicht hysterischer Unterton in die allgemeine Wiedersehensfreude. Ich spürte Ivans fragenden Blick auf mir und lächelte ihm beruhigend zu.

Nach der Vorspeise wurde Paul nervös und fing an, auf seinem Handy herumzutippen.

»Was ist los? Hast du noch was vor?«

Zerstreut sah er mich an. »Nein, alles klar.«

Zehn Minuten später klingelte es, er sprang auf und ging hinaus. Gleich darauf kehrte er mit zwei Freunden zurück. Der eine trug eine kleine Trommel, der andere ein Saxofon, Paul hielt seine Gitarre in der Hand. Die beiden Jungs gratulierten mir und grüßten in die Runde.

»Was habt ihr denn vor?«, fragte ich überrascht.

Statt zu antworten, stellten sie sich auf und begannen zu spielen. Es war eine Walzermelodie, die mir bekannt vorkam. Paul gab den Leadsänger:

Bist du mal achtzig und verwittert,
verlebt, vertrocknet und verbittert,
dann freu dich: Endlich hast du Ruh'
vor deinen Trieben, schubidu!

Das gab's doch nicht! Das hatten Rudi und die Drei Tournedos auf meinem dreißigsten Geburtstag gespielt! Es gab eine Videoaufnahme davon, die musste Paul gefunden haben. Schon ging es weiter:

Aber noch bist du jung und knackig,
noch voll dabei und ganz schön zackig,
deshalb freu dich mal nicht zu früh:
noch ist der Trieb da, schubidü!

Der Text wurde mit jeder Strophe unanständiger, und meine Gäste amüsierten sich königlich. Ich fühlte mich hin- und hergerissen. Einerseits war ich gerührt, andererseits war mir die Darbietung ein bisschen peinlich.

Jim lächelte mir aus der anderen Ecke des Zimmers ungeniert zu. Ich fühlte, wie ich rot wurde, und drehte mich schnell weg. Verdammt. Ich war fünfzig, nicht fünfzehn. Warum konnte der Typ mich zum Erröten bringen?

Als die Darbietung vorbei war, wurden die Musiker mit begeistertem Applaus gefeiert. Ich umarmte Pauls Freunde und bedankte mich bei ihnen für die Überraschung.

Meinem Sohn flüsterte ich ins Ohr: »Und du wirst enterbt!«

Er grinste mich nur frech an.

ZWEI

Der Abend wurde genau so, wie ich ihn mir erträumt hatte. Mit wohligem Gefühl saß ich zwischen meinen Freunden, die nicht müde wurden, mein gutes Aussehen und mein fantastisches Essen zu loben. Wir schwelgten in Erinnerungen und überraschten uns gegenseitig mit immer neuen Anekdoten, die alle mit »Wisst ihr noch« oder »Könnt ihr euch eigentlich noch erinnern« begannen. Wir lachten uns kaputt, und zwischendurch zerdrückte ich heimlich ein paar Tränen der Rührung.

»Wisst ihr noch, als Hella plötzlich weg war?«, fragte Arne.

»Da war ich sauer auf Cora«, sagte Hella. »Die meinte, ich solle nicht so viele Schokoriegel essen, weil die für die PR-Aktionen gebraucht würden.«

»Das war eine Ausrede«, kicherte Arne. »Sie wollte nicht, dass du fett wirst!«

»Noch fetter, meinst du wohl«, gab Hella grinsend zurück.

»Viel schlimmer fand ich, dass Hella mit meinem wichtigsten Kunden durchgebrannt ist!«, schaltete ich mich ein. »Weißt du noch, was du bei meiner Party zu Hennemann gesagt hast? ›Sie sind genau wie Ihre Kinderpralinen: total süß.‹ Ich wollte dir den Hals umdrehen.«

Alle prusteten los, Hella errötete. »So kann man sich irren.«

»Ach komm«, sagte ich. »Mit Herbert hast du doch einen tollen Fang gemacht!«

Insgeheim hatte ich sie manchmal beneidet, besonders wenn Ansichtskarten aus Mexiko, Thailand oder von den Malediven eintrafen, wo Hella mit Mann und Kindern sorglose Ferien verlebte. Geld spielte offenbar keine Rolle, Hennemann war wohlhabend und konnte – obwohl Schwabe – durchaus großzügig sein. Natürlich hätte ich trotzdem nicht mit Hella tauschen wollen, ihr Mann war das, was die Schwaben einen Gschaftlhuber nannten – er hätte mir den letzten Nerv geraubt. Aber Hella hatte ihn unbedingt haben wollen.

Arne verdrehte die Augen. »Ach Gottchen, die Schokoriegel! Wir standen auf Schulhöfen herum und sollten die Kinder dazu bringen, Fragebögen auszufüllen. Die haben uns einfach die Riegel geklaut und sind abgehauen.«

»Das war die Idee von Macke, diesem Idioten«, ergänzte ich. »Aber dem haben wir's gezeigt!«

Macke war unser schärfster Konkurrent gewesen, mit dem wir auf Wunsch von Hennemann eine Zeit lang zusammenarbeiten mussten. Er hatte die Angewohnheit, seine Mitarbeiterinnen zu betatschen. Eines Tages hatte ich ihn mithilfe zweier junger Frauen, bei denen er es probiert hatte, fürchterlich blamiert. Mit einem gut gespielten Verführungsversuch hatte ich es geschafft, ihn in der Garderobe eines marokkanischen Restaurants halb zu entkleiden. Dann hatten meine Helferinnen einen Vorhang beiseitegezogen – und Jens Macke stand mit heruntergelassener Hose da. Wenn ich heute daran dachte, schämte ich mich ein bisschen für diesen kindischen Streich. Obwohl er es verdient hatte.

»Hab ich zu der Zeit nicht bei dir gewohnt?«, fragte Uli, und

ich nickte. Nachdem ihr Freund sie mit irgendeinem Busenwunder betrogen hatte, war sie Knall auf Fall bei mir eingezo-
gen. Und bis nach der Geburt ihrer Tochter geblieben.

»Ich hab noch das erste Ultraschallbild von Clara!«, sagte ich
und sprang auf.

»Du warst sogar mit mir in der Schwangerschaftsgymnastik«,
erinnerte sich Uli, als ich zurückkam.

»Stimmt, da haben wir alle zusammen in die Gebärmutter
geatmet. Mit den Männern!« Ich reichte ihr die Ultraschallauf-
nahme, die schon ganz vergilbt war. Gerührt betrachtete Uli die
grauen Umrisse. »Schaut nur, man kann Clara schon erkennen!«
Sie zeigte das Bild herum, und schon drehte sich das Gespräch
um die Kinder, die so schnell groß geworden waren.

Es klingelte wieder. Ich sah auf die Uhr: genau zehn, wie vereinbart. Ich öffnete und führte einen Mann ins Wohnzimmer.

»Liebe Freunde!«, sagte ich. »Ihr habt mir mit eurem Kommen und euren Geschenken so viel Freude gemacht, deshalb
möchte ich euch jetzt auch etwas schenken. Das ist Juan, der
beste Tangogitarrist Münchens!«

»Deutschlands«, korrigierte Juan. »Oder vielleicht sollten wir
einfach sagen: außerhalb von Argentinien.« Er grinste.

Alle lachten und klatschten. »Na, dann los!«, rief Hella.

Juan begann mit einer Intensität zu spielen, die fast körper-
lich zu spüren war und alle in den Bann zog. Besonders Paul
schien ganz gefesselt zu sein und beobachtete jeden Handgriff
des Musikers. Ivan lächelte mir kurz zu.

Als das Lied vorbei war, sah Juan auf, als wäre er gerade aus
einem Traum erwacht. Dann löste sich die Anspannung in seinem Gesicht, und er grinste wieder.

Als er weiterspielte, nahm Paul seine Gitarre und warf ihm

einen fragenden Blick zu. Juan lächelte, die beiden tauschten ein paar Worte auf spanisch – Paul hatte die Sprache seit der fünften Klasse in der Schule gelernt. Dann zupfte er behutsam einige Töne und stieg auf die Melodie ein, die Juan vorgegeben hatte. Nach wenigen Sekunden klang das Spiel der beiden so harmonisch, als würden sie sich schon länger kennen. Nach dem Stück applaudierten alle begeistert. Juan reichte Paul die Hand und sagte anerkennend: »Sehr gut! Du bist begabt für Tango!«

Paul errötete vor Stolz.

Die dritte Nummer war schneller und mit Gesang, und im nächsten Moment hatte Thomas seine Uli gepackt und schob sie über unseren Parkettboden. Die beiden hatten vor Jahren einen Tangokurs gemacht. Sie waren gut, und so galt der Beifall am Ende des Stückes nicht nur dem Gitarristen, sondern auch den beiden Tänzern.

Ich hätte damals auch gern Tango tanzen gelernt, aber Ivan hatte auf diesen »folkloristischen Volkshochschulmist« keine Lust gehabt. Ich hatte dann allein ein paar Stunden genommen, aber ohne festen Partner machte es nicht so viel Spaß, deshalb hatte ich es wieder aufgegeben.

Beim nächsten Lied forderte Thomas mich auf. Ich zierte mich ein bisschen, dann gab ich nach. Ich war lange nicht so gut wie Uli, aber besser, als ich gedacht hatte. Meine Gäste johlten alle. Plötzlich stand Tim vor mir und bat mich um den Tanz.

»Du kannst Tango?«, fragte ich überrascht.

Er lächelte. »Ich hoffe es.«

Wir nahmen die Ausgangsposition ein. Die Musik begann.

Ich spürte seine Wärme, roch die Mischung aus Haut, Eau de Toilette und seinem frisch gewaschenen Hemd. Es fühlte sich an, als explodierte etwas in meinem Kopf, meine Synapsen tanzten auch Tango, und alles in mir erinnerte sich plötzlich an seinen Geruch, seinen Körper, seinen Sex. Ich fühlte mich schwindelig, aber Tim führte mich energisch, und so musste ich mich einfach nur fallen lassen. Ich hatte das Gefühl, von allen beobachtet zu werden, und spürte, wie mir der Schweiß ausbrach. Als das Stück vorbei war, lächelte ich ihm zu und setzte mich schnell wieder hin.

Nach seinem Auftritt nahm Juan die Ovationen meiner Gäste entgegen. Ich begleitete ihn zur Tür und drückte ihm die vereinbarten hundertfünfzig Euro in die Hand. »Danke, das war wirklich toll!«

Er küsste mich nach argentinischer Art, obwohl wir uns gerade erst kennengelernt hatten, und wünschte mir zum Abschied *feliz cumple*.

Ich ging in die Küche, um weiteren Wein zu holen. Tim kam aus der Gästetoilette, an der Küchentür stießen wir fast zusammen.

»Tolle Musik, was?«, sagte ich und ging an ihm vorbei. Er folgte mir bis zum Kühlschrank, wo er sich mir in den Weg stellte.

»Du siehst übrigens immer noch super aus, Cora.«

Ich lächelte. »Danke, Tim. Du übrigens auch.«

Er stand vor mir und sah mich unverwandt an. »Ich würde gern öfter mit dir tanzen!«

Ich lachte verlegen. »Geh mal aus dem Weg!«

Er bewegte sich keinen Millimeter, sah mich nur an. Schlagartig war dieselbe erotische Spannung zwischen uns, die ich von früher kannte. Ich sah sein vertrautes Gesicht vor mir, die braunen Augen, in denen ein Funke tanzte, das leicht spöttische

Lächeln, seine fast mädchenhaft geschwungenen Lippen – und auf einmal konnte ich nicht anders: Ich schloss die Augen, beugte mich vor und küsste ihn auf den Mund.

Im nächsten Moment wich ich zurück. »Entschuldige«, murmelte ich verlegen. »Ich weiß auch nicht … Tut mir leid.« Ich schob mich an ihm vorbei und öffnete den Kühlschrank. Himmel, was war bloß in mich gefahren? Ich musste ja völlig betrunken sein.

Als ich mich umdrehte, stand Tim immer noch da. Aus den Augenwinkeln bemerkte ich Ivan, der an der Küchentür lehnte und zu uns herübersah. »Ich wusste gar nicht, dass du so gut Tango tanzen kannst!«, sagte er.

»Ich auch nicht«, erwiderte ich und ging mit einer Flasche Weißwein in der Hand auf ihn zu. Wie lange hatte er da schon gestanden?

Tim war mir gefolgt und blieb jetzt vor Ivan stehen. »Ich muss gehen«, sagte er, reichte ihm die Hand und küsste mich auf die Wangen.

»War schön, dich zu sehen, und danke für die Überraschung«, sagte ich so förmlich wie möglich und sah ihm nach, als er die Wohnung verließ.

Dann drehte ich mich zu Ivan.

»Ich hätte lieber mit dir getanzt«, sagte ich lächelnd, »aber du wolltest es ja nicht lernen.«

Ich versuchte, in seinem Gesicht zu lesen, aber er zeigte keine Regung, dann hakte ich mich bei ihm ein, er ließ es zu. Gemeinsam kehrten wir ins Wohnzimmer zurück.

Dort war die Stimmung auf dem Höhepunkt. Hella und Arne lagen sich kreischend in den Armen und erzählten sich gegenseitig, von Lachanfällen unterbrochen, dieselbe Anekdote, die sie offenbar völlig unterschiedlich in Erinnerung hatten.

»Nein!«, protestierte Hella. »Das war doch nicht Herbert! Das war dieser dicke Privatbanker, der …«

»Das war Herbert! Ganz sicher! Der wollte doch immer, dass alles zeitgeistig sein sollte. Zeitgeistig, man stelle sich das vor …« Arne brach erneut in wieherndes Gelächter aus, während Hubert, Thomas und Katja amüsierte Blicke tauschten.

Ich schwenkte die Flasche. »Wer will noch Wein?«

Mehrere Hände gingen hoch, ich schenkte nach.

Es wurde ein langer Abend. Viel länger, als ich geplant hatte, aber das war mir egal. Schließlich wurde ich nur einmal fünfzig. Um Mitternacht stießen wir an, und meine Gäste sangen »Happy Birthday« für mich. Gleich darauf blickte Paul treuherzig zu mir und fragte: »Mom, ist es okay, wenn ich jetzt abhaue? Ich hab noch 'ne Verabredung.«

Ich wuschelte ihm durch die Haare. »Natürlich ist es okay. Ich fand's so schön, dass du hier warst. Und noch mal danke für das Ständchen!«

Er küsste mich und verabschiedete sich von unseren Gästen. Als er schon an der Tür war, rief ich: »Mit wem bist du denn verabredet?«

Er drehte sich um und warf mir einen vernichtenden Blick zu.

Uli beugte sich zu mir und sagte tadelnd: »So was fragt man doch nicht! Clara würde mich umbringen!«

»Aber vorher würde sie dir erzählen, mit wem sie sich trifft«, sagte ich. »Paul erzählt nie was.«

»Recht hat er.«

»Pfff.«

Gegen eins brachen Arne und Hubert auf. »Unser Babysitter ist bestimmt sauer«, sagte Arne. »Wir wollten viel früher zu Hause sein.«

»Im Gegenteil«, sagte ich. »Die freuen sich doch, wenn man länger wegbleibt, dann verdienen sie mehr!«

»Woddu recht hast, hassu recht«, sagte Hubert mit schwerer Zunge. Wir hatten zu neunt zwei Flaschen Champagner, acht Flaschen Wein und eine halbe Flasche Grappa geleert. Fast wie in alten Zeiten …

Ich umarmte die beiden, bedankte mich für die Rosen und das Geschenk, das ich – wie die anderen Geschenke – am nächsten Tag in Ruhe auspacken wollte.

Wenig später verabschiedeten sich Katja, dann Uli und Thomas. Schließlich verkündete auch die beschwipste Hella, es sei ein großartiger Abend gewesen, aber nun gehe sie schlafen. Sie verschwand in Pauls ehemaligem Zimmer.

Jetzt waren Ivan und ich allein. Wir räumten gemeinsam auf, wie so oft, wenn unsere Gäste nach fröhlichen Abenden gegangen waren. Wir waren ein eingespieltes Team, jeder wusste, was er zu tun hatte. Ich schaltete die Spülmaschine ein, Ivan wischte den Küchenblock ab. Mit einem letzten Grappa landeten wir schließlich am Küchentisch.

»Auf uns, die Liebe und viel gutes Essen!«, sagte ich und prostete ihm zu. »Ich finde es plötzlich gar nicht mehr schlimm, dass ich fünfzig geworden bin.«

»Freut mich«, sagte Ivan trocken. »Du hast mich ja auch nur ein halbes Jahr mit dem Thema in Atem gehalten.«

»Jetzt übertreibst du aber!«

Natürlich hatte ich manchmal darüber gesprochen, was es für mich bedeute, älter zu werden. Ich hatte überlegt, ob ich überhaupt feiern wollte, und wenn ja, in welchem Rahmen. Ich hatte nach einer Party-Location gesucht und keine gefunden. Ich hatte Gästelisten geschrieben und wieder verworfen. Ich hatte Reiseziele gesucht, an die ich mich flüchten wollte. Ich hatte überlegt, das Datum einfach zu ignorieren. Ich hatte Heulanfälle bekommen und vorgegeben, das Ganze gehe mich nichts an. Kurz: Ich hatte mich wie eine Frau verhalten, die demnächst fünfzig wurde. Völlig normal.

»Das ist jetzt vorbei«, verkündete ich großspurig.

»Das Geburtstagsthema, vielleicht. Aber wenn die Erfahrung mich nicht täuscht, bahnt sich schon das nächste Drama an.«

»Was meinst du?«

»Paul. Dass er ausgezogen ist, warum er ausgezogen ist, wie viel Geld er sinnlos für das Zimmer verpulvert, dass er dir fehlt, dass er sich nicht oft genug meldet, dass er dich noch nicht eingeladen hat …«

»Jetzt hör aber auf!«, unterbrach ich ihn. »Darf ich nicht mehr über meine Gefühle sprechen? Das ist eben schwierig für mich, ich muss es erst verarbeiten.«

»Das Problem ist, du verarbeitest dialogisch.« Ivan schenkte sich Grappa nach.

»Natürlich will ich mit dir über so was reden«, sagte ich empört. »Wozu bin ich denn verheiratet?«

Ivan hob eine Augenbraue. »Da würden mir noch ein paar andere Dinge einfallen, aber okay. Und jetzt muss *ich* mal mit dir reden.«

Solche Ankündigungen war ich von ihm nicht gewohnt. »Was ist denn los?«, fragte ich alarmiert.

Ivan suchte nach Worten. »Ich habe eine Art … Überdosis. Von dir, vom Familienleben, von allem. Ich brauche ein bisschen Abstand. Zeit für mich und für meine Arbeit.«

Schlagartig war ich völlig nüchtern. »Aber, warum denn plötzlich? Was hab ich dir getan? Bist du … sauer wegen Tim?«

Ivan sah mich verblüfft an. »Nein, wieso sollte ich sauer sein?«
»Ich dachte nur«, sagte ich ausweichend. »Was ist es sonst?«
»Nichts Besonderes«, sagte Ivan. »Außer dass es immer nur um dich geht. Was sagt Cora, was will Cora, was schlägt Cora vor, wie fühlt sich Cora, welche Pläne hat Cora …«
»Das ist nicht wahr!«, rief ich. »Du bist doch die sensible Künstlerseele, auf die wir alle Rücksicht nehmen müssen!«
»Außer wenn es ein Problem mit Paul gibt, die Heizung ausfällt, eine Spinne im Schlafzimmer sitzt, dein Fahrrad einen Platten hat, der Vermieter einen blöden Brief schreibt … kurz: wenn das Leben die Unverschämtheit besitzt stattzufinden. Dann bin leider immer ich zuständig.«
Ich schwieg beleidigt. Sollte ich ihm mal aufzählen, was ich den ganzen Tag für die Familie tat und wofür ich zuständig war, obwohl ich auch einen Job hatte, der mich forderte? Dann hätten wir innerhalb kürzester Zeit den schönsten Ehestreit, und ich wusste genau, wie der verlaufen würde. Ivan würde mir erklären, dass seine Arbeit Kunst sei und meine nur schnöde Erwerbsarbeit. Ich würde sagen, dass ich meinen Beruf ebenso liebte wie er seinen und wer überhaupt darüber entscheide, ob es wertvoller sei, Leinwände mit Farbe zu bedecken oder Menschen zusammenzubringen. Er würde verächtlich schnauben, und ich würde vor Zorn laut werden. Er würde türenknallend den Raum verlassen, wir würden drei Tage lang nicht miteinander sprechen und drei Wochen keinen Sex haben, worauf er mir vorwerfen würde, dass ich ihn emotional aushungern ließe und mich nicht wundern solle, wenn er mich demnächst betrüge. Ich würde verächtlich schnauben, und er würde vor Zorn ganz leise werden. Irgendwann würden wir dann doch miteinander ins Bett gehen und danach beide das Gefühl haben, es sei alles wieder in Ordnung. Und wenig später würde es von vorn losge-

hen. Es war unser Ehe-Theater, das wir unzählige Male aufgeführt hatten und dessen Text wir auswendig konnten.

»Also, was schlägst du vor?«, fragte ich und versuchte, meiner Stimme einen versöhnlichen Klang zu geben.

»Ich würde gern eine Weile allein sein«, sagte Ivan. »Ich muss eine große Ausstellung vorbereiten, und ich kann mich hier nicht konzentrieren.«

»Aber ich störe dich doch nicht! Und zum Malen gehst du doch sowieso ins Atelier!« Nach unserer Hochzeit hatte Ivan seine Wohnung behalten, er nutzte sie seither zum Arbeiten.

Ivan seufzte. »Es ist schwer zu erklären, Cora. Es geht um eine Konzentration, die nicht jeden Abend abreißt, wenn ich nach Hause komme. Ich würde mich gern für eine Weile völlig in mein Projekt versenken.«

»Dieses Projekt ist aber nicht zufällig weiblich, jung und attraktiv?«, fragte ich misstrauisch.

»Nein, zufällig nicht«, erwiderte er, eher gelangweilt als empört. »Wie kommst du darauf?«

»Ich nehme an, die meisten Ehefrauen würden das denken.«

»Schon möglich, aber ich bin nicht wie die meisten Ehemänner.«

Da musste ich ihm recht geben, tatsächlich erfüllte Ivan viele der üblichen Männerklischees nicht. Er war mit den Jahren nicht unaufmerksam geworden. Es genügte ihm nicht, dass alles irgendwie lief, er hatte Ansprüche an mich und unsere Beziehung. Er suchte die Auseinandersetzung – und er begehrte mich noch. All das waren gute Gründe für mich, mit ihm zusammenbleiben zu wollen, deshalb war ich von seiner Eröffnung alles andere als begeistert.

»Was heißt das jetzt?«, fragte ich. »Willst du ausziehen?«

»Nur für eine Weile, ins Atelier.«

Alles in mir wehrte sich dagegen. Es war schwer genug, dass Paul weg war, da konnte Ivan mich doch nicht allein lassen!

»Ich versteh dich ja, ich kann manchmal ziemlich ... intensiv sein«, sagte ich. »Aber deshalb musst du doch nicht gleich die Flucht ergreifen. Ich verspreche dir, dass ich rücksichtsvoller sein werde!«

»Mach es mir nicht so schwer, Cora!«, sagte er bittend. »Ich habe das letzte halbe Jahr mit dir durchlitten und versucht, dir in deiner Krise beizustehen. Das war wirklich nicht einfach, glaub mir. Jetzt bin ich mal wieder dran.«

Betroffen sah ich vor mich hin. War ich wirklich so eine Nervensäge? Belegte ich Ivan so mit Beschlag, dass er nicht mehr arbeiten konnte? Ich hasste Frauen, die ständig an ihren Männern herumzerrten. So wollte ich nicht sein.

»Okay«, sagte ich. »Dann tu, was du für richtig hältst. Ich werde versuchen, es zu akzeptieren. Und ich hoffe, dass ich dir vertrauen kann.«

Er nahm meine Hand. »Nur Arbeit, keine Weiber«, sagte er mit jungenhaftem Grinsen, stand auf, streckte sich und ging in den Flur. Ich hörte, wie er seine Jacke vom Garderobenständer nahm, folgte ihm und stieß polternd gegen den Tisch mit den Geschenken.

»Pst«, machte Ivan. »Du weckst Hella auf.«

An der Wohnungstür holte ich ihn ein. »Du willst jetzt noch gehen?«

»Dann kann ich gleich morgen loslegen.« Er zog mich an sich und küsste mich auf die Lippen. »Bis bald. Happy birthday, Traumfrau.«

Damit verließ er die Wohnung und ging – leise, um niemanden zu wecken – die Treppe hinunter. Benommen stand ich da und versuchte zu begreifen, was passiert war.

Als ich die Wohnungstür geschlossen hatte, blieb ich einen Moment im Flur stehen. Dann begann ich mechanisch, die Geschenke auszupacken, die vor mir lagen. Ich sah sie an, ohne sie richtig wahrzunehmen, faltete das Geschenkpapier und legte es ordentlich auf einen Stapel. In meinem Kopf rotierten unaufhörlich Ivans Worte. *Ich würde gern eine Weile allein sein.*

Eine Tür ging, Hella kam aus ihrem Zimmer. »Wieso bist du noch wach? Es ist fast halb drei.«

»Ich hab noch ein bisschen aufgeräumt«, sagte ich gespielt munter. »Und du? Wieso schläfst du nicht?«

Sie zuckte die Schultern. »Weiß nicht.«

»Wollen wir noch was trinken?«, schlug ich vor, und sie folgte mir in die Küche. Ich nahm frisches Mineralwasser aus dem Kühlschrank, schenkte uns beiden ein und sah sie auffordernd an. »Also, was ist los?«

Sie blickte mich stumm an, und zu meinem Erstaunen füllten sich ihre Augen mit Tränen. Ihr Gesicht wirkte plötzlich eingefallen, und mit einem Mal nahm ich auch bei ihr die Spuren des Alters wahr, die ich zuvor nicht gesehen hatte.

»Ist es okay für dich, wenn ich hierbleibe?«, fragte sie.

»Na klar, Pauls Zimmer steht doch eh leer.«

»Ich meine, nicht nur für heute Nacht«, sagte Hella, »sondern … für länger.«

Ich starrte sie an. »Du meinst …«

»Ich habe Herbert verlassen.«

»Ach du Scheiße«, rutschte es mir heraus. »Aber … ihr zwei wart doch immer so glücklich! Ich war mir sicher, du hättest das große Los gezogen!«

»Und ich dachte immer, das hättest du gezogen«, sagte Hella mit schiefem Lächeln.

35

»Na ja, kommt drauf an, welche Lotterie du meinst«, sagte ich. »Bei der Verlosung interessanter Künstlertypen habe ich Glück gehabt. Aber als die Jungs mit Kohle dran waren, habe ich leider eine Niete gezogen.«

»Als würde das heute noch eine Rolle spielen«, sagte Hella wegwerfend. »Ich hätte lieber mein eigenes Geld verdient. Aber Herbert wollte das nicht. ›Meine Frau muss nicht arbeiten‹, hat er immer gesagt.«

Ich kicherte ungläubig. Den Spruch hatte ich zuletzt in einem Film aus den Fünfzigerjahren gehört. So was sagte doch heute niemand mehr.

»Du lachst«, sagte Hella vorwurfsvoll. »Aber Herbert denkt wirklich so. Meine Ideen hat er schon gerne angenommen, aber nur für sein eigenes Unternehmen. Er hat es kategorisch abgelehnt, dass ich für jemand anderes arbeite. Jetzt, wo die Zwillinge groß sind, wollte ich endlich wieder loslegen, unter Leute kommen, was Sinnvolles tun. Aber Herbert will sich demnächst zur Ruhe setzen und nur noch ›das Leben genießen‹, wie er es nennt.«

»Und was versteht er darunter?«

»Golf spielen, Reisen, auf Kreuzfahrtschiffen und in teuren Hotels rumhängen, edel essen und trinken.«

»Was soll daran schlecht sein?«, fragte ich. »Das könnte ich mir auch vorstellen.«

Jetzt war es Hella, die lachte. »Dann nimm du ihn doch! Ich will so nicht leben. Bei der schieren Vorstellung packt mich das Grauen.«

Sie beschrieb mir, wie sie in den Jahren ihrer Ehe versucht hatte, die Frau zu werden, die ihr Mann sich wünschte. Eine Partnerin, die ihm »den Rücken frei hält« und »ein Haus führt«, obwohl sie für häusliche Tätigkeiten alles andere als begabt war.

Die – trotz gegenteiliger Überzeugung – akzeptierte, dass in seiner Welt Männer und Frauen unterschiedliche Aufgaben hatten und es nur zu Problemen führte, diese Rollenverteilung infrage zu stellen.

»Besonders schlimm war es an meinen Geburtstagen«, erzählte Hella. »Da hat er jedes Mal eine Rede auf mich gehalten. ›Was wäre ich bloß ohne dich, Hella? Du bist immer für mich da. Du ermöglichst mir, erfolgreich mein Unternehmen zu führen. Du machst mich zu dem, der ich bin! Danke für alles, ich liebe dich.‹ Und dann hat er immer vor Rührung über sich selbst geweint.«

Ich hielt mühsam das Lachen zurück.

»Noch schlimmer waren die Auftritte der Kinder«, fuhr Hella fort, die sich in Fahrt geredet hatte. »Sie sind beide völlig unmusikalisch, Herbert bestand aber darauf, dass sie Geige und Querflöte lernen. Also haben sie ihre Instrumente gequält, bis die Gäste kurz vor dem Weglaufen waren. Und dann haben sie ihr auswendig gelerntes Sprüchlein aufgesagt: ›Danke-für-alles-was-du-für-uns-tust-du-bist-die-allerbeste-Mami-von-der-Welt!‹« Sie stöhnte. »Wenn ich das noch ein Mal hören muss, begehe ich einen Mord!«

Wie gut ich sie verstand! Auch ich verabscheute diese verlogenen Inszenierungen bei Familienfesten, die so wirkten, als wären sie einem Werbespot für Frühstücksflocken nachempfunden. Zum Glück kannte ich nur wenige Familien, in denen sie stattfanden.

Hella erzählte, wie sie gelernt hatte, schwäbische Hausmannskost zu kochen und die Geschäftspartner ihres Mannes mit selbst gemachten Maultaschen und Schupfnudeln zu verköstigten. Wie sie Spielnachmittage mit Kaffeetrinken für die Mütter und Kinder der Nachbarschaft organisiert hatte, bei denen sie aus Langeweile die Hosenbeine der Krabbelkinder zusammengeknotet und aus der Entfernung schadenfroh zugesehen hatte, wie deren größere Geschwister dafür ausgeschimpft wurden. Kurz: wie sie immer mehr zu einer jener *desperate housewives* geworden war, deren aufregendstes Erlebnis der tägliche Klatsch mit anderen Hausfrauen war, bei dem es darum ging, herauszufinden, wer noch frustrierter war als man selbst.

Sie griff nach meiner Hand. »Weißt du, Cora, ich hab es wirklich versucht! Ich dachte, wenn man jemanden liebt, dann muss man Kompromisse machen. Und Herbert ist ein lieber Kerl, er ist halt nur schrecklich konservativ. Aber am Ende wusste ich nicht mehr, wer ich eigentlich bin.«

Sie schniefte und wischte sich die Augen.

»Dann wurde ich krank«, fuhr sie fort. »Magengeschwür, der Klassiker. Hatte wohl zu viel in mich reingefressen. Da hab ich die Notbremse gezogen.«

»Was hast du gemacht?«

»Ich hab ihm die Pistole auf die Brust gesetzt. ›Jetzt musst du mir mal zuhören‹, hab ich gesagt. ›Ich will wieder arbeiten, ich will nie wieder einen Fuß auf ein Kreuzfahrtschiff setzen, ich will Sprachen lernen, ich will was vom kulturellen Leben außerhalb unseres schwäbischen Kaffs mitkriegen.‹«

»Und? Wie hat er reagiert?«

Bei der Erinnerung daran schüttelte Hella den Kopf. »Er hat gar nicht verstanden, wovon ich spreche! ›Du hasch doch alles‹, hat er immer wieder gesagt. ›Ich tu doch alles für dich! Wieso bisch denn so unzufrieden?‹«

So sei es eine ganze Weile hin und her gegangen. Sie habe immer wieder versucht, ihm begreiflich zu machen, was ihr fehle, aber es habe nichts genutzt. Sie habe vorgeschlagen, eine Therapie zu machen oder zur Eheberatung zu gehen, aber das habe er vehement abgelehnt.

»Was sollet denn die Leut denka?«, habe er gepoltert. »I brauch koin Seelaklempner, i bin doch net verrückt!«

Sie stand auf und ging in der Küche auf und ab. Ich folgte ihr mit den Blicken.

Schließlich blieb sie stehen. »Und dann habe ich begriffen, dass es vorbei ist und ich mir ein eigenes Leben aufbauen muss. Weil ich sonst … kaputtgehe.« Bei diesen Worten begann sie erneut zu weinen. Ich reichte ihr die Küchenrolle.

Sieh mal einer an. Ich hätte mein (zugegeben geringes) Vermögen darauf verwettet, dass Hella mit ihrem Rundum-sorglos-Paket Herbert Hennemann zufrieden war. Aber auch auf Ivan und mich hätten wohl die meisten Leute Wetten abgeschlossen.

Ich nahm sie in den Arm. »Klar kannst du erst mal hierbleiben. Da trifft es sich ja gut, dass nach Paul auch Ivan gerade ausgezogen ist.«

»Waaas?« Hella hob den Kopf und blickte mich ungläubig an.

»Er meint, ein bisschen Abstand und Zeit zum Arbeiten zu brauchen«, erklärte ich.

»Aber, dann kommt er bald zurück?«

Ich zuckte die Schultern. »Keine Ahnung. Ich hoffe.«

»Vielleicht war er sauer wegen Tim«, überlegte Hella laut. »Der hat dich ja ganz schön angemacht.«

»Ivan ist nicht eifersüchtig«, sagte ich. »Leider.«

»Wahrscheinlich zeigt er es dir bloß nicht.«

Tatsächlich hatte ich bis heute nicht herausgefunden, ob Ivan so cool war, wie er tat. In zwanzig Jahren hatte er sich jedenfalls nicht die Blöße gegeben, jemals Eifersucht zu zeigen.

»Ist Herbert denn eifersüchtig?«, fragte ich.

Hella lachte spöttisch auf. »Herbert kommt nicht mal auf den Gedanken, dass mir jemand anderes besser gefallen könnte. Deshalb versteht er auch nicht, dass ich gegangen bin. Er denkt, ich kriege mich schon wieder ein und komme bald zurück.«

»So wie Ivan?«

»Ivan kommt zurück«, sagte Hella. »Ich nicht.«

Plötzlich wurde mir die Absurdität der Situation bewusst. Mein Mann war weg, mein Sohn war weg, und Hella und ich waren im Begriff, eine WG vorklimakterischer Exehefrauen in spe zu gründen. Das war doch mal ein gelungener fünfzigster Geburtstag!

»Ich glaube, ich brauche jetzt doch einen Grappa«, sagte ich seufzend und holte die Flasche.

»Ich auch«, sagte Hella. »Einen doppelten.«

Wir stießen an.

»Auf ein Neues«, sagte Hella. Sie ließ offen, ob sie damit ein neues Leben, ein neues Lebensjahr oder nur den Auftakt zu einem weiteren Trinkgelage meinte.

DREI

Statt Ivan saß nun also Hella mit mir am Frühstückstisch. Mit ihr musste ich mich wenigstens nicht um den Politikteil streiten – sie las Stellenanzeigen.

Resigniert ließ sie am dritten Morgen die Zeitung sinken. »Meine Güte! In unserem Alter sollte man sich lieber eine Grabstelle suchen als einen Job!«

»Es ist echt schlimm«, pflichtete ich ihr bei. »In PR-Agenturen geht es heute zu wie im IKEA-Kinderparadies. Wenn du da jemanden über dreißig findest, grenzt das schon an ein Wunder.«

Mich hatte der ganze Public-Relation-Kram schon vor zwanzig Jahren gelangweilt. Nach Pauls Geburt hatte ich deshalb umgesattelt und etwas völlig Neues angefangen. Schon damals hatte es massenhaft berufstätige Mütter gegeben, die verzweifelt nach Krippen- und Kitaplätzen für ihren Nachwuchs suchten – eine Marktlücke, die ich hatte füllen wollen. Ich bewegte Unternehmen dazu, ihre firmeneigenen Betreuungsangebote zu erweitern, und beriet sie bei der Umsetzung, ich organisierte Notdienste für den Fall von Überstunden, Dienstreisen oder plötzlicher Krankheit und hatte eine Armee von Leihomas in petto, die bei Bedarf einsprangen. Mein Unternehmen florierte, bald war ich bundesweit aktiv, ich war völlig überarbeitet, aber es machte mir Spaß.

Am Anfang hatte ich Paul mitgenommen, als lebendes Argument dafür, wie schlecht es um die Betreuungssituation in unserem Land bestellt sei. Es gab kaum einen Ort, an dem ich nicht gestillt oder gewickelt hätte – im Vorzimmer des Münchener Oberbürgermeisters, im Vorstandsbüro der Allianz, in der Business-Lounge der Lufthansa. Irgendwann legte Paul keinen Wert mehr auf seinen Vielfliegerstatus und quengelte, wenn die Stewardess die Sicherheitshinweise erläuterte. Ich sah ein, dass die ständigen Sitzungen mit Verwaltungsdirektoren, Finanzkämmerern und Personalchefs nicht das angemessene Programm für ein Kleinkind waren. Also ließ ich ihn ab da zu Hause in der Obhut seines Vaters und wechselnder Au-pair-Mädchen. Ivan erklärte bald, er könne so nicht arbeiten, und die Kindermädchen wechselten so schnell, dass wir uns kaum noch ihre Namen merken konnten. So erfolgreich ich beruflich war – mein persönliches Betreuungsproblem bekam ich nicht in den Griff. Deshalb war ich froh, als mir eines Tages eine forsche, ältere Dame aus meiner Omariege das Angebot machte, die Firma zu übernehmen.

Eine Weile kümmerte ich mich dann ausschließlich um Paul, der erst begeistert und dann gelangweilt war. Wenn ich ehrlich bin, ging es mir ebenso. Wir einigten uns darauf, dass er halbtags in den Kindergarten ging und ich zur Arbeit.

Über zehn Jahre arbeitete ich dann für STIL-TV, einen Sender für Mode und Lifestyle. Nach dieser Zeit hatte ich das Gefühl, für den Rest meines Lebens genügend Fernsehen gemacht zu haben. Genügend gesehen hatte ich sowieso.

Als Paul in die Pubertät kam, hatte ich das dringende Bedürfnis, an den Nachmittagen *nicht* mehr zu Hause zu sein.

Ich wollte nicht Zeugin werden, wie er mein liebevoll vorbe-
reitetes Mittagessen stehen ließ, um sich mit einer Tüte Chips
und einem Sixpack Cola vor den Computer zurückzuziehen.
Ich wollte nicht mithören, wie er sich in kryptischen Handy-
Telefonaten mit seinen Freunden verabredete, was so klang,
als würde ein Schimpanse rudimentäre Elemente menschli-
cher Sprache ausstoßen.

»Was gehtn?«

»Hmpf.«

»Hmpf.«

»Krass.«

»Hmpf.«

»Übelst.«

»Auf jeden.«

Und ich wollte nicht diejenige sein, die ihm mit Fragen nach
Hausaufgaben, Marihuana-Krümeln im Bett und leeren Bier-
flaschen im Schrank auf den Wecker ging.

Ivan war immer ein liebevoller Vater gewesen, der viel mit
Paul unternommen und ihm in langen Männergesprächen die
Welt erklärt hatte. Wenn es aber an die mühsame Kleinarbeit
wie Vokabeln abfragen, gemeinsames Zimmeraufräumen und
das Aushandeln von Bettgehzeiten ging, hatte er sich gern zu-
rückgehalten. Ich fand, nun könnte er sich mal stärker einbrin-
gen – schließlich brauchte ein Junge in diesem Alter vor allem
ein männliches Vorbild.

Ich machte mich also wieder selbständig und gründete die
dritte Firma meines Lebens. Diesmal ging es nicht um Schokoriegel, Kinderpralinen, Mode oder Lifestyle, sondern endlich
um etwas, das mich wirklich interessierte: die Liebe. Die CS-
Partnervermittlungsagentur hatte das Ziel, aus einsamen Menschen glückliche Paare zu machen.

Entnervt knallte Hella die Zeitung auf den Tisch. »Ich glaube, ich geb's auf.«

»Da wird Herbert sich aber freuen«, stichelte ich.

Wenn Hella keinen Job fand, war sie schneller wieder zu Hause, als ein Schwabe das Wort »Maultaschensüpple« aussprechen konnte.

»Damit eines klar ist«, sagte Hella, »ich bin nicht unter Zeitdruck. Ich konnte ein bisschen was zurücklegen und werde mir in Ruhe was Passendes suchen.«

»Na, dann haben sich zwanzig Jahre schwäbischer Hausfrauenexistenz doch gelohnt!«, sagte ich.

Sie überhörte meinen spöttischen Unterton. »Für Schmerzensgeld ist es leider zu wenig.«

Ich überlegte, dann fragte ich: »Sag mal, hättest du nicht Lust, in meine Agentur einzusteigen? Wir waren doch immer ein Spitzenteam!«

Sie lachte auf. »Ich soll Leute verkuppeln? Ich will doch nicht noch mehr Unglück in die Welt bringen!«

»Nur weil du gerade von der Ehe die Schnauze voll hast, ist die Idee der Zweisamkeit ja nicht grundsätzlich schlecht«, sagte ich gekränkt. »Ich jedenfalls habe schon viele Leute glücklich gemacht!«

»Wie es nach der Euphorie des Anfangs weitergeht, kriegst du ja nicht mehr mit«, sagte Hella. »Oder kommen die Leute nach der Scheidung und wollen ihr Geld zurück?«

»Sehr witzig.«

»Im Ernst, Cora. Ich finde die Vorstellung, allein und selbstbestimmt zu leben, derzeit viel interessanter als jede Form von Zweisamkeit. Ich wäre als Paarvermittlerin wohl nicht sehr überzeugend, schließlich soll man hinter dem Produkt stehen, das man verkauft.«

»Schade«, sagte ich. »Du wärst ideal für die Aufgabe. Du hast Lebenserfahrung, bist einfühlsam und denkst sozial.« Ich grinste. »Das müsstest du auch, denn verdienen würdest du nicht viel.«

An diesem Vormittag sollte ich ein Erstgespräch mit einer Interessentin meines Alters führen, die ich bisher nur vom Telefon und von E-Mails kannte. Außerdem hatte sie ein paar Fotos geschickt. Darauf war eine rassige Frau mit ausgeprägt weiblichen Formen abgebildet, der man ansah, dass sie den angenehmen Seiten des Lebens nicht abgeneigt war. Jetzt war sie in dem Alter, in dem neue Eroberungen mühsamer wurden, und so hatte sie offenbar beschlossen, es müsse was Festes her. Was genau sie darunter verstand, würde sie mir sicher gleich erläutern.

Um kurz nach elf klingelte es, und ich drückte auf den Türöffner. Lift oder Treppe? Daran, wie ein Klient die drei Stockwerke zu meinem Büro überwand, konnte ich bereits erkennen, ob es sich um den dynamischen oder den bequemen Typ handelte. Bei Elvira Wagner tippte ich auf bequem. Ich behielt recht. Sie stieg aus dem Lift und kam strahlend auf mich zu. Offenes Haar, tiefer Ausschnitt, das Kleid ein bisschen zu kurz für die kräftigen Beine, hohe Plateaupumps. Durchaus ein Typ, der bei Männern ankam.

»Frau Schiller?«

»Guten Tag, Frau Wagner. Ich freue mich, Sie kennenzulernen. Bitte kommen Sie rein.«

Wir setzten uns in die gemütliche, kleine Sitzecke, die ich extra für Klientengespräche gestaltet hatte. Diese Unterhaltungen waren sehr persönlich, die Menschen gaben viel von sich preis, deshalb sollten sie sich so wohl und entspannt wie möglich fühlen. Ich bot meinem Gast Kaffee, Tee oder Wasser an, sie bat um Wasser. »Ohne Gas, bitte!«

Der enge Rock machte es ihr unmöglich, die Beine übereinanderzuschlagen und sich zurückzulehnen, deshalb saß sie aufrecht da. Trotzdem wirkte sie selbstbewusst und wie jemand, der mit seiner Körperlichkeit im Reinen war.

Ich wusste noch nicht viel über sie, deshalb fragte ich zunächst die wichtigsten Daten ab. Sie war zweiundfünfzig, nie verheiratet gewesen und hatte einen dreißigjährigen Sohn, den sie allein aufgezogen hatte und der in Australien lebte.

Ich fragte sie nach ihrer beruflichen Tätigkeit. In ihrer E-Mail hatte sie kaufmännische Angestellte angegeben. Ich tippte auf Modeboutique, Kaufhaus oder Gastronomie. Sie sagte: »Ich leite die Lohnbuchhaltung eines Kosmetikkonzerns«, und nannte den Namen eines bekannten Unternehmens mit mindestens zehntausend Mitarbeitern.

Mir klappte das Kinn runter.

»Und das ist auch schon mein größtes Problem«, fuhr sie fort. »Die meisten Männer haben Angst, oder sie konkurrieren mit mir. Die wünschen sich ein liebes, unterwürfiges Frauchen, dem sie sagen können, wo's langgeht. Ich lass mir aber von keinem mehr sagen, wo's langgeht.«

»Und welche Art Verbindung wünschen Sie sich?«, fragte ich.

Sie lächelte mich verschwörerisch an. »Wissen Sie, ich mag jüngere Männer. Meine Freunde waren alle jünger als ich. Also, bis auf den ersten, den Vater von meinem Buben.«

»Was gefällt Ihnen an jüngeren Männern?«

»Die sind nicht so ... festgefahren. Mit denen kann man Spaß haben, die sind spontaner und unternehmenslustiger. Männer in unserem ... also, in meinem Alter, die sind oft schon richtige Rentner.«

Ich konnte ein Lächeln nicht unterdrücken. Frau Wagner war mir sympathisch, sie hatte so was Handfestes.

»Sie wissen, dass die meisten Männer Frauen bevorzugen, die jünger sind als sie selbst«, sagte ich. »Je älter sie werden, desto jünger sollen die Frauen sein. Wenn Sie sich also auf einen jüngeren Mann kaprizieren, dürfte die Auswahl nicht besonders groß sein.«

»Ich weiß«, sagte sie seufzend. »Das erlebe ich ja die ganze Zeit mit meinen Bekanntschaften aus dem Internet. Sobald ich mein wahres Alter angebe, springen die Typen ab, egal wie begeistert sie zuvor noch waren. Deshalb bin ich ja auch zu Ihnen gekommen.«

Wie so oft rührte mich das Vertrauen meiner Klienten, die eine Art Zauberfee in mir sahen, die ihre geheimsten Wünsche erfüllen konnte. Leider musste ich ihre Erwartungen oft unsanft zurechtstutzen.

»Und Sie suchen wirklich eine Bindung, nicht nur ein bisschen Spaß?«, vergewisserte ich mich.

Sie nickte energisch. »Spaß habe ich zur Genüge gehabt. Jetzt würde ich gern jemanden finden, mit dem ich … zusammengehöre. Wissen Sie, ich habe alles erreicht, was man im Leben erreichen kann. Einen tollen Job, eine schöne Wohnung, teure Kleider, zweimal Urlaub im Jahr. Aber wenn ich abends heimkomme, bin ich allein.«

Ich machte mir Notizen, dann blickte ich auf. »Woran sind denn Ihre früheren Beziehungen gescheitert?«

Sie überlegte. »Also, mein letzter Freund hat gesagt: Du arbeitest die meiste Zeit, du verdienst mehr als ich, eigentlich komme ich mir total überflüssig vor. Du brauchst mich gar nicht.«

Ich schwieg einen Moment. Wieso wollte mein Mann eigentlich nicht gebraucht werden? Ivan beklagte sich immer darüber, dass ich ihn zu sehr beanspruchte. Er bezog seine Selbstbestätigung bedauerlicherweise nicht aus männlichen Tätigkeiten wie der Müllentsorgung oder Handwerkerdiensten, sondern war der Meinung, ein Künstler dürfe mit diesem Alltagskram nicht behelligt werden. Von der Rolle des Ernährers mal ganz abgesehen.

»Wollen Sie meinen Mann haben?«, scherzte ich. »Der hätte gern eine Frau, die ihn nicht braucht.«

Sie lächelte. »Wie alt ist er denn?«

»Ich will ehrlich zu Ihnen sein, Frau Wagner«, sagte ich. »Sie sind eine attraktive Frau, die vielen Männern gefallen würde. Aber Sie sollten in Erwägung ziehen, sich auch mit einem gleichaltrigen oder etwas älteren Mann zusammenzutun, sonst sind Ihre Aussichten schlecht!«

Sie blickte betrübt. »Das habe ich mir schon gedacht. Andererseits: Es ist ja eh so anstrengend mit den Jungen. Da hat man immer diesen Druck, selber jung und straff auszusehen. Mit jedem Jahr brauche ich eine Stunde mehr im Bad. Wenn das so weitergeht, kann ich mich bald nur noch einmal in der Woche verabreden!«

Meine Argumente wirkten offenbar, allmählich schien sie ihre Situation realistischer einzuschätzen, und mir fielen auf Anhieb mehrere Männer ein, zu denen sie passen könnte.

»Ich schlage Ihnen Folgendes vor. Ich suche unter meinen Kunden zwei, drei Männer aus, von denen ich glaube, dass sie interessant für Sie sein könnten. Ich sage Ihnen nicht, wie alt die Herren sind. Umgekehrt verrate ich den Herren nicht Ihr Alter. Sie lernen sich kennen und lassen den anderen auf sich wirken. Sie glauben ja gar nicht, wie jugendlich mancher Sechzigjährige ist und wie rentnermäßig viele Dreißigjährige.«

Sie lächelte verschmitzt. »Da haben Sie recht. Mein eigener Sohn ist ein so langweiliger Spießer, dass ich mich frage, ob er jemals richtig jung war. Irgendwas muss ich bei dem falsch gemacht haben!«

»Dann macht es Ihnen gar nichts aus, dass Sie ihn so selten sehen?«

Zu meiner Überraschung wurden ihre Augen feucht. »Doch«, sagte sie mit zittriger Stimme. »Jetzt kriegt seine Freundin auch noch ein Kind, stellen Sie sich das vor. Und ich bin so weit weg.« Gleich darauf lächelte sie wieder. »Andererseits, wenn die Leute wüssten, dass ich bald Oma bin, hätte ich es ja noch schwerer, einen Mann zu finden!«

»Dann sind wir uns also einig?«, fragte ich. »Soll ich loslegen?«

Sie nickte, wir bekräftigten unsere Abmachung per Handschlag, dann legte ich ihr den Vertrag vor. Sie unterschrieb, ohne ihn noch einmal durchzulesen.

Ich stand auf. »Und jetzt machen wir noch die Video-Aufnahme.«

Das war jedes Mal ein heikler Punkt. Die meisten Klienten zierten sich, hatten Angst vor der Kamera oder fürchteten, sich zu blamieren. Nicht so Elvira Wagner. »O ja!« Sie strahlte begeistert. »Darauf freue ich mich schon die ganze Zeit!«

Ich führte sie in das kleine Zimmer, wo vor der farbigen Wand die kleine Videokamera installiert war. Sie puderte schnell die Nase, stellte sich in Positur und fuhr mit allen zehn Fingern durch die Haare, um sie aufzulockern.

»Was soll ich tun?«, fragte sie mit blitzenden Augen.

»Erzählen Sie etwas über sich. Was Sie gern in Ihrer Freizeit tun, was Ihnen wichtig ist, wovon Sie träumen. Seien Sie ganz Sie selbst.«

Das musste man Elvira nicht zweimal sagen. Sie stemmte eine Hand in die Hüfte, knickte sie modelmäßig ein und drückte ihren ansehnlichen Busen heraus. Dann setzte sie ein strahlendes Lächeln auf und sagte: »Also, ich bin die Elvira. Ich wohne in München und bin sogar ein echtes Münchner Kindl. Wie alt ich bin, spielt keine Rolle. Schau mich an, dann weißt du, was du kriegst.« Sie hielt kurz inne und überlegte. »Ich bin … eine Mischung aus rational und emotional, würde ich sagen. Ich kann gut mit Zahlen umgehen, und mir macht keiner ein X für ein U vor. Aber ich bin auch gefühlvoll und romantisch, und ich hätte gern einen Mann, auf den ich mich verlassen kann und mit dem man was zu lachen hat. Geld ist mir nicht wichtig, das verdiene ich selber. Aber unternehmungslustig sollte ein Mann für mich sein und neugierig. Also, nicht so eine fade Nocken!« Sie lachte, warf die Haare zurück und wirkte wie die Verkörperung schierer Lebenslust.

Ich schaltete die Kamera aus. »Sie sind eine Naturbegabung!«, lobte ich sie.

Mädchenhafte Röte überzog ihre Wangen. »Ich wäre gern Schauspielerin geworden«, gestand sie. »Ich spiele Theater in einer Laiengruppe.«

»Das ist toll«, sagte ich. »Das müssen Sie unbedingt auch noch erzählen! Und verraten Sie uns noch ein bisschen mehr über Ihre Wünsche. Was Sie von einer Beziehung erwarten und was Sie dafür zu tun bereit sind.«

Wir fuhren mit der Aufnahme fort, und wieder machte Elvira ihre Sache glänzend. Sie war so charmant und natürlich, dass ich mich fragte, warum sie überhaupt zu mir gekommen war. Bei einer solchen Frau müssten die Bewerber eigentlich Schlange stehen. Aber oft waren es ja die tollsten Frauen, die sich am schwersten mit Männern taten. Dieser Gedanke tröstete auch mich ein wenig.

Am Nachmittag hatte ich einen Hausbesuch auf dem Programm. Hausbesuche machte ich bei Klienten, von denen ich mir beim Erstgespräch kein ausreichendes Bild hatte machen können. Ich wollte sie in ihrer heimischen Umgebung erleben, das half mir, sie besser einzuschätzen. Die meisten Interessenten reagierten zögerlich auf meinen Vorschlag – nicht so Kajetan Moll, dem ich heute meine Aufwartung machen würde. Er war ein schlanker, etwas linkischer Mann Ende dreißig, mit einem freundlichen Gesicht, einer riesigen Brille und leicht abstehenden Ohren. Der klassische Nerd also, mit dem früher kein Mädchen gehen wollte und der sich deshalb schon in jungen Jahren der virtuellen Welt zugewandt hatte. Aus seiner Leidenschaft für Computer und der Begabung fürs Programmieren hatte er einen Beruf gemacht: Er besaß eine Firma, die Software entwickelte, und verdiente eine Menge Geld.

Als ich ihm vorgeschlagen hatte, ihn zu besuchen, war er sofort einverstanden gewesen.

»Könnten Sie denn ein bisschen Kuchen mitbringen?«, hatte er gefragt, und ich hatte ihm erklären müssen, dass die Etikette ihn verpflichte, für den Kuchen zu sorgen. Er hatte überlegt und gesagt: »Ich kann Ihnen ja das Geld wiedergeben.«

Seinem auf Effizienz getrimmten Denkapparat war nicht zu vermitteln, dass es zwar praktischer war, wenn der Besucher den Kuchen mitbrachte, aber eben nicht üblich.

Vermutlich war ich – außer seiner Putzfrau – das erste weibliche Wesen, das seit Jahren seine Behausung betrat, jedenfalls begrüßte er mich so überschwänglich, als wäre ich bereits seine erste Verabredung. Von der waren wir, wenn meine Erfahrung mich nicht trog, allerdings noch meilenweit entfernt.

Stolz führte er mich durch sein Reich. Die Wohnung hatte drei nüchtern eingerichtete Zimmer, von denen zwei penibel aufgeräumt waren. Nur der Raum, in dem sich das Wohnzimmer befinden sollte, quoll von Computern und Monitoren über. Die obligatorische Sitzecke fehlte, dafür stand ein schwarzer

Charles-Eames-Ledersessel vor dem riesigen, an der Wand montierten Flachbildschirm. Das waren die beiden einzigen teuren Stücke in der Wohnung – dafür, dass Moll sicher ziemlich wohlhabend war, lebte er mehr als bescheiden. Die Küche war üblicher Standard, die Fliesen im Bad langweilig beige, die Armaturen älteren Datums. In keinem Detail spürte man irgendeinen Sinn für Ästhetik oder den Willen zur Gestaltung.

Was sollte ich sagen? »Schön haben Sie's hier« wäre eine glatte Lüge gewesen. »Sehr zweckmäßig« klang nicht gerade nach einem Kompliment. Bevor ich mit meinen Überlegungen zu Ende gekommen war, bat er mich in die Küche. Er deckte Teller, Tassen und Untertassen auf, die aus mindestens drei verschiedenen Service zusammengewürfelt waren.

»Tee oder Kaffee?«, fragte er galant. Sicherheitshalber wählte ich Tee – ich vermutete, dass er sowieso nur Teebeutel hatte. Da konnte nicht viel schiefgehen.

»Ich habe Kuchen besorgt«, sagte er stolz. Er förderte einen Fertigkuchen zutage, wie er in jedem Supermarkt zu haben war, und legte ihn in der Verpackung auf den Tisch. Daneben stellte er eine Dose Sprühsahne.

»Ich hoffe, Sie mögen Nusskuchen?«, erkundigte er sich so besorgt, als handelte es sich um eine edle Walnusstorte, deren Genuss ich auf keinen Fall verpassen dürfe.

Er war rührend in seiner jungenhaften Aufregung über meinen Besuch, aber mit jeder Minute sah ich seine Chancen auf die Partnerin, von der er träumte, schwinden. Trotz seiner offenkundigen Unbeholfenheit hatte er nämlich erstaunlich präzise Vorstellungen von seiner Traumfrau. Während des Erstgesprächs bei mir im Büro hatte er in seiner Jeanstasche gekramt, einen zerknitterten Ausschnitt aus einer Zeitschrift herausgezogen und ihn vor mich hingelegt. »Ich habe hier das

Foto einer Schauspielerin mitgebracht. Nur damit Sie eine ungefähre Vorstellung davon bekommen, welcher Frauentyp mir gefällt.«

Ich blickte auf das Foto, es zeigte Angelina Jolie.

Kurz hatte ich überlegt, ob ich ihm erklären solle, dass ich unter diesen Umständen leider nichts für ihn tun könne, aber dann hatte mein Mitgefühl gesiegt. Auch dieser Mann hatte das Recht auf eine passende Partnerin, und ich würde alles tun, ihm eine zu verschaffen. Vorher aber müsste er ein paar Dinge begreifen.

»Herr Moll, ich muss Sie jetzt mit einigen Tatsachen vertraut machen. Sie sind ein intelligenter Mann, Sie werden verstehen, was ich meine. Nicht umsonst spricht man auch im Bereich der Partnersuche von einem Markt. Und wie jeder Markt unterliegt auch dieser Markt den Gesetzen von Angebot und Nachfrage. Die Frau, die Sie mir gerade gezeigt haben, ist eine prominente Hollywood-Schauspielerin und gilt als eine der schönsten Frauen der Welt. Ohne Ihnen zu nahe treten zu wollen – sind Sie der Meinung, dass Ihr Marktwert ausreicht, um für so eine Frau eine adäquate Alternative zu einem Mann wie Brad Pitt darzustellen?«

Er blickte mich fragend an. »Wer ist Brad Pitt?«

Ich lachte auf. »Das meinen Sie jetzt nicht ernst, oder?«

»Ehrlich, ich kenne den Namen nicht. Wer ist das?«

Ich winkte ab. »Egal, vergessen Sie's. Worum es geht, ist: Sie haben etwas anzubieten. Und ich kann Ihnen dabei helfen herauszufinden, ob es für Ihr Angebot eine Nachfrage gibt oder ob Sie das Angebot optimieren müssen.«

Das klang vertraut für ihn, mit solchen Überlegungen hatte er in seiner Firma täglich zu tun.

Während ich mein Stück Nusskuchen mit Sprühsahne verspeiste und aus einer angeschlagenen Tasse den Beuteltee trank, stellte ich Herrn Moll Fragen zu seiner Familie, seiner Kindheit und Jugend, und zu meiner Überraschung fielen seine Antworten recht humorvoll aus. Es war nicht auszuschließen, dass er unfreiwillig komisch war, aber es war amüsant, ihm zuzuhören.

Plötzlich sprang er auf und kam mit ein paar Familienbildern zurück. »Das bin ich mit meinem kleinen Bruder Adrian«, erklärte er.

Kajetan und Adrian. Die Eltern hatten offenbar nach Höherem gestrebt.

Auf dem Foto sah man einen hübschen, ungefähr zwölfjährigen Jungen, daneben stand der drei oder vier Jahre ältere Kajetan, der, wie ich feststellte, nicht schlecht ausgesehen hatte. Die Haare waren ein wenig länger, die Brille fehlte, und der nackte, braun gebrannte Oberkörper war athletisch. Nur die Ohren hatten schon damals leicht abgestanden.

Ich sah ihn prüfend an. »Setzen Sie bitte mal die Brille ab.« Er folgte meiner Aufforderung und blickte mich fragend an. Tatsächlich, er hatte sehr schöne Augen. Blau, mit langen, dunklen Wimpern.

»Sie verstecken ja das Beste an Ihrem Gesicht! Die Brille muss weg. Entweder Sie versuchen es mit Kontaktlinsen, oder ich gehe mit Ihnen ein Modell kaufen, bei dem Ihre Augen besser zur Geltung kommen.«

Moll nickte eifrig.

Dann fragte ich ihn nach Freizeitaktivitäten. Bereitwillig gab er Auskunft. Er höre gern Musik, liebe die Berge und habe eine Schwäche für Kabarett und Volkstheater. »Mein Idol ist der Karl Valentin. Ich sehe ihm ja auch ein bisschen ähnlich.«

So schlimm war es dann doch nicht, fand ich. Eher sah ich

eine Ähnlichkeit mit Bill Gates, aber ich war mir nicht sicher, ob er das als schmeichelhaft empfinden würde, deshalb behielt ich es für mich.

Wir plauderten noch ein bisschen, dann stand ich auf, um mich zu verabschieden.

»Und, wie geht es jetzt weiter?«, fragte er aufgeregt.

»Ich melde mich bei Ihnen. Aber Sie können auch gleich den Vertrag unterschreiben, wenn Sie möchten.« Ich legte das Dokument vor ihn auf den Küchentisch, und er unterschrieb.

In Gedanken versunken, ging ich die Treppe hinunter, aus dem Haus und zu meinem Wagen. Was für ein Kontrastprogramm! Heute Morgen die vor Vitalität und Erotik strotzende Elvira Wagner, die mit allen Sinnen das Schöne genießen wollte, heute Nachmittag der intelligente, aber sozial inkompetente Kajetan Moll, der Fertigkuchen und Sprühsahne für den Gipfel kulinarischen Genusses hielt. Unterschiedlicher konnten Menschen nicht sein.

Als ich nach Hause kam, fand ich in meiner Küche unerwarteten Besuch vor. Ein Junge und ein Mädchen im Alter von Paul, beide mit blonder Ponyfrisur, beide kompakt gebaut, saßen am Tisch und aßen Nutellabrote. Als sie mich bemerkten, sahen sie auf.

Das Mädchen sagte: »Hallo. Bisch du die Cora?«

»Ja«, antwortete ich. »Und wer seid ihr?«

»Mir sind die Kinder von dr Hella.«

Natürlich. Anna und Lukas. Das letzte Foto, auf dem ich sie gesehen hatte, war schon etwas älter gewesen.

»Na, das ist ja eine Überraschung!«, sagte ich und lächelte.

»Findsch?«, gab Anna zurück.

»Ich freue mich, euch mal persönlich kennenzulernen!«

»Mir uns au«, murmelten die beiden gleichzeitig und vertieften sich wieder in die Vernichtung ihrer Brote. Was für seltsame Geschöpfe. Da hatte das nüchtern-schwäbische Hennemann-Erbgut voll durchgeschlagen. Keine Spur von der Herzlichkeit ihrer Mutter.

»Wo ist denn Hella?«, fragte ich.

Lukas machte eine Kopfbewegung zu Pauls Zimmer.

»Die packt.«

»Wie bitte?« Ich drehte mich um, schoss aus der Küche und fand eine verheulte Hella, die Kleidungsstücke in ihr Köfferchen legte.

Ich klappte den Deckel zu. »Du hörst sofort damit auf.«

»Lass mich, Cora. Die beiden brauchen mich.«

Ich stieß die Luft aus. »Hella, deine Kinder sind neunzehn Jahre alt! Sie sind erwachsen!«

Hella setzte sich aufs Bett und erzählte unter Tränen, wie die beiden plötzlich vor der Tür gestanden hätten, wie sie ihr in die Arme geflogen seien und ihr gesagt hätten, wie sehr sie sie vermissten und wie schlecht es ihrem Vater gehe …

»Und wie schlecht das Essen ist, seit du nicht mehr für sie kochst«, unterbrach ich sie. »Fall doch darauf nicht rein, Hella! Wahrscheinlich hat ihr Vater sie geschickt, und kaum bist du wieder bei ihm, sind die beiden weg. Schau dir Paul an!«

Sie wurde nachdenklich.

Ich setzte sofort nach. »Kinder in diesem Alter müssen aus dem Haus! Alles andere ist ungesund.«

»Sagst ausgerechnet du!«, triumphierte Hella. »Du beklagst dich doch unaufhörlich darüber, dass dein Sohn dich verlassen hat!«

Zugegeben, Theorie und Praxis klafften bei mir gelegentlich etwas auseinander, aber ich war mir dessen immerhin bewusst.

Ich setzte mich neben Hella, legte den Arm um sie und erinnerte sie an alles, was sie mir über ihre Ehe erzählt hatte. Wie unausgefüllt und unverstanden sie sich fühle. Wie dringend sie sich ein neues, eigenes Leben aufbauen wolle, weil das alte einfach nicht mehr richtig für sie sei.

Gehorsam blieb sie sitzen und hörte zu. Dann schniefte sie ein letztes Mal. »Du hasch recht«, sagte sie. »Ich geh und sag's ihnen.«

Ich merkte, dass sie all ihren Mut zusammennehmen musste, aber dann stand sie auf, straffte den Rücken und ging zur Tür.

»Eines noch, Hella-Schatz.«

Sie drehte sich um. »Was?«

»Wenn du weiter hierbleiben willst, musst du mir was versprechen.«

»Ja?«

»Dass du nicht mehr schwäbisch sprichst.«

Sie grinste. »Verschprocha.«

Einen Moment blieb ich noch sitzen, dann folgte ich ihr zur Küche. Ich versuchte zu lauschen, aber ich konnte nichts verstehen, hörte nur Stimmen in unterschiedlichen Tonlagen. Aufgeregt und hoch die von Anna, mürrisch und tief die von Lukas und dazwischen die gleichmäßig ruhige Stimme von Hella, die wiederholt zu erklären schien, warum sie entgegen dem Wunsch ihrer Kinder und ihres Mannes nicht nach Hause kommen werde.

Ich hörte das Rücken von Stühlen und Schritte, die in Richtung Flur kamen. Schnell flüchtete ich ins Schlafzimmer. Durch den Türspalt beobachtete ich, wie Hella Lukas und Anna umarmte und die beiden mit gesenktem Kopf die Wohnung verließen.

Die Kinder taten mir leid. Hella tat mir leid. Sogar Hennemann tat mir leid. Für manche Konflikte gab es keine guten Lösungen. Nur schmerzhafte und noch schmerzhaftere.

VIER

Ich hatte mich notgedrungen mit meiner Rolle als störende Nervensäge abgefunden und versuchte, Ivans vorübergehendem Auszug mit Verständnis zu begegnen. Trotzdem war ich verletzt. Außerdem kam es mir so vor, als hätte ich irgendetwas Wichtiges übersehen, ein Detail, das mir Aufschluss über sein seltsames Verhalten hätte geben können. Schließlich hatte er mich zwanzig Jahre ertragen, wie ich war, warum also diese plötzliche Flucht? Lag es wirklich nur an mir, oder gab es andere Gründe, die mehr mit ihm zu tun hatten?

Vielleicht könnte eine Person, die von außen auf uns blickte, Dinge wahrnehmen, die wir selbst nicht mehr sehen konnten. Paare waren oftmals so verstrickt in ihr persönliches Problemgewirr, dass es manchmal einen Anstoß von anderen brauchte, damit sie sich selbst wieder verstanden. Aber obwohl ich so viele Freunde hatte, schaffte ich es nicht, mich einem von ihnen anzuvertrauen.

Hella war mit ihren eigenen Problemen beschäftigt. Uli war eine ideale Freundin für den Alltag, zum Austausch über aktuelle Befindlichkeiten und zum Ablästern über andere – im Krisenfall war sie überfordert. Arne und Hubert waren wild entschlossen, nur das Positive wahrzunehmen. Problemen –

insbesondere denen von anderen – begegneten sie, indem sie sie ignorierten.

Am liebsten hätte ich mich Katja anvertraut, aber was Ivan betraf, hatten wir ein Schweigeabkommen. Es war undenkbar, dass ich mich bei ihr über ihren Exmann ausheulte. Das wäre Ivan gegenüber unfair und hätte Katja in Loyalitätskonflikte gestürzt, weil sie ja mit uns beiden eine enge Beziehung hatte.

So war ich überrascht, als sie mich eines Mittags im Büro anrief und fragte, ob wir uns abends sehen könnten. Es klang so, als wollte sie über etwas Bestimmtes mit mir sprechen, und aus irgendeinem Grund glaubte ich, dass es um Ivan ging.

Wir verabredeten uns in einem indischen Restaurant bei mir um die Ecke, in dem seit Jahren so wenig los war, dass ich mich fragte, wie die Wirtsleute überleben konnten. Dabei war das Essen gut, und durch das geringe Gästeaufkommen war es angenehm ruhig.

Ich war die Erste, und so wählte ich einen Ecktisch ganz hinten im Lokal, bestellte einen Mango-Lassi und saugte gedankenverloren an meinem Strohhalm.

Katja schwebte in den Raum, und wie jedes Mal, wenn ich sie sah, wurde ich mir ihrer ungewöhnlichen Erscheinung bewusst. Sie war nicht einfach nur schön. Ihre Anziehungskraft beruhte auch darauf, dass sie sich dieser äußerlichen Attraktivität nicht bewusst zu sein schien. Sie war nicht besonders eitel, kleidete sich elegant, aber nicht auffällig, und gerade in dieser Nachlässigkeit lag ein besonderer Reiz.

Ich stand auf, wir begrüßten uns mit Küssen auf die Wangen.

»Schön, dich zu sehen«, sagte ich lächelnd.

»Danke, dass du dir Zeit genommen hast«, erwiderte sie, was meinen Eindruck bestätigte, dass sie etwas Bestimmtes von mir wollte.

Wir studierten die Speisekarte. Dann sprachen wir über meine Geburtstagsfeier; Katja fand, es sei ein großartiger Abend gewesen.

»Und, wie ist es jetzt mit fünfzig?«, erkundigte sie sich augenzwinkernd. »Was treiben die Triebe?« Wir lachten bei der Erinnerung an die musikalische Darbietung von Paul und seinen Freunden.

»Sie treiben es wohl weiter wild«, sagte ich, eine Textstelle zitierend. »Allerdings nicht bei mir.«

Wenn das keine Vorlage für ein Gespräch über Ivan war. Aber Katja ging nicht darauf ein.

Wir bestellten unser Essen. Zuerst einen gemischten Vorspeisenteller, dann Lammcurry mit Spinat, Kichererbsen auf südindische Art und Nan, das weiche Hefebrot, das ich so liebte.

»Und nun raus damit«, sagte ich. »Worüber willst du reden?«

Plötzlich wurde Katja nervös. Mit einer fahrigen Bewegung griff sie nach einem der hauchdünnen Linsenfladen, die vor uns auf dem Tisch standen, und begann, ihn in winzige Stücke zu zerbröseln.

»Das ist jetzt echt schwierig für mich«, sagte sie. »Ich weiß gar nicht, wie ich anfangen soll.«

Gespannt beugte ich mich näher zu ihr. »Leg einfach los. Und mach dir keine Sorgen, wie es bei mir ankommt, ich verkrafte es schon.«

Katja wischte die Krümel zu einem kleinen Häufchen zusammen und fing gleichzeitig an zu sprechen.

»Was ich dir zu sagen habe, ist … eine Art Geständnis. Es ist etwas, das während der letzten Jahre passiert ist und worüber ich noch mit keinem Menschen gesprochen habe. Aber für mich hat … ein neuer Lebensabschnitt begonnen. Und da möchte ich mit dieser alten Geschichte abschließen. Ich möchte dir davon erzählen, ich möchte es beichten, verstehst du? Und dann möchte ich deine Absolution.«

Ich schluckte und machte ein Geräusch, das wie »hrrr-grrmpf« klang.

Katja schien es nicht bemerkt zu haben. »Du wirst es sicher schrecklich finden, und ich schäme mich auch dafür. Aber ich konnte nicht anders, weißt du?«

Ich brachte kein Wort heraus, deshalb nickte ich nur. In meinem Kopf rasten die Gedanken. Was wollte sie mir mit diesen Andeutungen sagen? Und warum wollte sie es ausgerechnet *mir* sagen? Ging es etwa um sie und …Ivan?

Der Kellner brachte die Vorspeise. Mir steckte ein solcher Kloß im Hals, dass ich keinen Bissen herunterbekam. Ich schnitt das Gemüse auf meinem Teller in kleine Stücke, nahm eines davon in den Mund und schob es von einer Backentasche in die andere. Irgendwann spülte ich es im Ganzen mit einem Schluck Bier hinunter.

»Es fing an, als ich aus Italien zurückkam«, sagte Katja. Nach Mattis Tod hatte sie einige Zeit an einem Krankenhaus in Mailand gearbeitet. Ungefähr zu der Zeit, als Ivan und ich uns kennengelernt hatten, war sie zurückgekommen.

»Wie du weißt, hatte ich seither keine feste Beziehung mehr. Jede Form von emotionaler Nähe hat in mir Panik ausgelöst. Mattis Verlust … Ich weiß nicht, wie ich es ausdrücken soll …« Sie schluckte. »Ich wollte einfach nie mehr jemanden lieben aus Angst, ich könnte ihn wieder verlieren. Mehr noch, eine Zeit lang war ich sogar von der Vorstellung besessen, jeder, den ich liebe, müsste bald sterben.«

Ich nahm ihre Hand und drückte sie. Für das, was Katja an Schmerz erlebt hatte, müsste ich ihr eigentlich alles verzeihen. Sogar ein Verhältnis mit meinem Mann.

»Aber ich hatte Sehnsucht nach Sex«, fuhr Katja fort. »Der Orgasmus war vielleicht der einzige Moment, in dem ich mich überhaupt spüren konnte. Sonst war ich wie taub, mein Körper schien nicht zu mir zu gehören, und meine Gefühle schob ich so weit wie möglich von mir weg.«

In diesem Moment bekam ich vor Aufregung Schluckauf. »Ich muss mal eben ... hicks ... bin gleich wieder da«, stammelte ich, stand ruckartig auf und stürmte aus dem Lokal. Draußen standen ein paar Raucher beisammen. Einem von ihnen entriss ich eine Zigarette und bat ihn um Feuer. Er blickte mich befremdet an, sagte aber nichts. Er schien zu begreifen, dass es sich um einen Notfall handelte.

Ich stand da, die Straße war in sommerliches Abendlicht getaucht, die letzten Strahlen der Sonne blendeten mich. Ich schloss die Augen, sog den Rauch ein, hickste und versuchte, mich zu beruhigen. Es war Jahre her. Es war nur Sex. Die beiden waren mal verheiratet gewesen. Sie teilten ein schweres Schicksal. Ich müsste Verständnis haben. Ich müsste ...

Verdammt! Warum müsste ich Verständnis haben? Ich war schließlich nicht schuld an dem Schrecklichen, das sie erlebt hatten! Es war ein gemeiner, doppelter Betrug! Außerdem ... was hatte Katja vorhin gesagt? Sie stehe am Beginn eines neuen Lebensabschnittes? Genau dann, wenn Ivan eine Auszeit brauchte? War das Ganze etwa ein mieses Komplott? Hatten die beiden sich wiedergefunden – und ich war die Letzte, die davon erfuhr?

Ich feuerte die Kippe auf die Straße und trat darauf herum, bis sie in ihre Atome zerlegt war. Dann raste ich zurück ins Lokal und nahm Kurs auf Katja.

»Wo bleibst du denn so lange?«, fragte sie ruhig. »Dein Essen ist ja ganz kalt geworden.«

Ich setzte mich wieder, hickste noch mal und sagte so beherrscht, wie ich konnte: »Entschuldige bitte. Erzähl weiter.«

»Um es kurz zu machen«, sagte Katja. »Ich bin auf solche Internetportale gegangen.«

»Was für Internetportale?«

»Na, wo Leute sich treffen, die nicht an einer Beziehung interessiert sind, sondern ausschließlich an Sex. Ich war meistens auf Orchid Café.«

Natürlich kannte ich solche Portale, war aber immer der Meinung gewesen, dass sich dort nur Loser herumtrieben. Eine Frau wie Katja hätte ich dort nie vermutet.

»Und das hat funktioniert?«, fragte ich zweifelnd.

»Für mich ja«, sagte sie. »Ich habe gefunden, was ich gesucht habe.«

»Und was hat das alles mit Ivan zu tun?«, wollte ich wissen.

Katja warf mir einen fragenden Blick zu. »Mit Ivan? Nichts.«

Ich hob die Hand, um sie zu stoppen. »Moment mal. Nur, damit ich nichts falsch verstehe, du hast dich also nicht mit Ivan zum Sex getroffen, sondern mit irgendwelchen wildfremden Männern?«

Katja starrte mich verwirrt an und lachte. »Ja, genau. Hätte ich mich lieber mit Ivan treffen sollen? Ich glaube nicht, dass dir das gefallen hätte.«

»Nein, das hätte mir wohl nicht gefallen«, sagte ich und brach in hysterisches Kichern aus.

»Was ist daran so lustig?«, fragte Katja gekränkt. »Mir ging es echt nicht gut in dieser Zeit.«

Ich schnappte nach Luft. »Tut mir leid! Du kannst nichts dafür.« Was für eine Idiotin ich war!

»Es war nicht toll, ich hatte Schuldgefühle. Manche Männer haben sich in mich verliebt und wollten mehr. Wenn ich das gespürt habe, habe ich sie sofort abserviert. Am besten ging es mir, wenn es mit einem Mann völlig anonym blieb. Wenn wir gevögelt und uns wieder getrennt haben, ohne auch nur unsere Vornamen voneinander zu erfahren. Ich war in dieser Zeit ziemlich schrecklich, und das ist mir heute unangenehm.«

Endlich hatte ich mich wieder unter Kontrolle. »Ich finde das gar nicht schrecklich«, sagte ich. »Es hat dir geholfen, diese furchtbare Zeit zu überstehen, nur das zählt.«

Katja sah immer noch unglücklich aus. »Du findest es nicht … unmoralisch?«

»Überhaupt nicht.« Ich legte meine Hand auf ihre. »Danke für dein Vertrauen. Ich bin froh, dass du es mir erzählt hast.«

Sie atmete auf. »Ich auch.«

Endlich war mein Appetit zurückgekehrt, und ich stopfte das kalt gewordene Essen in mich hinein. Plötzlich hielt ich inne, schluckte herunter und fragte: »Aber warum erzählst du mir das ausgerechnet jetzt?«

Katja knetete wieder ihre Hände. »Na ja, die Sache ist die … Ich habe jemanden kennengelernt. Schon vor einiger Zeit. Und es ist was Ernstes.«

»Das ist ja wunderbar!«, rief ich, sprang auf und umarmte sie stürmisch.

»Aber diese Geschichte hat mich belastet«, sagte Katja. »Ich habe mich irgendwie … beschmutzt gefühlt. Ich wollte es dir erzählen, um es loszuwerden. Wie eine Beichte eben. Ich will geläutert in diese neue Lebensphase gehen.«

Ich machte ein Kreuzzeichen auf ihrer Stirn. »Ego te absolvo.«

Sie lachte. »Ist es jetzt weg?«

»Weg«, versprach ich. »Für immer.«

Sie seufzte. »Ich wusste, dass du die Richtige bist. Beziehungsexpertin eben.«

Ich verschluckte mich an einer Kichererbse und bekam einen Hustenanfall. »Beziehungsexpertin? Ich?«

»Na klar, ist doch dein Beruf!«

Ich wollte ihr das Vertrauen in meine Fähigkeiten nicht nehmen. Stattdessen fragte ich: »Und wann lerne ich ihn kennen?«

Katja knetete wieder ihre Hände. »Bald. Ich sage dir Bescheid, okay?«

»Ich kann's kaum erwarten!«

Ich versuchte, sie weiter auszufragen, aber sie wollte offenbar nicht über ihre neue Liebe sprechen und wechselte das Thema.

In der Stadt waren gehäuft Masernfälle aufgetreten, und Katja echauffierte sich über die Unvernunft von Eltern, die ihre Kinder nicht impfen ließen. Als Sicherheitsfanatikerin hatte ich Paul natürlich gegen alles impfen lassen, was überhaupt ging, und bedauerte nur, dass es nicht noch mehr Krankheiten gab, denen man vorbeugen konnte. Am liebsten hätte ich ihn auch noch gegen Liebeskummer, berufliches Versagen und Geldprobleme geimpft, sodass ihm nichts Schlimmes mehr zustoßen könnte.

Als der Abend sich dem Ende näherte, fragte ich beiläufig: »Sag mal, hast du irgendwas von Ivan gehört?«

»Von Ivan? Nein. Was ist los?«

»Ich weiß es nicht genau. Er bereitet eine große Ausstellung vor und fühlt sich durch mich gestört, deshalb ist er in seine Wohnung zurückgezogen.«

»Und wie geht's dir damit?«, fragte Katja.

Ich zuckte die Schultern. »Ich finde, er macht es sich ganz schön leicht. Einfach abzuhauen …«

»Manchmal ist ein bisschen Abstand gar nicht so schlecht. Kann der Anfang von etwas Neuem sein.«

»Oder der Anfang vom Ende«, orakelte ich düster.

»Ach Quatsch!« Sie lachte. »Möchtest du Nachtisch?«

»Nein danke.«

Über zwei Wochen waren vergangen, seit Ivan ausgezogen war. Ich begann mich zu fragen, wie lange so eine Auszeit dauerte. Natürlich hätte ich das auch ihn fragen können, aber das verbot mir mein Stolz. Ich hatte ihn die ganze Zeit nicht angerufen. Nur einmal, als der Stromableser gekommen war und ich den Zähler nicht gefunden hatte. Dann noch einmal, als unser Bankberater uns eine neue Anlagemöglichkeit vorgeschlagen hatte. Ach ja, und einmal noch, als Paul seine Lederhose gesucht hatte. Beim ersten Mal war Ivan freundlich gewesen und hatte dem Strommann erklärt, wo der Zähler war. Bei der Sache mit der Bank hatte er genervt reagiert und gesagt, wir hätten kein Geld zum Anlegen. Und bei der Lederhose hatte er ohne ein Wort aufgelegt.

Dann hatte ich mal eine SMS geschickt. *Hoffe, es geht dir gut und du kommst mit der Arbeit voran. Melde dich, wenn du Lust hast.* Darauf hatte er nicht geantwortet. Ich fand, dass er es mit der Abgrenzung nicht ganz so weit treiben musste.

Vielleicht war er es ja, der eine Midlife-Crisis hatte? Womöglich schlug er sich mit all den Fragen herum, die ich mir noch gar nicht gestellt hatte. Lebe ich das richtige Leben? War das schon alles, oder kommt da noch was? Wer bin ich, und wenn ja, wie viele? Aber wenn es so war, wieso sprach er dann nicht mit mir darüber?

Ich hatte gar keine Zeit für eine Krise. Ich musste arbeiten und mir Sorgen um Paul machen, ich wollte gut aussehen und nach Möglichkeit ein bisschen Spaß haben. Damit war ich so ausgefüllt, dass für tiefschürfende Gedanken übers Älterwerden kein Platz war. Also würde ich weitermachen wie bisher und hoffen, dass mein Mann zur Vernunft kam.

Wir bezahlten und verließen das Lokal. Die indischen Wirtsleute verbeugten sich lächelnd.

Draußen umarmte Katja mich voller Wärme. »Noch mal danke fürs Zuhören, Cora, das war sehr wichtig für mich.«

Wie immer im Sommer boomte meine Branche. Es war Mitte Juni, das Wetter der Jahreszeit entsprechend, die Menschen flanierten durch die Straßen, saßen in Biergärten, lagen im Freibad und an den Seen der Umgebung. Niemand wollte jetzt allein sein. Ich bekam täglich mehrere Mails und Anrufe von Bindungswilligen und wusste vor Arbeit nicht mehr, wo mir der Kopf stand.

Für Elvira Wagner hatte ich zwei Kandidaten auserkoren, die sie im Laufe der nächsten Woche treffen sollte. Benno, einen sportlichen, vierzigjährigen Unternehmer, der äußerlich ihrem Beuteschema entsprach, aber ein ziemlicher Angeber war, sowie Werner, der zwar schon Ende fünfzig war, den ich aber sehr sympathisch fand. Meine Strategie war simpel: Zuerst würde sie Benno treffen. Er sollte ihr die Lust an einem jüngeren Mann austreiben. Danach wäre sie umso angenehmer von Werner überrascht. Ich war gespannt, ob meine Rechnung aufgehen würde.

Bei Kajetan Moll war die Sache schwieriger. Ich hatte ihm die Videoaufzeichnungen zweier Kandidatinnen gezeigt, die meiner Meinung nach seinem »Marktwert« entsprachen. Er hatte aus seiner Enttäuschung keinen Hehl gemacht.

»Seien Sie mir nicht böse, Frau Schiller, aber von dieser Art Frauen habe ich genügend in meiner Firma. Die sind nett und intelligent, aber wenn ich so eine kennenlernen wollte, dann wäre ich nicht zu Ihnen gekommen. Ich hatte gehofft, durch Sie könnte ich eine … besondere Frau kennenlernen.«

Ach Kajetan, dachte ich, man merkt, wie unerfahren du bist.

Sonst wüsstest du, dass man sich nicht in einen Menschen verliebt, weil er besonders ist, sondern dass man sich zuerst verliebt und dann glaubt, der andere sei besonders. Besonders sind wir alle, du, ich und jeder – in den Augen desjenigen, der uns liebt.

Immerhin hatte Moll begonnen, sein Styling zu ändern. Er hatte die Brille durch Kontaktlinsen ersetzt, war beim Friseur gewesen und sah schon ein ganzes Stück besser aus als bei unserer ersten Begegnung. Nun juckte es mich in den Fingern, ihn auch noch neu einzukleiden. Das hatte ich mich noch bei keinem Klienten getraut, aber Moll war ja erstaunlich schmerzfrei. Tatsächlich reagierte er begeistert, als ich es ihm anbot.

»Das wäre großartig, Frau Schiller. Ich hasse nämlich das Einkaufen.« Darin immerhin unterschied er sich nicht von den meisten Männern.

So war ich also eines Nachmittages mit Kajetan Moll in der Münchener Fußgängerzone verabredet, wo wir einen Streifzug durch die Herrenbekleidungsgeschäfte planten. Ich traute meinen Augen nicht, als er in einem altmodischen Kurzarmhemd, mit kurzen Hosen, Socken und Sandalen an unserem Treffpunkt eintraf.

»Wie sehen Sie denn aus?«, entfuhr es mir entsetzt.

Er sah an sich hinunter. »Wieso? Was meinen Sie?«

Ich erklärte ihm, dass kurze Hosen, Socken und Sandalen ein absolutes No-Go seien, dass man sich damit nicht einmal mehr an einem bulgarischen Badestrand blicken lassen könne und schon gar nicht in einer mitteleuropäischen Großstadt.

»Aber das trage ich immer, wenn es heiß ist!«, verteidigte er sich.

»Ab heute nicht mehr«, sagte ich. »Jetzt machen wir einen anderen Menschen aus Ihnen!«

Moll begann eine Diskussion darüber, dass er kein anderer

werden wolle und es doch die inneren Werte seien, die einen Menschen ausmachten.

Ich blieb stehen. »Ausgerechnet Sie, der Sie Angelina Jolie zum Maßstab für weibliche Schönheit erhoben haben, erzählen mir was von inneren Werten? Und außerdem: Wer soll denn Ihre inneren Werte erkennen, wenn er vor Ihrer äußeren Erscheinung schon die Flucht ergriffen hat?«

Danach war er still und trottete brav hinter mir her. Wir arbeiteten uns durch mehrere Geschäfte, ich nötigte ihn dazu, unzählige Jeans, T-Shirts, Hemden, Anzüge und Pullover anzuprobieren. Am Ende bestand unsere Ausbeute aus vier riesigen Tüten voller Kleidung und Schuhe. Sogar Unterhosen und Socken hatte ich ihm aufgezwungen, weil ich mir vorstellen konnte, in welchem Zustand sich seine Leibwäsche befand. Für den gesamten Einkauf hatte Moll widerspruchslos zweieinhalbtausend Euro hingeblättert. Man konnte ihm nicht vorwerfen, dass er nicht bereit war, in das Projekt »Nerd sucht Traumfrau« zu investieren.

Erschöpft landeten wir in einem Café, wo ich ein riesiges Stück Torte nebst einem doppelten Cappuccino zu mir nehmen musste, um wieder zu Kräften zu kommen. Moll bestellte hausgemachten Nusskuchen mit Schlagsahne und bemerkte überrascht, dass der um einiges besser schmeckte als Fertigkuchen.

»Und wie geht es jetzt weiter?«, kam seine Standardfrage.

»Als Nächstes misten Sie Ihren Kleiderschrank aus!«, befahl ich.

Er überlegte. »Könnten nicht Sie das für mich machen? Sie haben da einfach den besseren Blick.«

Einen kurzen Moment fand ich die Vorstellung verlockend, dann wurde mir klar, dass das zu weit gehen würde. Ich konnte den Mann ja nicht völlig entmündigen.

»Nein, Herr Moll, das müssen Sie schon selbst machen. Am

besten wäre es vielleicht, einfach alles in die Altkleidersamm-
lung zu geben.«

»Alles?«

»Alles.«

»Und dann?«

»Dann machen wir eine Video-Aufnahme mit dem neuen Kajetan Moll. Der sieht nämlich schon viel besser aus als der alte.«

Er strahlte. »Ich bin Ihnen ja so dankbar! Darf ich Sie einladen, obwohl Sie so eine emanzipierte Frau sind?«

»Wissen Sie, Emanzipation bedeutet nicht, dass Sie als Mann
nicht mehr ritterlich sein dürfen«, erklärte ich geduldig. »Auch
emanzipierte Frauen freuen sich, wenn ihnen ein Mann den
Koffer trägt oder die Tür aufhält. Bei der ersten Verabredung
wird übrigens erwartet, dass der Mann zahlt. Später, wenn man
sich besser kennt, ist es okay, die Rechnung zu teilen.«

Staunend hatte er zugehört. »Ich muss wohl noch einiges lernen, Frau Schiller. Wie gut, dass ich jetzt Sie habe!«

Beschwingt ging ich am frühen Abend nach Hause. Zugegeben,
es machte mir Spaß, einen Mann nach meinen Vorstellungen zu
verändern. Natürlich war es schade, dass Menschen so stark auf
Äußerlichkeiten fixiert waren, und die Welt wäre sicher besser,
wenn wir uns ausschließlich auf die inneren Werte konzentrieren würden. Aber so war es nun mal nicht, also musste ich zusehen, wie ich Herrn Moll marktfähig machte.

Ich stieg aus der U-Bahn und ging durch die belebten Straßen meines Viertels mit ihren Geschäften und Cafés. Auf dem
Platz vor meinem Stammcafé waren die Tische fast vollständig
besetzt, gewohnheitsmäßig scannte ich die Gäste ab, um zu
sehen, ob Bekannte darunter waren. Das Gesicht einer jungen
Frau kam mir vertraut vor, ich ging näher hin. »Sybille?«

Sie sah auf, dann lächelte sie und sagte: »Cora, was für eine Überraschung!«

Sybille war vor einiger Zeit als Klientin zu mir gekommen. Sie war hübsch, sexy und bestimmt nicht einsam, aber sie war gerade dreißig geworden und fragte sich, ob es nicht langsam Zeit für Ehe und Kinder wurde. Ihr Liebesleben war mehr als unübersichtlich, und sie hatte beschlossen, mit meiner Hilfe etwas Ordnung hineinzubringen. Insbesondere wollte sie eine andere Art Männer kennenlernen als die, die sie bei ihren Streifzügen durchs Nachtleben üblicherweise aufgabelte. Sie führte ein ähnlich chaotisches Leben, wie ich es in diesem Alter geführt hatte, und überhaupt hatte sie mich sehr an mich erinnert. Sie war mir spontan sympathisch gewesen, und als sie nach einigen fehlgeschlagenen Versuchen die Suche vorerst aufgegeben hatte, waren wir ein paarmal zusammen ausgegangen. Wir hatten ganze Nächte durchgefeiert. Ich war zum ersten Mal auf richtigen Raves gewesen, hatte zu viel getrunken und sogar mal wieder Ecstasy genommen. In ihrer Gegenwart hatte ich mich richtig jung gefühlt, es war wie ein Ausflug in die eigene Vergangenheit gewesen. Ivan und Paul ahnten natürlich nichts von diesen Ausschweifungen.

»Wie geht's dir?«, fragte ich und setzte mich auf den Stuhl neben ihr. Ich freute mich, sie zu sehen.

»Ganz gut, danke. Es ist bloß … Ich bin verabredet.«

»Kein Problem«, sagte ich. »Sobald deine Verabredung kommt, bin ich weg. Also, was gibt's Neues?«

Sie erzählte von ihrem Job als freie Producerin beim Film, der ebenso interessant wie nervenaufreibend war. Sie arbeitete sich halb tot, war ständig unterwegs, kämpfte mit eigensinnigen Regisseuren, zickigen Schauspielern und ständiger Geldnot. Seit ich sie kannte, beklagte sie sich und träumte angeblich von einer gemütlichen Festanstellung bei einem Fernsehsender, gleichzeitig war klar, dass sie das keinen Tag aushalten würde.

Während sie sprach, blickte sie sich mehrmals um, ob ihre Verabredung schon zu sehen war. Wen auch immer sie erwartete, der- oder diejenige gehörte offenbar nicht zu den Menschen, die es mit der Pünktlichkeit genau nahmen. Mir war es recht, auf diese Weise hatten wir ein bisschen Zeit zum Reden.

»Und, was macht die Liebe?«, fragte ich.

Sie seufzte. »Alles wie immer. Jede Menge Typen am Start, aber nichts Ernstes. Vielleicht bin ich dafür auch gar nicht geschaffen. Wenn bloß die verdammte biologische Uhr nicht wäre. Obwohl es in mein Leben überhaupt nicht reinpassen würde, wünsche ich mir ein Kind. Blöd, oder?«

»Gar nicht blöd«, sagte ich. »Kinder kommen übrigens immer zum falschen Zeitpunkt, und ob der Erzeuger als Vater was taugt, weiß man meistens auch erst hinterher. Also, lass die Dinge entspannt auf dich zukommen.«

Sie nickte. »Ja, das ist wahrscheinlich das Beste. Und wie geht's dir?«

»Ich sehe mich allmählich nach einem Platz im Altersheim um«, sagte ich und amüsierte mich über ihren Gesichtsausdruck. Dann begriff sie. »Mensch, du bist fünfzig geworden! Herzlichen Glückwunsch!«

Immer schon hatte ich mich gefragt, warum einem die Leute zum Geburtstag gratulierten. Viel logischer wäre es doch, den Eltern zu gratulieren. Aber je älter ich wurde, desto klarer wurde es mir: Irgendwann beglückwünschten einen die Leute dazu, dass man überhaupt noch da war.

»Und, wie fühlt es sich an?«, fragte Sybille.

»Ehrlich gesagt, kein bisschen anders als vorher. Runde Geburtstage werden überschätzt.«

»Ich fühle mich manchmal uralt«, sagte sie. »Vor allem weil die Typen, die mir gefallen, immer jünger werden.«

Sie sah an mir vorbei nach oben und lächelte jemanden an, der hinter mir stand. »Da bist du ja.«

Ich drehte mich um. Es war mein Sohn.

»Darf ich vorstellen«, sagte Sybille. »Cora Schiller, Paul Remky.«

»Ähm, wir kennen uns«, murmelte ich.

»Was machst du denn hier, Mom?«, fragte Paul. »Spionierst du mir nach?«

Ich stand auf. »Mein Schatz, ich habe viele erstaunliche Fähigkeiten, aber in die Zukunft blicken kann ich nicht. Woher hätte ich wissen sollen, dass du hier auftauchst?«

Sybille blickte entgeistert zwischen uns hin und her. »Ich glaub's ja nicht. Du bist … Ihr seid …«

»Genau«, sagte ich. »Paul ist mein Sohn. Unter diesen Umständen nehme ich übrigens zurück, was ich gerade übers Kinderkriegen gesagt habe. Tu mir einen Gefallen, und lass es bitte nicht entspannt auf dich zukommen, ja?«

Ich war außer mir. Mein Sohn, mein süßer, kleiner Paul, den ich vor kurzer Zeit noch gewickelt und gestillt hatte, ging mit einer Frau ins Bett, die fast doppelt so alt war wie er!

Ich fühlte mich betrogen, fast so, als hätte ich meinen Mann mit einer Geliebten erwischt. Und ich blöde Kuh hatte Sybille noch ermutigt, sich schwängern zu lassen, weil Kinder ja immer zum falschen Zeitpunkt kämen und Väter ohnehin keine berechenbare Größe seien! Was, wenn sie es tat? Wenn sie die Gene meines wunderbaren Sohnes per Samenraub an sich bringen und ein Kind kriegen würde? Aaaargh!

Ich musste Ivan anrufen. In seiner Wohnung war er nicht. Ich erreichte ihn auf dem Handy.

»Stell dir vor, was passiert ist!«, platzte ich heraus.

»Du, es passt gerade nicht«, sagte er kurz angebunden. »Kann ich dich zurückrufen?«

»Wann passt es dir denn überhaupt?«, rief ich wütend. »Muss erst jemand sterben, bis du dich herablässt, mit mir zu reden?«

»Ist jemand gestorben?«, fragte er.

»Nein.«

»Na, dann reicht es ja auch später noch.«

Fassungslos legte ich das Telefon weg. Womit hatte ich eine solche Behandlung verdient? War ich wirklich so übergriffig, dass Ivan sich in dieser rigorosen Weise von mir abgrenzen musste? Und wenn ja, warum hatte er dann nicht schon früher damit angefangen?

Zu Hause tigerte ich aufgebracht durch die Wohnung, schaltete den Fernseher ein und wieder aus, machte mir was zu essen und ließ es stehen, schenkte mir Wein ein und trank ihn aus. Ein Glas, zwei Gläser und noch ein drittes. Irgendwann war ich ziemlich angetrunken.

Hella war ausgegangen, Bekannte von früher treffen. Mit einem Mal wurde mir bewusst, wie leer die Wohnung ohne Paul und Ivan war. Schlagartig fühlte ich mich einsam. Sollte das meine Zukunft sein? Allein in einer viel zu großen Wohnung, von allen verlassen, allmählich zur Alkoholikerin werdend?

Ich hatte noch nie längere Zeit allein gelebt, und der Gedanke erschien mir unerträglich. Ich sah mich selbst im Zeitraffer verschrumpeln, immer kleiner und trockener werden, bis ich einfach verschwinden würde, weil niemand mich mehr ansähe oder berührte.

Würde ich jemals wieder Sex haben?

Ich setzte mich an den Computer und suchte die Seite, die Katja erwähnt hatte. Eine wabernde, apricotfarbene Landschaft öffnete sich, untermalt von sphärischen Klängen. *Willkommen im Orchid Café! Sie sind auf der Suche nach Ihrem höheren Selbst? Nach Sinnlichkeit und erotischer Erfüllung? Nach Ekstase und wahrer Erkenntnis? Dann sind Sie hier richtig.*

Du lieber Himmel, ein Eso-Verein, der seinen wahren Zweck hinter blumigem Geschwurbel versteckte! Klar, die Betreiber konnten ja schlecht schreiben: *Wollen Sie vögeln bis zum Abwinken, ohne Bindung und Verpflichtung? Und dabei noch das gute Gefühl haben, Sie tun was für Ihr Seelenheil? Dann zahlen Sie mal schnell den Mitgliedsbeitrag von 200 Euro, damit es endlich zur Sache gehen kann!*

Ich versuchte, mir vorzustellen, wie Katjas Treffen mit diesen Männern abgelaufen waren. Hatte sie sich mit ihnen in Hotels verabredet? In München oder in einer anderen Stadt? Unter fremdem Namen? Wie fühlte man sich, wenn man jemandem gegenüberstand, den man zum ersten Mal im Leben sah und mit dem man gleich Sex haben sollte? Sprach man zuerst miteinander, oder legte man gleich los?

Die Vorstellung solcher anonymen Begegnungen war erregend und abstoßend zugleich, auf jeden Fall fand ich sie faszinierend. Einen kurzen Moment bedauerte ich, dass mir solche Erfahrungen fremd bleiben würden – dafür war ich wohl einfach zu spießig. Und deshalb war ich plötzlich sehr dankbar, verheiratet zu sein, auch wenn ich davon im Moment nicht viel merkte.

Um halb elf klingelte endlich das Telefon. Ich riss den Hörer hoch.

»Schön, dass du anrufst«, flötete ich sanft. »Wie geht's dir?«

Am anderen Ende der Leitung lachte jemand auf. »Woher weißt du, dass ich es bin? Hast du meine Nummer gespeichert?«

»Ich hab gar nicht auf die Nummer geschaut«, sagte ich.

Jim Knopf. Tim. Sieh mal an.

»Ich wollte nur hören, ob du deinen Geburtstag gut überstanden hast«, sagte er.

»Du meinst, ob mein Mann noch da ist, obwohl ich fremde Männer in der Küche küsse?«

Er lachte. »Genau.«

»Mach dir keine Sorgen«, beruhigte ich ihn. Einen Teufel würde ich tun und ihm sagen, dass Ivan ausgezogen war.

»Ich mache mir keine Sorgen, sondern Hoffnungen!«, sagte er scherzhaft.

Ich lachte. »Tut mir leid!« Schnell fügte ich hinzu: »Ich habe mich wirklich gefreut, dich wiederzusehen!«

»Zum Reden sind wir ja nicht so richtig gekommen«, fuhr er fort. »Hättest du denn gelegentlich mal Lust auf 'nen Drink?«

Angesichts des derzeitigen Zustandes meiner Ehe wäre es vermutlich unklug, diese Einladung anzunehmen. Gleichzeitig löste schon der Klang von Tims Stimme ein angenehmes Kribbeln in meinem Bauch aus.

Ich atmete einmal tief durch und sagte heldenhaft: »Nett von dir, danke. Aber ich glaube, das ist keine gute Idee.«

»Schade, ich finde die Idee super«, sagte Tim. »Na dann, bis zum nächsten Mal. Mach's gut, Traumfrau.«

»Tschüs«, sagte ich lahm und legte auf.

Tim war noch genau wie früher, direkt und ein bisschen unverschämt. Wie leicht damals alles gewesen war. Für einen Moment wünschte ich mich zurück in die Zeit, in der ich mich einfach in alles hineingestürzt hatte, ohne über die Konsequenzen nachzudenken. Es kam mir vor, als hätte ich damals deutlich mehr Spaß gehabt.

Gleich darauf klingelte das Telefon wieder. Ivan.

77

»Schön, dass du anrufst.« Ich bemühte mich, nicht süffisant zu klingen. »Wie geht's dir?«

»Gut. Was ist los?«

Ich erzählte ihm von der Begegnung mit Paul, schilderte Sybille als skrupellose Jägerin, die ihre Krallen in das Fleisch unseres unschuldigen Sohnes geschlagen hätte und ihn mittels ihrer teuflischen Verführungskünste ins Unglück stürzen würde.

»Und wo ist jetzt genau das Problem?«, fragte Ivan.

»Wie bitte?«, sagte ich entgeistert. »Unser Sohn schläft mit einer Frau, die fast so alt ist wie seine Mutter, und du fragst, wo das Problem ist?«

»Cora, ich weiß nicht, ob du dich erinnerst, aber wir haben neulich deinen Fünfzigsten gefeiert, nicht deinen Dreißigsten. Unser Sohn ist erwachsen und darf schlafen, mit wem er will. Meiner Meinung nach kann ihm in seinem Alter gar nichts Besseres passieren als eine erfahrene Frau.«

Ich hätte es wissen müssen. Wie hatte ich nur auf den Gedanken kommen können, von Ivan Verständnis für meine Gefühle zu erwarten. Er fand mich, was Paul betraf, immer nur hysterisch.

»Und wenn er sich furchtbar in sie verliebt?«, insistierte ich. »Für sie ist das doch nur eine Spielerei, aber ihm bricht sie vielleicht das Herz!«

»Dann wird er es überleben, so wie wir alle unseren Liebeskummer überlebt haben.«

»Und wenn sie sich schwängern lässt?«

Einen kurzen Moment blieb es still. »Meine Güte, Cora! Paul ist aufgeklärt. Aber du kannst ihm ja eine Packung Kondome vorbeibringen, wenn du dich dann besser fühlst.«

»Sehr witzig.«

»Du hast dich doch früher auch nicht gescheut, ihm seine Jacke auf den Sportplatz nachzutragen und ihn vor seinen

Kumpels zu blamieren. Da wirst du doch keine Hemmungen haben, ihm in Sachen Sexualkunde ein bisschen unter die Arme zu greifen.«

Ich schnappte nach Luft. »Sag mal, was ist eigentlich los mit dir? Warum behandelst du mich so … scheiße?«

Ich hörte ihn einen tiefen Atemzug machen. »Wir hatten vereinbart, dass du mich einfach mal in Ruhe lässt. Das ist aber schon dein vierter Anruf wegen irgendeiner … Lappalie. So kann ich nicht arbeiten!«

»Es ist keine Lappalie, wenn unser Sohn durch eine geschickte Trickbetrügerin zur Vaterschaft gezwungen werden soll«, rief ich aufgebracht. »Aber meine Gefühle sind dir ja völlig egal, wahrscheinlich bin ich dir völlig egal!«

Ivan stöhnte. »Cora, bitte …«

»Okay«, sagte ich, »dann lasse ich dich ab jetzt in Ruhe. Auch wenn hier die Bude abbrennt, von mir erfährst du es nicht.«

Ich unterbrach die Verbindung.

Einem plötzlichen Impuls folgend, nahm ich das Telefon wieder hoch, drückte auf *angenommene Anrufe* und die vorletzte Nummer.

»Tim? Hier ist Cora. Ich hab's mir überlegt.«

Ein paar Tage später hielt ich es nicht mehr aus und rief Sybille an. Zuerst machte ich ein bisschen Small Talk, aber natürlich roch sie den Braten. »Was ist? Worüber willst du mit mir reden?«

»Ich mache mir Gedanken über euch beide.«

»Dass der Altersunterschied zwischen uns zu groß ist? Mach dir keine Sorgen, es ist nichts fürs Leben. Wir haben nur ein bisschen Spaß zusammen.«

Das hätte mich wohl beruhigen sollen, aber es widerstrebte

mir, sie so über meinen Sohn sprechen zu hören. Als wäre er ein Spielzeug, das man wegwarf, wenn man seiner überdrüssig war.

»Und was, wenn er sich in dich verliebt?«

»Ich nehme an, das hat er schon.«

»Paul ist ein sensibler Junge, bitte tu ihm nicht weh«, bat ich.

»Er ist volljährig, Cora, was willst du von mir?«

»Du hast trotzdem Verantwortung! Er könnte dein Sohn sein! Na ja, fast.«

Sybille lachte auf. »Das ist doch lächerlich! Außerdem weiß er genau, was er will. Im Moment will er mich. Er würde dich hassen, wenn er von diesem Anruf wüsste.«

Sie hatte recht, natürlich. Trotzdem fand ich es anmaßend von ihr, so mit mir zu sprechen. In mir ballte sich etwas zusammen, aber ich versuchte, ruhig zu bleiben. Immerhin war sie mal eine Freundin gewesen.

»Ich frage mich, was in einer dreißigjährigen Frau vorgeht, die sich mit einem Achtzehnjährigen einlässt«, sagte ich. »Da kann doch irgendwas nicht stimmen.«

»Wenn mit jemandem was nicht stimmt, dann mit dir!«, gab sie zurück. »Du klammerst dich an deinen Sohn, das ist nicht normal. Ich habe das Gefühl, er ist regelrecht von zu Hause geflüchtet. Vielleicht schläft er übrigens gerade deshalb mit mir, weil er weiß, dass es dich ärgert.«

Das reichte. Ich war kurz davor, die Nerven zu verlieren. »Komm runter, Alte«, hörte ich meine innere Stimme. »Nimm den Druck raus. Sonst endet das in einer Katastrophe.«

Ich atmete durch und nahm einen neuen Anlauf. »Sybille, lass uns vernünftig miteinander reden. Natürlich ist Paul volljährig, natürlich darf er tun und lassen, was er will, und ich mache dir auch keinen Vorwurf. Ich appelliere nur an dich. Mach einen netten, jungen Typen nicht unglücklich, indem du ihm das Herz brichst. Und mach dich nicht unglücklich, indem du etwas zu erzwingen versuchst, das nicht sein soll.«

»Ich weiß wirklich nicht, wovon du redest«, sagte sie kühl.

»Du hast mir selbst gesagt, dass du dir ein Kind wünschst. Davon rede ich.«

Einen Moment blieb es still, dann ertönte wieder ihr provozierendes Lachen.

Sie konnte von Glück sagen, dass wir uns nicht gegenüberstanden. Ich weiß nicht, was ich sonst mit ihr gemacht hätte, als sie sagte: »Und wie willst du es verhindern, falls ich diese Absicht haben sollte?«

FÜNF

Katja meldete sich wenige Tage nach unserem Abendessen. Ich brannte darauf, den neuen Mann in ihrem Leben kennenzulernen, deshalb war ich ein bisschen enttäuscht, als sie sagte, sie habe Karten fürs Moderne Tanztheater und wolle mich einladen.

»Ich dachte, ich lerne *ihn* jetzt endlich kennen!«

»Wart's doch ab«, sagte sie lachend.

Offenbar sollte er mitkommen. Oder wir würden ihn hinterher treffen. Jedenfalls machte Katja es spannend, das musste ich ihr lassen.

Ich ertappte mich dabei, wie ich mich extra sorgfältig anzog, schminkte und frisierte. Das Weibchen in mir wollte neben seiner schönen Freundin nicht zu sehr ins Hintertreffen geraten. Es war eine ziemliche Herausforderung für mein Selbstbewusstsein, mit Katja unterwegs zu sein. Allein hielt sich die Aufmerksamkeit, die ich bei Männern erregte, inzwischen in Grenzen. Wenn ich mit ihr zusammen war, änderte sich das schlagartig.

Was für ein Typ ihr Freund wohl war? Wie lange hatte sie ihn überhaupt schon? Und warum hatte sie nie etwas angedeutet?

Heute Abend würde ich hoffentlich Antwort auf meine Fragen bekommen.

Wir trafen uns am Eingang zum Theater, und ich sah mich neugierig um, ob noch jemand zu uns stoßen würde.

»Suchst du jemanden?«, fragte Katja.

»Ich dachte, er kommt vielleicht dazu?«

Wieder lachte sie. »Du bist echt schlimm. Wart's einfach ab.«

Wir nahmen unsere Plätze ein, und die Vorstellung begann. Ich mochte modernen Tanz, auch weil die Tänzer nicht – wie beim klassischen Ballett – elfenhafte Knaben und Mädchen waren, die aus einer anderen Welt zu kommen schienen, sondern gestandene Männer und Frauen, die mit ihren Körpern etwas erzählten, das ich verstand. Meine Göttin war Pina Bausch gewesen.

Heute Abend trat die hauseigene Truppe unter der Leitung eines neuen Choreografen auf, der erst vor Kurzem nach München gekommen war. Im ersten Bild waren gleich alle Tänzer und Tänzerinnen auf der Bühne, als wollten sie sich ihrem Publikum vorstellen. Es ging um Anziehung und Abstoßung, Anbahnung und Zurückweisung. Zarte Momente wechselten mit heftigen Eruptionen, die ganze Bandbreite männlich-weiblichen Balzverhaltens wurde durchdekliniert. Im zweiten Bild waren nur noch ein Tänzer und eine Tänzerin auf der Bühne, das Paar, das sich gefunden hatte.

Plötzlich wies Katja mit der Hand auf die Bühne. »Da.«

Ich begriff nicht gleich. »Der Tänzer?«, flüsterte ich. »Aber der ist doch garantiert schwul!«

»Nicht er«, sagte Katja. Damit blickte sie wieder zurück zur Bühne.

Ich starrte sie an. »Waaas?«

»Pst!« und »Sch!« zischte es hinter und neben mir. »Können Sie nicht ruhig sein?«

»Aber …«, fing ich von Neuem an, handelte mir einen warnenden Blick von Katja ein und verstummte.

Ich war völlig überrumpelt. Katja mit einer Frau? Aber sie war doch gar nicht lesbisch! Sie war verheiratet gewesen. Sie hatte, wie sie mir gerade gestanden hatte, jahrelang mit Männern geschlafen, und nicht mit wenigen. Wie passte das denn zusammen? In meinem Kopf wirbelten die Gedanken wild durcheinander, nur mit Mühe schaffte ich es, den Mund zu halten.

Ich sah mir die Tänzerin genauer an. Sie war nicht besonders groß und hatte einen geschmeidigen Körper, dem das Kantige fehlte, das sonst viele Tänzerinnen auszeichnete. Sie hatte eher ein paar Kilo mehr als ihre Kolleginnen, dadurch wirkte sie weiblicher. Ein kurzer Lockenkopf, große Augen, ein ausdrucksvoller Mund. Auch wenn ich es auf die Entfernung nicht sehen konnte, war ich mir sicher, dass sie Sommersprossen hatte.

Das hat Katja wirklich raffiniert eingefädelt, dachte ich. Anstatt mir einfach zu erzählen, dass sie eine Frau liebte, schleppte sie mich in diese Aufführung und teilte mir die Neuigkeit so mit, dass ich erst mal gezwungen war, mich allein damit auseinanderzusetzen.

Verstohlen blickte ich zu ihr hinüber. Sie tat so, als würde sie es nicht bemerken und gefesselt der Aufführung folgen. Aber ich sah, dass ihre Wangen vor Aufregung gerötet waren. Mit einem Mal erschien sie mir fremd, so als hätte sie plötzlich Zutritt zu einer Welt, die mir verschlossen bleiben würde. Ich bekam Angst um uns, um unsere Freundschaft.

In der Pause gingen wir schweigend hinaus, bis vors Theater. Jede wartete darauf, dass die andere etwas sagte. Schließlich begann ich. »Wie lange kennt ihr euch denn schon?«

»Ungefähr ein Jahr.«

»Und wieso hast du nie ein Wort gesagt?«

»Ich … wollte mir erst sicher sein.«

»Und, bist du's jetzt?«

Die Röte auf ihren Wangen verstärkte sich. »Ja.«

Ich nickte nachdenklich. »Aber … wie geht das? Du hast immer Männer geliebt, und jetzt liebst du eine Frau. Ich verstehe das nicht.«

»So ging es mir ja selbst«, sagte Katja lebhaft. »Ich habe lange nicht begriffen, dass ich mich verliebt habe. Ich dachte, ich mag sie, sie gefällt mir, ich finde sie schön. Dass ich sie … auch sexuell begehre, wollte ich mir lange nicht eingestehen.«

In meinem Kopf entstand das Bild der nackten Katja in leidenschaftlicher Umarmung mit der Tänzerin. Es war einerseits erotisch, andererseits machte es mich traurig, ja in gewisser Weise sogar eifersüchtig. Katja war mir über die Jahre sehr nahegekommen, sie war eine wirkliche Seelenfreundin geworden. Nun war eine andere Frau ihr viel, viel näher gekommen, als ich es jemals könnte. Ich fühlte mich abgemeldet, in die zweite Reihe verbannt. Fast hätte ich angefangen zu weinen.

Ich schluckte und nahm Katja in die Arme. »Ich freue mich für dich, ehrlich«, sagte ich. »Auch wenn ich vielleicht noch einen Moment brauche, um es zu verarbeiten.«

»Ist schon okay«, sagte sie und sah erleichtert aus. »Übrigens wird das nichts an unserer Freundschaft ändern, falls du das befürchten solltest. Stell dir einfach vor, wie es sich für dich anfühlen würde, wenn es ein Mann wäre.«

»Ich versuch's«, sagte ich. »Wie heißt sie überhaupt?«

»Nathalie«, sagte Katja. »Sie ist Französin, lebt aber schon ewig hier.«

Sie hakte sich bei mir ein, und wir kehrten ins Theater zurück. Ich war froh, als die Vorstellung fortgesetzt wurde und ich in Ruhe nachdenken konnte.

Danach gingen wir in eine Theaterkneipe in der Nähe, wo Katja einen Tisch reserviert hatte. Kurz nachdem wir uns gesetzt hatten, flatterte Nathalie durch die Tür. Sie sah sich um, entdeckte uns und winkte begeistert. Im nächsten Moment flog sie Katja um den Hals. Sie küsste sie rechts und links auf die Wangen und anschließend auf den Mund.

»Salut, ma chérie!«

Dann wandte sie sich mir zu. Sie hatte tatsächlich Sommersprossen. Ich rechnete damit, dass sie die Hand ausstrecken würde, und reichte ihr meine, aber sie ignorierte sie und begrüßte mich ebenfalls mit zwei Wangenküssen.

»Isch freue misch sehr, disch kennenzulernen! Katja hat mir so viel von dir erzählt!«

Ihr Charme war überwältigend. Sie vermittelte einem das Gefühl, dass es nichts Unkomplizierteres gab als Beziehungen zwischen Menschen.

Ihre Kollegen vom Tanztheater? »Tolle Truppe, wir verstehen uns süper!«

Der neue Choreograf? »Er ist so kreativ, isch bewundere ihn!«

Ihre Familie? »Stell dir vor, was die meisten Eltern sagen würden, wenn ihre Tochter Tänzerin werden möschte! Meine haben gesagt: Das Wichtigste für uns ist, dass du glücklisch wirst!«

Nach einer Weile traute ich mich, sie zu fragen, ob sie schon immer Frauen gemocht oder auch Erfahrung mit Männern gehabt habe. Sie legte den Kopf schräg und sagte schelmisch: »Natürlich habe ich Erfahrung mit Männern. Deshalb liebe isch ja die Frauen.« Sie legte ihre Arme um Katja. »Und ganz besonders diese Frau!«

Ihre positive Ausstrahlung und ihre Lebensfreude waren mitreißend, ich verstand genau, warum Katja sich in sie verliebt hatte. Nathalie hatte ihr wieder Zuversicht ins Leben geschenkt und Vertrauen in die Liebe.

Am Wochenende war Elvira Wagners großer Auftritt gewesen. Am Samstag hatte sie Benno getroffen, am Sonntag Werner. Nun war Montag, ich saß im Büro und wartete neugierig auf ihren Anruf, während ich Schreibtischarbeit erledigte. Buchhaltung, Steuer, Belege sortieren – alles, was ich hasste. Ich hoffte, dass Elviras Anruf mich erlösen würde, aber er kam nicht. Als sie sich bis nachmittags nicht gemeldet hatte, rief ich sie an. Erst im Büro, dann zu Hause, dann auf dem Handy. Nirgendwo erreichte ich sie.

Was konnte das bedeuten? Hatte es etwa mit einem der beiden Männer so gefunkt, dass sie bis jetzt nicht aus dem Bett gekommen waren? War Elvira schon auf dem Weg nach Las Vegas, um zu heiraten? Oder war die Sache schiefgegangen und sie lag weinend zu Hause? Nein, das passte nicht zu ihr. Was, zum Teufel, war los?

Am nächsten Tag rief sie endlich an.

»Elvira!«, rief ich aufgeregt. »Ich habe mir schon Sorgen gemacht! Um ein Haar hätte ich Sie als vermisst gemeldet.«

»Unkraut vergeht nicht«, sagte sie. Ihre Stimme klang belegt.

»Ist alles in Ordnung? Geht es Ihnen gut?«

»Geht so.«

Ich war beunruhigt. Wenn eine Frohnatur wie Elvira Wagner »geht so« sagte, kam das einer mittleren Katastrophe gleich. Ich schlug vor, sie zu treffen.

»Ich kann das Haus nicht verlassen«, sagte sie. »Ich bin krankgeschrieben. Könnten Sie vielleicht zu mir kommen?«

»Bin schon unterwegs.«

Elvira öffnete die Tür und trat einen Schritt zur Seite, sodass mein Blick als Erstes in ihre große, helle Dachgeschosswohnung mit verglaster Terrasse und Wendeltreppe ins Obergeschoss fiel. Auch die Einrichtung war, wie ich sofort erkannte, der absolute Hammer – alles todschicke, teure Designermöbel. Ich unterdrückte einen kurzen Anflug von Neid und sah mich nach ihr um. Sie hatte sich halb hinter der Wohnungstür versteckt, und ich sah auch, warum. Ihr Gesicht war völlig zugeschwollen und mit blauen Flecken übersät, ihre Lippen waren so aufgeblasen, dass sie zu platzen drohten.

»Elvira!«, stieß ich entsetzt hervor. »Was ist denn passiert?«

»Sieht man das nicht?«

»Ist einer der Kerle handgreiflich geworden?«

Sie winkte ab. »Um Gottes willen, nein. Ich habe mir Botox und irgend so ein Wundermittel zum Aufpolstern der Falten spritzen lassen, und natürlich was in die Lippen.«

Fassungslos starrte ich sie an. »Was? Sie sollten den Arzt verklagen!«

»Das ist eine allergische Reaktion«, erklärte sie. »In ein paar Tagen sieht das schon viel besser aus.«

Daran hatte ich meine Zweifel. »Warum haben Sie das bloß gemacht?«

Sie kämpfte mit den Tränen. Dann ging sie mir voraus zu der edlen Polstergarnitur. »Kommen Sie, setzen Sie sich.«

Sie bot mir etwas zu trinken an. Am liebsten hätte ich einen doppelten Whiskey gehabt, um meine Nerven zu beruhigen, nahm dann aber doch Kaffee und Wasser.

Sie servierte die Getränke und setzte sich mir gegenüber.

»Also, warum haben Sie das gemacht?«, wiederholte ich meine Frage. »Sie waren … sind eine bildhübsche Frau, Sie haben das überhaupt nicht nötig.«

»Es fing mit Benno an«, erzählte sie. »Er ist ein attraktiver Mann, genau mein Typ, aber ich hab gleich gemerkt, dass er nicht so begeistert von mir war. Er war höflich und alles, aber nach einer halben Stunde hat er gesagt, ich solle ihm nicht böse sein, ich sei nett und sähe gut aus, aber ich sei ihm einfach zu alt. Er wolle noch eine Familie gründen. Dann ist er gegangen.«

»Und Sie?

»Na ja, Sie hatten mich ja schon vorgewarnt, dass es mit den Jüngeren schwierig werden könnte. Also hab ich mir gedacht, schau ich mir den Nächsten an.«

»Und?«

»Da wusste ich plötzlich genau, wie es dem Benno gegangen ist. Der Werner ist ein sympathischer Mann, aber die Vorstellung, so einen alten Körper anzufassen, da gruselt's mich einfach. Ich bin dann heim, und auf dem Anrufbeantworter war mein Sohn, der mir gesagt hat, dass ich Großmutter geworden bin. Und da wusste ich plötzlich, es ist vorbei. Ich bin alt.«

»Und dann ist Ihnen nichts Besseres eingefallen, als sich das Gesicht verunstalten zu lassen?«, brach es aus mir heraus. »Glauben Sie, dadurch sehen Sie auch nur einen Tag jünger aus?«

Sie zuckte hilflos mit den Schultern.

»Wissen Sie, was ich an Ihrer Stelle getan hätte?«, fuhr ich heftig fort. »Ich hätte Urlaub genommen und wäre sofort nach Australien geflogen, um mein Enkelkind kennenzulernen. Was ist es denn überhaupt?«

»Ein Bub«, schluchzte Elvira. »Samuel.«

Sie tat mir so leid, wie sie da zusammengesunken auf ihrem Designersessel hockte und ihrer vergangenen Jugend nachtrauerte, dass ich zu ihr ging und sie umarmte.

»Das ist doch ein Grund zur Freude, Elvira! Herzlichen Glückwunsch!«

»Danke«, sagte sie schniefend.

In diesem Moment legte ich vor mir selbst einen Eid ab. Ich schwor mir, niemals etwas an meinem Gesicht machen zu lassen. Und ich nahm mir selbst das Versprechen ab, mich nach der Geburt meines ersten Enkels vor Freude so zu betrinken, dass ich meinen Namen nicht mehr buchstabieren könnte, selbst wenn das Kind von Sybille sein sollte. Was Gott verhüten mochte.

Paul hatte mich zur WG-Besichtigung mit Abendessen eingeladen. Offenbar hatte Sybille ihm nichts von unserem Gespräch erzählt, oder er war ein verteufelt guter Schauspieler. Natürlich war mir mein Anruf längst peinlich.

Ich stand vor dem Schrank und grübelte, was ich anziehen sollte. Ich würde seine WG-Freunde kennenlernen und wollte, dass sie einen guten Eindruck von mir bekamen. Ich wollte jung wirken, aber nicht gewollt jugendlich, ich wollte lässig aussehen, aber nicht so, als würde ich unbedingt cool sein wollen. Schließlich entschied ich mich für eine Jeans, Stiefel und eine bunte Bluse. Meine Haare steckte ich auf und zog ein paar Strähnen raus, damit es nicht zu frisiert aussah.

Pauls neue Wohnung lag nur ein paar Straßen von unserer entfernt. Umso blöder fand ich es immer noch, dass er umgezogen war.

Die Haustür war offen, ich klingelte im ersten Stock an einer Tür mit vier Namensschildern. Paul öffnete und begrüßte mich mit Küssen auf die Wangen. »Hi, Mom, komm rein!«

Er trug – ich traute meinen Augen nicht – eine Küchenschürze und hielt einen Pfannenwender in der Hand.

»Seit wann kochst du?«, fragte ich verblüfft. Ich hätte geschworen, mit Einladung zum Abendessen wäre gemeint gewesen, dass er Pizza bestellte und ich bezahlte.

Er führte mich in die Wohnküche und erklärte, dass in der WG jeder einmal wöchentlich für die anderen koche, an den Wochenenden kochten sie gemeinsam.

»Und immer vegetarisch!« Er deutete auf ein offenbar viel benutztes Kochbuch, in dem mehrere Lesezeichen steckten.

»Vegetarisch? Du?« Wenn jemand Fleisch liebte, dann war es Paul. Schon als Kleinkind hatte er mit Vorliebe Wiener Würstchen verspeist, später musste unbedingt ein Grill auf unserem Balkon installiert werden, dessen Rauchemissionen uns regelmäßig Ärger mit den Nachbarn einbrachten. Bei jedem Restaurantbesuch hatte er Schnitzel bestellt, und wenn es mal ein paar Tage kein Fleisch gab, hatte er zu nörgeln begonnen.

Ich sah mich um. Der Esstisch war sorgfältig gedeckt, ein kleiner Blumenstrauß bildete die Deko, einige Kerzen verbreiteten sanftes Licht.

Wo war ich denn hier gelandet? Ich dachte an meine erste WG zurück, in der man nie wusste, wer gerade dort wohnte, wo immer totales Chaos herrschte, jeder jedem alles wegfraß und niemals jemand einen Blumenstrauß aufgestellt hätte.

»Kann ich dir was helfen?«, fragte ich.

»Nein, alles fertig«, sagte Paul. »Die anderen sind bestimmt gleich da. Komm, ich zeig dir so lange mein Zimmer!«

Er führte mich durch den Flur, in dem noch ein paar Umzugskisten standen. Sein Zimmer hier war höchstens halb so groß wie das zu Hause, aber viel ordentlicher. Dort hatte immer ein Berg Klamotten auf dem Boden gelegen, meist gekrönt von Turnbeuteln, Schulsachen und leeren Chipstüten. Nie hatte er sein Bett gemacht, nie den Schreibtisch aufgeräumt. Hier war alles an seinem Platz, das Bett ordentlich gemacht, die Bücher standen wie abgezirkelt im Regal, sein Schreibtisch war – bis auf den Laptop – leer.

»Donnerwetter!«, sagte ich verblüfft. »Wieso hat es in deinem alten Zimmer nie so ausgesehen?«

Er zuckte die Schultern. »Vielleicht weil ihr immer Druck gemacht habt. Hier merke ich selbst, wenn mich die Unordnung stört. Und dann räume ich auf.«

Auch Gästetoilette und Bad waren erstaunlich sauber. Ich konnte es nicht fassen. »Sag mal, habt ihr eine Putzfrau?«

Paul bedachte mich mit einem empörten Blick. »Mom! Ich würde nie einen anderen Menschen für meine Bequemlichkeit ausbeuten, das ist gegen meine Weltanschauung!«

Ich verkniff mir die Bemerkung, dass er bislang kein Problem mit der Ausbeutung seiner Mutter gehabt habe. Lange genug hatte er meine Dienstleistungen als Köchin, Haushaltshilfe, Chauffeurin und Sekretärin nicht nur dankend angenommen, sondern regelrecht eingefordert. Und plötzlich konnte er alles, was er früher nicht gekonnt hatte. Wundersame Wandlung.

Die Eingangstür wurde aufgeschlossen, und die restlichen WG-Bewohner trafen ein. Ich wurde neugierig gemustert und freundlich begrüßt, wenig später saßen wir um den Tisch, und ich erfuhr mehr über Pauls Freunde. Oktay studierte Physik, Dan machte ein Praktikum in einer IT-Firma, Birte, eine hübsche Hamburgerin, studierte Sport und Sozialkunde auf Lehramt.

Die drei wirkten wie aus einem Werbespot der Sparkasse, vermutlich hatten sie bereits Bausparverträge abgeschlossen und ihr Leben bis zur Rente durchgeplant.

Und Paul? Was machte eigentlich mein Sohn, außer Gitarre zu spielen? Ich holte Luft, um zu fragen, aber er kam mir zuvor.

»Ach übrigens, Mom, ich hab den Platz an der Tontechnikerschule.«

Ich ließ die Luft wieder ab. »Na, herzlichen Glückwunsch!« Dort hatte er sich vor Monaten beworben, ich hatte schon längst nicht mehr daran geglaubt, dass es noch klappen könnte. Mein Sohn würde also eine Berufsausbildung beginnen! Es war ein Tag der Überraschungen.

Bald servierte Paul den ersten Gang, einen gemischten Salat mit gerösteten Sonnenblumenkernen und Pilzen, danach einen Kürbisauflauf mit Tofu und zum Schluss selbst gemachtes Kokoseis. Es schmeckte erstaunlich gut, und ich meldete den Wunsch an, dass er mal für uns kochte.

»Papa wird begeistert sein!«, sagte ich. »Er glaubt, dass du nicht mal eine Dose öffnen kannst.«

Auch wenn er sich cool gab, merkte ich doch, wie stolz Paul war. Vielleicht hatte ich ihn tatsächlich viel zu lange mit meiner Fürsorge überschüttet – offenbar brauchte er sie gar nicht mehr.

Es berührte mich seltsam, zu Besuch bei meinem eigenen Sohn zu sein, in seiner neuen Wohnung, in seinem neuen Leben. Ich war nicht mehr Teil dieses Lebens, ich war nur noch Gast. Das tat ein bisschen weh, aber es war auch eine Erleichterung. Paul würde ohne mich nicht verhungern, nicht vereinsamen und nicht im Dreck ersticken. Ihn so weit zu bringen war meine und Ivans Aufgabe gewesen. Mission completed. Die Frage war, was jetzt kommen würde. Wie es mit uns beiden weiterginge. Würde es überhaupt weitergehen, oder waren wir an dem Punkt, an dem viele Ehen scheiterten – wenn der Nachwuchs das Nest verlassen hatte?

Früher hatte ich mir manchmal vorgestellt, wie Ivan und ich als wildes Rentnerpaar all das nachholen würden, worauf wir wegen Paul verzichtet hatten: Reisen, nachts ewig ausgehen, unvernünftig viel trinken und Sex haben, wann immer uns danach war. Es musste doch für all den Verzicht, den man einem Kind zuliebe leistete, eine Belohnung geben!

Aber wenn ich mir die Paare in unserem Alter ansah, gab es eigentlich nur zwei Sorten: die, die nebeneinanderher lebten, als wäre der andere ein Möbelstück, an das man sich so gewöhnt hatte, dass man nicht auf den Gedanken kam, es auszusortieren. Und die, die sich trennten, sobald die Kinder aus dem Haus waren.

Ich hoffte inständig, dass Ivan und ich weder zu der einen noch zu der anderen Sorte gehörten.

Ich beteiligte mich wieder am Tischgespräch, das sich inzwischen um die verschiedensten Themen drehte. Es machte Spaß, mit diesen jungen Leuten zu reden, obwohl ich nicht glauben konnte, wie vernünftig und zielstrebig sie alle waren. Machten die auch mal irgendeinen Mist? Schlugen über die Stränge, feierten bis zum Umfallen? Ich traute mich nicht, zu fragen. Stattdessen erkundigte ich mich nach ihren Familien, ihren Studienfächern und Zukunftsplänen, zwischendurch brachte Oktay uns mit der Comedy-Nummer eines radebrechenden Türken zum Lachen.

Schließlich fragte Birte, was offenbar alle interessierte: »Wofür braucht man heute eigentlich noch Partnervermittlungen? Das läuft doch alles übers Internet.«

Ich lachte. »Ja, das kommt euch sicher altmodisch vor. Aber zu mir kommen viele Klienten, nachdem sie schlechte Erfahrungen im Internet gemacht haben.«

»Was denn für welche?«

»Ihr glaubt gar nicht, was es alles gibt! Leute geben sich falsche Identitäten, behaupten die abenteuerlichsten Dinge, und irgendwann stellt sich heraus, dass alles nicht stimmt. Manche geben vor, eine feste Beziehung zu suchen, und wollen in Wirklichkeit möglichst viele sexuelle Begegnungen. Viele schwindeln bei ihren persönlichen Angaben oder verschicken Fotos, die zwanzig Jahre alt sind. Kurz: Man weiß nie, mit wem man es zu tun hat.«

Birte dachte nach. »Ist das nicht immer so im Leben?«

»Klar«, sagte ich. »Das Internet bildet ja auch bloß das Leben ab. Aber die Möglichkeiten zu täuschen sind einfach größer.«

Jetzt schaltete Dan sich ein. »Wir kennen einige Pärchen, die sich über Facebook kennengelernt haben.«

»Das ist was anderes«, sagte ich. »Da hat man meistens schon länger Kontakt und kann einschätzen, was für ein Typ jemand ist. Das ist längst nicht so anonym.«

»Ich glaube nicht daran, dass man Gefühle in Algorithmen fassen kann«, sagte Oktay. »Da kann äußerlich noch so viel zusammenpassen, und trotzdem funkt es nicht zwischen zwei Leuten. Nur weil beide Nichtraucher sind, House mögen und gerne skaten, sind sie noch lange nicht füreinander bestimmt.«

Ich nickte ihm lächelnd zu. »Weißt du, wie mein Slogan heißt? ›Matching Points sind Stretching Points – Liebe lässt sich nicht errechnen!‹«

Sofort entwickelte sich eine lebhafte Diskussion über die beste Methode, jemanden kennenzulernen, und darüber, warum manche ein Leben lang mit ihrer Jugendliebe zusammenblieben, während andere sich immer den falschen Partner aussuchten. Beim Stichwort *falscher Partner* blickte ich zu Paul. Er fühlte sich offensichtlich nicht angesprochen.

Gegen Mitternacht verabschiedete ich mich, nicht ohne vorher mit Birte, Oktay und Dan Brüderschaft getrunken zu haben. Beim Hinausgehen hörte ich, wie Dan zu den anderen sagte: »Echt cool, Pauls Mom.«

Ich hoffte, Paul hätte es auch gehört. Immerhin bot er an, mich nach Hause zu begleiten. Auf der Straße waren nur noch wenige Passanten unterwegs.

»Da hast du dir echt nette Leute gesucht!«, sagte ich. »Birte ist süß, wär die nichts für dich?«

»Hör auf, Mom.«

Ich wusste, ich sollte die Klappe halten, aber ich schaffte es nicht. »Triffst du dich eigentlich noch mit Sybille?«

»Mom!«, sagte er warnend.

»Ich kenne sie. Man kann viel Spaß mit ihr haben, aber sie ist auch ein bisschen … oberflächlich. Außerdem ist sie viel zu alt für dich.«

Paul antwortete nicht.

»Sei mir nicht böse, aber Sybille hat mir gegenüber erwähnt, dass sie sich ein Kind wünscht«, fuhr ich fort. »Wenn du also nicht jetzt schon Vater werden willst, empfehle ich gewisse Vorsichtsmaßnahmen …«

»Hör endlich auf, Mom!«, unterbrach er mich gereizt. »Ich hab's gecheckt.«

»Ich habe mich schon gefragt, ob wir irgendwas falsch gemacht haben«, fuhr ich unbeirrt fort. »Vielleicht bin ich ja schuld, weil ich als Mutter so dominant bin. Möchtest du mal mit einem Psychologen darüber sprechen?«

»Ich möchte mit niemandem über mein Privatleben sprechen!«, rief Paul zornig. »Nicht mit einem Psychologen und vor allem nicht mit meiner Mutter!«

Erschrocken über seinen Ausbruch, sagte ich: »Aber ich will doch nur, dass es dir gut geht!«

»Es geht mir gut, Mom! Und noch besser ginge es mir, wenn du dich nicht in alles einmischen und keine komischen Anrufe machen würdest!«

Wir schwiegen beide, bis wir unser Ziel erreicht hatten. Ich blieb stehen, um mich zu verabschieden. »Sei nicht sauer, Paul, ich hab's wirklich gut gemeint«, sagte ich flehend.

Seine Miene war finster. »Tschüs, Mom. Ich ruf dich an.« Er drehte sich um und ging weg.

Mist, verfluchter.

Ich war mit Tim in einer der hippen, neuen Bars verabredet, die in den letzten Jahren eröffnet hatten. Von der kurzen Phase mit Sybille abgesehen, war ich ewig nicht ausgegangen. Schließlich hatte ich mich vor Jahrhunderten in eine brave Ehefrau und Mutter verwandelt. Und natürlich war ich fest entschlossen, das auch zu bleiben.

»Dafür hast du aber heute Abend reichlich Aufwand getrieben«, stellte meine bessere Hälfte spöttisch fest.

»Wieso?«, fragte ich unschuldig zurück.

»Vollbad, Komplettenthaarung, teures Parfüm, Spitzendessous, neues Kleid, hohe Schuhe, nennst du das etwa Sich-maleben-für-einen-Drink-fertig-Machen?«

»Halt die Klappe«, befahl ich. Allmählich wurde sie mir lästig.

Bei meinem Anblick pfiff Tim anerkennend durch die Zähne.

»Hallo, Jim … äh, Tim«, sagte ich.

Ich wollte mir abgewöhnen, ihn Jim Knopf zu nennen, aber es fiel mir schwer, weil ich ihn früher immer so genannt hatte. Er war ein paar Jahre jünger als ich, was ich damals komisch gefunden hatte. Heute kam mir der Altersunterschied gar nicht mehr so groß vor.

Der Versuch, elegant auf einen Barhocker zu klettern, erwies sich mit meinem engen Kleid und diesen Schuhen als ziemlich schwierig. Fast wäre ich mitsamt dem Hocker umgekippt.

»Verdammt!«, fluchte ich leise.

Tim grinste. Er hielt mit einer Hand lässig den Hocker fest, und so gelang es mir schließlich, mich draufzuhieven.

Wir bestellten Cocktails und berichteten uns gegenseitig, wie es uns ergangen war. Tim erzählte, dass er die PR ebenfalls aufgegeben habe und inzwischen eine kleine Presseagentur leite. Privat sei es bei ihm nicht so toll gelaufen. Er habe viele Jahre mit einer Frau zusammengelebt und relativ spät ein Kind mit ihr bekommen. Als er sich endlich dazu durchgerungen habe, sie zu heiraten – was sie sich immer gewünscht habe –, sei sie mit einem anderen abgehauen. Nun kämpfe er vor Gericht darum, seine Tochter regelmäßig sehen zu dürfen.

»Schon unglaublich, was Kinder mit einem machen«, sinnierte er. »Ich hätte mir nie vorstellen können, einen Menschen so zu lieben, wie ich dieses Kind liebe. Es bringt mich fast um, dass ich die Kleine so selten sehe.«

»Das verstehe ich«, sagte ich mitfühlend. »Obwohl mein Sohn erwachsen ist, halte ich es kaum aus, dass er weg ist. Am liebsten würde ich ihn zu Hause anbinden.«

Tim lächelte. »Als Milla gerade geboren war, habe ich mir vorgestellt, wie eines Tages irgendein Kerl vor der Tür steht und mit ihr ausgehen will. Ich habe mir geschworen, ihn umzubringen.«

Ich staunte. Das war eine neue Seite an Tim, den ich als leicht unbedarften, auf sein Vergnügen fixierten Jungen kennengelernt hatte, wobei Vergnügen gleichbedeutend war mit Sex. Hatte er nicht an ein und demselben Abend mit mir erst eine Lasagne anbrennen lassen und anschließend noch eine Dosensuppe, weil er einfach nicht hatte aufhören wollen?

»Erinnerst du dich eigentlich noch an die Lasagne?«, fragte ich lachend.

Er musste nur eine Sekunde überlegen. »Natürlich! Und danach habe ich noch eine Suppe überkochen lassen. Waren es nicht Linsen?«

»Nein!«, rief ich. »Krabbensuppe! Die Linsen hast du als

Letztes aufgemacht, die waren unsere Rettung, sonst wären wir verhungert.«

Es berührte mich seltsam, dass wir gemeinsame Erinnerungen teilten, obwohl ich ihn nie als jemanden betrachtet hatte, mit dem ich eine richtige Beziehung führen wollte. Dabei hatte unser Verhältnis eine ganze Weile angedauert.

Mir kam eine Frage in den Sinn, die mich damals beschäftigt hatte und auf deren Antwort ich immer noch neugierig war. »Warst du eigentlich in mich verliebt?«

»Ein bisschen«, gestand er. »Irgendwann wolltest du mich abservieren – angeblich war ich zu jung für dich. Ob wir nicht einfach gute Freunde sein könnten, hast du mich gefragt.«

»Und, was hast du gesagt?«

»Dass wir doch gute Freunde sein und trotzdem weiter miteinander ins Bett gehen könnten«, sagte er grinsend.

»Und dann hast du mir ein Buch mit erotischen Gutenachtgeschichten geschenkt!«, erinnerte ich mich. »Das habe ich heute noch.«

Plötzlich waren wir beide ein bisschen verlegen.

Je länger der Abend dauerte, desto besser gefiel mir der neue, reifere Tim. Er war aufmerksam und interessiert, man konnte gut mit ihm reden. Und obwohl wir beide einiges tranken, verzichtete er in so auffälliger Weise darauf, mich anzubaggern, dass ich es fast schon als beleidigend empfand.

Beim Aufstehen von meinem Barhocker schwankte ich kurz, er fing mich auf.

»Ups«, sagte ich. »Bisschen viel erwischt.«

Ich hängte mich bei ihm ein, und er begleitete mich zum Taxistand. Zum Abschied küsste er mich rechts und links auf die Wangen und sagte: »Danke für den schönen Abend, Traumfrau.«

Ich stieg ein und nannte dem Fahrer meine Adresse. Verwirrt ließ ich den Abend Revue passieren. Warum hatte er nicht den Versuch unternommen, mich zu verführen? Fand er mich nicht mehr anziehend? Hatte ich was falsch gemacht?

Einerseits war ich froh, dass er mir den Gewissenskonflikt erspart hatte, andererseits hätte ich es als schmeichelhaft empfunden, wenn er mir wenigstens die Chance gegeben hätte, ihn abzuweisen.

Angetrunken, wie ich war, versuchte ich, eine SMS zu schreiben. Das Licht war schlecht, das Auto wackelte, aber ich hatte ja ein Spracherkennungsprogramm. Zu Hause las ich noch mal, was ich ihm geschrieben hatte: *Was xön mir die, will loch vdös wiedrsehfb, liebe Grpse, C*

SECHS

Am nächsten Morgen hatte ich einen heftigen Kater. Dafür, dass ich kaum gesündigt hatte, fand ich das wirklich ungerecht. Keine Drogen, kein Sex, nur ein paar harmlose Drinks mit einem anderen Mann – dafür musste man doch nicht dermaßen hart bestraft werden! Aber so war es mit dem Älterwerden: Man hatte weniger Spaß und musste mehr dafür büßen.

Ich verbrachte den Tag überwiegend im Bett, abwechselnd Cool Packs und heiße Teebeutel auf den Augen, von Hella mit Anti-Kater-Rezepturen verwöhnt. Tomatensaft mit Tabasco und Aspirin. Saurer Hering. Cola mit Rum. Rum? »Spinnst du?«, fragte ich.

»Das ist Homöopathie«, erklärte Hella. »Gleiches mit Gleichem bekämpfen.«

Gegen Abend ging es mir wegen – oder trotz – dieser Rosskur etwas besser, und ich wagte es, aufzustehen. Kaum saß ich mit strähnigen Haaren und Ringen unter den Augen in der Küche, klingelte es. Wer war das denn? Mein Mann, mein Sohn, der Paketbote?

»Um Gottes willen! So darf mich keiner sehen!« Ich flüchtete zurück ins Schlafzimmer, Hella öffnete. Zu meiner Erleichterung war es nur Uli. Ich schlurfte wieder in die Küche.

»Wie siehst du denn aus?«, begrüßte sie mich. »Grippaler Infekt? Präklimakterische Schlaflosigkeit? Oder post-alkoholische Dehydration?«

»Such's dir aus«, sagte ich.

Sie erblickte die Flaschen auf dem Tisch. »Ich nehme einen. Mit Eis, bitte.«

»Schenk mir auch noch mal ein«, bat ich Hella, und schon saßen wir zu dritt um den Küchentisch, redeten über alles Mögliche, nur nicht über das, worüber ich gern geredet hätte. Ich konnte meinen Freundinnen schlecht erzählen, dass ich sozusagen um ein Haar mit meinem alten Lover in der Kiste gelandet wäre – die Gefahr, dass Ivan davon erfuhr, war zu groß. Auch über Katja und Nathalie konnte ich nicht sprechen. Katja hatte mich gebeten, Stillschweigen zu bewahren. Sie wollte den Zeitpunkt selbst bestimmen, an dem es die anderen erfahren sollten. Das Thema beschäftigte mich immer noch, ständig dachte ich daran herum wie ein Hund, der einen Knochen benagte. So saß ich da, hörte meinen Freundinnen zu, trank schon wieder zu viel und sprach wenig.

Irgendwann sagte Uli: »Darf ich euch mal was fragen?«

Ich nickte ergeben. »Klar. Worum geht's?«

»Also … es geht um Thomas. Um Thomas und mich.«

O nein, dachte ich. Nicht noch eine Beziehungskrise.

»Wir sind jetzt über zwanzig Jahre zusammen«, fuhr Uli fort. »Und … na ja, ihr kennt das ja sicher auch, der Sex wird nicht unbedingt besser. Ich frage mich, ob man da irgendwas tun kann.«

Woher kam es bloß, dass meine Freundinnen mich inzwischen offenbar als Expertin betrachteten, die für alle Lebens-

und Liebeslagen einen Rat hatte, obwohl mein eigenes Beziehungsleben wahrhaftig zu wünschen übrig ließ?

Uli hatte sich beim Thema Sex festgehakt. »Wenn die Kinder klein sind, ist man meistens zu müde, und wenn sie größer werden, muss man fürchten, dass sie mit den Ohren an der Schlafzimmertür kleben«, sagte sie seufzend. »Wie soll man da ein Sexleben haben?«

»Danke-liebe-Mami-für-alles-was-du-für-uns-tust-du-bist-die-allerbeste-Mami-von-der-Welt!«, äffte Hella eine leiernde Kinderstimme nach.

Ich prustete los.

Mit normaler Stimme fuhr Hella fort: »Sogar auf Sex verzichtest du uns zuliebe!«

Uli blickte befremdet. »Wovon redest du?«

»Vergiss es«, sagte ich. »Also, man muss sich zum Sex verabreden und einen festen Termin ausmachen.«

»Wer sagt das?«, fragte Uli.

»Sexualtherapeuten. Ist ja nicht so, dass andere Leute das Problem nicht auch hätten.«

»Fester Termin, Verabredung?«, sagte Uli und verzog das Gesicht. »Das klingt ja furchtbar! Wie Sport nach Stundenplan. Da vergeht einem ja alles.«

»Sonst findet bei vielen Paaren mit Kindern gar nichts mehr statt«, sagte ich.

»Wahrscheinlich«, pflichtete Hella mir bei. »Aber ich hab eh so selten Lust. Wahrscheinlich könnte ich ganz drauf verzichten, ohne dass mir was fehlen würde.«

»Das ist bei mir nicht so«, widersprach Uli. »Aber es ist so langweilig geworden, so berechenbar.«

Hella nickte. »Ich weiß genau, was du meinst. Irgendwann kann man den Ablauf auswendig mitsprechen. Kuss, fummel-

fummel am BH, gemurmeltes ›Scheißding‹, fummel-fummel am Busen, auf die Matratze fallen, hektisches Zerren an Unterhose und Slip, Griff ins Zentrum, gestöhntes ›Mhhh, du fühlst dich so gut an …‹«

»Hör auf«, kreischte Uli. »Das ist genau wie bei uns!«

»Bei uns nicht«, sagte ich. »Bei uns ist die Reihenfolge manchmal anders.«

Wir sahen uns an und wussten nicht, ob wir lachen oder weinen sollten.

Bislang war ich mit meinem Sexleben ganz zufrieden gewesen, aber nun wurde mir klar, dass es wohl ziemlich eintönig sein musste. Ich hatte mich längst damit abgefunden, dass die Post nach zwanzig Jahren nicht mehr so wie am Anfang abging, und es hatte mich nicht weiter gestört. Vielleicht war ich nicht anspruchsvoll genug. Vielleicht bedeutete Sex mir nicht mehr so viel. Die Frage, die ich mir stellen musste, lautete jedenfalls: War das ein gutes oder schlechtes Zeichen für den Zustand meiner Ehe?

»Mal ehrlich … wie oft?«, fragte ich.

»Ungefähr einmal im Monat«, sagte Uli.

»Schon länger nicht mehr«, gab Hella zu Protokoll. »Ich hab mich entzogen, hab's einfach nicht mehr ausgehalten.«

Beider Blicke richteten sich auf mich. »Unterschiedlich«, wich ich aus. »Mal mehr, mal weniger. In letzter Zeit eher … weniger.«

Wenn ich ehrlich war, eher sehr viel weniger. Oft hatte ich keine Lust gehabt, aber auch Ivan hatte sich hin und wieder entzogen – etwas, das früher nie vorgekommen wäre. Statt alarmiert zu sein, war ich eher erleichtert gewesen und hatte mir keine großen Gedanken gemacht.

»Die Frequenz ist nicht das Hauptproblem«, sagte Uli. »Was

ich mir wünsche, kriege ich auch nicht, wenn ich mit Thomas schlafe. Also würde es auch nichts bringen, wenn ich öfter mit ihm schlafen würde.«

»Dann würdest du nur öfter nicht kriegen, was du dir wünschst«, fasste ich zusammen. »Aber was wünschst du dir denn eigentlich?«

Uli bekam glänzende Augen. »Diese Spannung, das erotischen Kribbeln, dieses Gefühl, auf den anderen draufspringen zu wollen vor Lust …«

»Und, wann hattest du das zuletzt?«

Uli biss sich auf die Lippen. »Als ich Thomas betrogen habe.«

»Echt? Mit wem?« Hella platzte fast vor Neugier.

»Mit einem Kollegen, ist aber schon Jahre her«, wiegelte Uli ab.

»Warum hast du mir das nie erzählt?«, fragte ich vorwurfsvoll.

»Ich hatte Angst, du könntest es Thomas sagen«, gestand sie verlegen.

Sieh mal an, meine scheinbar so biedere Freundin. Hätte ich ihr gar nicht zugetraut.

»Das war so … aufregend!«, schwärmte Uli. »Wenn wir nur im selben Raum waren, hat es geknistert. Ich dachte immer, jeder müsste uns das ansehen.«

»Das war nur, weil es neu war«, sagte Hella nüchtern. »Das funktioniert mit dem eigenen Mann nicht. Erotik speist sich aus Spannung, und die entsteht nur, wenn eine bestimmte Fremdheit da ist. Wenn du jede Pore am anderen kennst, ihm beim Schneiden der Zehennägel zugesehen und bei Brechdurchfall den Eimer hingestellt hast, dann kann sich das nicht mehr einstellen.«

»Heißt das, mit der Ehe geht die Leidenschaft flöten, und man kann nichts dagegen tun?«, fragte Uli resigniert.

Hella nickte. »Ich glaube schon, bei mir war's jedenfalls so. Was meinst du, Cora?«

»So würde ich es nicht sagen«, antwortete ich. »Vielleicht müssen wir über Alternativen nachdenken.«

»Was für Alternativen?«, fragte Uli. »Ich hab diesen Hausfrauenporno gelesen, *Shades of Grey*, aber Sadomaso ist einfach nicht mein Ding. Wenn einer es wagt, mir auf den Hintern zu hauen, schlage ich sofort zurück!«

Hella grinste. »Vielleicht bist du einfach nicht der unterwürfige Typ?«

»So was meine ich nicht«, fuhr ich fort. »Ich spreche von offeneren Beziehungsformen, sexueller Selbstbestimmung, dem Ende der Monogamie …«

»Was sind das denn für Hippie-Plattitüden?«, stöhnte Uli.

»Es ist doch offensichtlich, dass es so nicht funktioniert«, sagte ich. »Die Frauen sind frustriert, weil ihre Männer so einfallslos sind, die Männer sind frustriert, weil ihre Frauen kaum noch Lust haben. Die Leute betrügen sich kreuz und quer, und alle tun so, als wäre nichts. Es ist ein gesellschaftliches Tabu.«

»Interessant«, sagte Uli. »Woher weißt du denn das?«

»Was glaubst du, was meine Klienten mir erzählen! Die haben doch fast alle eine oder mehrere Ehen hinter sich. Das pure Grauen!«

»Und wollen es trotzdem wieder probieren?«, fragte Hella ungläubig.

Ich grinste. »Ja, das erstaunt mich auch. Ich hoffe, es spricht sich nicht herum, dass es sich um einen Systemfehler handelt, dann bin ich nämlich arbeitslos.«

»Also, noch mal, von welchen Alternativen sprichst du?«, insistierte Uli.

Ich gab vor zu überlegen. »Mal einen jüngeren Mann?«

Meine Freundinnen stöhnten. »Och nee, lieber nicht, das ist so anstrengend, die sind noch so unreif, was soll ich denn mit so einem …?«

Abgelehnt.

»Mit einer Frau?«

»Spinnst du? Wie kommst du denn darauf? Hast du etwa …? Bist du plötzlich …? Man kann doch nicht einfach …? Was für eine bekloppte Idee!«

Abgelehnt.

»Ganz auf Sex verzichten?«

»Wäre zu überlegen, aber auch irgendwie schade, solange man noch einigermaßen aussieht, kann ja auch Spaß machen, was meint ihr …?«

Wird in Erwägung gezogen.

»Vielleicht kann man ja auch innerhalb der Ehe die Fremdheit wiederherstellen«, sagte ich nachdenklich.

»Und wie soll das gehen?« Uli blickte skeptisch. »Sollen wir uns verkleiden? Oder uns irgendwelche albernen Spielchen ausdenken? Uns einreden, der andere wäre nicht der, der er ist? Das funktioniert doch alles nicht.«

»Woher weißt du das?«, fragte ich. »Hast du jemals deine erotischen Fantasien ausgelebt?«

»So was habe ich nicht«, sagte Uli. »Entweder ich habe Lust, oder ich habe keine Lust.«

»War das schon immer so? Oder hast du früher mal Fantasien gehabt?«, wollte ich wissen.

Uli überlegte. Zögernd sagte sie: »Es war schon mal anders. Mit Michael zum Beispiel, da habe ich …« Sie unterbrach sich und errötete.

»Was denn?«

»Nein, das ist mir peinlich«, wehrte sie ab.

»Fantasien sind doch nicht peinlich«, sagte Hella. »Peinlich wird's nur in der Wirklichkeit.«

Uli nahm einen tiefen Atemzug. »Ich habe mir manchmal vorgestellt, ich würde eine tolle Frau für Michael aussuchen und zusehen, wie er es mit ihr treibt«, sagte sie und senkte verlegen den Blick.

»Die Gelegenheit hättest du ja gehabt«, sagte ich spöttisch. »Schließlich hatte er eine andere.«

»Das Busenwunder«, sagte Uli und verdrehte die Augen. »Aber in der Wirklichkeit war's dann eben ganz anders, da wollte ich nicht zusehen. Da war ich nur verletzt.«

Ich wollte nachschenken, aber der Rum war alle. Zum Glück hatte ich noch eine Flasche Champagner von meinem Geburtstag, ich öffnete sie und holte frische Gläser.

»Auf die Fantasie!«, sagte ich und hob mein Glas. »Nieder mit der Wirklichkeit!«

Wir stießen an und tranken.

»Hast du auch ein paar Nüsschen?«, fragte Hella, und Uli brach in anzügliches Kichern aus.

Hella begriff nichts. »Ich muss was essen«, verteidigte sie sich. »Sonst bin ich gleich volltrunken!«

»Ich kenne da übrigens eine neue Stellung, die ist echt klasse«, begann Uli unvermittelt und stand vom Tisch auf. Sie kniete sich auf den Boden und winkte Hella zu sich.

Die trennte sich unwillig von den Erdnüssen, die ich ihr hingestellt hatte, und erhob sich. »Was soll denn das? Ich brauch keine neuen Stellungen, mir sind die alten anstrengend genug.«

Sie ließ sich neben Uli nieder, die ihr erklärte, was sie zu tun habe. »Du hockst dich mir gegenüber hin, das eine Bein hier, das andere da. So, und jetzt drückst du dich hoch, und ich halte dich mit meinen Oberschenkeln. Siehst du? Da kommt der Mann viel tiefer rein, und du spürst ihn besser!«

Hella verdrehte in gespielter Ekstase die Augen, bewegte sich rhythmisch auf und ab und stöhnte.

Uli rief: »Ja, gib's mir, zeig's mir, aaah!« Ich hatte mein iPhone geschnappt und filmte die Szene. Dann verlor Hella das Gleichgewicht, kippte um und riss Uli mit sich. Beide kugelten lachend auf dem Küchenboden herum.

Ich machte die Kamera aus. »Das stellen wir jetzt bei Facebook ein. Wir könnten eine neue Seite eröffnen: ›Ulis Sextipps für ältere Paare‹. Was meint ihr? Dann schalten wir Werbung und werden stinkreich!«

Der Abend mit meinen Freundinnen hatte mir zu denken gegeben. Vielleicht hatten auch in meine Ehe längst Routine und Langeweile Einzug gehalten und zersetzten sie von innen. Die Anwesenheit meines Mannes war so selbstverständlich für mich geworden, dass ich gar nicht auf den Gedanken gekommen war, es könnte sich daran etwas ändern. Die Erfahrung unzähliger Klienten hatte mir gezeigt, dass dies einer der gefährlichsten Irrtümer war, dem verheiratete Menschen unterliegen konnten. Ivans Wunsch nach Abstand hatte mich aufgeschreckt und zeitweise sogar in Panik versetzt. Er zwang mich dazu, mir Gedanken über uns beide zu machen. Etwas war in Bewegung gekommen, und ich spürte, dass auch ich mich bewegen musste.

An einem der nächsten Abende machte ich mich sorgfältig zum Ausgehen fertig. Mit einer Flasche edlen Rotweins sowie Krabbensalat, Flusskrebsen und Lachsröllchen, die ich in einem teuren Feinkostladen erstanden hatte, verließ ich das Haus. Ich nahm den Wagen, was den Weg zu meinem Ziel zwar verkürzte, aber eine längere Parkplatzsuche zur Folge hatte. Endlich hatte ich eine Lücke entdeckt und quetschte mein Auto hinein.

In Ivans Wohnung war Licht. In meinen hohen Schuhen stöckelte ich zur Eingangstür, die praktischerweise nur angelehnt war. Als besondere Überraschung trug ich unter meinem Trenchcoat nur Dessous. Das hatte ich mal in einem Film gesehen und fand es unglaublich sexy.

Ich fuhr mit dem Lift, die High Heels waren einfach zu unbequem, um darin bis ins Dachgeschoss zu steigen. Als ich ausstieg, kamen gleichzeitig mit mir zwei Männer und eine Frau an, die zu Fuß gegangen waren. Vor Ivans Wohnung wäre ich fast mit ihnen zusammengestoßen.

»Ups!«, sagte ich. »Wollen Sie etwa auch zu Herrn Remky?«

Die drei nickten. Im nächsten Moment ging die Tür auf, und ich wurde mit ihnen in die Wohnung geschwemmt. Drinnen befanden sich bereits eine Menge Leute, ich war offenbar in eine Party geraten.

Ivan begrüßte seine Gäste, dann sah er mich. »Du? Woher weißt du …«

»Ich weiß gar nichts«, unterbrach ich ihn. »Eigentlich wollte ich dich überraschen. Kleines, intimes Treffen unter Eheleuten. Das war dann wohl nichts.«

»Tut mir leid«, sagte er. »Warum hast du nicht angerufen?«

»Weil du es mir verboten hast. Warum hast du mich nicht eingeladen?«

Er machte eine unwillige Bewegung. »Das sind alles Kunstleute, Galeristen, Museumsleute, Kritiker. Es ist eine Art Preview.«

»Und da soll ich nicht dabei sein?«

»Ich dachte nicht, dass du Wert darauf legst, und kann mich jetzt auch gar nicht um dich kümmern, bitte entschuldige mich.«

Er wandte sich einer Gruppe von Leuten zu, die darauf warteten, ihm Fragen zu stellen.

Ich stellte meine Tüte mit Delikatessen ab, stand verloren herum und schämte mich für die blöde Idee mit den Dessous. Mir war heiß, meine Füße taten mir jetzt schon weh. Auch zum Stehen waren diese Schuhe nicht geeignet. Sollte ich wieder gehen? Aus dem Tête-à-Tête mit meinem Mann würde ohnehin nichts mehr werden, so viel war klar. Aber wie sähe es denn aus, wenn ich jetzt den Rückzug anträte?

Ich ließ meinen Blick auf der Suche nach Ivan im Raum umherschweifen und entdeckte ihn im Gespräch mit einer jungen Frau, deren langes, rotes Haar reizvoll mit ihrem türkisfarbenen Kleid kontrastierte. Sie standen eng zusammen, die Frau warf ihre Mähne nach hinten und fasste Ivan am Arm, der wandte den Blick nicht von ihrem Gesicht.

»Frau Schiller, welche Freude!«, dröhnte eine Stimme neben mir. Ich drehte mich um. Es war Anatol Dunkelangst, der berühmte Kunstkritiker. Er nahm meine Hand und küsste sie. »Meine Verehrung, Sie sehen großartig aus!«

Ich lächelte ihn an. »Oh, danke. Wie geht es Ihnen?«

Er verzog das Gesicht. »Das Alter nervt. Ständig hat man irgendwo ein neues Zipperlein, mal schmerzt es hier, mal dort. Wenn ich eines Tages aufwache und mir tut nichts weh, dann weiß ich, dass ich tot bin!« Er lachte sein dröhnendes Lachen.

»Haben Sie sich die Bilder schon angesehen?«, fragte ich.

»Selbstverständlich! Eine interessante neue Schaffensphase, in der Ihr Mann sich befindet. Was halten Sie davon?«

»Äh, ich hatte noch keine Gelegenheit ... Mein Mann macht zurzeit ein großes Geheimnis aus seiner Arbeit.« Ich beugte mich vor und flüsterte: »Eigentlich dürfte ich heute Abend gar nicht hier sein.«

Amüsiert betrachtete er mich. »Es wäre ein Jammer, wenn Sie nicht hier wären! Darf ich Ihnen den Mantel abnehmen?«

Ich zuckte zurück. »Nein, auf keinen Fall! Ich finde es sehr kühl hier drin.«

Ich spürte den Schweiß zwischen meinen Schulterblättern herunterrinnen. Die Temperatur in Ivans Wohnung näherte sich allmählich der in einem Treibhaus, entsprechend irritiert sah Dunkelangst mich an.

»Na, wenn Sie meinen.«

Ich hatte beschlossen zu bleiben und plauderte mit mehreren Leuten, von denen ich manche kannte, andere zum ersten Mal sah. Immer wieder wurde ich gefragt, ob ich nicht meinen Mantel ablegen wolle, und irgendwann verfluchte ich mich, Ivan und unsere Ehekrise.

Ich kam nicht mal dazu, mir die drei Bilder anzusehen, aus denen Ivans Preview bestand. Nur aus der Ferne erkannte ich, dass es sich um völlig neuartige Arbeiten handelte, die keine Ähnlichkeit mehr mit dem hatten, was Ivan bisher gemacht hatte.

Plötzlich klatschte einer der Museumsleute in die Hände. »Meine Herrschaften, der Cocktail ist beendet, jetzt gehen wir zum Essen. Der Tisch im La Cambusa ist bestellt.«

Das war meine Chance. Sollten die nur alle zum Essen gehen, ich hatte ja die Leckereien aus dem Delikatessenladen dabei!

»Wir bleiben hier, ja?«, flüsterte ich Ivan zu, in dessen Nähe ich endlich gekommen war.

»Ich kann nicht hierbleiben«, sagte er.

»Wieso denn nicht? Sie haben deine Bilder gesehen, du hast mit allen gesprochen, darum ging es doch, oder nicht?«

»Verdammt, Cora!«, fauchte er. »Du kapierst nicht, wie wichtig das hier für mich ist!«

»Und du kapierst nicht, wie wichtig du mir bist«, erwiderte ich.

Die Frau mit dem roten Haar trat neben Ivan. »Kommst du?«

»Darf ich vorstellen«, sagte Ivan und trat einen Schritt zurück, sodass wir uns direkt gegenüberstanden. »Katharina Mettler, meine neue Galeristin, meine Frau Cora.«

Ivan war seit vielen Jahren von ein und derselben Galeristin vertreten worden, einer Institution im Kunstbetrieb, die ihm auch in schwierigen Zeiten die Treue gehalten hatte. Mit keinem Wort hatte er erwähnt, dass er sich von ihr getrennt hatte.

»Freut mich, Sie kennenzulernen«, sagte Frau Mettler, reichte mir eine kühle Hand und musterte mich mit einem Blick, der von ebenso intensivem Türkisgrün war wie ihr Kleid. »Kommen Sie mit zum Essen?«

»Ich muss kurz etwas mit meinem Mann besprechen«, sagte ich und zog ihn ein Stück zur Seite.

»Was ist denn?«, sagte er ungeduldig. »Können wir das nicht beim Essen besprechen?«

»Ich kann nicht mitkommen, ich habe nichts an.« Ich öffnete kurz den Trench und ließ ihn einen Blick auf meine Dessous werfen.

Er schnappte nach Luft. »Du stehst hier die ganze Zeit in Unterwäsche herum? Ich habe mich schon gewundert, warum du bei dieser Affenhitze den Mantel nicht ausziehst!« Er fuhr sich mit beiden Händen durch die Haare. »Tolle Idee, Cora. Leider mal wieder der falsche Zeitpunkt. Wie bei so vielem.«

»Was soll das heißen?«, fuhr ich ihn an. »Bestimmst jetzt nur noch du, was richtig und was falsch ist? Ich habe es wirklich satt, dass du neuerdings ständig Benimmzensuren austeilst!«

Ivan sah sich nervös um. »Hör auf, bitte. Ich muss los, die anderen warten.«

»Warum hast du dich von Irmi getrennt?«, fragte ich. »Wofür brauchst du plötzlich eine neue Galeristin?«

Er verzog genervt das Gesicht. »Was soll das, Cora? Seit wann bin ich dir Rechenschaft schuldig?«

Mir lagen eine Menge Antworten auf der Zunge, aber ich verkniff sie mir. Wütend funkelte ich ihn an. »Weißt du was, Ivan Remky? Du kannst mich mal.«

Ich drehte mich auf dem Absatz um, griff im Vorbeilaufen nach der Tüte mit der Fisch-Feinkost und rannte an den Leuten vorbei fünf Stockwerke die Treppe hinunter. Ich musste höllisch aufpassen, dass ich mit den hohen Absätzen nicht umknickte und die Stufen hinabstürzte. Die schwere Eingangstür war immer noch angelehnt, ich stemmte sie auf und drückte mich durch den Spalt. Die Tür fiel zu, ich machte den nächsten Schritt – und hörte, wie Stoff riss. Ein kühler Wind streifte meinen verschwitzten Körper. Entsetzt blieb ich stehen. Eine Seite des Trenchs war weit offen, mein Oberkörper im Spitzen-BH für jeden sichtbar. Zum Glück waren, weil es zu regnen begonnen hatte, nicht viele Leute auf der Straße. Nur eine ältere Dame, die sich mit ihrem Schirm an mir vorbeidrängte, sah mich missbilligend an.

Wütend und durchnässt, erreichte ich mein Auto. Im Rückspiegel sah ich mein Gesicht, auf dem sich Regentropfen und Tränen mischten und mein sorgsam aufgetragenes Augen-Make-up in ein schwarzes Rinnsal verwandelten.

Zu Hause verkroch ich mich mit einer Tasse heißer Schokolade im Bett. Nicht mal mit Hella wollte ich reden. Ich schämte mich für meinen peinlichen Auftritt und für meinen peinlichen Abgang, und ich schämte mich dafür, dass ich mich schämte. Ich ärgerte mich, dass ich Ivan auf seinem Egotrip nicht einfach in Ruhe lassen konnte, sondern wie ein Hündchen hinter ihm hergelaufen war. Ich war doch Cora, die coole Traumfrau, der die Männer zu Füßen lagen, die stark und souverän war und anderen Leuten erzählte, wie man eine glückliche Beziehung führte. Wie war es möglich, dass ich so aus der Rolle gefallen war?

Ich hatte immer gedacht, dass ich nicht auf einen Partner angewiesen wäre. Dass ein Mann eine Art Bonustrack auf meiner Lebens-CD war, aber nicht die Hauptnummer. Wenn es einen gab, war es schön, wenn nicht, war es immer noch eine gute Platte. Nun musste ich mir eingestehen, dass ich mich ohne Ivan unvollständig fühlte. Er gehörte so sehr zu meinem Leben, dass seine Abwesenheit regelrecht schmerzte.

Ich wälzte mich stundenlang unruhig herum. Mitten in der Nacht stand ich auf, ging zum Kühlschrank und verschlang wütend den Krabbensalat, die Flusskrebse und die Lachsröllchen.

»Stell dir vor, was ich gefunden habe!«, hörte ich am nächsten Morgen Tims begeisterte Stimme aus dem Telefon.

»Keine Ahnung«, sagte ich. »Verrätst du's mir?«

»Alte Videoaufnahmen aus der Zeit unserer Zusammenarbeit! Einmal haben wir ein ganzes Meeting gefilmt, da sind wir alle dabei, du, ich, Arne, Nick, Amanda, und wie hieß die sexy Praktikantin, die wir damals hatten?«

»Kathy«, sagte ich wie aus der Pistole geschossen. Keinen Schimmer, wieso ich mir das gemerkt hatte. »Mit der hattest du was, stimmt's?«

»Nur bis du aufgetaucht bist«, sagte Tim. »Dann hatte ich nur noch Augen für dich.«

»Schleimer«, gab ich zurück.

Schlagartig erinnerte ich mich daran, wie Tim mich beim Verlassen der Agentur zu sich nach Hause eingeladen hatte. »Ich mache eine ziemlich gute Lasagne«, hatte er mir verschwörerisch zugeraunt.

»Kann ich bestätigen«, hatte Kathy hinter mir gekräht. Aus der Lasagne wurde dann bekanntlich nichts.

»Hast du Lust, die Aufnahmen zu sehen?«, fragte Tim.

»Na klar, unbedingt!«

»Sie sind auf VHS, du müsstest also zu mir nach Hause kommen«, fügte er hinzu.

Ich lächelte in mich hinein.

Am nächsten Abend besuchte ich ihn in seiner Wohnung. Als er öffnete, schnupperte ich. »Lasagne?«

Er grinste. »Pizza-Service. Ich hatte keine Zeit zu kochen.«

Wären wir jung gewesen, hätten wir die Pizza kalt werden lassen und wären übereinander hergefallen. Aber wir waren nicht mehr jung, deshalb setzten wir uns gesittet in die Küche, aßen und tranken Bier dazu.

Anschließend führte Tim mich ins Wohnzimmer, setzte sich neben mich aufs Sofa und schaltete den Videorekorder ein. Verblasste Bilder von attraktiven, jungen Leuten, die sich auf schicken Sesseln und Sitzklötzen in einem Agenturambiente fläzten und lebhaft miteinander diskutierten, erschienen auf dem Bildschirm. Ich konnte nicht fassen, dass das wir sein sollten.

Wie süß Tim gewesen war, mit seinem Wuschelkopf und dem Haselnussblick!

Ich entdeckte Arne, der mit seinem engen Pulli und der x-beinigen Sitzhaltung so schwul aussah, dass ich mich fragte, wieso ich es so lange nicht gecheckt hatte. Daneben saßen Nick und Amanda, zwei der drei Mitarbeiterinnen, die Tim damals hatte. Im Hintergrund sah man Kathy in kurzem Rock und Stiefeln an der Kaffeemaschine hantieren, und vorn rechts saß ich, mir einen seriösen Anschein gebend, in schickem Kostüm und Pumps.

Mein Gott, hatte ich mal gut ausgesehen! Die Haare fielen mir dicht und üppig über die Schultern, ich war schlank, meine Taille unglaublich schmal und mein Gesicht völlig faltenfrei. Ich weiß noch, wie alt ich mich damals gefühlt hatte. Nun sah ich, wie jung ich gewesen war.

»Ich glaube, ich kriege eine Depression«, sagte ich.

»Wieso denn?« Tim lachte.

»Wir sahen alle so verdammt gut aus«, sagte ich wehmütig.

»Du siehst immer noch verdammt gut aus«, gab er zurück.

Du hast mich noch nicht aus der Nähe gesehen, dachte ich. Und nicht nackt. Ich nahm mir vor, dass dies in jedem Fall so bleiben würde. Niemals würde ich mich mehr vor einem anderen als meinem Mann ausziehen. Schon gar nicht, wenn dieser Mann mich als junge Frau gekannt hatte.

»Hat das Werk eigentlich keinen Ton?«, fragte ich.

Tim schüttelte bedauernd den Kopf. »Die Kamera war neu, irgendwas haben wir damals falsch gemacht.«

So guckten wir weiter Stummfilm und amüsierten uns über die Körpersprache und die Gesichtsausdrücke, die fast noch aussagekräftiger waren als das gesprochene Wort.

»Schau mal, wie sauer Kathy guckt!«, sagte ich und zeigte mit dem Finger auf die Praktikantin, die eifersüchtig in Tims Richtung schielte. Der hielt gerade dem Team einen Vortrag, vergewisserte sich aber immer wieder mit Blicken zu mir, dass ich auch zuhörte. Nick versuchte, mit Amanda zu flirten, die gelangweilt in die Luft starrte, während Arne die Augen nicht von Nick wenden konnte.

Nichts von alledem hatte ich damals wahrgenommen. Ich hatte nur den Erfolg unserer Kinderpralinen-Kampagne im Kopf gehabt. Und Tims braun gebrannte, muskulöse Unterarme, die aus dem Jeanshemd herausrutschten, wenn er mit den Händen in der Luft herumfuchtelte. Ich erinnerte mich an meine fixe Idee, hineinzubeißen zu wollen, natürlich ganz zärtlich.

»Krempel mal deine Ärmel hoch«, bat ich ihn.

Er blickte mich irritiert an, schob aber dann die Hemdsärmel nach oben. Seine Unterarme kamen zum Vorschein, gebräunt und genauso unwiderstehlich geformt wie damals. Unterarme scheinen vom Alterungsprozess ausgenommen zu sein. Ich konnte nichts dagegen tun, es kam einfach über mich: Ich packte seinen rechten Arm und biss hinein.

Es dauerte höchstens zehn Sekunden, bis wir uns gegenseitig die Kleider vom Leib gerissen hatten und ineinander verkeilt aufs Sofa gefallen waren. Tim hatte eine Erektion, wie ich lange keine gesehen hatte. Wir bissen, leckten und küssten uns, entdeckten Zentimeter für Zentimeter den Körper des anderen wieder und genossen die verrückte Mischung aus Fremdheit und Vertrautem. Ich vergaß alles, was ich mir vorgenommen hatte, es war mir egal, ob Tim meinen Hängebusen oder die Dellen an meinen Oberschenkeln sehen konnte, ich achtete keinen Moment darauf, wie ich aussah, ich stürzte mich in diesen Liebesakt, als wäre es der letzte in meinem Leben.

Mit einem Mal merkte ich, dass Tim mich in unsere frühere Lieblingsstellung, genannt »das Klappmesser«, bringen wollte. Dabei hatte ich auf dem Rücken gelegen, die Beine ausgestreckt neben dem Kopf, den Unterleib nach oben gedrückt.

Jetzt hob er meinen Hintern an, drückte energisch meine Beine nach hinten und drang in mich ein. Ein grässlicher Schmerz fuhr mir in den Rücken, ich schrie auf. Tim hielt es für einen Lustschrei und bewegte sich schneller, ich schrie weiter, Tim kam, und ich rollte mich unter ihm weg auf die Seite.

»O mein Gott!«, stöhnte ich, als der Schmerz endlich nachließ.

»Oh, war das geil!«, stöhnte Tim und zog mich an sich. Offensichtlich hatte er meine Schreie als Superorgasmus interpretiert.

Mein Rücken fühlte sich an, als hätte mich jemand über Kopfsteinpflaster geschleift. Vorsichtig bewegte ich mich und versuchte, das Becken hin und her zu drehen. Nichts gebrochen. Nur überdehnt.

Tim küsste mich übermütig, sprang auf, rannte nackt in die Küche und kam mit einer Flasche Wasser zurück.

»Weißt du eigentlich, wie toll du bist?«, sagte er.

Ich lächelte ihn erschöpft an.

Wenig später waren wir mitten im zweiten Akt. Diesmal passte ich auf, dass unsere Stellungen altersgemäß ausfielen, und es kam, wie ich befürchtet hatte: Sex mit Tim war immer noch großartig. So großartig wie damals schon.

Nach diesem ersten Mal hatte ich das Gefühl, dass nun ohnehin schon alles egal war, und verabredete mich gleich wieder mit ihm. Und wieder, und wieder …

Normalerweise ging ich nach unseren Zusammenkünften nach Hause, egal wie spät es war. Eines Nachts, oder besser: eines frühen Morgens schlief ich ein und wachte erst um halb neun auf. Da es ein Sonntag war, hatte Tim den Wecker nicht gestellt. Ich fuhr hoch, sah mich verwirrt um und begriff erst nach einigen Sekunden, wo ich war. Ich fluchte leise und schwang die Beine aus dem Bett. In diesem Moment wurde Tim wach, hob den Kopf und zog mich mit einer trägen Bewegung an sich.

»Bleib da«, murmelte er.

»Ich muss gehen«, sagte ich und dachte im gleichen Moment: Warum eigentlich? Niemand wartet auf mich, ich bin niemandem

Rechenschaft schuldig. Ich kann ebenso gut noch bleiben. »Also gut«, sagte ich, legte mich wieder hin und kuschelte mich an ihn.

Seine Hand fuhr unter mein T-Shirt und legte sich auf meine Brust, meine schlafwarme Haut erschauerte wohlig unter seiner Berührung.

Wenn Tim nachts ein leidenschaftlicher Eroberer war, so wurde er morgens zum ausdauernden Genießer. Er war zärtlich und nahm sich Zeit, immer wieder verlängerte er unser Liebesspiel und wollte mich gar nicht mehr gehen lassen.

Schließlich kämpfte ich mich aus dem Bett, schlüpfte in meine Kleider und ging ins Bad. Auf der Suche nach Zahnpasta öffnete ich die Tür des Spiegelschränkchens. Mundwasser, Rasierpinsel, Eau de Cologne, Aspirin. Keine Zahnpasta. Was war denn das? Ich nahm eine Packung in die Hand, auf der eine Pille in Kleeblattform abgebildet war. »Wirkstoff: Sildenafil« las ich. Das war doch nicht möglich.

Ich ging ins Schlafzimmer und baute mich vor dem Bett auf. »Ist das so was wie Viagra?«, fragte ich empört.

Tim, der wieder eingedöst war, schreckte hoch. »Was?«

»Ob das Viagra ist, will ich wissen«, sagte ich und fuchtelte mit der Packung herum, auf der ein anderer Markenname stand.

»Kann schon sein«, sagte er. »Die haben mir Freunde mal aus Spaß geschenkt.«

Ich öffnete die Packung und zog die Folie heraus. Mehrere Pillen fehlten.

»Und du hast sie aus Spaß genommen, oder was? Brauchst du etwa Viagra, um bei mir in Fahrt zu kommen?«

Ich war so gekränkt, dass mir die Tränen kamen. War alles nur Show gewesen? Musste er sich erst künstlich in Fahrt bringen, um mit mir schlafen zu können?

Tim setzte sich auf und griff nach meiner Hand. »Aber nein! Du machst mich geiler als jede Pille dieser Welt!«

»Wann hast du die zuletzt genommen?«

Er wurde verlegen. »Bei deinem ersten Besuch. Ich hatte so gehofft, dass es … passieren würde. Und gleichzeitig hatte ich Angst zu versagen. Ich bin schließlich auch nicht mehr der Jüngste …«

Überrascht von seinem Geständnis, sah ich ihn an. »Du hattest Angst?«

Er nickte. »Ihr Frauen könnt euch nicht vorstellen, wie das für uns ist. Ihr könnt Lust vortäuschen und sogar einen Orgasmus simulieren. Wir können gar nichts vortäuschen, und wenn wir vor lauter Aufregung keinen hochkriegen oder zu früh kommen, sind wir die Blamierten.«

Darüber hatte ich mir noch nie Gedanken gemacht. Ivan konnte immer, und ich war nicht auf die Idee gekommen, dass es bei anderen Männern anders sein könnte oder sich veränderte, wenn sie älter wurden. Ich hatte geglaubt, Hilfsmittel wie Viagra seien nur bei organischen Problemen nötig oder wenn ein Mann in Wirklichkeit keine Lust hatte.

Ich ließ mich neben ihn aufs Bett fallen. »Tut mir leid, Tim! Ich dachte, es liegt an mir, dass du mich … nicht aufregend genug findest.« Ich lächelte verlegen. »Bin schließlich auch nicht mehr die Jüngste.«

Tim hob die Pillenpackung in die Höhe. »Ich schwöre, es war das einzige Mal! Die anderen Male … liegen schon eine Weile zurück.«

»Keine Einzelheiten«, winkte ich ab. »Andere Male interessieren mich nicht.«

Wir sahen uns an, beide ein bisschen beschämt, aber auch erleichtert. Ich küsste ihn und stand auf.

»Bis bald«, sagte ich und lächelte verschwörerisch.

Auf dem Weg nach Hause kaufte ich mir einen Becher Kaffee und ein Hörnchen. Meine Güte, machte Sex mich hungrig! Ich war so froh über Tims Geständnis, dass ich vor Erleichterung fast hüpfte.

Ich schloss die Wohnungstür auf. Aus der Küche kamen Stimmen. Hatte Hella etwa gestern Nacht jemanden abgeschleppt? Ich blieb stehen und lauschte. Zu meinem Schrecken erkannte ich Ivan.

Verdammt, was jetzt? Fieberhaft überlegte ich, dann lehnte ich die Wohnungstür an und flitzte ins Schlafzimmer. Ich riss mir die Klamotten vom Leib, stopfte sie in den Schrank und zog Jogging-Sachen an. Meine Haare knuddelte ich zu einem Pferdeschwanz zusammen und streifte ein Stirnband mit dem Logo eines großen Sportkonzerns darüber. Dann schlich ich zurück zur Wohnungstür und ließ sie geräuschvoll ins Schloss fallen. Ich ließ gerade so viel Zeit vergehen, wie man zum Schuheausziehen brauchte, hob meine Laufschuhe im Schuhregal einmal an und stellte sie wieder hin, dann schlenderte ich in die Küche.

»Guten Morgen!«, sagte ich und tat überrascht. »Was machst du denn hier?«

Ivan verzog keine Miene. »Ich wohne hier.«

»Ach ja?«, gab ich kühl zurück. »Merkt man nicht viel davon.«

Ich war fest entschlossen, mir keine Blöße zu geben. Nicht nach der Abfuhr, die er mir neulich verpasst hatte.

Ich blickte zwischen Hella und ihm hin und her. »Das ist aber jetzt nicht das, wonach es aussieht, oder?« Keine Sekunde glaubte ich, dass die beiden die Nacht zusammen verbracht hatten, aber Angriff erschien mir in meiner Situation als die beste Verteidigung.

Hella kicherte verlegen.

Ivan gab keine Antwort, lehnte sich zurück und taxierte mich. »Und bei dir? Ist es das, wonach es aussieht?«

»Ja, stell dir vor, ich habe wieder mit dem Laufen begonnen! Ab fünfzig muss man was für sich tun!«

»Besonders angestrengt hast du dich aber nicht, du hast ja gar nicht geschwitzt.«

Einen Moment war ich sprachlos, dann sagte ich: »Ja, es ist komisch, manche Frauen in unserem Alter schwitzen plötzlich mehr, andere weniger. Ich bin eher verfroren. Manchmal behalte ich sogar in der Wohnung den Mantel an.« Ich warf ihm einen herausfordernden Blick zu, aber er verzog keine Miene.

Hella sah von ihm zu mir. »Ich bin leider ein Auslaufmodell.« Sie hob den Arm und zeigte uns einen Schwitzfleck. »Hier, seht ihr. Und ich bewege mich noch nicht mal.«

»Auslaufmodell«, sagte ich und grinste. »Das ist gut! Und wie nennt man die anderen?«

»Trockenpflaume«, sagte Ivan wie aus der Pistole geschossen.

»Sehr witzig«, gab ich zurück.

Ich ließ mir nicht anmerken, dass die Bemerkung mich kränkte. Das klang ja, als würde er mich für frustriert oder frigide halten. Am liebsten hätte ich ihm von meiner Nacht mit Tim erzählt. Von wegen Trockenpflaume!

Ich setzte mich an den Tisch, nahm mir Kaffee und schmierte Honig auf ein Brötchen.

»Und? Was verschafft uns die Ehre?«, fragte ich zwischen zwei Bissen.

»Ich wollte nur ein paar Sachen holen, aber dann hat Hella mich zum Frühstück eingeladen. Da konnte ich nicht widerstehen!« Er lächelte charmant in ihre Richtung.

»Woran arbeitest du eigentlich?«, fragte Hella neugierig.

»Das ist schwer zu erklären«, wich Ivan aus. »Es handelt sich um eine völlig neuartige Technik und sehr ungewöhnliche Motive. Bald zeige ich euch die Bilder.«

»Und was verstehst du unter bald?«, fragte ich.

Ivan wiegte den Kopf. »Schwer zu sagen. In ein paar Wochen. Vielleicht dauert es auch noch länger.«

»Und bis dahin wohnst du im Atelier?«, fragte Hella.

Er nickte. »Ist am praktischsten so.«

Sie lächelte. »Besonders für mich!«

»Also, ich finde unsere Frauen-WG sehr gemütlich«, sagte ich munter. »Ich bin mir gar nicht sicher, ob ich dich noch mal zurücknehme, Ivan.«

Ich grinste ihn provozierend an, er lächelte gezwungen.

Wir spielten noch eine Weile »Ein Ehepaar sitzt nach einem Krach mit einer Freundin beim Frühstück und tut so, als wäre alles ganz normal«. Wir plauderten über Hellas Suche nach einem Job und einer Wohnung, die sich nach wie vor schwierig gestaltete. Wir sprachen über Paul und den Abend in der WG. Hella erzählte, dass Anna und Lukas planten, für ein Jahr ins Ausland zu gehen.

»Siehst du!«, triumphierte ich. »Und du hättest dich um ein Haar überreden lassen, wieder nach Hause zu kommen!«

Hin und wieder spürte ich Ivans prüfenden Blick auf mir und versuchte, ihn unbefangen zu erwidern. Als ich fertig gegessen hatte, stand ich auf und sagte: »Ich gehe jetzt unter die Dusche. Bist du gleich noch da?«

Ivan sah auf die Uhr. »Ich muss zurück an die Arbeit.«

»Okay«, sagte ich. »Bis zum nächsten Mal.« Wir küssten uns flüchtig auf die Wangen.

»Ach, bevor du gehst«, ich hielt ihn am Arm fest. »Der Wasserhahn im Gästeklo tropft. Wärst du so lieb und würdest eine neue Dichtung reinmachen?«

Ich winkte ihm zu und ging ins Bad. Als ich eine Viertelstunde später herauskam, war er weg und die Dichtung ausgetauscht. Punktsieg für mich.

Ich fiel ins Bett. Vielleicht konnte ich noch ein bisschen Schlaf nachholen. Aber da hatte ich nicht mit meiner besseren Hälfte gerechnet.

»Na, Frau Beziehungsexpertin, das war ja eine tolle Darbietung!«, höhnte sie.

Ich stöhnte: »Nicht du schon wieder!«, und vergrub den Kopf im Kissen, als könnte ich ihre Stimme dadurch zum Verstummen bringen. Aber sie malträtierte mich nur umso unbarmherziger.

»Du bist wirklich eine Anfängerin! Wenn du deinen Mann schon betrügst, dann mach es wenigstens so geschickt, dass er keinen Verdacht schöpft.«

»Hat er doch nicht.«

»Joggen! Meinst du, der ist blöd?«

»Also, ich fand mich ziemlich überzeugend. Sonst hätte er doch was gesagt.«

»Weil Ivan ja bekannt ist für sein Mitteilungsbedürfnis.«

Da konnte ich leider nicht widersprechen. Niemand konnte so beredt schweigen wie mein Mann. Besonders wenn es viel zu sagen gäbe.

»Ach, halt die Klappe«, sagte ich.

Am Abend nahm mich auch noch Hella ins Gebet. »Sag mal, willst du Ivan eigentlich endgültig vertreiben?«

»Wieso? Was meinst du?«

»Du bist doch heute Morgen nicht vom Laufen gekommen.«

»Und woher willst du das wissen?«

Sie machte eine ungeduldige Handbewegung. »Ich kenne dich. Und er kennt dich auch.«

127

Ich lachte höhnisch auf. »Ivan kennt mich? Er hat irgendwelche Vorstellungen von mir, aber er macht sich schon lange nicht mehr die Mühe herauszufinden, wer ich wirklich bin.«

Hella blickte betroffen. »Ich wusste nicht, dass es so ernst zwischen euch ist. Ich dachte, er ist nur zum Arbeiten weggegangen?«

»Das dachte ich auch«, sagte ich. »Aber er grenzt sich dermaßen heftig von mir ab, dass ich langsam glaube, es steckt mehr dahinter.«

Meine Gedanken waren kurz bei der rothaarigen Galeristin. Dann rief ich mich zur Ordnung. Nicht diese billige Mann-in-der-Krise-nimmt-sich-junge-Geliebte-Nummer! Das war so abgeschmackt. Dann stutzte ich. Ich selbst war es ja, die gerade die Frau-in-der-Krise-nimmt-sich-jungen-Geliebten-Nummer durchzog. Das entsprach zwar nicht ganz dem Klischee, aber abgeschmackt war es trotzdem. Plötzlich fühlte ich mich total mies.

»Hast du ihn denn mal gefragt, was los ist?«, wollte Hella wissen.

Resigniert zuckte ich die Schultern. »Er spricht ja nicht mal über seine Arbeit.«

»Vielleicht kann er im Moment nicht anders«, sagte Hella.

»Vielleicht kann ich im Moment auch nicht anders«, gab ich bockig zurück.

Mitten in der Nacht wurde ich wach. Ich fühlte mich wie nach einem bösen Traum, konnte mich aber an keinen Traum erinnern. Mein Herz klopfte heftig, ich setzte mich auf und versuchte, mich zu beruhigen.

In meinem Kopf formte sich ein Satz. Ich stand auf und ging ins Wohnzimmer hinüber. Dort hing das Bild von Ivan, das ich vor zwanzig Jahren ersteigert hatte. *Unterwegs in unwegsames Gelände.* Das Motto unserer Ehejahre. Ich setzte mich auf einen Sessel und betrachtete das vertraute schwarz-weiße Gemälde, auf dem eine Reisegruppe in einen altmodischen Bus stieg.

Wohin fuhr der Bus? Wer waren die Menschen in seinem Inneren, und welche Beziehung hatten sie zueinander? Über welch unwegsames Gelände würde ihre Fahrt gehen, und würden sie ihr Ziel unbeschadet erreichen? Fragen, die ich mir immer wieder gestellt hatte. Ich liebte das Bild, weil es mir immer neue Antworten gab. Wie sein Schöpfer.

Am Anfang hatte ich Ivan für ein arrogantes Arschloch gehalten und ihm das auch deutlich zu verstehen gegeben. Nur widerstrebend hatte ich nachgegeben, als er mich für sein Charity-Projekt einspannen wollte, und eigentlich hatten wir die meiste Zeit miteinander gekämpft. Irgendwann fing ich an, das reizvoll zu finden. Viele Männer idealisierten mich, das wurde mir schnell langweilig. Ivan dagegen durchschaute mich und fiel nicht auf meine Spielchen herein. In ihm hatte ich endlich einen Mann gefunden, der mir gewachsen war. Uli hatte sogar eines Tages gesagt: »Cora hat ihren Meister gefunden.« Das hatte ich damals doch übertrieben gefunden.

Ich griff nach einem Fotoalbum mit Bildern aus den ersten Jahren unserer Ehe. Drei solcher Alben gab es noch. Seit es digitale Fotografie gab, speicherten wir die Bilder im Computer. Insgeheim fürchtete ich den technischen Super-GAU, der sie eines Tages für immer zum Verschwinden bringen würde.

Ich schlug die erste Seite auf. Unsere Hochzeit. Ich war schon im fünften Monat gewesen und trug ein etwas unförmiges Sackkleid, um den Bauch zu kaschieren. Dafür zeigte ich reichlich Bein und hatte den Tag auf absurd hohen Schuhen absolviert, obwohl mir der Rücken höllisch wehgetan hatte. Daneben standen unsere Trauzeugen, die unvermeidliche Uli und Maria Bucher, die Leiterin des Kinderheims, das wir mit unserer Charity-Aktion gerettet hatten.

Es war eine kleine Feier gewesen. Ich hatte keine Familie, und Ivan hatte keinen Wert darauf gelegt, mit seiner zu feiern. Seine künstlerischen Ambitionen hatten von Anfang an heftige Ablehnung bei seinen Eltern hervorgerufen, und so hatte er sich früh von ihnen losgesagt. Nach Pauls Geburt hatte ich den Kontakt zu ihnen gesucht, ich fand es wichtig, dass unser Sohn Großeltern hatte. Sie hatten kein Interesse an ihrem Enkel gezeigt, und so hatte ich mich nicht mehr um sie bemüht. Inzwischen waren beide tot.

Die ersten Urlaubsbilder. Paul nackt am Strand, Paul mit Schaufel, Sonnenhut, Schwimmreif. Paul schlafend im Buggy, Paul im Kindersitz, im Restaurant, im Auto. Von Ivan und mir gab es wenige Aufnahmen, wir waren – wie alle jungen Eltern – auf unser Kind fixiert gewesen.

Ein Städtetrip nach Amsterdam, ausnahmsweise ohne Paul. Ivan und ich vor verschiedenen Sehenswürdigkeiten, auf Brücken, vor Grachten. Wir wirkten glücklich, verliebt. Dann Pauls Einschulung, das erste Fahrrad, Bilder von Ausstellungen, Ivan im Gespräch mit dem Bundespräsidenten, beim Entgegennehmen einer Auszeichnung.

Wie viel gemeinsame Geschichte wir angesammelt hatten! Das Bild großer Gepäckballen drängte sich mir auf, gut verschnürt und gefüllt mit Erinnerungen. Ivan wusste so viel über mich wie kein anderer Mensch auf der Welt, er hatte mich in fast jeder Situation und Stimmungslage erlebt, mutig und verzagt, wütend und sanft, glücklich und unglücklich.

Wir waren frisch verliebt gewesen, als mich die Nachricht von Tante Elsies Tod erreicht hatte. Viele andere Männer hätten sich schnell davongemacht, weil sie es nicht sexy gefunden hätten, wie aus einer coolen Traumfrau plötzlich ein heulendes Häufchen Elend wurde. Nicht so Ivan. Er fuhr sogar mit mir zur Beerdigung in die norddeutsche Provinz, stand die grässliche Trauerfeier und die endlose Zugfahrt mit mir durch. Vielleicht war es genau dieser Tag gewesen, an dem ich begriffen hatte, dass ich mich auf ihn verlassen konnte. Dass er der Mann war, mit dem ich mir ein gemeinsames Leben wünschte.

Plötzlich wollte ich ihn unbedingt anrufen. Ich wusste nicht mal, was ich ihm hätte sagen wollen, ich wünschte mir nur, seine Stimme zu hören. Dann verwarf ich den Gedanken, es war halb drei, eine denkbar ungeeignete Uhrzeit.

Unruhig begann ich, die Wohnung nach Zigaretten abzusuchen. Im Bücherregal, hinter einer Tolstoi-Gesamtausgabe, fand ich ein zerdrücktes Päckchen. Ich ging damit auf den Balkon, zog eine ausgetrocknete Zigarette heraus, zündete sie an und blickte in den Himmel.

Die Sache mit Tim hatte wirklich nichts mit Ivan zu tun, sie würde unsere Ehe nicht gefährden. Mein kleiner Seitensprung tat mir gut, er tröstete mich und reparierte mein angeschlagenes Selbstbewusstsein. So, wie Ivan derzeit drauf war, hatte ich doch geradezu ein Recht darauf! Es gab ja sogar die These von der systemstabilisierenden Wirkung außerehelicher Affären, die den Druck umlenkten, der sonst die Ehe sprengen würde. Genau so war es: Tim sorgte dafür, dass ich bei Ivan bleiben konnte. Ivan müsste ihm regelrecht dankbar sein, jawohl!

Nachdem ich zu dieser Erkenntnis gelangt war, ging es mir besser. Ich schnippte die halb gerauchte Kippe übers Balkongeländer, schloss die Tür und ging wieder ins Bett.

SIEBEN

Ich muss dir was sagen«, platzte Katja aufgeregt heraus.
Wir saßen wieder beim Inder, weil man dort so gut reden konnte.
Sie strahlte und sah besser aus als je zuvor. Gleich beim Hereinkommen hatte sie mich gefragt, wie mir Nathalie gefallen habe,
und ich hatte sie angegrinst. »Wenn ich nicht so auf Männer
fixiert wäre, würde ich glatt versuchen, sie dir auszuspannen.«

Katja hatte kurz gestutzt und dann erleichtert gelacht. »Keine
Chance!«

Sie hatte sich nach Ivan erkundigt, und ich hatte ihr eine Light-
Version der Ereignisse serviert, um ihren euphorischen Zustand
nicht zu trüben, in dem sie alle ihre Lieben ebenso glücklich
sehen wollte wie sich selbst. Dann hatte ich noch einen Mango-
Lassi bestellt, und nun wartete ich gespannt auf ihre nächste Ent-
hüllung.

»Lass mich raten«, sagte ich. »Du hast dir endlich ein Ferien-
häuschen in Italien gekauft?«

»Falsch.«

»Du bist zur Chefärztin befördert worden?«

»Wieder falsch.«

»Du hast dir einen Hund gekauft?«

Als ich Ivan kennengelernt hatte, war Blue noch am Leben gewesen der Hund der Familie. Er war Mattis Ein und Alles gewesen, und nach seinem Tod ein Trost für Ivan und Katja. Als Katja nach Italien gezogen war, hatte sie den Hund Ivan überlassen. Immer wieder hatte sie davon gesprochen, wie sehr sie Blue vermisse.

Jetzt wurde Katjas Blick träumerisch. »Du denkst an Blue, stimmt's? Ja, ich habe oft überlegt, ob ich mir wieder einen Hund anschaffen soll, aber dann wurde mir klar, dass ich mir keinen Hund wünsche, sondern Blue. Deshalb habe ich es gelassen.«

»Ich gebe auf«, sagte ich.

Katja holte Luft, als wollte sie Anlauf nehmen. »Nathalie wünscht sich ein Kind.«

Klar, dachte ich, warum auch nicht. Die meisten Frauen wünschen sich ein Kind. Dann wurde mir bewusst, dass die Situation hier ein wenig anders war als in den meisten Fällen.

Ich sah Katja prüfend an. »Und du? Wünschst du dir auch eins?«

Völlig unerwartet schlug sie die Hände vors Gesicht und begann zu weinen.

»Was ist?«, fragte ich erschrocken. »Habe ich was Falsches gesagt?«

Sie blickte auf, ihre Augen schwammen in Tränen. »Nein, das ist genau die richtige Frage. Ich liebe Nathalie, ich würde alles tun, um sie glücklich zu machen, aber der Gedanke an ein Kind …« Sie brach ab.

Ich sagte nichts, hielt nur ihre Hand fest.

Als sie sich ein wenig gefasst hatte, sprach sie weiter. »Ich habe solche Angst davor, dass wieder was Schreckliches passieren könnte. Dass ich ein Kind wieder so sehr lieben … und es verlieren könnte. Das würde ich nicht ertragen.«

»Aber, sehnst du dich nicht manchmal selbst nach einem Kind?«, fragte ich.

Katja sah mich an, den Blick voller Trauer. »Es ist wie mit Blue, weißt du. Oft dachte ich, ich hätte Sehnsucht nach einem Kind. Aber in Wirklichkeit war es die Sehnsucht nach Matti.«

Sie beschrieb mir, wie sehr Nathalie von einem Familienleben träume und dass sie fürchte, ihre große Liebe zu verlieren, wenn sie sich nicht einverstanden erkläre. Dann fragte sie: »Was würdest du an meiner Stelle tun?«

Ich dachte lange nach. Wollte nichts Unbedachtes sagen, nicht unsensibel sein.

»Ich verstehe dich, Katja«, sagte ich schließlich. »Nach allem, was du durchgemacht hast, würde dich jeder verstehen. Wahrscheinlich könntest du sogar Nathalie erklären, warum du es nicht schaffst. Aber ich glaube, das wäre der falsche Weg. Es gibt keine Sicherheit, jeden Moment können wir alles verlieren, was uns wichtig ist. Deshalb von vornherein darauf zu verzichten würde bedeuten, auf das Leben zu verzichten.«

Sie nickte. »Das weiß ich, aber ich habe solche Angst.«

Ich musste daran denken, dass ich mir manchmal gewünscht hatte, ich hätte Paul nicht bekommen, weil ich von der ständigen Sorge um ihn völlig zermürbt war. Wenn er ein Klettergerüst bestieg, sah ich ihn im Geist herunterstürzen. Jeden Morgen, wenn er zur Schule ging, fragte ich mich, ob ich ihn lebend wiedersehen würde. Beim kleinsten Fieberschub befürchtete ich eine tödliche Krankheit. Als er allein seine ersten längeren Autofahrten unternahm, musste ich Beruhigungsmittel nehmen.

Mattis Tod hatte nicht nur Katja traumatisiert. Er hatte uns alle in Mitleidenschaft gezogen, Ivan, Paul und mich. Aber das konnte ich ihr natürlich nicht sagen.

»Ich kenne das, Katja. Aber du darfst diesen Dämonen keine Macht über dein Leben geben.«

Zweifelnd blickte sie mich an. »Und wie schaffst du das?«

»Ich stelle mir vor, wie es wäre, wenn Paul oder Ivan etwas zustieße. Dann hätte ich die Zeit, die wir miteinander erlebt haben, durch meine Ängste verdorben, und dafür würde ich mich schuldig fühlen. Das würde alles nur noch viel schlimmer machen.«

Unser Essen wurde serviert, und wir warteten, bis der Kellner sich entfernt hatte.

»Aber mit Vernunft kommt man nicht dagegen an«, wandte Katja ein.

»Es ist ein täglicher Kampf«, sagte ich. »Wenn ich die Ängste zulasse, werden sie immer schlimmer. Wenn ich sie so weit wie möglich aus meinen Gedanken verbanne, werden sie kleiner. Ich darf ihnen keinen Raum geben.«

»Wie funktioniert das?«

»Ich habe eine Art … Mantra«, gestand ich ihr. »Ich stelle mir einen Weltgeist vor, eine Instanz, die unser aller Schicksal lenkt. Wenn die Angst kommt, denke ich: Wir sind alle in deiner Hand. Dann fühle ich mich irgendwie … beschützt und kann meine Machtlosigkeit leichter akzeptieren.«

Katja lächelte. »Du sprichst von Gott.«

»O nein«, wehrte ich ab. »Ich glaube nicht an Gott. Ich glaube auch nicht an einen Weltgeist. Ich glaube nur daran, dass Menschen Gebete brauchen. Das ist meine Art von Gebet.«

»Ich würde gern glauben können«, sagte Katja. »Aber mit Matti ist für mich jeder Gedanke an Gott gestorben.«

Eine Weile widmeten wir uns schweigend dem Essen. Dann fragte ich: »Wo soll das Kind eigentlich herkommen? Wollt ihr es adoptieren? Oder einen Samenspender finden?«

Katja hob beide Hände, als wollte sie etwas abwehren. »So weit sind wir noch nicht. Zuerst müssen wir die Entscheidung treffen, ob wir es überhaupt wollen.«

»Mir scheint, du hast gar keine Wahl«, sagte ich. »Und vielleicht ist genau das gut. Das Schicksal will dich zwingen, etwas zu wagen, was du sonst nicht wagen würdest. Und ich bin mir sicher, mit jedem Schritt wirst du deine Angst besser in den Griff bekommen.«

»Glaubst du?«, fragte Katja zweifelnd.

Ich drückte ihre Hand. »Ich weiß es! Ich habe nämlich etwas herausgefunden: Ängste sind Scheinriesen. Sie wirken viel größer, als sie sind. Und je mutiger wir auf das zugehen, was wir fürchten, desto mehr schrumpfen sie.«

»Scheinriesen?«, fragte Katja erstaunt.

»Genau«, sagte ich lächelnd. »Totale Angeber.«

Elvira Wagner mailte ein Foto, das sie mit ihrem Sohn, seiner Freundin und dem neugeborenen Enkel vor der Skyline von Sydney zeigte. Ihr Gesicht war weitgehend abgeschwollen, nur die Lippen waren noch unnatürlich dick. Aber sie strahlte glücklich in die Kamera, das Baby im Arm.

»Liebe Frau Schiller«, schrieb sie. »Ich bin Ihrem Rat gefolgt. Der kleine Samuel ist so süß! Obwohl es mir zuerst schwergefallen ist, gewöhne ich mich langsam an den Gedanken, Oma zu sein. Vielen Dank für alles. Ich habe Urlaub genommen und bleibe eine Weile hier.«

Dem netten Werner, an den ich sie gern vermittelt hätte, musste ich mitteilen, dass Elvira vorerst aus dem Rennen sei. »Damit hatte ich schon gerechnet«, sagte er und grinste. »Ich glaube, ich war ihr einfach zu jung.«

Werner war Witwer, seine Frau war vor sechs Jahren gestorben, und er hatte sich lange nicht vorstellen können, sich jemals wieder zu verlieben. Vor einem halben Jahr war er das erste Mal zu mir gekommen, um herauszufinden, ob »so ein Restposten« noch vermittelbar wäre. Er war Verlagslektor und auch privat ein leidenschaftlicher Leser, außerdem interessiert an Politik und gesellschaftlichen Themen. Er hatte Humor und einen Sinn für Selbstironie, der mir – und sicher auch anderen Frauen – gefiel. Leider war er ein überaus anspruchsvoller Kunde. Keine der vier Verabredungen, die ich bisher für ihn arrangiert hatte, war erfolgreich gewesen. Ich ging davon aus, dass er ein Dauerbrenner werden würde – so nannte ich Klienten, die mir länger als ein Jahr erhalten blieben. Leider war es nicht so, dass ich an ihnen mehr verdiente, sie machten nur mehr Arbeit.

Kajetan Moll war mein anhänglichster Klient geworden. Mindestens zweimal wöchentlich rief er mich an, holte sich irgendwelche Tipps oder wollte mich zum Kaffee einladen. Am liebsten hätte er mich wohl als eine Art Personal Coach engagiert und immer um sich gehabt. Ganz kapierte ich nicht, ob Moll tatsächlich so naiv war, wie er wirkte, oder ob das eine Masche war. Manchmal kam mir sogar der Verdacht, dass er längst nicht mehr an den Leistungen meiner Agentur interessiert war, sondern an deren Chefin.

Inzwischen sah er richtig gut aus – sogar die Ohren hatte er sich anlegen lassen. Und ich hatte ihm schon viele seiner Macken abgewöhnt. So war er von der Kategorie »schwer vermittelbar« in die Kategorie »aussichtsreicher Kandidat« aufgestiegen. Trotzdem überstiegen seine Vorstellungen von weiblicher Attraktivität immer noch das realistische Maß. Unverdrossen präsentierte ich ihm weitere Vorschläge, aber er war nicht zufriedenzustellen. Er weigerte sich, die Frauen auch nur zu treffen, die ich ihm vorschlug. Ich konnte nicht glauben, mit welchem Selbstbewusstsein er davon ausging, eine besonders attraktive Frau verdient zu haben.

Irgendwann begann ich mich zu fragen, was hinter seinem Verhalten steckte, und mit einem Mal begriff ich es: Er wollte in Wirklichkeit gar nicht, dass meine Vermittlungsversuche erfolgreich waren. In ihm steckte immer noch der schüchterne, kleine Nerd, der von Mädchen ausgelacht und gemobbt wurde und deshalb eine Heidenangst vor ihnen hatte. Indem er Angelina Jolie zur Messlatte erhoben hatte, sorgte er dafür, dass sich garantiert nie etwas zwischen ihm und einer Frau entwickeln würde, weil kein weibliches Wesen seinen Ansprüchen gerecht werden könnte. Wie sollte ich dagegen ankommen?

Die junge Frau hieß Mira, hatte mich am Telefon gleich geduzt und wollte sich nicht im Büro, sondern in einem Park mit mir treffen. Nun ja, der Kunde ist König.

Zur verabredeten Zeit wartete ich im Luitpoldpark, einer Grünanlage im Norden von Schwabing. Mira hatte angekündigt, dass sie weiß gekleidet sein würde, und tatsächlich näherte sich unserem Treffpunkt eine Gestalt in einem weißen, flatternden Gewand auf einem Fahrrad. Sie hatte hellblonde Locken, ein mädchenhaftes Gesicht und erinnerte mich an die Rauschgoldengel, mit denen zur Weihnachtszeit Kaufhäuser dekoriert wurden. Wozu brauchte ein solches Wunderwesen eine Partnervermittlung? Aus der Nähe sah ich, dass sie erste, zarte Fältchen um die Augen und vermutlich die normalen menschlichen Probleme hatte.

»Cora?«

Ich stand von meiner Parkbank auf, um sie zu begrüßen. Sie stellte das Rad ab, ohne es abzuschließen, nahm meine beiden Hände in die ihren und blickte mir tief in die Augen. Dann nickte sie. »Du hast eine gute Aura, das spüre ich sofort.«

Wir setzten uns nebeneinander auf die Bank, und ich begann, ihr die üblichen Fragen zu stellen und mir Notizen zu machen. Ich hatte extra ein Klemmbrett mitgenommen, das ich nun auf den Knien balancierte, während ich schrieb.

Mira war sechsunddreißig, betrieb einen Laden für Naturkosmetik und besuchte gern Seminare zu spirituellen Themen, weil man dort, wie sie sagte, so interessante Leute kennenlerne. Unter interessanten Leuten verstand sie offenbar in erster Linie Männer, denn sie erzählte freimütig von verschiedenen Begegnungen.

»Sex ist für mich eine Form der Meditation«, erklärte sie. »Ich bin eins mit mir und dem anderen, mein Bewusstsein löst sich auf, und ich transzendiere.«

Sie sprang von der Bank auf, ging auf die Wiese, und im nächsten Moment stand sie auf dem Kopf.

»Stört dich doch nicht, oder? Ich kann mich so besser konzentrieren.«

Eine Weile führten wir unser Gespräch auf diese Weise fort. Ich neigte den Kopf immer mehr zur Seite, und kurz bevor ich eine Nackenzerrung bekam, sprang sie zum Glück zurück auf die Beine, machte ein paar fließende Bewegungen in einer offenbar festgelegten Abfolge und ließ sich im nächsten Moment im Schneidersitz aufs Gras sinken.

»Ist das Yoga?«, fragte ich, beeindruckt von ihrer Beweglichkeit. »Das muss toll sein, wollte ich auch immer mal machen.«

»Interessiert dich denn der geistige Weg?«

Ich überlegte. Der geistige Weg? Keine Ahnung. Ich hatte es eher mit geistigen Getränken. »Ich dachte, Yoga ist so was wie … Gymnastik«, sagte ich.

Mira sah mich herablassend an. »Dann kannst du auch Pilates machen. Damit wirst du natürlich nicht Samadi erreichen.«

»Samadi?«

»Das ist so was wie absolute Bedürfnislosigkeit. Das Ziel des yogischen Wegs.« Sie lächelte treuherzig. »Ich bin leider noch weit davon entfernt, sonst würde ich nicht hier mit dir sitzen.« Sie klopfte mit der flachen Hand neben sich. »Komm her, ist schön hier auf dem Boden!«

Schwerfällig erhob ich mich und ließ mich neben ihr nieder. Ich sollte dringend etwas für meine Beweglichkeit tun. Seit einiger Zeit schwärmten viele meiner klimakterischen Leidensgenossinnen von Yoga, aber eigentlich ging mir der Kult schon auf die Nerven.

»Ich habe noch nicht genau verstanden, was du eigentlich suchst«, sagte ich und sah Mira direkt an.

Langsam legte sie sich auf den Rücken und hielt die Augen geschlossen, während sie sprach. »Ich lebe in einem Dilemma, weißt du. Einerseits bin ich auf dem geistigen Weg, andererseits fühle ich mich von fleischlichen Genüssen angezogen. Ich schaffe es zum Beispiel nicht, mich vegetarisch zu ernähren. Ich liebe einfach den Geschmack von Fleisch. Genauso ist es mit Männern. Mit den Männern, die ich auf den Seminaren kennenlerne, habe ich tolle spirituelle Begegnungen. Aber im Bett sind die meisten eine Katastrophe.«

Erstaunt sah ich sie an. »Wieso denn das? Das sind doch ganz normale Männer, oder nicht?«

Mira kam wieder hoch und hockte sich jetzt mir gegenüber. »Das sind keine normalen Männer! Die sind aufgeklärt und bewusst und denken feministischer als die meisten Frauen, und das Ergebnis ist: Sie sind total gehemmt. Die wollen keine Machos sein, die wollen nichts tun, was als respektlos oder abwertend verstanden werden könnte, aber Sex ist nun mal keine politisch korrekte Veranstaltung. Sex ist archaisch und triebhaft und hat mit Macht und Unterwerfung zu tun. Das geht einfach nicht zusammen.«

Ich verstand immer noch nicht. »Und was genau wünschst du dir jetzt von mir?«

Sie sprang auf, breitete die Arme aus und sagte: »Ich suche einen ganz normalen Mann, eigentlich sogar einen richtigen Macho. Einen, der Fleisch für mich grillt, mich als Sexualobjekt sieht und göttlich fickt. So einen finde ich in meinen Kreisen einfach nicht!«

Inzwischen waren einige Passanten stehen geblieben und hörten Miras Ausführungen interessiert zu. Zwei junge Typen stießen sich an und grinsten.

»Verstehe«, sagte ich und räusperte mich. »Da muss ich mir die Männer in meiner Kartei mal genauer ansehen. Kannst du in den nächsten Tagen für eine Videoaufnahme ins Büro kommen?«

Sie deutete ins Grün des Parks. »Können wir die nicht hier machen?«

Ich zeigte auf die Menschenansammlung hinter ihr. »Wenn du gern Publikum dabeihast?«

Sie drehte sich um und guckte verblüfft. »Wo kommen die denn plötzlich alle her?« Dann brach sie in ein so fröhliches Gelächter aus, dass die Leute spontan mitlachten.

Wir verabredeten uns für einen der folgenden Tage, dann warf sie mir eine Kusshand zu und schwebte wie eine weiße, duftige Wolke auf ihrem Fahrrad davon.

Auf dem Nachhauseweg dachte ich darüber nach, was Mira über ihr Dilemma gesagt hatte. Sie wollte Dinge, die sich gegenseitig auszuschließen schienen. Aber sie war noch jung, bei ihr war noch vieles möglich.

Ich dagegen wusste überhaupt nicht mehr, was ich eigentlich

wollte. Einerseits sollte alles so bleiben, wie es war. Ich wollte mit Ivan zusammen sein, und am liebsten auch mit Paul. Ich wollte jeden Tag ins Büro gehen, ich wollte meine Freunde um mich haben, ich wollte keine Veränderung. Ich wollte nicht, dass es eine Rolle spielte, fünfzig geworden zu sein, und behauptete auf Nachfrage stets, dass ich mich nicht anders fühle als zuvor.

Andererseits spürte ich, dass das nicht stimmte. Insgeheim war ich mir bewusst, dass sich gerade eine Menge veränderte. Und ich wusste, dass ich mich entscheiden müsste, ob ich diese Veränderungen weiter ignorieren oder damit beginnen wollte, sie zu gestalten.

Ich betrat die Wohnung, die im Dunkeln lag. Nur aus einer Richtung kam ein kaum wahrnehmbarer, flackernder Lichtschein.

»Hella?«, rief ich, bekam aber keine Antwort. Offenbar war sie ausgegangen.

Dann entdeckte ich, dass das Flackern aus ihrem Zimmer kam, lief hin und riss die Tür auf. In einem gläsernen Windlicht brannte eine Kerze und erleuchtete den Raum spärlich. Erst auf den zweiten Blick sah ich, dass jemand auf dem Bett lag. Ich trat näher und knipste die Leselampe an. Hella lag bekleidet auf der Seite, ihr Atem ging stoßweise, ihr Gesicht war kalkweiß, Schweiß stand auf ihrer Stirn. Neben ihr lag eine geöffnete Pillenschachtel, auf dem Nachttisch stand eine Flasche Brandy.

»Scheiße, Hella, was ist los?«, rief ich erschrocken. Sie reagierte nicht. Ich wusste nicht, ob sie mich überhaupt gehört hatte, rannte aus dem Zimmer, zerrte das Handy aus meiner Handtasche und wählte die Notrufnummer.

»Schicken Sie bitte einen Krankenwagen!« Ich gab meine Adresse durch.

»Was ist passiert?«, fragte die Frau am anderen Ende.

»Ich weiß nicht«, stammelte ich. »Sieht aus wie ... ein Selbstmordversuch.«

»Sind Sie eine Angehörige?«

»Eine Freundin.«

Wenige Minuten später hörte ich die Sirene, rannte zur Tür und öffnete sie. Ein Arzt und ein Sanitäter kamen die Treppe herauf, ich zeigte in die Richtung von Hellas Zimmer. Als ich sie eingeholt hatte, saß der Arzt schon auf dem Bett und fühlte den Puls. Der Sanitäter hatte die Pillenschachtel an sich genommen.

Der Arzt zog eine Spritze auf. »Wir machen die Erstversorgung und nehmen sie dann mit. Wie lange hat sie hier gelegen?«

»Ich weiß es nicht«, sagte ich. »Ich bin gerade erst nach Hause gekommen. Ist es ... ernst?«

Der Arzt zog eine zweite Spritze auf. »Kann ich Ihnen noch nicht sagen, auf jeden Fall muss es jetzt schnell gehen.«

»Kann ich mitfahren?«

»Sie können im Moment nichts für Ihre Freundin tun. Informieren Sie am besten die Angehörigen. Unter dieser Nummer können sie im Krankenhaus anrufen.« Er reichte mir ein Kärtchen.

Die beiden Männer legten Hella, die kein Lebenszeichen von sich gab, auf eine Trage und brachten sie nach unten.

Informieren Sie am besten die Angehörigen. Was sollte das heißen? War sie in Lebensgefahr? In der Aufregung hatte ich vergessen, mir die Tabletten anzusehen. Hatte Hella wirklich versucht, sich etwas anzutun? Das passte eigentlich nicht zu ihr, aber wer wusste schon, was in einem anderen Menschen vorging.

Ihr neues Leben war nicht so gestartet, wie sie es sich vorgestellt hatte. Alle Versuche, einen Job zu finden, waren gescheitert. Ein paarmal hatte sie das Telefon auf laut gestellt, damit ich mithören konnte. In blumigen Formulierungen hatte sie immer dieselbe Auskunft erhalten: Sie sei zu alt. Zu alt für einen Verlag, viel zu alt fürs Fernsehen und gewissermaßen schon tot für PR, Werbung und Musikindustrie. Aber auch im sozialen Bereich war es nicht besser, offenbar wurden auch in Altersheimen Mitarbeiterinnen nur noch angestellt, wenn sie den Altersschnitt um eine Generation senkten. Der Jugendwahn hatte die gesamte Gesellschaft ergriffen, und es schien, als würde die Wirtschaft nur noch von Chefs und Praktikanten betrieben.

Bei der Wohnungssuche war es fast noch schlimmer. Mehrmals hatte ich Hella begleitet und erlebt, welche absurden Szenen sich bei Wohnungsbesichtigungen abspielten. Weniger als fünfzig Bewerber waren es nie, manche versuchten offen, den Makler zu bestechen, andere drohten mit Beziehungen zur Presse oder in die Politik. Die Interessenten waren bereit, sämtliche persönlichen Daten offenzulegen; Gehaltsabrechnungen, Schufa-Auskünfte, Empfehlungsschreiben und Referenzen des vorherigen Vermieters waren bereits Standard. Ich hatte Makler beobachtet, die attraktive Frauen zur Seite zogen und sich mit ihnen verabredeten, ich war dabei gewesen, als eine verzweifelte Familie ihre Schlafsäcke ausgerollt und eine Wohnung besetzt hatte. Mitten in der lautstarken Auseinandersetzung mit dem Makler hatte die hochschwangere Frau Wehen bekommen und musste in die Klinik gebracht werden.

Meistens hatte Hella über diese Erlebnisse gelacht, aber zwischendurch hatte ich sie ziemlich niedergeschlagen erlebt. Ich wusste, dass sie ihre Kinder vermisste. Und vielleicht vermisste sie ja sogar ihren Mann. Wer weiß, in welche Verzweiflung sie sich hineingesteigert hatte.

Ich griff nach dem Handy.

»Hier isch Hennemann«, meldete sich eine bekannte Stimme.

»Cora Schiller, entschuldigen Sie bitte die späte Störung.«

Dann fiel mir ein, dass wir seit Jahren per Du waren, und ich hängte noch ein »Herbert« dran.

»Cora! Was isch los? Was verschafft mir die Ehre?«

»Es ist wegen Hella«, sagte ich zögernd. Plötzlich hatte ich das Gefühl, ich sei schuld an dem, was passiert war. Hatte ich sie nicht bei mir wohnen lassen? Hatte ich sie nicht davon abgehalten, ihren Kindern nach Hause zu folgen? Vielleicht wäre alles ganz anders gekommen, wenn ich mich rausgehalten hätte.

»Hella? Ja, was isch denn mit ihr?«

»Sie ist im Krankenhaus … Sie ist … Sie hat …« Ich brachte es nicht fertig, ihm zu sagen, dass sie Tabletten genommen hatte. »Am besten wäre, du würdest sofort kommen!«

Zum Glück fragte er nicht weiter nach, sondern sagte nur: »Bin scho unterwegs.«

Erleichtert legte ich auf. Von seinem schwäbischen Kaff bis hierher wäre er um diese Zeit knapp drei Stunden unterwegs. Ich sah auf die Uhr, ungefähr um zwei müsste er hier sein.

Unruhig lief ich von einem Zimmer ins andere. Dass ich nichts tun konnte, machte mich wahnsinnig. Diese Ungewissheit machte mich wahnsinnig. Ich suchte das Kärtchen mit der Telefonnummer und rief in der Klinik an. Diesmal meldete sich eine männliche Stimme. Ich fragte nach Hella Hennemann, die vor Kurzem eingeliefert worden sei.

»Sind Sie eine Angehörige?«

»Nein, eine Freundin. Was tut das zur Sache?«

»Dann darf ich keine Auskunft geben.«

»Was? Wieso denn nicht? Herr Hennemann ist unterwegs hierher, aber bis dahin können Sie mir doch sagen, wie es ihr geht?«

»Tut mir leid. Der Ehemann soll sich dann hier melden.«

Der Mann legte auf. Was für eine schwachsinnige Regelung! Dann kam mir eine Idee.

Ich wartete zehn Minuten, dann rief ich wieder an und fragte mit verstellter Stimme: »Ja, hallo, hier spricht Anja Mayer, meine Schwester Hella Hennemann ist gerade bei Ihnen eingeliefert worden. Können Sie mir sagen, wie es ihr geht?«

Der Mann sagte: »Sie haben doch gerade schon mal angerufen. Halten Sie mich vielleicht für dumm?«

»Ja, das tue ich!«, schrie ich in den Hörer. »Ich halte Sie für ein dummes, autoritätshöriges Arschloch ohne jedes Verständnis für die Nöte Ihrer Mitmenschen!« Außer mir vor Zorn drückte ich den Ausknopf.

Na super. Mit meiner Nummer auf dem Display war ja dann auch klar, wohin sein Anwalt die Anzeige wegen Beleidigung schicken konnte.

Eine Weile lief ich noch durch die Wohnung, dann legte ich mich erschöpft aufs Sofa, döste immer wieder ein und schreckte hoch. Um zehn vor zwei klingelte es Sturm. Ich schoss in die Höhe und schlug mir den Kopf an der Stehlampe an. »Scheiße, verdammte!«

Hennemann lud mich ins Auto. Auf dem Weg in die Klinik berichtete ich ihm, was vorgefallen war. Dort angekommen, ließ er sich von niemandem aufhalten. Nicht vom Pförtner (war das der, den ich am Telefon als dummes, autoritätshöriges Arschloch beschimpft hatte?), nicht von der Stationsschwester (»Sie können da jetzt nicht reingehen!« – »Des werda mir ja sehen!«) und von mir schon gar nicht. Wie ein Tornado fegte er durch die Flure, bis wir vor dem Zimmer angekommen waren, in dem Hella liegen musste. Da verließ ihn der Mut. Er wurde blass, rang nach Atem, musste sich setzen. Das fehlte noch, dass er jetzt einen Herzinfarkt bekam!

»Alles okay?«, fragte ich besorgt.

Er nickte. »Geht gleich wieder. Kannst du vielleicht …?«

Ich stand auf, klopfte leicht an die Tür und blickte ins Zimmer. Zwei Betten standen darin, beide belegt. Hella lag im vorderen, sie war an eine Infusion angeschlossen, ihre Augen waren zu.

»Hella«, flüsterte ich. Keine Reaktion. Aber ganz offensichtlich atmete sie. Ich trat den Rückzug an. »Sie schläft«, sagte ich. »Vielleicht sollten wir jetzt wirklich nicht stören.«

»Ich will sie sehen!«, sagte Herbert, stand auf und warf ebenfalls einen Blick in das Zimmer. Dann sank er vor Erleichterung auf seinem Stuhl zusammen und begann zu weinen. Um ein Haar hätte ich mitgeweint, vor Erleichterung. Was immer mit Hella passiert war, es hätte ja auch sein können, dass sie es nicht überlebt hätte. Erst jetzt wurde mir der ganze Schrecken dieser Nacht bewusst.

In diesem Moment entdeckte uns die nächste Schwester. »Was machen Sie denn hier? Sie können doch nicht einfach …«

»Ist okay«, unterbrach ich sie. »Wir sind schon wieder weg.«

Ich führte Herbert aus der Klinik, setzte mich ans Steuer seines Wagens und fuhr nach Hause. Während der Fahrt schwieg er. Nur einmal sah er auf, seufzte und sagte: »Was han i bloß falsch gmacht?«

Am nächsten Morgen wachte ich viel zu früh auf und konnte nicht mehr einschlafen. Ich ging in die Küche und machte Frühstück. Herbert schlief in Hellas Bett.

Um neun hielt ich es nicht mehr aus und weckte ihn. »Willst du mal in der Klinik anrufen? Du weißt ja, die geben nur Angehörigen Auskunft.«

Er brummte etwas Unverständliches und hatte offensichtlich

Mühe, die Augen zu öffnen. Wenig später stand er in der Küche, das Telefon in der Hand. Ich diktierte ihm die Nummer und machte ihm ein Zeichen, dass ich mithören wolle.

»Grüß Gott, Hennemann hier, i möcht gern wissen, wie's meiner Frau geht.«

»Geburtsdatum?«

»23.5.53«, sagte Hennemann. Am anderen Ende entstand eine kurze Pause, offenbar wurde das Datum in einen Computer eingegeben.

»Keine Übereinstimmung.«

»Was?«, schrie Hennemann. »Ich weiß doch mein Geburtsdatum!«

»Hellas Geburtsdatum!«, flüsterte ich ihm zu.

»Ach so«, sagte er. »Des Geburtsdatum von meiner Frau wollet Sie wissa, saget Sie's doch glei!« Hennemann sah Hilfe suchend zu mir.

O Gott, wann hatte Hella Geburtstag?

»Im Winter«, sagte Hennemann. »Februar. Elfter Februar.«

»Tut mir leid«, sagte die Stimme.

Ich sah, wie Hennemanns Gesicht rot anlief. Wieder fürchtete ich um seine Gesundheit. »Ja, was sind denn Sie für a Seckel?«, brüllte er. »I werd mich über Sie beschweren, Sie sturer Dummbeudel, Sie!«

Zweite Beleidigungsanzeige. Ich machte eine beschwichtigende Bewegung. »Lass es, Herbert. Wir fahren hin.«

Wenig später standen wir wieder vor Hellas Krankenzimmer. Diesmal wollte uns niemand aufhalten. Ich klopfte, wir traten ein.

Hella war allein im Zimmer, saß aufrecht im Bett und sah schon wieder ganz rosig aus.

»Herbert!«, sagte sie entgeistert. »Wie kommst du denn hierher?« Sie warf mir einen strafenden Blick zu.

Hennemann zog einen Stuhl neben das Bett und setzte sich. Ich blieb diskret im Hintergrund.

»Ja, was machsch 'n du für Sacha?«, hörte ich ihn sagen. »Mir hend uns solche Sorga gmacht!«

»Tut mir leid«, sagte Hella. »Das wollte ich nicht.«

»Wie bisch 'n du überhaupt auf die Idee komma?«

»Welche Idee?«

»Na, Tabletta zum nema.«

Sie verzog das Gesicht. »Es hat halt so wehgetan.«

Er nahm ihre Hand und sah sie liebevoll an. »Ja, dann hättsch halt was gsagt! Mir könnet doch über alles reda!«

Hella sah Hilfe suchend zu mir. Irgendwas stimmte hier nicht.

»Was waren denn das für Tabletten?«, fragte ich.

»Na, Schmerztabletten natürlich. Als der Brandy nicht geholfen hat, bin ich in die Nachtapotheke und hab mir was geholt, gegen die Zahnschmerzen. Aber da ist irgendein Wirkstoff drin, den ich nicht vertragen habe. Ich habe Atemnot bekommen, Herzrasen und Schweißausbrüche. Dann musste ich mich übergeben, und dann … weiß ich nichts mehr. Keine Ahnung, was passiert wäre, wenn du mich nicht gefunden hättest.«

Jetzt begriff ich. »Ein anaphylaktischer Schock!«

Sie nickte. »Das hat der Arzt auch gesagt.« Stolz fügte sie hinzu: »Daran kann man sterben!«

Ich schlug mir mit der flachen Hand gegen die Stirn. »Und wir haben gedacht, du wolltest dich umbringen!«

Sie guckte überrascht. »Ich, mich umbringen? Ich denke ja nicht dran.«

Hennemann stand die Erleichterung ins Gesicht geschrieben. »Ich bin ja so froh«, sagte er ein ums andere Mal und konnte gar nicht aufhören, Hellas Hand zu streicheln.

»Wie lange musst du denn noch hierbleiben?«, fragte ich.

Sie zuckte die Schultern. »Keine Ahnung. Die haben was von einem Generalcheck gesagt, könnte ein, zwei Tage dauern.«

Ich schnaubte. »Klar, weil du privat versichert bist. Da haben die sofort Dollarzeichen in den Augen und quetschen aus dir raus, was geht.«

»Meinst du?«

»Da könnt die Cora recht haben«, schaltete Hennemann sich ein. »Ich geh jetzt und such einen Arzt.« Er tätschelte noch mal Hellas Hand, stand auf und verließ das Zimmer.

Kaum war er draußen, zischte Hella: »Was soll das? Wieso hast du ihn kommen lassen?«

Ich beschrieb ihr, in was für einem Zustand ich sie vorgefunden hätte und dass der Notarzt mir nahegelegt habe, die Angehörigen zu informieren. »Es klang, als wärst du in akuter Lebensgefahr!«, verteidigte ich mich.

»War ich wohl auch«, sagte Hella nachdenklich. »Es war ein Riesenglück, dass du rechtzeitig nach Hause gekommen bist. Der Notarzt hat mir gleich Adrenalin und Cortison gespritzt, und hier im Krankenhaus haben sie mich an den Sauerstoff gehängt, deshalb ist es gerade noch mal gut gegangen.«

Ich verriet ihr nicht, dass wir heute Nacht schon hier gewesen waren, machte auch nicht meinem Ärger darüber Luft, dass der Notarzt offenbar sofort erkannt hatte, dass es sich nicht um einen Suizidversuch handelte, mich aber in diesem Glauben gelassen hatte.

»Was willst du denn jetzt machen?«, erkundigte ich mich.

Ratlos zuckte sie die Schultern. »Keine Ahnung.«

»Nun ist Herbert schon mal da. Vielleicht solltet ihr doch noch mal reden?«

»Hat er irgendwas zu dir gesagt?«, wollte sie wissen.

Ich schüttelte den Kopf. »Ein Indianer kennt keinen Schmerz. Der würde doch nie vor anderen zugeben, dass er ein Problem hat.«

»Nicht mal vor sich selbst«, ergänzte Hella. »Genau das ist sein Problem.«

In diesem Moment betrat Herbert mit einem Arzt das Zimmer und sprach in seiner jovialen, schwäbischen Art auf ihn ein. »So, Herr Doktor, jetzt gucketse mei Frau nomal an, und wenn alles in Ordnung isch, dann nemm i se mit.«

»Das Risiko übernehmen dann Sie«, erwiderte der Arzt schmallippig. Er schickte uns vor die Tür, machte eine kurze Untersuchung und bat uns wieder herein.

»Also, ich würde noch mal ein großes Blutbild und eine Ultraschalluntersuchung einiger Organe machen. Aber wenn Sie darauf verzichten wollen …« Er ließ den Satz halb fertig im Raum stehen.

»Ja, wollen wir«, sagte Hella, die offenbar genug davon hatte, dass andere über sie bestimmten.

»Dann sollten Sie wenigstens so bald wie möglich zu Ihrem Zahnarzt gehen. Die Schmerzen sind im Moment nur unterdrückt. Alles Gute, auf Wiedersehen.« Damit entschwand er.

Wir halfen Hella beim Anziehen und brachten sie zum Auto. Sie war noch ziemlich schwach.

»Ich muss jetzt ins Büro«, verkündete ich. »Fahrt nach Hause und macht es euch gemütlich.«

Hella sah mich an, als wollte sie sagen: Kann nicht ich ins Büro fahren, und du machst es dir mit Herbert gemütlich?

Ich war den ganzen Tag nicht so recht bei der Sache. War es voreilig von mir gewesen, Herbert zu informieren? Nein, beruhigte ich mich immer wieder, ich hätte nichts anderes tun können.

Aber nun würde er sicher Druck auf Hella machen, und ich wusste nicht, ob sie dem standhalten konnte. Ich wusste nicht mal, was tatsächlich in ihr vorging. Immerhin hatte ich es für möglich gehalten, dass sie sich umbringen wollte. Ich war richtig erschrocken darüber, wie wenig ich offenbar von ihr wusste.

Als ich nach Hause kam, war Hella weg. Sie hatte mir eine Nachricht hinterlassen.

»Ich muss Herbert noch eine Chance geben, das bin ich ihm schuldig. Und vielleicht auch mir. Danke für alles, ich melde mich. Sei umarmt, Hella«. Darunter hatte Herbert seinen Namen gekritzelt und ebenfalls »Danke!« danebengeschrieben.

Ich hätte froh sein sollen. War nicht jedes Paar, das sich gegenseitig noch mal eine Chance gab, ein Grund zur Freude? Aber ich hatte Zweifel, dass die beiden es hinkriegen würden. Ob Hella doch noch die brave, schwäbische Hausfrau werden würde, die Herbert sich wünschte? Oder Herbert der kulturinteressierte Mann von Welt, von dem Hella träumte? Die Sehnsüchte der beiden schienen sehr weit auseinanderzuliegen. Aber wer konnte schon wissen, was passieren würde. Man hat schon Pferde kotzen sehen, wie Tante Elsie zu sagen pflegte.

Wie unter Zwang wanderten meine Gedanken zu meinen eigenen Eheproblemen. Ob Ivan und ich noch eine Chance hatten? Wir passten viel besser zusammen als Hella und Herbert, trotzdem war ich mir unsicher. Es war, als wären wir auf zwei Straßen gelandet, die uns immer weiter auseinanderführten. Manchmal war ich kurz davor, Ivan anzurufen und zu versuchen, unser Auseinanderdriften aufzuhalten. Aber ich schaffte es nicht. Sollte er doch kommen.

ACHT

Zum ersten Mal seit zwanzig Jahren wohnte ich wieder ganz allein.

Zuerst fand ich es befreiend. Ich räumte die ganze Wohnung um, machte aus dem Gästezimmer wieder Pauls Zimmer, stellte ein paar Möbel so auf, wie ich es schon lange gern gemacht hätte, aber aus Rücksicht auf Ivan hatte sein lassen. Ich versuchte, das Alleinsein bewusst zu genießen. An schönen Abenden saß ich auf dem Balkon und las; wenn es kalt war oder regnete, lag ich auf dem Sofa. Wenn ich mich langweilte, ging ich ins Kino.

Ich hatte es aufgegeben, Ivan um irgendetwas zu bitten. Entweder ich regelte es allein, oder ich fand jemanden, der es für mich tat. Immer öfter war dieser Jemand Tim. Ich hatte mich daran gewöhnt, morgens mit einem Anruf von ihm begrüßt zu werden, ich freute mich über seine spontanen, kurzen Nachrichten, mit denen er mich tagsüber zum Lachen brachte, und ich wusste, dass er jederzeit für mich da wäre, wenn ich ihn brauchte. Ich war allein, und doch nicht allein. Tim war immer in der Nähe und gab mir das Gefühl, etwas Besonderes zu sein. Wenigstens für ihn.

Jetzt war er allerdings verreist. Es waren Sommerferien, und er hatte seine Tochter mit ans Meer genommen. Mindestens zehn Tage würde er noch weg sein. Plötzlich wurde mir bewusst, wie einsam ich war. Deshalb war ich froh, als Paul unerwartet anrief.

»Hi, Mom, bist du heute Abend da? Ich wollte vorbeikommen und für dich kochen. Ich bring alles mit.«

»Super Idee«, sagte ich. »Zurzeit habe ich so viel zu tun, dass ich kaum zum Essen komme, geschweige denn zum Kochen.«

Das war glatt gelogen, auch die Partnervermittlungsbranche machte Ferien. Fast alle meine Klienten waren im Urlaub. Ich hatte so gut wie nichts zu tun, wollte aber vor meinem Sohn nicht als Loser dastehen. Nur wer Stress hatte, war wichtig.

Gegen sechs war ich zu Hause, wenig später kam Paul. Er sah mitgenommen aus.

»Was ist los?«, fragte ich erschrocken. »Bist du krank?«

»Nein, ich muss nur so viel lernen. Diese Tontechniker haben ein Programm, das glaubst du nicht.«

Prüfend sah ich ihn an. Ob er mich auch anschwindelte, um sich wichtig zu machen? So stressig konnte diese Ausbildung ja wohl nicht sein.

Er fischte eine Packung Nudeln und ein paar Zucchini aus seinem Beutel. »Hast du Parmesan? Zwiebeln und Knoblauch? Chili wäre auch gut. Ach, und den Wein habe ich auch vergessen.«

Ich schüttelte tadelnd den Kopf. »Ich dachte, du bringst alles mit?«

Er sah mich treuherzig von der Seite an. »Hatte nicht genug Kohle. Bin gerade … ein bisschen abgebrannt.«

»Na gut. Ich liefere die Rohstoffe, du das Know-how.«

Ich rieb den Parmesan und fahndete im Gewürzschrank nach getrockneten Chilischoten, Paul schnipselte Gemüse und bewachte das Nudelwasser. Ich genoss es, den Tisch für zwei zu decken. Das Deprimierendste am Alleinleben war für mich das Alleinessen.

Ich fragte ihn nach seiner Ausbildung, und Paul begann zu erzählen. Er habe bereits beim Aufbau der Tonanlage für ein großes Open-Air-Konzert mitgeholfen, und in wenigen Wochen werde er bei Dreharbeiten zu einem Kinofilm dabei sein.

»Nur die Theorie nervt«, stöhnte er.

Klar, das war ja dann doch nichts anderes als Physik.

Ich öffnete eine Flasche Wein, und wir stießen an. »Auf uns, die Liebe und viel gutes Essen!« Das war unser Familientrinkspruch, deshalb fiel Ivans Abwesenheit in diesem Augenblick besonders auf.

»Was ist eigentlich mit dir und Papa?«, fragte Paul, als hätte er meine Gedanken gelesen.

Ich erklärte ihm, dass Ivan eine große und wichtige Ausstellung vorbereite und ungestört sein wolle. »Du weißt ja, ich kann eine ganz schöne Nervensäge sein, und das kann er im Moment nicht brauchen«, sagte ich munter. »Am meisten helfe ich ihm, wenn ich ihn in Ruhe lasse.«

Paul blickte skeptisch. »Wohnt er denn überhaupt noch hier?«

»Zurzeit wohnt er im Atelier. Ist einfacher so.«

»Wollt ihr euch … trennen?«

Mein Lachen klang künstlich. »Aber nein, wir wollen uns doch nicht trennen! Es ist nur so eine Phase. In ein paar Wochen ist alles wieder in Ordnung.«

Paul spießte Nudeln auf die Gabel und schob sie hin und her. »Es ist okay für mich, wenn ihr euch trennt«, sagte er. »Auf mich müsst ihr keine Rücksicht mehr nehmen.«

Er sah so unglücklich aus, während er das sagte, dass ich spontan seinen Kopf an mich zog und ihn auf den Scheitel küsste.

»Es ist lieb, dass du das sagst. Ich will dir nichts vormachen, wir haben eine Krise. Aber von Trennung war bisher keine Rede, das musst du mir glauben.«

Wir aßen beide schweigend.

Schließlich fragte ich: »Und du? Wie geht's dir? Abgesehen von der Schule, meine ich.«

Ich rechnete damit, dass er zumachen würde wie eine Muschel, die man berührte – seine übliche Reaktion auf persönliche Fragen. Zu meiner Überraschung gab er mir eine Antwort.

»Ach, ich weiß nicht. Erwachsenwerden ist irgendwie ganz schön hart.«

Er schob den Teller zurück und drehte abwesend das Weinglas in den Händen.

Ich wartete, ob noch eine Erläuterung folgte, aber er hielt seine kurze Mitteilung offenbar für eine erschöpfende Auskunft.

»Äh, was genau meinst du damit?«

»Na ja, Mädchen halt.«

»Mädchen?«

»Oder Frauen, wie du willst.«

Es kam selten vor, dass Paul etwas von sich preisgab. Der Moment war so kostbar, dass ich auf keinen Fall etwas Falsches sagen wollte.

»Sprichst du von … jemand Bestimmtes?«

»Du weißt doch, von wem ich spreche.«

Du lieber Gott, die Sache war also immer noch nicht vorbei! Ich musste nur an Sybille denken, um sofort wütend zu werden. Aber das durfte ich Paul auf keinen Fall zeigen, also gab ich nur ein vages »Hm« von mir.

»Du kennst sie ja, Mom! Sie ist der Hammer, aber es ist auch viel anstrengender mit ihr als mit anderen.«

»Gleichaltrigen, meinst du.«

»Genau.« Er grinste. »Sie hat mir übrigens erzählt, was ihr bei den Raves alles eingeworfen habt, also versuch nicht mehr, dich als harmloses Muttchen zu verkaufen!«

Ich fuhr hoch. »Was? Ich soll Drogen genommen haben? Das stimmt doch gar nicht, die will dich nur gegen mich aufhetzen!«

Im Stillen schwor ich mir, Sybille für diesen Anschlag auf meine pädagogische Glaubwürdigkeit den Hals umzudrehen.

»Ist mir egal, was du machst«, sagte Paul. »Du bist erwachsen. Du sollst bloß nicht glauben, dass du mich noch erziehen kannst.«

»Ich will dich nicht erziehen, aber meine Meinung will ich dir doch noch sagen dürfen.«

»Hast du ja schon oft genug getan.«

Zack, die Muschel war wieder zu. Mein Versuch, das Gespräch fortzusetzen, scheiterte wie üblich an Pauls passivem Widerstand. Irgendwann gab ich auf.

Wir räumten gemeinsam die Küche auf und guckten anschließend zwei Folgen *Breaking Bad*, eine Serie, in der zwei Typen unaufhörlich Crystal Meth kochten und versuchten, es zu verticken, ohne von den großen Drogenbossen massakriert zu werden. Ich konnte mir spannendere Unterhaltung vorstellen, aber Paul war fasziniert.

Mir kam ein Gedanke. »Hast du das Zeug etwa schon mal probiert?«, fragte ich alarmiert.

»Mom!«, sagte er herablassend. »Ich bin doch nicht blöd.«

Am Ende der zweiten Folge bemerkte ich, dass Paul auf dem Sofa eingeschlafen war. Am liebsten hätte ich mich zu ihm gekuschelt, so wie damals, als er noch ein Baby war und wir gemeinsam Mittagschlaf gemacht hatten, er den Daumen im Mund, die andere Hand in meinem Haar.

Ich betrachtete sein Jungengesicht, den verwuschelten Haarschopf, die kräftigen Arme, die aus den Ärmeln seines T-Shirts ragten, seine Hände mit den kurz geschnittenen Nägeln. Eine Zeit lang hatte er Nägel gekaut, aber das war vorbei. Mädchen mochten keine abgekauten Fingernägel.

Es fiel mir schwer, meinen Sohn als Mann zu sehen, der mit Frauen schlief. Ich fragte mich, ob er zärtlich oder unbeholfen war, ungeduldig oder schüchtern. Wie ging er vor, wenn er jemanden kennenlernen wollte? Machte er einen lustigen Spruch, oder wartete er, dass er angesprochen wurde? Fanden sie ihn cool? Süß?

Als Gitarrist einer Band musste er gute Karten haben, die meisten Mädchen flogen doch auf Musiker. Bestimmt hatte er jede Menge Auswahl, warum also wollte er ausgerechnet mit einer dreißigjährigen Frau zusammen sein, die im Berufsleben stand, sich Kinder wünschte und übers Älterwerden nachdachte? Jeder Psychologe würde in diesem Fall ein Problem mit der Mutter vermuten. Auch ich vermutete ein Problem mit der Mutter. Konnte er sich von mir nur lösen, indem er sich eine Ersatzmutterfigur suchte? Wollte er sich durch diese Liaison von mir abgrenzen und seine Eigenständigkeit beweisen? Hatte er einen Ödipuskomplex und wollte eigentlich mit seiner Mutter schlafen? Oder war das alles Küchenpsychologie, und er fand Sybille einfach nur unheimlich scharf?

Ich wünschte mir so sehr, dass es ihm gut ginge. Am liebsten würde ich ihn Tag und Nacht beschützen und jeden in die Flucht schlagen, der ihm wehtun wollte.

Ich beugte mich hinunter und küsste ihn auf die Stirn. Er bewegte sich und brummte etwas Unverständliches.

»Du musst nicht auf dem Sofa schlafen«, flüsterte ich. »Hella ist wieder weg.«

»Nacht«, murmelte er, ging auf die Toilette und verschwand in seinem alten Zimmer.

Am nächsten Morgen war Paul schon um acht in der Küche –
erstaunlich früh für seine Verhältnisse.

»Ich muss zur Vorlesung«, erklärte er und kratzte den Rest
Nutella aus dem Glas, den Anna und Lukas übrig gelassen hatten. Er schlang im Stehen ein Brot hinunter und trank seinen
Kaffee, während er die Schuhe anzog. Es war wie früher, als er
noch zur Schule ging, und für einen Moment kam es mir vor, als
wäre die Zeit zurückgesprungen.

»Mach's gut, Mom.« Er drückte mich kurz an sich. »Hör mal,
könntest du mir ein bisschen Kohle leihen? Du kriegst es wieder, versprochen.«

Ich wusste, dass ich es nicht tun sollte. Der Deal war, dass er
das Geld für sein WG-Zimmer selbst verdiente und von uns
dreihundert Euro monatlich zum Leben bekam. Wenn er damit
nicht auskäme – sein Problem. Aber natürlich brachte ich es
nicht fertig, nein zu sagen.

»Wie viel brauchst du denn?«

»Hundert wären super.«

»Wann kriege ich's wieder?«

»So bald wie möglich.«

Ich gab ihm das Geld. »Mach keinen Mist damit, okay?«

»Okay, Mom.« Er strahlte mich an. »Danke.«

Die Sommerferien gingen dem Ende entgegen, und meine Klienten meldeten sich einer nach dem anderen zurück, um ihrem
Liebesglück endlich auf die Sprünge zu helfen.

Der erste war Kajetan Moll, der von einem Wanderurlaub
mit Studienfreunden zurück war und eines Vormittags unangemeldet bei mir im Büro stand.

»Ich hatte gerade einen Termin in der Nähe und dachte, ich
schau mal rein«, entschuldigte er sich. Er trug – trotz der Hitze –

keine Shorts und keine Sandalen, sondern eine helle Khakihose und ein weißes Hemd ohne Krawatte, dazu die hellbraunen Lederslipper, die wir gemeinsam gekauft hatten. Gebräunt und erholt, wie er war, sah er so gut aus, dass ich ihn gedanklich von der Kategorie »aussichtsreicher Kandidat« in die Kategorie »sehr aussichtsreicher Kandidat« beförderte.

»Ich wollte mir gern ein paar neue Videos ansehen«, bat er.

»Das passt gut, ich wollte Ihnen sowieso welche zeigen«, sagte ich und holte zwei DVDs aus dem Regal.

Auf der ersten präsentierte sich Mira. Wir hatten tatsächlich im Park gedreht, sie stand wieder die meiste Zeit auf dem Kopf, kam aber sehr sympathisch und natürlich rüber. Ich beobachtete Moll. Er schien sich zu amüsieren, und bei Miras Ausführungen zum Lachyoga grinste er breit. Lachyoga war eine Technik, bei der die Teilnehmer mittels bestimmter Übungen zum Lachen gebracht wurden, was positive Effekte auf die Atmung, das vegetative Nervensystem und die Psyche haben sollte. »Bei mir haben Sie aber sicher auch so eine Menge zu lachen«, schloss Mira ihre Selbstpräsentation.

»Und, wie gefällt sie Ihnen?«, wollte ich wissen.

»Süß, aber durchgeknallt«, diagnostizierte Moll knapp. »Nichts für einen Kopfmenschen wie mich.«

»Schade«, sagte ich, war aber in Wirklichkeit völlig seiner Ansicht. Ich hatte ihm Mira nur gezeigt, um den Weg für eine andere Kandidatin zu ebnen, die ich eigentlich im Auge hatte. Das war eine attraktive, ehrgeizige Frau aus dem IT-Bereich, die alle Vorurteile über IT-Frauen widerlegte. Sie schien genau die richtige Mischung aus Weiblichkeit und Rationalität in sich zu vereinen, die meiner Meinung nach zu Kajetan Moll passen würde.

Ich legte die DVD ein, zu meiner Überraschung erschien auf dem Monitor das Gesicht von Elvira Wagner.

»Tut mir leid«, sagte ich. »Eine Verwechslung. Da muss was durcheinandergeraten sein.« Ich stoppte die DVD, nahm die Hülle in die Hand und kontrollierte die Beschriftung.

»Zeigen Sie mir die DVD«, bat Moll. »Die Frau ist hübsch. Sie sieht aus wie eine Schauspielerin … Ich komme gerade nicht auf den Namen.«

Ich ließ Elvira weiterlaufen und bemerkte, dass Moll völlig gefesselt von ihr war.

Als der kurze Film vorbei war, sagte er: »Die ist es. Die will ich kennenlernen.«

»Wie bitte?« Ich glaubte, mich verhört zu haben. »Diese Frau passt überhaupt nicht zu Ihnen!«

»Woher wissen Sie das?«

»Das sagt mir die Erfahrung.«

»Aber mein Gefühl sagt mir, dass sie genau die Richtige für mich ist.«

»Gefühl?«, sagte ich spöttisch. »So etwas haben Sie? Ich dachte, bei Ihnen regiert der Kopf?«

»Vernunft und Gefühl schließen einander keineswegs aus«, belehrte er mich. »Die meisten Entscheidungen sind das Ergebnis von beidem, das nennt man dann Intuition.«

»Sie ist aber nicht mehr die Jüngste«, gab ich zu bedenken.

»Liebe ist doch keine Frage des Alters!«

Hilfe, dachte ich, was ist bloß in den Mann gefahren? Erst boykottiert er monatelang alle meine Bemühungen, und dann fixiert er sich auf eine Frau, die so gut zu ihm passt wie ein Säureanschlag auf ein antikes Ölgemälde.

War das etwa ein weiterer strategischer Versuch, den Vermittlungserfolg zu verhindern?

»Wollten Sie nicht eine Familie gründen?«, fragte ich hinterhältig.

»Ich habe es nicht ausgeschlossen, aber es ist keine conditio sine qua non«, gab er ungerührt zurück.

Unter diesen Umständen war es im Interesse zukünftiger Kinder vielleicht besser, er verzichtete darauf, welche zu zeugen.

»Na gut«, sagte ich. »Sie haben gewonnen.«

»Wann kann ich sie treffen?«, fragte er.

»Sie ist zurzeit in Australien, müsste aber demnächst wieder da sein. Ich gebe Ihnen Bescheid.«

Moll zog ab, und ich fragte mich, ob mich meine Intuition als Paarvermittlerin restlos verlassen hatte. Ich schrieb eine E-Mail an Elvira und fragte, wann sie plane, nach Hause zu kommen. Sie meldete sich wenig später und teilte mir mit, dass sie bereits einen Rückflug gebucht habe.

Benno wollte es jetzt wissen. Er war vierzig, hatte sich aus einfachsten Verhältnissen nach oben gearbeitet und besaß inzwischen mehrere gastronomische Betriebe, darunter einen Stand auf dem Oktoberfest. Jetzt fehlte ihm nur noch die richtige Frau. Seine erste Ehe war gescheitert, nun wollte er einen zweiten Versuch wagen.

Eigentlich hatte ich bei ihm sofort einen Volltreffer gelandet. Schon nach der ersten Verabredung mit der von mir empfohlenen Kandidatin war er Feuer und Flamme gewesen, aber die junge Frau hatte nach Höherem gestrebt. Ein Investmentbanker oder Konzernmanager sollte es schon sein.

Benno war enttäuscht. »Da reden die Frauen immer von Emanzipation, dabei wollen die meisten bloß einen Mann, der ihnen ein angenehmes Leben verschafft«, beschwerte er sich.

Seine erste Frau hatte ihn über den Tisch gezogen und sich eines seiner Restaurants unter den Nagel gerissen. Seither war seine größte Sorge, dass er wieder auf eine Frau hereinfallen könnte, die nur hinter seinem Geld her war. Mit den selbständigen, erfolgreichen Frauen, die nicht auf sein Geld angewiesen waren, tat er sich aber auch schwer. »Zu anstrengend«, befand er. »Die müssen immer beweisen, dass sie die besseren Männer sind.«

So ganz wusste ich immer noch nicht, welche Art Frau er sich eigentlich vorstellte, deshalb hatte ich ihn für ein weiteres Gespräch ins Büro gebeten.

Anders als beim ersten Mal, als er in Anzug und Krawatte gekommen war und den erfolgreichen Unternehmer hatte raushängen lassen, trug er jetzt Jeans und ein kariertes Hemd und trat bodenständiger auf. Er war der Typ Naturbursche, immer gebräunt, die Haare im Nacken ein bisschen länger. Man konnte ihn sich hervorragend in einer Kletterwand oder beim Skifahren vorstellen. Natürlich fuhr er Porsche und legte, wie die meisten Aufsteiger, großen Wert auf Statussymbole.

»Ich möchte gern noch besser verstehen, wie Sie über Frauen denken und wonach Sie eigentlich suchen«, sagte ich.

Er setzte sich in breitbeiniger Macho-Pose hin und sagte: »Fragen Sie!«

Ich suchte nach den richtigen Worten. »Was möchten Sie … mit einer Frau teilen?«

Er grinste. »Das Bett!« Im gleichen Moment war ihm sein Spruch peinlich, er schlug die Beine übereinander und sagte: »Natürlich nicht nur. Eigentlich wünsche ich mir eine Frau, die was Neues in mein Leben bringt. Sie soll mich unterstützen, aber auch ihren eigenen Kopf haben und ihre eigenen Ideen verfolgen. Frauen, die nur ein Anhängsel von ihrem Mann sind, finde ich langweilig.«

»Aber zu emanzipiert soll sie auch wieder nicht sein«, sagte ich. »Das widerspricht sich doch, oder?«

Er überlegte und sagte dann: »Vielleicht bin ich ja ein widersprüchlicher Typ.«

Das klang so dahergesagt, aber ich verstand, was er meinte. Er war der Typ Mann, der durch Herkunft und Erziehung eher traditionell geprägt, aber diesen Prägungen entwachsen war. Jetzt wünschte er sich jemanden, der ihn forderte und in seiner weiteren Entwicklung unterstützte. Kein unterwürfiges Weibchen, das ihn anhimmelte und es ihm leicht machte. Sondern eine Frau, die zwar seiner Vorstellung von Weiblichkeit entsprach, ihm aber dennoch Paroli bot.

»Wie weit geht denn Ihre Toleranz, was den eigenen Kopf der Frau angeht?«, fragte ich weiter.

Er sah mich verständnislos an. »Wie meinen Sie das jetzt?«

»Na ja, könnten Sie es akzeptieren, wenn eine Frau ein ausgefallenes Hobby hat oder einen ungewöhnlichen Beruf ausübt?«

»Wenn sie nicht gerade Alligatoren züchtet oder Sumo-Ringerin ist, wär mir das egal«, grinste er.

»Und wenn sie spirituelle Interessen hat?«

Er verzog das Gesicht. »Sie meinen, wenn sie religiös wäre oder in der indianischen Schwitzhütte sitzen will?«

Ich nickte. »So ungefähr.«

»Dann müsste sie schon sehr sexy sein«, gab er freimütig zu. »Aber manche von denen sind echt locker drauf, das habe ich mal bei so einem Seminar gemerkt.«

»Was für ein Seminar war das?«, fragte ich erstaunt. Auf esoterischen Fortbildungsveranstaltungen hätte ich Benno eher nicht vermutet.

»Das war so ein Wie-erkenne-ich-mich-selbst-Wochenende«, sagte er wegwerfend. »Da bin ich aus Versehen hineingeraten. Eigentlich wollte ich ein Seminar zum Thema ›Wie mache ich mich selbständig‹ besuchen. Ist bei der Buchung was schiefgelaufen.«

»Und was hat es Ihnen gebracht?«

»Eine großartige Nacht«, sagte er verlegen grinsend. »Manchmal hab ich schon gedacht, vielleicht wär das damals die richtige Frau für mich gewesen.«

»Nun wollen Sie ja nicht nur eine Bettgeschichte, sondern eine Frau zum Heiraten und Kinderkriegen«, erinnerte ich ihn.

»Richtig«, bestätigte er. »Aber wenn's im Bett nicht stimmt, kannst du alles andere vergessen. Und wenn's im Bett stimmt, dann vergisst du alles andere!«

Schön wär's, dachte ich.

Ulis Unzufriedenheit mit ihrem Mann wurde immer schlimmer. Ständig beklagte sie sich bei mir, wie langweilig Thomas geworden sei, wie eintönig ihr Alltag und wie armselig ihr Sexleben. Irgendwann hielt ich es nicht mehr aus.

»Warum trennst du dich nicht von ihm, wenn alles so furchtbar ist?«, fragte ich genervt.

»Wegen der Kinder«, sagte sie, ohne nachzudenken.

»Die Mädchen sind neunzehn und siebzehn!«

»Eine Trennung ist immer schlimm für Kinder, egal wie alt sie sind.«

»Manchmal ist es schlimmer für sie, wenn die Eltern zusammenbleiben.«

»Die Kinder merken ja nichts«, verteidigte sich Uli. »Wir streiten nicht. Alles ist friedlich, keine Spur von Dysfunktionalität, unsere Familie läuft wie eine gut geölte Maschine. Nur dass dabei alles abstirbt, was mal lebendig und aufregend zwischen uns war.«

Dysfunktionalität. Da hatte sie ja mal wieder ein tolles Fremd-wort gelernt.

Ich überlegte, ob ich mit Uli tauschen wollte. Ob es mir lie-ber wäre, mich mit einem anwesenden Ivan zu langweilen, statt den abwesenden Ivan zu vermissen. Wobei ich mich im-mer häufiger fragte, was genau mir eigentlich fehlte, wenn er nicht da war. Vermisste ich wirklich ihn, oder vermisste ich nur unser eingespieltes Miteinander, die gewohnten Rituale, das angenehm Vertraute? Wann hatten wir uns in den letzten Jahren wirklich gegenseitig wahrgenommen und aufeinander konzentriert? Die meiste Zeit waren wir damit beschäftigt gewesen, den Alltag zu organisieren, unseren Lebensunterhalt zu verdienen und uns um Pauls Bedürfnisse zu kümmern. Wir beide als Paar kamen dabei nur noch am Rande vor. Anders als Uli hatte ich das aber nicht als Mangel empfunden. Wieder wusste ich nicht, ob das ein gutes oder ein schlechtes Zeichen war.

»Cora? Hörst du mir noch zu?«

»Ja, natürlich, ich habe nur nachgedacht«, sagte ich. »Und was willst du jetzt tun, damit es anders wird?«

Uli zuckte die Schultern. Sie habe unzählige Versuche ge-macht, mit Thomas zu sprechen, aber er wehre alles ab. Er wolle nicht wahrhaben, dass sie Probleme hätten, für ihn sei alles gut, wie es sei. Nach zwanzig Jahren sei die Luft eben raus, das sei normal und kein Grund zur Aufregung.

»Als wäre unsere Ehe ein Schlauchboot!«, regte Uli sich auf. »Solange es nicht sinkt, ist für ihn alles in Ordnung. Ich will aber nicht warten, bis wir absaufen!«

»Soll ich mit ihm reden?«, bot ich an.

Uli machte eine resignierte Bewegung mit der Hand. »Ich glaube nicht, dass es was bringen würde. Im Gegenteil, wenn er erfährt, dass ich mit dir darüber gesprochen habe, schnappt er erst recht ein. Vor dir will er immer noch gut dastehen.« Sie lächelte anzüglich. »Alte Liebe rostet nicht.«

Ich glaubte zwar, dass ich bei Thomas durchaus etwas erreichen könnte, aber wenn Uli es nicht wollte, hatte es keinen Zweck.

»Wie wär's mit einer Therapie?«, schlug ich vor.

Sie lachte bitter auf. »Thomas ist Heilpraktiker, er hilft anderen Menschen. Dass er auch mal Hilfe brauchen könnte, kommt in seinem Selbstbild nicht vor.«

Ich dachte nach. »Vielleicht müsst ihr gar nicht so viel miteinander reden, sondern was miteinander machen. Wann seid ihr zuletzt verreist?«

Uli zählte die letzten drei Familienurlaube auf.

»Das meine ich nicht. Ich meine euch zwei. Wann habt ihr zuletzt was gemeinsam unternommen, das länger gedauert hat als einen Abend lang?«

Uli musste überlegen. Ein Wochenendtrip nach Berlin vor fünf Jahren fiel ihr ein, und eine Wanderung im letzten … nein, vorletzten Herbst. Ohne Übernachtung.

»Und du meinst, das reicht, um ein Eheleben lebendig zu halten?«

Sie wurde nachdenklich. »Was schlägst du vor?«

Ich dachte, dass ich allmählich Honorar von meinen Freundinnen verlangen sollte. Sie sahen mich offenbar als Lebensberaterin, Beichtmutter oder Coach, und ich verteilte großzügig Einschätzungen, gute Ratschläge und praktische Tipps, für die sie anderswo viel Geld bezahlen müssten. Obendrein fühlte ich mich wie eine Hochstaplerin, die mit Rettungsringen um sich warf, obwohl ihr das Wasser selbst bis zum Hals stand.

»Lass dir was einfallen! Lade ihn zu einem Überraschungs-wochenende in ein schönes Hotel ein, geh mit ihm in das Konzert einer Alte-Säcke-Band, auf die er immer schon gestanden hat, meldet euch zu einem Salsa-Kurs an, was weiß denn ich. Sorg für Leben in eurer Ehebude, aber vor allem: Bloß keine Beziehungsgespräche!«

Ich staunte, als ich mich so reden hörte. Vielleicht sollte ich einfach die eigenen Ratschläge beherzigen und das in die Tat umsetzen, was ich anderen empfahl.

Womöglich würde sich zwischen Ivan und mir dann auch was ändern.

»Und noch was«, sagte ich. »Komm bloß nicht auf den Gedanken, ihn mit Dessous unterm Trenchcoat überraschen zu wollen!«

Uli grinste. »Auf so eine Idee würde ich nie kommen.«

»Und wieso nicht?«

»Ich besitze gar keine Dessous.«

Ich musterte sie fragend. »Und was trägst du unter den Klamotten?«

»Na, Unterwäsche.«

Meine Freundin hatte keine erotischen Fantasien, sie besaß keine Dessous – vielleicht war Thomas ja nicht allein für die Flaute in ihrem Ehebett verantwortlich.

»Zeig mal«, forderte ich sie auf.

Uli blickte erstaunt. »Wie bitte?«

»Stell dich nicht an«, sagte ich ungeduldig. »Wir kennen uns seit hundert Jahren!«

Sie stand auf, zog verlegen ihre Jeans ein Stück runter und hob ihr T-Shirt hoch. Ein bequemer Sportschlüpfer und ein schmuckloser BH waren zu sehen, beide hautfarben und so erotisch wie die Kittelschürze meiner Nachbarin.

»Und damit willst du deinen Mann scharfmachen?«

»Der soll nicht auf meine Wäsche scharf sein, sondern auf den Inhalt!«, gab Uli gereizt zurück.

»Ach Uli, du weißt doch, das Auge isst mit.«

Sie dachte einen Moment nach, dann bat sie mich: »Zeig du auch mal.«

Ich stand auf, summte eine schwülstige Melodie und begann mich zu bewegen, als wäre ich in einem Striptease-Schuppen angestellt. Ich ließ die Hüften kreisen und knöpfte langsam meine Bluse auf, bis mein BH aus mokkafarbener Spitze zum Vorschein kam. Dann öffnete ich den Reißverschluss meiner Hose, ließ sie Zentimeter für Zentimeter herabgleiten und legte den dazugehörigen Slip frei.

»Wow«, sagte Uli beeindruckt. »Die haben sicher ein Vermögen gekostet.«

Ich verdrehte die Augen. »O Mann, Uli, falscher Text! Wie wär's mit: Wow, das sieht ja super aus!«

»Waren trotzdem sauteuer, oder?«

»Du musst halt mal was investieren«, sagte ich. »Das wird dir dein Sexleben doch wert sein.«

»Darin käme ich mir total verkleidet vor«, wehrte Uli ab. »Das passt einfach nicht zu mir.«

»Probier's einfach mal, du wirst dich wundern, wie gut du dich darin fühlst.«

Ich hatte exquisite Wäsche schon immer geliebt, aber in den letzten Jahren war meine Leidenschaft obsessiv geworden. Es war, als wollte ich der nachlassenden Schönheit meines Körpers etwas entgegensetzen, indem ich ihn mit etwas besonders Schönem umhüllte.

»Woher weiß ich denn, dass Thomas so was überhaupt gefällt?«, fragte Uli skeptisch.

Ich gab ihr einen gönnerhaften Klaps auf die Wange. »Es gibt keinen Mann auf der Welt, dem eine Frau in erotischen Dessous nicht gefällt, das schwöre ich dir!«

Uli seufzte. »Männer sind so berechenbar. Das ist dermaßen langweilig.«

NEUN

Der Parkplatz am See war schon am frühen Vormittag über-
füllt. Katja ließ Nathalie und mich aussteigen und ergat-
terte die letzte schattige Lücke. Bewaffnet mit Körben voller
Badesachen, einer Kühltasche und einem Sonnenschirm, machten wir uns auf den Weg zur Anlegestelle. Zuerst planten wir
eine Tour mit dem Ruderboot (Nathalie: »Isch rudere eusch mit
meine Müskeln über die ganze See!«), anschließend ein Pick-
nick am Seeufer.

Die Einladung war unverhofft gekommen und rettete mich
vor einem einsamen Sonntag, den ich sonst lesend auf dem Balkon verbracht hätte. Zu meiner bevorzugten Lektüre gehörten
derzeit Bücher wie »Einer allein genügt nicht – Polyamore Beziehungsformen« oder »Warum Liebe wehtut«. Es konnte ja nicht
schaden, meine Hochstapelei auf dem Beratungssektor wissen-
schaftlich zu unterfüttern. Vielleicht erhoffte ich mir insgeheim
auch eine Patentlösung für meine eigenen Beziehungsprobleme.

Als ich Katja und Nathalie Hand in Hand vor mir hergehen
sah, packte mich der Neid. Der Letzte, mit dem ich Händchen
gehalten hatte, war mein Sohn, als er das noch nicht uncool
fand – also vor ungefähr hunderttausend Jahren. Vermutlich

würde er auch der Letzte sein, in den ich verliebt gewesen war. Und er würde es für den Rest meines Lebens bleiben.

»Das war's also jetzt«, murmelte ich resigniert vor mich hin. »Es ist vorbei.«

»Sentimentales Altweibergewäsch«, ertönte eine vertraute Stimme. »Kauf dir doch gleich Gesundheitsschuhe und eine beige Windjacke.«

»Würde ja eh keiner merken«, lamentierte ich.

»Sag ich doch. Und vergiss die Stützstrümpfe nicht. Die braucht man in deinem Alter.«

»Würdest du bitte aufhören, Gift in die Wunden zu träufeln?«, sagte ich gereizt.

»Dafür bin ich aber da.«

Was sollte ich dagegen einwenden? Schließlich konnte ich von meiner inneren Stimme nicht verlangen, dass sie einen besseren Charakter hatte als ich selbst.

Katja und Nathalie blieben stehen und drehten sich zu mir um. »Wo bleibst du denn?« Ich winkte mit dem Schirm. »Komme schon.«

Als ich die beiden Frauen da stehen sah, auf dem hölzernen Bootssteg, inmitten von wiegendem Schilf, einander halb zugewandt, die Sonne im Haar und auf ihrer gebräunten Haut, die Gesichter strahlend vor Glück, wünschte ich mir, dieser Moment würde für immer bleiben. Es war schön, sie so zu sehen, und ich war auch nur noch ein ganz klein bisschen eifersüchtig.

»Wartet kurz!«, bat ich, ließ all mein Gepäck fallen und machte Fotos.

Wenig später glitten wir fast geräuschlos über den See, nur leises Plätschern war zu hören. Nathalie hatte nicht zu viel versprochen, durch die Tanzerei war ihr Körper durchtrainiert und kräftig, mühelos zog sie die Ruder durchs Wasser. Katja und ich saßen am Boden, unsere Rücken an die Bootswand gelehnt, und blinzelten in die Sonne. Der gleichmäßige Rhythmus machte mich schläfrig, fast wäre ich eingedöst.

»Wie geht's Paul?«, hörte ich Katjas Stimme.

Ich öffnete die Augen und streckte mich. »Er macht seine ersten Erfahrungen mit der Liebe. Ist nicht so einfach.«

»Er ist so ein süßer Kerl«, sagte sie. »Bestimmt laufen ihm die Mädchen scharenweise nach. Wäre ich achtzehn, würde ich mich jedenfalls in ihn verlieben.«

»He, he«, sagte Nathalie und drohte scherzhaft mit dem Ruder.

Ich erzählte von Sybille und davon, welche Sorgen ich mir machte. Anteilnehmend hörte Katja zu.

»Soll ich mal mit ihm reden?«, bot sie an.

Einerseits wünschte ich mir, jemand könnte Paul zur Vernunft bringen, andererseits wusste ich, dass es auf diesem Wege nicht funktionieren würde. Niemand wäre imstande, ihm Sybille auszureden. Sein Leidensdruck müsste so groß sein, dass er selbst die Kraft fände, sich von ihr zu lösen.

»Ich glaube nicht, dass es was bringt«, sagte ich. »Trotzdem danke.«

Ungefähr in der Mitte des Sees hörte Nathalie auf zu rudern und ließ das Boot vor sich hin dümpeln.

»Was 'aben wir zu trinken?«, fragte sie.

Katja öffnete die Kühltasche. »Wasser, Saft, Prosecco«, zählte sie auf.

»Du hast wirklich Prosecco mitgeschleppt?«, fragte ich amüsiert.

»Wer weiß, vielleicht haben wir ja einen Grund anzustoßen!« Sie mischte Prosecco und Saft in drei Gläser und zauberte sogar Eiswürfel aus den Tiefen der Kühltasche.

»Also, worauf trinken wir?«, fragte ich.

Die beiden Frauen sahen sich an. Schließlich sagte Nathalie feierlich: »Auf unser Kind!«

Ich starrte sie an. »Du bist schwanger?«

Katja lachte. »So gut wie.«

Ich begriff. »Dann habt ihr euch also entschieden?«

Beide Frauen nickten.

»Das ist großartig!«, sagte ich und hob mein Glas ein weiteres Mal. »Auf euch, die Liebe und … auf den Vater! Wer wird es sein?«

Wieder tauschten die beiden Frauen einen Blick. Katja räusperte sich. »Ähm … darüber wollten wir gerne mit dir sprechen.«

Ich lachte auf. »Mit mir? Was habe ich denn damit zu tun?« Dann begriff ich. »Ach, ihr wollt den Spender über die Agentur suchen?«

Völlig neue Geschäftsfelder schienen sich vor mir aufzutun. Nicht nur dass ich gleichgeschlechtliche Paare zusammenbringen könnte (darauf war ich ohnehin schon gekommen) – nein, ich könnte auch Frauen mit Kinderwunsch an potenzielle Samenspender vermitteln. Dass mir das nicht schon früher eingefallen war!

»Also, lasst mich mal überlegen …«, begann ich, aber Katja unterbrach mich.

»Das ist es nicht, was wir wollen. Wir haben eine andere Idee.«

»Ach so?«

»Wir haben lange überlegt, wer als Vater infrage käme. Wir möchten beide keinen anonymen Spender, sondern jemanden, den wir kennen und dem wir vertrauen können. Einen Mann, der nicht plötzlich Ansprüche auf das Kind anmeldet, den man aber trotzdem seinem Kind als Vater wünschen würde.«

Trotz der hochsommerlichen Temperaturen hatte ich plötzlich das Gefühl, von innen zu vereisen. Meine Hände krampften sich um das Proseccoglas, ich starrte Katja an. »Sag mir, dass das, was ich jetzt denke, nicht das ist, was du meinst!«

»Ich weiß nicht, was du denkst«, sagte sie verunsichert.

»Natürlich weißt du es!«, rief ich aus und sprang so schnell auf, dass das Boot gefährlich ins Schwanken geriet. Die halbvolle Proseccoflasche auf der Ruderbank kippte erst in die eine, dann in die andere Richtung, fiel schließlich über Bord und verschwand in den Tiefen des Sees.

»Pass doch auf!«, rief Katja erschrocken.

Nathalies Augen waren groß und kugelrund geworden, sie klammerte sich am Bootsrand fest.

»Verdammt!«, fluchte ich. Je mehr ich versuchte, die Bewegungen des Bootes auszugleichen, desto heftiger schwankte es hin und her. Schließlich verlor ich das Gleichgewicht und musste, um es nicht endgültig zum Kentern zu bringen, einen Kopfsprung ins Wasser machen. Die plötzliche Abkühlung war ein Schock. Prustend tauchte ich wieder auf. Katja und Nathalie hingen über den Bootsrand und blickten besorgt in meine Richtung.

»Is alles okay? Warte, isch 'elfe dir.«

Nathalie nahm die Ruder und drehte das Boot so bei, dass ich mit ein paar Schwimmzügen die Längsseite erreichte. Mit einem Ruck zog ich mich hoch, wobei der Kahn noch einmal in Schieflage geriet, dann aber bekam ich mit einem Schwung die Beine über den Rand und war wieder drin.

Ich zog mein am Körper klebendes Sommerkleid aus. Katja reichte mir ein Handtuch, ihr Blick war schuldbewusst. Ich rubbelte meine Haare.

»Tolle Idee, mich an Bord eines Bootes zu verschleppen, um

mir diese Mitteilung zu machen«, sagte ich, nur mühsam beherrscht. »Weiß Ivan schon von euren Plänen?«

»Er weiß, aber er wollte, dass wir zuerst mit dir schpreschen«, sagte Nathalie.

»Warum spricht er nicht mit mir?«

Katja setzte sich neben mich. »Wir wünschen uns Ivan als Vater, aber bevor wir nicht dein Einverständnis haben, brauchen wir mit ihm gar nicht mehr zu reden.«

»Wofür braucht ihr mein Einverständnis? Ihr seid freie Menschen, Ivan ist ein freier Mensch. Er macht doch sonst auch, was er will.«

Katja legte den Arm um mich. »Du bist meine wichtigste Freundin, und ich möchte, dass es so bleibt. Ich will, dass du aus vollem Herzen ja dazu sagen kannst.«

Mit angezogenen Knien und verschränkten Armen hockte ich da, mein ganzer Körper war angespannt. »Und Ivan? Was will der?«

»Dass wir alle mit der Situation glücklich sind«, sagte Katja.

Ich hob die Augenbrauen. »Wenn er sich da nicht mal ein bisschen viel vorgenommen hat.«

In Bezug auf Katja war die Sache ja vergleichsweise einfach. Dass sie nach allem, was sie hatte durchmachen müssen, ein Recht auf Glück hatte, stand für mich außer Frage. Nur dass ausgerechnet Ivan derjenige war, der ihr zu dem gewünschten Kind mit Nathalie verhelfen sollte, machte mir zu schaffen. Dieses Kind würde eine zusätzliche Verbindung zwischen ihnen bedeuten. Eine Verbindung, die mich ausschließen würde. Und das ausgerechnet jetzt, wo Ivan und ich womöglich vor der Trennung standen. Ich kam gegen das Gefühl heftiger Eifersucht nicht mehr an.

»Wie … äh, auf welchem Wege soll denn überhaupt die Befruchtung stattfinden?«, fragte ich betont sachlich.

»Keine Angst, Cora, isch möchte nicht machen Liebe mit

Ivan«, sagte Nathalie und legte mir beruhigend die Hand auf den Arm. »Obwohl ich ihn wirklisch finde sehr attraktiv«, versicherte sie schnell noch.

In meinem Kopf formten sich Bilder von Samenspendern, die sich mithilfe von Pornobildern in Stimmung brachten. Dass auch Ivan auf diese Weise den Rohstoff für die Zeugung von Nathalies Baby liefern sollte, war für mich eine bedrückende Vorstellung. Vielleicht könnte ich selbst Hand anlegen, wenn es tatsächlich dazu kommen sollte? Dann wäre ich in gewisser Weise an der Entstehung dieses Kindes beteiligt, eine Vorstellung, die mich ein wenig versöhnte.

Dann fiel mir etwas ein. »Sagt mal, ist das nicht alles illegal? Wenn ich mich nicht irre, dürfen Ärzte in Deutschland nur verheiratete Frauen künstlich befruchten.«

Nathalie sah mich treuherzig an. »Wer braucht denn einen Arzt?«

Klar, stimmte auch wieder. Konnte einem ja niemand verbieten, die Sache auf eigene Faust durchzuziehen. Trotzdem stellten sich mir jede Menge Fragen. Wollten sie Ivan als Vater angeben, oder würde der Vater offiziell unbekannt bleiben? Wenn sie seinen Namen preisgeben würden – müsste er dann Alimente zahlen? Was, wenn ihm etwas zustieße? Wäre ich dann in der Pflicht? Wie würde es sich anfühlen, ein Kind mit aufwachsen zu sehen, das zur Hälfte aus den Genen meines Mannes bestünde – wie unser gemeinsamer Sohn?

Ich stützte meinen Kopf in die Hände. Das war alles zu viel für mich.

»Können wir zurückfahren?«, bat ich. »Ich brauche Zeit zum Nachdenken.«

Die beiden Frauen nickten verständnisvoll. Keine von uns sprach, während Nathalie zum Ufer zurückruderte.

Zurück in der Stadt rief ich sofort Ivan an.

»Hast du gerade Zeit?«, fragte ich.

»Nur wenn es wichtig ist.«

»Sonst würde ich nicht anrufen.«

Ich bat ihn, mich in einem Café in der Nähe seines Ateliers zu treffen, und zu meiner Erleichterung willigte er ein.

Wir begrüßten uns mit flüchtigen Wangenküssen und setzten uns an einen ruhigen Tisch.

»Ich komme gerade von einer Bootstour mit Katja und Nathalie«, begann ich.

»War's schön?«

»Sagen wir … aufschlussreich. Immerhin habe ich erfahren, dass mein Mann die Absicht hat, noch mal Vater zu werden.«

Ivan verzog das Gesicht. »Ach komm, wie klingt denn das!«

Sein wegwerfender Tonfall ärgerte mich. Konnte es sein, dass er dieser Angelegenheit nicht ganz die Bedeutung zuschrieb, die ihr meiner Meinung nach zustand?

»Dir ist schon klar, worum es hier geht, oder?«, sagte ich. »Es geht darum, dass deine Exfrau sich wünscht, ihre Lebensgefährtin mit deinem Sperma zu befruchten, damit diese ein Kind bekommt, das Pauls Halbbruder oder Halbschwester sein wird.«

Am Nebentisch wandte jemand interessiert den Kopf in meine Richtung. Offenbar hatte ich mich in der Lautstärke verschätzt.

Ivan machte einen tiefen Atemzug. »Meine Güte, Cora! Es geht darum, dass die Frau, die ich mal geliebt habe und mit der mich durch Mattis Leben und Sterben sehr viel verbindet, endlich eine neue Liebe gefunden hat und diese Liebe durch ein Kind krönen möchte wie die meisten Liebenden.«

»Und weil du ein so guter Mensch bist, erfüllst du ihr diesen Wunsch«, sagte ich spitz.

»Dafür muss man kein guter Mensch sein. Es reicht, dass die beiden mich gefragt haben. Sie werden sich schon was dabei gedacht haben.«

Die aufreizende Lässigkeit, die Ivan an den Tag legte, war mir unbegreiflich. Er tat so, als ginge es lediglich darum, einer alten Freundin einen kleinen Gefallen zu tun, ihr beim Umzug zu helfen oder ihr Auto zu reparieren.

Die Bedienung servierte die Getränke. Am Nebentisch wurde getuschelt. Sobald wir wieder allein waren, beugte ich mich näher zu Ivan und bemühte mich, leiser zu sprechen.

»Bist du dir eigentlich über die Konsequenzen eines solchen Schritts im Klaren?«

»Welche Konsequenzen?«

»Verdammt, Ivan, stell dich nicht blöd! Du willst dazu beitragen, ein Kind in die Welt zu setzen. Das bedeutet Verantwortung!«

Er riss ein Zuckertütchen auf und kippte den Inhalt auf den Milchschaum seines Cappuccinos. Mit dem Löffel dirigierte er in der Luft, um seinen Worten Nachdruck zu verleihen.

»Das Kind wird zwei Mütter haben und vermutlich eine Menge selbst ernannter Tanten und Onkel, die sich darum reißen werden, sich um das Kleine zu kümmern! Der Vater wird da die geringste Rolle spielen.«

»Du musst Unterhalt bezahlen«, gab ich zu bedenken. »Und du bringst Paul um einen Teil seines Erbes.«

»Nur wenn Nathalie mich angibt. Wird sie aber nicht. Vater unbekannt, so was kommt vor.«

Sieh mal an, darüber hatten sie also schon gesprochen. Mir kam der Verdacht, dass die Idee schon sehr viel ausgereifter war, als die beiden Frauen mich hatten glauben lassen. Wieder spürte ich einen Stich.

»Was ist, wenn die beiden sich trennen und Nathalie ihren Beruf als Tänzerin nicht mehr ausüben kann? Dann wird sie sich vielleicht sehr schnell daran erinnern, wer der Vater ist.«

»Ach Cora, geh doch nicht immer vom Schlimmsten aus!« Ivan leckte sich den Milchschaum von der Oberlippe. »Ich freue mich, dass die beiden so glücklich sind, ich bin froh, dass ich dazu beitragen kann, ihren Herzenswunsch zu erfüllen. Alles andere wird sich finden, meinst du nicht?«

Ich hätte es wissen müssen. Für mich war in diesem Stück die Rolle der Egoistin vorgesehen, die aus Eifersucht ihrer Freundin weder Liebesglück noch Kind gönnen wollte. Warum schaffte es Ivan immer wieder, mich schlecht aussehen zu lassen? Hatte ich wirklich einen so miesen Charakter, oder hatte er nur die Gabe, sich besonders gut in Szene zu setzen?

Irgendwo hatte ich mal gelesen, dass die Liebe uns zu besseren Menschen machte, dass wir uns durch sie erwählt und erhöht fühlen durften. Ich wusste nicht, warum es bei uns anders geworden war und seit wann ich mich in Ivans Anwesenheit immer kleiner und schlechter fühlte als allein oder mit anderen.

»Du wirst ja sowieso tun, was du für richtig hältst«, sagte ich kühl. »Aber du sollst wenigstens meine Meinung kennen.«

Ich war auf eine ruppige Antwort gefasst, aber zu meiner Überraschung sah er mich ohne Feindseligkeit an und sagte: »Es wäre mir lieber, wenn du einverstanden wärst.«

»Ich habe nicht gesagt, dass ich nicht einverstanden bin«, stellte ich klar. »Ich will nur, dass du die Tragweite der Sache begreifst. Weiß Paul schon davon?«

»Bisher nicht.«

»Was glaubst du, wie er es aufnehmen wird?«

»Mein Gott, Cora!«, brauste er wieder auf. »Ich teile ihm doch nicht mit, dass wir uns scheiden lassen oder einer von uns einen Hirntumor hat! Er wird es cool finden, da bin ich mir sicher!«

»Dann sprich bitte bald mit ihm, ich will nicht, dass er es von anderer Seite erfährt«, sagte ich mit Nachdruck.

»Heißt das, du bist einverstanden?«

Ich zuckte die Schultern. »Habe ich eine Wahl?«

Ein erleichtertes Lächeln flog über sein Gesicht, er nahm meine Hand und drückte sie kurz. »Danke, Cora.«

Ich wagte es nicht, ihn zu fragen, wann und unter welchen Umständen er seinen Samen spenden wollte. Schon gar nicht wagte ich es, meine Unterstützung anzubieten. So fremd war mir mein eigener Mann inzwischen geworden.

Der *Tatort* näherte sich seiner Aufklärung. Ich hatte gerade durchschaut, welche die falsche Spur war, und ahnte, wer gleich als Mörder enttarnt werden würde, da klingelte es.

»Verdammt!« Ich überlegte kurz, ob ich einfach auf dem Sofa liegen bleiben sollte, war dann aber doch zu neugierig. Als ich durch den Flur ging und gerade die Tür öffnen wollte, durchzuckte mich ein Gedanke. Was, wenn es ein Einbrecher wäre? Ein Lustmörder, der alleinstehende Frauen beim Tatort-Gucken überraschte und mit einem Messer auf sie einstach, bis sie leise wimmernd auf der Türschwelle zusammenbrachen? Ich legte die Kette vor und linste durch den Spalt.

»Ja, bitte?«

Es waren Katja und Nathalie, die eine mit Blumen, die andere mit einer Flasche Champagner in der Hand.

»Dürfen wir reinkommen?«

Ich löste die Kette und öffnete die Tür. »Jetzt werde ich nie erfahren, wer der Mörder ist!«

»Steht nischt in Internet?«, fragte Nathalie schüchtern.

»Egal«, sagte ich. »Kommt rein.«

Katja streckte mir den Strauß entgegen. »Für die beste Patentante der Welt!«

»Ist das nicht ein bisschen voreilig?«, fragte ich verlegen.

Katja lachte. »Morgen melden wir es in der Schule an. Und für einen Chinesisch-Kurs.«

Wir lachten alle, bis Katja feierlich sagte. »Wir wollen dir danken. Du bist eine wunderbare Freundin und ein ganz besonderer Mensch.«

Nathalie zog mich an sich. »Du bist serr, serr dickherzig«, sagte sie und küsste mich.

Katja und ich sahen uns überrascht an, dann begriff sie. »Du meinst großherzig!«

»Oder dickköpfig?«, fügte ich hinzu.

»Das auch«, sagte Katja lachend.

Ich bat die beiden ins Wohnzimmer und schaltete den Fernseher aus, in dem gerade der Abspann lief. Dann holte ich Gläser, und Nathalie öffnete die Champagnerflasche.

Zum zweiten Mal an diesem Tag tranken wir auf ein Kind, das es noch gar nicht gab. Nun war ich schon wieder ein bisschen mehr beteiligt, und das fühlte sich gut an.

»Und ich soll wirklich Patentante werden?«, fragte ich.

»Wer, wenn nicht du?«, erwiderte Katja. Da musste ich ihr recht geben. Und ich war als Patentante ja auch gerade unterbeschäftigt – mein erstes Patenkind, Ulis Tochter Clara, war inzwischen volljährig.

»Wollt ihr eigentlich heiraten?«, fragte ich neugierig.

Die beiden wechselten einen Blick. »Wir überlegen noch«, sagte Nathalie. »Ist ein bißchen spießisch, oder?«

»Im Gegenteil«, sagte ich. »Heutzutage ist heiraten fast schon wieder revolutionär.«

»Wieso denn das?«

»Ist doch klar«, sagte ich. »Früher mussten wir Frauen heiraten, wir hatten gar keine Wahl. Heute muss niemand mehr heiraten. Dadurch wird die Eheschließung ein echtes Bekenntnis zum Partner. Gerade bei euch.«

Katja erklärte, sie wolle aus romantischen Beweggründen heiraten, nicht um ein politisches Statement abzugeben. Ich gab zu bedenken, dass es gerade in ihrem Fall auch praktische Gründe gebe, die für die Ehe sprächen.

»Nur wenn ihr heiratet, kannst du das Kind adoptieren. Dann hast du auch ein Anrecht auf Elternzeit und Elterngeld. Und wenn Nathalie etwas zustoßen sollte, kann man dir das Kind nicht einfach wegnehmen.«

Ich spürte, wie Katja erstarrte, und hätte mich in den Hintern beißen können. Ich kannte doch ihre Ängste, warum musste ich so unsensibel sein?

»Entschuldige«, sagte ich.

»Ist schon in Ordnung, man muss über diese Dinge nachdenken«, sagte sie beherrscht.

Nathalie schwenkte ihr Glas. »Viel wischtiger ist doch eine andere Frage. Wie soll es heißen?«

Wir stellten fest, dass Nathalie mit ihren französischen Vorschlägen im Nachteil war, weil Chantal und Jacqueline in Deutschland zu Schantalle und Schackeline werden würden. Auch Namen wie Apfel, Paris oder Rakete, die Hollywoodstars ihren Kindern gern gaben, kamen hierzulande nicht so gut an.

Am schönsten fand ich Klassiker wie Anna, Laura, Sofia oder Lukas, Leon und Paul.

»In der nächsten Generation wirken diese Namen bestimmt total altmodisch«, gab Katja zu bedenken.

»Und was schlägst du vor?«

»Ich schätze, mit Marianne, Manfred oder Dieter würden wir einen echten Trend setzen«, sagte sie.

»Dann sollten wir aber auch Hildegard, Gerlinde und Roderich in Erwägung ziehen«, schlug ich kichernd vor.

»Nur über meine Leische!«, sagte Nathalie entsetzt und rollte dramatisch mit den Augen.

Wir hatten noch viel zu lachen, und als ich gegen Mitternacht angeschickert ins Bett fiel, fühlte ich mich selbst ein kleines bisschen schwanger.

Kajetan Moll trippelte aufgeregt von einem Fuß auf den anderen. Wir standen am Flughafen, um Elvira abzuholen, die jeden Augenblick durch die automatische Tür im Ankunftsbereich treten würde. Ich hatte sie telefonisch vorgewarnt, schließlich wollte man als Frau nach einer dreißigstündigen Reise nicht einfach so überfallen werden. Wortreich hatte ich ihr die Vorteile von Kajetan Moll aufgezählt (»er ist intelligent, erfolgreich im Beruf, vermögend und sehr an Ihnen interessiert; außerdem ist er jung!«), aber auch mit seinen Schwächen nicht hinterm Berg gehalten (»er wirkt manchmal etwas unbeholfen, weil er im Grunde schüchtern ist; vielleicht braucht er da und dort noch etwas … Feinschliff«). Bei diesem Stichwort war mir die richtige Bezeichnung für Kajetan Moll eingefallen: »Wissen Sie, Elvira, dieser Mann ist wie ein Rohdiamant, höchst wertvoll, aber noch etwas ungeschliffen. Wenn er in die richtigen Hände kommt, wird er sich zu einer Kostbarkeit entwickeln.«

Der Rohdiamant hielt einen geschmackvollen kleinen Blumenstrauß in der Hand, den wir gemeinsam erstanden hatten. Ich hatte ihn gerade noch davon abhalten können, Nelken zu kaufen.

»Was haben Sie gegen Nelken?«, hatte er gefragt.

»Das sind Friedhofsblumen, wissen Sie das nicht?«

Nein, er wusste es nicht. Ebenso wenig wie er wusste, wer Brad Pitt war und dass kultivierte Menschen keine Sprühsahne verwendeten. Immerhin hatte er inzwischen gelernt, dass man als erwachsener Mann keine kurzen Hosen trug und einer Frau die Tür aufhalten durfte, ohne von einem Kommando militanter Feministinnen entmannt zu werden. Ob diese Kenntnisse ausreichten, um den theoretischen Teil des erotischen Anbahnungsprozesses zu verlassen und zum praktischen überzugehen, wagte ich zu bezweifeln. Aber es gab kein Zurück.

Inzwischen war ihm auch eingefallen, an welche Schauspielerin Elvira Wagner ihn erinnerte. »Christine Neubauer«, sagte er stolz.

»Wo haben Sie die denn gesehen?«, fragte ich.

»In einer Zeitschrift beim Zahnarzt«, sagte er. »Sie hat auch einen jüngeren Freund.«

Die automatische Tür glitt auf, und Elvira Wagner erschien. Kajetan Moll erstarrte. »Da ist sie!«, flüsterte er ehrfürchtig.

Elviras Gesicht sah fast wieder aus wie vorher, nur die Lippen waren immer noch etwas praller. Sie schien ein bisschen schlanker geworden zu sein, was ihr gut stand. Erleichtert blickte ich zu Kajetan Moll, der völlig verzaubert zu ihr hinblickte.

Sie hatte uns entdeckt und winkte lächelnd herüber. Ihren schweren Gepäckwagen mit mehreren Koffern bekam sie kaum allein vom Fleck.

»Helfen Sie ihr mit dem Gepäck«, zischte ich.

Moll setzte sich steifbeinig in Bewegung, den Blumenstrauß vor sich hertragend wie eine Monstranz. Elvira war stehen geblieben und blickte ihm entgegen. Als er sie erreicht hatte, fiel er fast auf den Boden, streckte ihr aber schnell die Blumen entgegen und küsste ihre Hand wie ein Ritter, der das Burgfräulein begrüßte. Die Aufregung ließ ihn noch schlaksiger und linkischer erscheinen, als er ohnehin war, aber in dem ganzen verunglückten Auftritt lag auch etwas rührend Jungenhaftes.

Endlich richtete er sich wieder gerade auf und sagte etwas, was ich aus der Entfernung nicht verstehen konnte. Ich hoffte, er würde nicht den nächsten Klops landen, aber Elvira blickte ihn freundlich an. Vor lauter Euphorie redete er ununterbrochen weiter auf sie ein und vergaß dabei, sich ums Gepäck zu kümmern. Elvira schob den Wagen mit aller Kraft an und versuchte, mit Moll Schritt zu halten. Endlich bemerkte er es und übernahm den Transport.

Als die beiden mich erreicht hatten, war ich allein vom Zusehen schweißgebadet.

»Grüß Gott, Frau Schiller«, sagte Elvira Wagner und reichte mir die Hand. »Was für ein reizender Empfang!«

Meinte sie das ernst? Oder war sie eine Meisterin der versteckten Ironie? Ihr Gesicht blieb jedenfalls unbewegt. Vielleicht lag es am Botox.

Kajetan Moll zappelte herum wie ein kleiner Junge. Fast rechnete ich damit, dass er mich an der Jacke zupfen und fragen würde: »Mama, darf ich das Geschenk jetzt auspacken?«

Mir wurde das alles zu viel. Ich beschloss, die beiden ihrem Schicksal zu überlassen, komme, was da wolle. »Kann ich Ihnen Frau Wagner anvertrauen?«, fragte ich Moll und musterte ihn streng.

Er nickte eifrig und schien im Geist alle Verhaltensregeln zu wiederholen, die ich ihm auf der Fahrt hierher eingebläut hatte. Nicht zu viel reden, lieber Fragen stellen. Nicht zu persönlich werden. Keine plumpen Komplimente, auch wenn sie ihm noch so gut gefiel. Und vor allem: Finger weg!

Er hatte es hoch und heilig versprochen, und so ließ ich den Dingen ihren Lauf.

Kaum war ich zu Hause angekommen, klingelte mein Telefon.

»Bist du da?«, hörte ich Ulis aufgeregte Stimme. »Ich bin in zehn Minuten bei dir.«

Bevor ich widersprechen konnte, hatte sie aufgelegt.

Wenig später stürmte sie in die Wohnung. »Jetzt reicht's«, wütete sie. »Ich trenne mich!«

»Um Himmels willen, was ist denn los?«

»Stell dir vor, was er gemacht hat«, sagte sie mit hochrotem Kopf. »Ich kann es einfach nicht glauben!«

»Lass mich raten«, sagte ich. »Er hat eine Geliebte, und du hast die beiden in flagranti ertappt.«

Sie sah mich überrascht an. »Eine Geliebte? Viel schlimmer!«

»Einen Geliebten?«, platzte ich heraus. Völlig abwegig war das nicht, schließlich hatte ich Thomas schon mal mit einem Mann erwischt.

»Ach Quatsch«, sagte Uli ungehalten. »Jetzt lass mich doch endlich erzählen!«

Aufgeregt schilderte sie, wie sie meinen Ratschlag in die Tat umgesetzt und Thomas vorgeschlagen habe, endlich mal wieder zu zweit zu verreisen. Er habe erfreut reagiert und angeboten, sie mit einer Idee bezüglich des Ziels zu überraschen. Ihre Mutter habe sich bereit erklärt, für die Dauer der Reise bei den Mädchen zu bleiben, sie, Uli, habe sich zwei Garnituren schöner Wäsche und ein neues Kleid gekauft. Alles sei bereit gewesen.

»Und dann?«, fragte ich.

»Dann kommt dieser Langweiler mit einem Gutschein für ein Wellness- und Sporthotel an«, sagte sie stöhnend.

»Aber so war es doch ausgemacht«, sagte ich. »Was ist dein Problem?«

»Weißt du, wo das Hotel ist?«

Ich schüttelte den Kopf.

»Bad Wörishofen!«, spuckte Uli die Wörter regelrecht aus.
Ich verstand nicht. »Was hast du gegen Bad Wörishofen?«
»Ich will doch keine Kneippkur machen! Weißt du, womit
die werben? Barfußlaufen, Tautreten, Schneegehen! Das ist was
für Rentner!«
»Aber was hast du dir denn vorgestellt?«, fragte ich ratlos.
»Die Karibik?«
»Warum nicht? Oder wenigstens eine tolle Großstadt. Lon-
don, Paris, New York … Ich wollte einmal was wirklich Beson-
deres mit Thomas erleben, etwas, woran wir noch in zwanzig
Jahren denken werden. Und dann bucht er ein verlängertes
Wochenende in Bad Wörishofen!« Sie brach in Tränen aus.

Nach einer Weile fuhr sie schluchzend fort: »Weißt du, als
ich klein war, habe ich mir immer vorgestellt, dass mein Leben
groß werden würde, wenn ich erwachsen wäre. Jetzt bin ich
schon ziemlich lange erwachsen, aber mein Leben ist einfach …
klein geblieben.«

Uli hatte schon immer das Gefühl gehabt, zu kurz gekommen zu sein. Sie hatte sich vorgestellt, eine berühmte Mode-
schöpferin zu werden, aber nachdem ihr Hutladen pleitege-
gangen war, arbeitete sie »nur« als Abteilungsleiterin bei einem
Herrenausstatter.

Sie hatte von der Ehe mit einem tollen, erfolgreichen Mann
geträumt, aber als der Vater ihres Kindes sie betrogen hatte, war
ihr »nur« der nette, aber wenig aufregende Thomas geblieben.
Selbst ihre Kinder waren hinter ihren Erwartungen zurückgeblieben. Natürlich liebte Uli ihre Töchter, aber es waren eben
»nur« zwei ganz normale Mädchen. Keine war hochbegabt,
keine außergewöhnlich hübsch, keine war virtuos auf einem In-
strument oder in einer Sportart. Immer wieder mal ließ Uli
durchblicken, dass sie sich etwas anderes gewünscht hätte.

»Mensch, Uli, jetzt komm mal runter«, sagte ich beschwichtigend. »Thomas hat es sicher gut gemeint, außerdem geht es darum, dass ihr zwei Zeit miteinander verbringt, nicht darum, dass ihr an einem spektakulären Ort seid.«

»Doch, darum geht es auch!«, beharrte Uli trotzig. »Das Leben muss Höhepunkte haben!« Sie griff nach der Rolle mit dem Küchenkrepp und riss ein Blatt ab, um sich die Nase zu putzen. »Hast du was zu trinken?«

Ich schenkte ihr einen Cognac ein und nahm mir selbst einen. Sie kippte ihr Glas in zwei Schlucken herunter.

»Thomas und ich passen einfach nicht zusammen. Unsere Träume passen nicht zusammen. Nicht mal unsere Körper passen zusammen.« Sie nahm die Flasche und füllte ihr Glas von Neuem.

Einerseits tat sie mir leid, andererseits fand ich ihre Anspruchshaltung ziemlich undankbar. Über allem, was ihr angeblich vorenthalten worden war, vergaß sie, was das Leben ihr alles geschenkt hatte. Und sie vergaß, dass Thomas mein Freund war.

»Ich finde es nicht gut, wie du über Thomas sprichst«, sagte ich. »Er war immer anständig zu dir, er ist ein liebevoller Vater und hat ein Kind von einem anderen Mann mit dir aufgezogen, als wäre es sein eigenes. Er ist nun mal nicht der feurige, leidenschaftlicher Abenteurer, den du dir wünschst. Aber das hast du vorher gewusst.«

Überrascht sah sie mich an, die Augen gerötet vom Weinen, der Blick leicht glasig vom Alkohol. »Vielen Dank für dein Verständnis! Ich dachte, du bist meine Freundin.«

»Gerade weil ich deine Freundin bin, muss ich dir das sagen.«

Uli schnaubte. »Du bist doch sowieso immer auf der Seite von Thomas.«

Ungläubig fragte ich: »Wie bitte? Was redest du denn da?«

»Thomas und du … das ist doch eine alte Liebesgeschichte!«, brach es aus Uli heraus. »Ich war doch eh nur seine zweite Wahl.«

»Moment mal«, sagte ich. »Er war *deine* zweite Wahl, nachdem Michael dich betrogen hatte, remember? Dass aus mir und Thomas nichts werden würde, war damals schon lange klar.«

»Du wolltest ihn nicht, aber für mich war er ja gut genug«, sagte Uli bitter und kippte einen weiteren Cognac. »So war's doch schon immer. Du die tolle, begehrte, erfolgreiche Traumfrau, und ich die unscheinbare, langweilige Freundin, die in deinem Schatten steht und die Krümel aufpickt, die von deinem Tisch fallen.«

Fassungslos starrte ich sie an. »Uli! Was ist los? Was ist denn plötzlich in dich gefahren?«

»Schdimmdoch«, nuschelte sie und starrte düster vor sich hin.

Ich war wie vor den Kopf geschlagen. Natürlich waren wir verschieden, aber ich hatte Uli immer als Freundin auf Augenhöhe gesehen, wir hatten beide Glück und Pech, Erfolge und Niederlagen erlebt, und in der Summe erschien mir die Bilanz unserer Leben als völlig gleichwertig. Schließlich saß ich nicht glücklich verheiratet und stinkreich in einer Villa, hatte weder eine erfolgreiche Karriere noch hochbegabte Kinder, sondern steckte tief in einer Ehekrise mit einem mittellosen Künstler, kämpfte mit meiner Agentur ums Überleben und hatte einen Sohn, dessen Entwicklung nicht allzu viel Anlass zur Freude bot.

»Weißt du eigentlich, was du da redest?«, fragte ich aufgebracht. »Du hast keine Ahnung vom Leben anderer, weil du nur noch um dich selbst kreist. Dein langweiliger Mann, dein verkorkstes Sexualleben, deine unerfüllten Träume … Hast du mich in den letzten Wochen mal gefragt, wie's mir geht?«

»Dir geht's doch immer gut«, sagte sie wegwerfend. »Und wenn's dir nicht gut geht, lässt du's dir nicht anmerken, damit das Bild von der Traumfrau keine Kratzer kriegt.«

»Vielleicht will ich einfach meine Mitmenschen schonen, statt ihnen mit meinen Problemen auf die Nerven zu gehen.«

»So wie ich«, sagte Uli. »Das meinst du doch, oder?«

»Ich meine, dass es in einer Freundschaft ein Gleichgewicht geben sollte. Du kommst immer nur, um mir dein Unglück vor die Füße zu kotzen, und das war's dann. Du willst mit mir nicht ernsthaft über die Ursachen reden, und aus dem, was ich sage, hörst du nur raus, was dir gerade in den Kram passt.«

Sie verdrehte die Augen und warf theatralisch den Kopf zurück. »Tut mir leid, dass ich deine kostbare Zeit in Anspruch nehme.«

Ich sah sie an, und sie erschien mir plötzlich fremd. In mir kroch die Ahnung hoch, dass hier gerade eine langjährige Freundschaft zu zerbrechen drohte. Es gab vieles, was ich ihr hätte sagen wollen, aber ich spürte, dass es im Moment keinen Sinn hatte.

»Hör zu, Uli, lass uns aufhören«, sagte ich und stand auf. »Ich will nicht, dass noch mehr kaputtgeht. Wir sollten lieber ein anderes Mal weiterreden.«

Unwillig erhob sie sich, dabei schwankte sie ein wenig. »Klar, du brauchst deinen Schönheitsschlaf, verstehe ich. Da müssen unwichtigere Probleme auch mal warten.«

Schweigend begleitete ich sie zur Tür. »Mach's gut«, sagte ich, und es klang ungewollt endgültig.

In den nächsten Tagen hoffte ich auf eine Nachricht von ihr. Wenigstens eine kurze Mail oder SMS, in der sie zu erkennen gab, dass sie bedauerte, was vorgefallen war. Aber sie meldete sich nicht. Offenbar glaubte sie wirklich, was sie gesagt hatte.

ZEHN

Tim rief an, um seine Rückkehr zu vermelden. Mein Herz machte einen Sprung.

»Willkommen zurück!«, rief ich. »Wie war euer Urlaub?«

»Schön«, sagte Tim. »Milla liebt das Meer, sie wollte gar nicht mehr weg.«

»Und du?«

Es entstand eine kleine Pause. Dann sagte er: »Ich habe dich vermisst.«

Ups, was waren das denn für neue Töne? Trotz aller Leidenschaft beteuerten wir uns doch immer wieder, dass unser Verhältnis nur eine Affäre war. Ohne Erwartungen, Verpflichtungen oder tiefere Gefühle. Wir überboten uns geradezu gegenseitig an Coolness.

»Hast du denn keine Eroberung gemacht?«, fragte ich scherzhaft.

»Hab's gar nicht erst versucht. Milla bewacht mich wie eine eifersüchtige Ehefrau.«

Ich lachte. »Dann sollte ich ihr wohl besser nicht begegnen.«

»Dich würde sie mögen«, sagte er.

»Das möchte ich lieber nicht ausprobieren!«

»Schade«, sagte Tim.

Wir wussten beide, dass es Regeln für Affären gab. Eine der Regeln war, dass man sein Kind niemandem vorstellte, mit dem man nur hin und wieder ins Bett ging. Das durfte man erst, wenn man eine richtige Beziehung hatte und sich sicher war, dass man mit dem anderen zusammenbleiben wollte. Davon konnte zwischen uns keine Rede sein, deshalb gab mir Tims Bemerkung zu denken.

Machte er sich insgeheim Hoffnungen auf mehr? Einerseits schmeichelte mir der Gedanke, andererseits machte er mir Angst. Mein Leben war kompliziert genug, und ich konnte alles gebrauchen, bloß keine weiteren Komplikationen.

Auch mir fiel es immer schwerer, unsere Beziehung lediglich als Affäre zu betrachten. Längst ging es um mehr als Sex. Ich genoss sein Interesse an mir, seine Aufmerksamkeit, seine liebevolle Fürsorge – alles, was mein Mann mir verweigerte. Von Ivan fühlte ich mich verkannt und abgelehnt, von Tim wahrgenommen und geschätzt. Immer wieder überraschte er mich, schenkte mir Bücher, die ihm besonders gefallen hatten, oder DVDs mit Filmen, die ich unbedingt sehen sollte.

Wenn wir uns trafen, blieben wir meist bei ihm zu Hause, weil ich Angst hatte, Bekannte zu treffen oder womöglich sogar Ivan. Trotzdem schlug Tim immer mal wieder ein besonders schönes Restaurant oder eine neue, tolle Bar vor, und manchmal ließ ich mich überreden. Fast kam es mir vor, als legte er es darauf an, mit mir gesehen zu werden. Vielleicht war es ihm auch einfach nur egal – er hatte ja nichts zu verbergen.

Normalerweise sprachen wir nicht über den Teil unseres Lebens, der nichts mit uns beiden zu tun hatte. Ich hielt mich bedeckt, was meine häusliche Situation anging, und Tim sprach ebenfalls nicht über private Dinge, nur ganz gelegentlich über

Milla. So war ich überrascht, als er eines Tages – kurz nachdem wir uns geliebt hatten – nach Ivan fragte.

»Fällt ihm eigentlich nicht auf, dass du so oft weg bist?«

»Warum interessiert dich das?«, fragte ich zurück.

»Ich versuche mir vorzustellen, wie es für mich wäre. Ich glaube, ich würde misstrauisch werden.«

Ich stotterte ein bisschen herum, dann entschloss ich mich, ihm die Wahrheit zu sagen. »Ivan und ich wohnen zurzeit nicht zusammen. Wir haben eine Art … Krise, aber es hat nichts mit dir zu tun. Er weiß nichts von uns.«

»Bist du dir da sicher?«

»Ganz sicher«, sagte ich. »Er kreist dermaßen um sich und seine Arbeit, dass wir schon auf seinem Esstisch vögeln müssten, damit er was merkt.«

»Dann würde es ihm vielleicht gar nichts ausmachen?«, fragte Tim.

»Keine Ahnung, ich weiß es nicht. Auf jeden Fall würde er es nicht zugeben.«

Tim schwieg. Er streichelte meinen Rücken. »Hast du denn … ein schlechtes Gewissen?«

Ich versteifte mich. »Tim, bitte. Ich will nicht darüber sprechen.«

Er zog seine Hand zurück. »Entschuldige. Ich frage nur, weil … ich mich so gerne mal unbefangen mit dir zeigen möchte. Ich hasse dieses Versteckspiel.«

»Wir können ja mal nach … keine Ahnung, nach Baldham oder Babenhausen fahren, da kenne ich niemanden«, sagte ich mit spöttischem Lächeln.

»Wie wär's mit Bielefeld?«, gab Tim zurück.

»Buxtehude?«

»Also, ich würde Barcelona vorschlagen«, sagte Tim.

»Im Ernst?« Ich seufzte sehnsüchtig. Nach Barcelona wollte ich schon lange mal.

»Hättest du Lust?«, fragte Tim erwartungsvoll.

Klar hätte ich Lust, dachte ich. Aber wäre es nicht unfair ihm gegenüber? Je weiter ich ihm entgegenkäme, desto mehr Hoffnungen würde er sich machen. Andererseits war es wirklich schön mit ihm, und ich bereute selten etwas, das ich getan, sehr oft hingegen etwas, das ich unterlassen hatte.

»Klingt toll«, gab ich zu. »Ich denke darüber nach, okay?«

Am nächsten Morgen wartete im Büro eine Überraschung auf mich. Zwischen den Rechnungen, Drucksachen und Werbeflyern, die ich aus dem Briefkasten geholt hatte, fiel mir eine bunte Ansichtskarte entgegen. Ich überlegte, wann ich zuletzt eine bekommen hatte, es musste Jahre her sein. Vor einem sonnenbeschienenen Alpenpanorama standen Elvira Wagner und Kajetan Moll, sie im Dirndl, er in Lederhose und Trachtenjanker. Beide strahlten in die Kamera und hielten gemeinsam ein Plakat hoch: »Als Verlobte grüßen!« Die Schrift war von roten Herzen umrahmt, und auf der Rückseite der Karte hatten sie hinzugefügt: »Liebe Frau Schiller, Sie sind die Frau, die uns das Glück gebracht hat! Danke für alles!«

Der Tag fing gut an. Nicht nur, dass ich mich aufrichtig für die beiden freute, ich konnte auch zwei Abschlussrechnungen schreiben und meiner persönlichen Vermittlungsstatistik einen weiteren Erfolg hinzufügen.

Ich war so beschwingt, dass ich sofort eine Idee in die Tat umsetzte, die mir bisher zu verrückt erschienen war. Aber wenn Elvira und Kajetan zusammenpassten, könnte ja vielleicht auch diese Kombination hinhauen …

Ich rief erst Benno, dann Mira an und schlug ihnen vor, sich zu verabreden, ohne vorher ihre Videobotschaften anzusehen. Ich fand es besser, die beiden würden gleich persönlich aufeinandertreffen. Dann könnten die Hormone ungehindert ihre Wirkung entfalten, denn ich hatte das Gefühl, dass Hormone in diesem Fall eine wichtige Rolle spielen könnten. Die beiden willigten ein.

Dann machte ich einen weiteren Vorschlag und war gespannt, wie sie ihn aufnehmen würden: Sie sollten sich im Münchener Volksbad treffen, wo es eine gemischte Sauna und ein Dampfbad gab, außerdem Schwimmbecken und Massageräume. Mira fand die Idee super, Benno war befremdet. Nur mit Mühe ließ er sich überreden.

Meine Idee hinter dieser Versuchsanordnung war einfach: Wenn Benno in seinem Businesslook und Mira in ihren Walleklamotten aufeinanderträfen, würden sie sich gegenseitig sofort taxieren und jeweils in eine bestimmte Schublade stecken. Benno war aber nicht nur der coole Geschäftsmann, sondern hatte auch eine bindungswillige und sinnliche Seite. Mira war nicht nur die esoterische Spinnerin, sondern auch eine handfeste und zupackende Frau. Ohne Kleidung als Abgrenzung und soziales Signal würden sie vielleicht schneller erkennen, wer der andere war. Natürlich war das ein gewagtes Experiment, aber was sollte schon passieren, außer dass die Pheromone nicht aufeinander reagierten?

Nun musste ich nur noch die richtige Idee für Werner haben, meinen kultivierten Witwer. Er traf sich weiter regelmäßig mit den Frauen, die ich ihm vorschlug, biss aber einfach nicht an. Die eine war ihm zu albern, die andere zu wenig gebildet, die dritte zu temperamentlos, die nächste zu mager, die übernächste zu gesprächig. Mir kam der Verdacht, dass er nur hin und wieder ausgehen wollte und mich dazu benutzte, ihm sein Abendprogramm zu organisieren.

Wenn ich darauf zu sprechen kam, leugnete er meine Vermutung vehement. Nein, er sei wirklich auf der Suche nach einer Partnerin, aber bisher habe keine der Bewerberinnen seiner verstorbenen Frau auch nur annähernd das Wasser reichen können. Ich fürchtete, dass es so bleiben würde. Vielleicht ging es ihm ja so, wie es Katja mit Blue gegangen war: Er sehnte sich nicht nach irgendeiner Frau, sondern nach seiner Frau. Wenn es so war, würde ich mit all meinen Verkupplungsversuchen scheitern.

Als ich abends die Wohnungstür aufschloss, brannte das Licht im Flur. Außer mir hatten nur Ivan und Paul einen Schlüssel, Hella hatte ihren zurückgegeben.

»Ivan«, rief ich. »Bist du das?«

Keine Antwort.

»Ivan?«, rief ich noch mal.

Ich ging in die Küche, ins Wohnzimmer. Schließlich öffnete ich die Tür zu Pauls Zimmer und fand meinen Sohn schlafend im Bett vor.

Normalerweise rief er an, kam auf einen Sprung vorbei, weil er irgendwas brauchte, und ging dann wieder. Dass er unangemeldet kam, war ungewöhnlich.

Ich wollte ihn schlafen lassen, aber durch den Lichtschein vom Flur war er aufgewacht. Er brummte etwas und setzte sich auf. Als ich sein Gesicht sah, erschrak ich. Er hatte tiefe Ringe unter den Augen und sah verheult aus. Ich ließ mich neben ihn aufs Bett fallen.

»Paul, was ist los? Ist irgendwas passiert?«

Er sah mich an, seine Augen füllten sich mit Tränen, und er warf sich wieder auf die Matratze, mit dem Rücken zu mir. Seine Schultern bebten.

Ich schüttelte ihn leicht. »Sag doch, was los ist!«

»Es ist alles so scheiße!«, brach es aus ihm heraus.

»Was ist scheiße? Paul! Sprich mit mir!«

Eine ganze Weile bekam ich nichts Zusammenhängendes aus ihm heraus, nur Halbsätze und Bruchstücke, aus denen ich mir ungefähr zusammenreimen konnte, was passiert war. Natürlich ging es um Sybille, die offenbar Spaß daran gefunden hatte, ihn nach allen Regeln der Kunst zu quälen. Sie ignorierte Verabredungen, behandelte ihn schlecht und verleugnete ihn vor ihren Freunden. Jedes Mal, wenn er Schluss machen wollte, weil er es nicht mehr aushielt, setzte sie ihre ganze Verführungskraft ein, um ihn zu halten. Bald darauf begann das Spiel von Neuem.

Das schien aber noch nicht alles zu sein, er sprach auch von Geldproblemen.

»Wofür gibst du denn so viel aus?«, fragte ich.

»Ich gebe nicht viel aus«, behauptete er. »Ich habe nur keine Zeit für Auftritte, deshalb verdiene ich nichts.«

»Und warum hast du keine Zeit für Auftritte?«

Er behauptete, das Studium sei so anstrengend, aber die Wahrheit war wohl eher, dass er abends zu Hause saß und darauf wartete, dass Sybille sich meldete. Er hatte nicht die Kraft, sich um Gigs zu kümmern, weil diese unglückliche Liebesgeschichte alle seine Energien auffraß.

Ich umarmte ihn und streichelte ihm über den Kopf. »Jetzt bleibst du erst mal hier und schläfst dich aus. Und morgen sehen wir weiter.«

»Danke, Mom«, murmelte er.

Ich küsste ihn und ging aus dem Zimmer.

Am liebsten hätte ich Sybille gefoltert. Ich stellte mir vor, wie ich mit einem Epiliergerät jedes einzelne Haar aus ihrem

Körper reißen und mich an ihren Schmerzensschreien weiden würde. Wie konnte sie es wagen, mein Kind so zu quälen? Meinen kleinen Paul, der das Pech hatte, sich in seinem jungen Leben als Erstes in eine sadistische Schlampe wie sie zu verlieben! Ich war so wütend, dass ich zitterte, aber ich wusste, dass ich mich beherrschen musste, sonst würde ich alles nur noch schlimmer machen.

Die halbe Nacht lag ich wach und fragte mich, wie ich es schaffen könnte, Sybille aus Pauls Leben zu entfernen, ohne sie vor einen Zug stoßen zu müssen.

Am nächsten Morgen kam Paul schmal und blass in die Küche geschlichen. Seine gestrige Offenherzigkeit war wieder der üblichen Muschelhaftigkeit gewichen. Er gab einsilbige Antworten und entzog sich jedem weiteren Gespräch.

»Wenn du nicht mit mir redest, kann ich dir nicht helfen«, erklärte ich ihm.

»Doch, du kannst mir Geld leihen«, sagte er.

Ich schüttelte energisch den Kopf. »Tut mir leid, Paul, du schuldest mir noch hundert Euro. Noch mehr leihe ich dir bestimmt nicht.«

»Dann fliege ich aus der Wohnung.«

Mein erster Gedanke war: Jaaa, er kommt wieder nach Hause! Im nächsten Moment begriff ich, dass das unmöglich war. Nicht nur, dass es eine furchtbare Demütigung für ihn wäre, es würde auch unser Verhältnis belasten. So schwer es mir auch fiel, ich musste alles tun, um das zu verhindern.

Was sollte ich also machen? Wenn ich ihm das Geld geben würde, wäre das pädagogisch verantwortungslos, und es würde nicht lange dauern, bis er mich erneut anpumpte. Würde ich es ihm nicht geben, müsste er aus seinem WG-

Zimmer ausziehen und stünde wieder hier auf der Matte. Verdammt!

»Ich muss darüber nachdenken«, sagte ich. »Gib mir ein bisschen Zeit.«

»Kann ich vielleicht ein paar Tage hierbleiben?«, bat er. »Ich habe gerade keinen Bock auf die WG.«

»Du bist aber noch nicht rausgeflogen?«, fragte ich misstrauisch.

»Nein, aber die Stimmung ist nicht so toll …«

»Kein Wunder, wenn du keine Miete zahlst.«

Paul reagierte nicht. Ich spürte, dass er ausgepowert war und nach ein bisschen Geborgenheit und mütterlicher Fürsorge lechzte, deshalb gab ich nach. »Okay, Paul, aber wirklich nur ein paar Tage.«

Er nickte erleichtert, inspizierte den Küchenschrank und sagte: »Nutella ist alle.«

Ich grübelte darüber nach, wie ich Pauls Geldproblem lösen könnte, ohne jede pädagogische Glaubwürdigkeit zu verlieren. Schließlich fiel mir etwas ein. Wir hatten einen Teil des Kindergelds für Notfälle gespart, von diesem Konto würde ich ihm das Geld leihen, das er brauchte. Er müsste sich schriftlich verpflichten, wieder zu arbeiten und es innerhalb einer bestimmten Frist zurückzuzahlen. Gelänge ihm das nicht, würde er wieder zu uns ziehen müssen. Diese Blamage vor Augen, würde er sich hoffentlich zusammenreißen.

»Du bist echt super, Mom«, sagte er, als ich ihm meinen Plan auseinandersetzte. »Ich verspreche dir, ich kriege das hin.«

»Wie viel brauchst du eigentlich genau?«, fragte ich und nahm Zettel und Stift zur Hand.

Er rechnete es mir laut vor. »Ich schulde Dan die Miete für diesen Monat und habe noch kein Geld für die nächste. Außerdem ist heute erst der Zwanzigste, und ich habe kein Geld mehr zum Leben. Alles in allem also … achthundert Euro.«

Mir fiel fast der Kuli aus der Hand. »Plus die hundert, die du mir schon schuldest. Und in sechs Wochen ist schon die nächste Miete fällig.« Entsetzt fragte ich: »Wie willst du denn so viel Geld verdienen?«

»Cool down, Mom«, sagte er. »Das geht easy. Ein paar Gigs mit der Band, dann habe ich das zusammen.«

Er klang so zuversichtlich, dass ich mich beruhigen ließ. Nur in einem Punkt wollte ich kein Risiko eingehen. »Die zwei Monatsmieten zahle ich persönlich an Dan«, sagte ich. »Das Geld gebe ich dir nicht in die Hand.«

»Ach komm, das ist doch lächerlich«, sagte er, aber ich ließ mich auf keine Diskussion ein.

Dan fand es wohl ziemlich seltsam, als ich ihn anrief, um einen Termin zu vereinbaren. Wohlerzogen, wie er war, ließ er es sich aber nicht anmerken. Er bat mich an einem Vormittag zu sich, an dem er keine Vorlesung hatte. Paul war um diese Zeit in der Schule.

Ich klingelte. Als Dan öffnete, wollte ich ihm nur schnell den Umschlag mit dem Geld in die Hand drücken, aber er bot mir Kaffee an, und so folgte ich ihm in die Wohnküche. Wir plauderten über alles Mögliche, und irgendwann fragte ich beiläufig: »Und wie läuft's so in der WG?«

»Ganz okay«, sagte Dan. »Nur Paul geht's, glaube ich, nicht so gut.«

»Das habe ich mitgekriegt«, sagte ich. »Es hat wohl mit dieser Frau zu tun?«

Dan nickte.

»Kennst du sie?«, fragte ich.

Er zuckte die Schultern. »Hab sie zwei-, dreimal gesehen. Sieht gut aus, scheint aber eine Nummer zu groß für ihn zu sein. Sie hat wohl Spaß daran, ihn fertigzumachen.«

»Und wie verhält sich Paul?«, fragte ich.

»Er gibt 'ne Menge Kohle aus, um sie zu beeindrucken«, plauderte Dan weiter. »Macht ihr ständig Geschenke und lässt überhaupt den Larry raushängen. Neulich hat er sich einen Oldtimer geliehen, weil er sie damit um den Tegernsee chauffieren wollte. Und wenn sie feiern gehen, lässt er schon mal 'ne Magnum für dreihundertfünfzig Mäuse springen.«

»Ich dachte, er hat kein Geld?«, sagte ich verblüfft.

»Logisch hat er Geld«, sagte Dan. »Er hat mindestens zwei Gigs in der Woche.«

»Waaas?«

»Wusstest du das nicht?«

»Doch, doch«, log ich schnell. »Ich weiß von den Auftritten. Ich war nur überrascht, dass es mit der Band so gut läuft.«

Paul hatte mich also angelogen. Er verdiente Geld, und zwar reichlich. Pro Gig erhielt er zwischen hundertfünfzig und zweihundert Euro, das hieß, er kassierte jeden Monat mindestens zwölfhundert Euro, eher mehr.

»Ich will ihn nicht anschwärzen«, sagte Dan sichtlich verlegen, »aber es nervt einfach, dass er seine Miete nicht pünktlich zahlt, obwohl er es könnte.«

»Deshalb bin ich hier«, sagte ich und reichte ihm den Umschlag. »Das ist für diesen und nächsten Monat.«

Dan warf mir einen Blick zu. Wahrscheinlich hielt er mich für komplett bescheuert. Ich zahlte dafür, dass mein Sohn weiter sein Geld aus dem Fenster werfen konnte, um einer Frau zu imponieren, die es darauf anlegte, ihn unglücklich zu machen. Dan hatte recht. Ich war komplett bescheuert.

Am Nachmittag hatte ich zufällig in der Nähe von Ivans Atelier zu tun und beschloss spontan, bei ihm zu klingeln. Ich musste mit ihm über Paul reden.

»Ja, bitte?« Seine Stimme schepperte durch die Gegensprechanlage.

»Ich bin's, Cora.«

»Was gibt's denn schon wieder?«

»Ich muss mit dir reden, es ist wichtig.«

»Kannst du nicht vorher anrufen?«

Ich wurde sauer. »Sag mal, komme ich irgendwie ungelegen? Musst du erst deine Galeristin im Kleiderschrank verstecken, oder was?«

»Sei nicht albern. Ich mag es nur nicht, mitten in der Arbeit unterbrochen zu werden.«

»Also, was ist jetzt?«, fragte ich ungehalten.

»Ich komme runter.«

Es dauerte ewig, bis sich endlich die Haustür öffnete und Ivan erschien. In dieser Zeit hätte er nicht nur einen ganzen Harem verstecken, sondern auch noch duschen und sich rasieren können. Ich kochte vor Wut.

»Weißt du eigentlich, wie demütigend das ist? Warum bittest du mich nicht rein?«

»Weil du mich störst. Wir haben eine Abmachung.«

Am liebsten hätte ich auf dem Absatz kehrtgemacht und wäre für immer aus seinem Leben verschwunden, aber die Sorge um Paul ließ mich auch diese Kränkung hinnehmen. Ich tat einen tiefen Atemzug, dann erzählte ich ihm so ruhig wie möglich, was ich von Dan über Paul und sein Finanzgebaren erfahren hatte.

»Kurz, er hat mich nach Strich und Faden belogen«, schloss ich niedergeschlagen.

»Und, wie hast du reagiert?«

»Ich habe zwei Monatsmieten für ihn bezahlt und versprochen, ihm das Geld für seine restlichen Schulden vom Kindergeldkonto zu leihen.«

»Wie bitte?« Ivan sah mich entgeistert an. »Sag mal, bist du noch zu retten?«

»Da wusste ich ja noch nicht, dass er mich belogen hat!«, verteidigte ich mich.

»Das ist egal! Er hat sich selbst in die Scheiße geritten, also muss er zusehen, wie er da wieder rauskommt. Wenn du ihm hilfst, verhinderst du, dass er jemals Verantwortung für sein Leben übernimmt.«

»Aber es geht ihm schlecht!«, rief ich. »Diese Frau macht ihn fertig, sie raubt ihm jede Energie. Er ist das Opfer, nicht der Täter!«

»Immerhin hat er genug Energie, eine Menge Geld zu verdienen«, erwiderte Ivan grimmig. »Damit soll er seine Schulden bezahlen. Du gibst ihm keinen Cent mehr, verstanden?«

»Aber ich hab's ihm versprochen!«, jammerte ich. »Ich kann ihn jetzt nicht hängen lassen.«

»Du kannst nicht nur, du musst sogar! Er muss für das geradestehen, was er verbockt hat. Wenn Mama immer bereitsteht, um ihn aufzufangen, wird er nie erwachsen!«

Es war wie damals, als Paul klein gewesen war und gerade laufen lernte. Er fiel ständig hin und tat sich weh, sodass ich es kaum mit ansehen konnte. Eines Tages machten wir einen Ausflug aufs Land, wo Paul jauchzend den Kühen hinterherlief, und ich hoffte, er würde nicht in einen Kuhfladen fallen. An einer abschüssigen Stelle der Straße begann er zu rennen, er wurde immer schneller und hatte seine kleinen Beinchen nicht mehr unter Kontrolle. Es war unvermeidlich, dass er stürzen und sich verletzen würde, und ich wollte losspurten und ihn auffangen. In diesem Moment spürte ich, wie Ivan mich am Arm packte und festhielt. Hilflos musste ich zusehen, wie Paul sich regelrecht überschlug und auf den Asphalt knallte. Er hatte Schürfwunden und eine Platzwunde am Kinn, die stark blutete. Er schrie, und ich fühlte mich so schuldig wie nie in meinem Leben. Am liebsten hätte ich Ivan umgebracht.

Ich ertrug es auch heute noch nicht, Paul leiden zu sehen. Und ich würde auch nicht tatenlos zusehen können, wie er sich in immer größere Schwierigkeiten brachte.

»Du siehst doch, dass er es alleine noch nicht geregelt bekommt«, sagte ich. »Er ist erst achtzehn, jetzt braucht er noch unsere Hilfe, und irgendwann kann er es dann alleine.«

Während wir sprachen, waren wir ein Stück gegangen, dann blieb Ivan plötzlich stehen. »Hast du dich eigentlich mal gefragt, warum er in seelische Abhängigkeit zu einer älteren Frau geraten ist?«, fragte er unvermittelt.

Ich zuckte die Schultern. »Weil sie sexy ist, weil er sich bei ihr erwachsen fühlen kann, vielleicht ist es sogar ein Akt der Rebellion gegen mich.«

»Falsch«, sagte Ivan. »Es ist die Fortsetzung dessen, was er kennt. Er ist aus der Abhängigkeit von seiner Mutter in die Abhängigkeit von einer anderen Frau geschlittert. Wahrscheinlich ist er gar nicht in der Lage, einem Mädchen auf Augenhöhe zu begegnen, solange er sich nicht von dir gelöst hat. Aber wie soll er sich lösen, wenn du es ihm nicht erlaubst?«

»Na klar«, fuhr ich auf. »Ich bin wieder schuld! Hast du dich mal gefragt, welches Männerbild du ihm vermittelt hast? Du hast doch immer den coolen Cowboy gespielt, der unverdrossen auf sein Ziel zureitet und sich von niemandem aufhalten lässt. Vielleicht hast du Paul damit überfordert, und er ist lieber abhängig als einsam?«

»Könntest du *einmal* einen Hauch von Selbstkritik an den Tag legen, statt die beleidigte Leberwurst zu spielen?«, rief er.

»Könntest du *einmal* in Erwägung ziehen, dass du dich irrst, statt dich für unfehlbar zu halten?«, fauchte ich zurück.

Ich fühlte mich unverstanden und war den Tränen nahe. Wie konnte Ivan so hartherzig sein! Er schien keinerlei Mitgefühl zu empfinden, nicht für mich und nicht für unseren Sohn. Seit Wochen war er auf seinem verdammten Künstler-Egotrip und behandelte mich wie ein lästiges Insekt. Wollte ich mit diesem Mann überhaupt noch zusammen sein?

Ich stellte mir vor, wie es sein würde, ihn zu verlassen. Wie ich ihm kühl mitteilte, dass ich mich entschlossen hätte, meinen weiteren Lebensweg ohne ihn zu gehen. Wie er mich um Verzeihung für alles bitten und anflehen würde, bei ihm zu bleiben. Wie wir uns weinend in die Arme sinken und wieder versöhnen würden.

Plötzlich kam mir der Gedanke, dass es auch anders kommen könnte. Dass Ivan mir zustimmen könnte, dass eine Trennung das Beste für uns beide sei. Dass er vielleicht selbst schon daran gedacht, aber nicht den Mut gehabt hatte, den ersten Schritt zu tun. Ich beschloss, lieber noch mal in Ruhe darüber nachzudenken.

Noch immer standen wir uns schwer atmend gegenüber.

»Also, was machen wir jetzt mit Paul?«, presste ich schließlich hervor.

»Nichts«, sagte er. »Absolut nichts.«

Ich sah ihn einen Moment schweigend an, dann seufzte ich und ging weg.

»Hallo, Traumfrau, hast du mal wieder Zeit für mich?«

»Thomas!«, rief ich ins Telefon. »Warum hast du dich so lange nicht gemeldet?«

»Das erzähle ich dir, wenn wir uns sehen«, erklärte er und schlug für den nächsten Nachmittag einen Spaziergang im Englischen Garten vor. In der Agentur war es gerade ruhig, und so sagte ich zu.

Es war schon herbstlich, die Blätter begannen sich zu verfärben, und die ersten Kastanien fielen von den Bäumen. Thomas hob hie und da eine besonders schöne auf, die er mir schenkte.

»Weißt du noch, wie wir Kastanienmännchen mit den Kindern gebastelt haben?«, fragte ich, und er nickte. »Clara und Laura konnten gar nicht genug davon bekommen.«

Unser Sohn und die beiden Mädchen von Thomas und Uli waren als Kinder unzertrennlich gewesen. Uli und ich hatten uns ausgemalt, dass Paul und Clara sich verlieben und ein Paar werden könnten, aber seit der Pubertät hatten die beiden kaum noch Kontakt miteinander. Inzwischen hatte Clara einen Freund.

»Aus unseren zwei Großen ist ja nun nichts geworden, aber vielleicht wird es noch was mit Laura«, sagte ich lachend. »Ich finde, sie würde perfekt zu Paul passen. Aber der lässt sich gerade lieber von einer Dreißigjährigen drangsalieren.«

»Was meinst du damit?«, fragte Thomas, und ich erzählte ihm von Pauls Fixierung auf Sybille. Er blickte besorgt. »Solche jugendlichen Obsessionen können ziemlich destruktiv werden. Hoffentlich kriegt er sich wieder ein.«

»Denkst du, wir können ihm irgendwie helfen?«

»Ich glaube nicht. Er wird sich schon fangen.«

Ich seufzte »Du weißt ja, Nichtstun war noch nie meine Stärke.«

»Nur was uns schwerfällt, bringt uns weiter.«

»Klugscheißer«, sagte ich und blieb stehen, um ihn spontan

zu umarmen. »Du hast mir gefehlt. Warum hast du dich so lange nicht gemeldet?«

»Es war eine schwierige Zeit«, sagte er.

»Ich weiß, Uli hat mir davon erzählt.«

»Sie hat mich verlassen«, sagte er. »Letzte Woche ist sie ausgezogen.«

»Waaas?«

Ich musste mich setzen. Wenige Meter entfernt war eine Bank, ich zog ihn dorthin.

»Was ist passiert?«, sagte ich. »War es wegen … Bad Wörishofen?«

Thomas lachte bitter auf. »Das war der berühmte Tropfen, du weißt schon. Nein, es ging schon länger nicht mehr.«

»Ich verstehe Uli nicht«, sagte ich. »Einen Mann wie dich verlässt man doch nicht. Ich hätte es jedenfalls nicht getan.«

»Du wolltest mich doch von Anfang an nicht«, sagte Thomas mit traurigem Lächeln. »Wie hast du damals gesagt? Gute Freunde sind schlechte Liebhaber.«

»Glaub mir, Thomas, du hättest mich auch nicht haben wollen. Ich bin nur deshalb deine Traumfrau geblieben, weil wir nie ein Paar waren.«

Nun war ich doch überrascht. Wenn ich ehrlich war, hatte ich Ulis Drohungen nie ganz ernst genommen. Ich hatte gedacht, sie ließe nur mal ordentlich Dampf ab und würde dann geläutert an den heimischen Herd zurückkehren. Aber da hatte ich mich offenbar geirrt.

»Wo ist sie hingezogen?«

»In die Wohnung einer Kollegin«, sagte Thomas. »Sie kommt aber jeden Mittag nach Hause und kocht für die Mädchen. Und sie hat ihnen gesagt, Mama und Papa hätten nur eine Auszeit genommen.«

Ich hob vielsagend eine Augenbraue. »Dem Begriff Auszeit würde ich misstrauen. Der ist meistens eine Umschreibung für Anfang vom Ende.«

»Du verstehst es wirklich, einen aufzumuntern«, sagte Thomas.

»Tut mir leid.« Ich lächelte entschuldigend. »Willst du denn überhaupt, dass sie zurückkommt?«

»Na klar, was denn sonst?«

»Sei mir nicht böse, aber warum hast du dann nicht früher was unternommen?«, sagte ich. »Uli war doch schon lange unzufrieden.«

»Hat sie dir das gesagt?«

»Ja. Und sie hat mir auch gesagt, dass du dich weigerst, eine Therapie zu machen.«

»Weil ich nicht glaube, dass eine Therapie uns helfen würde«, sagte Thomas. »Ulis Problem bin nicht ich. Ulis Problem sind ihre eigenen Ansprüche. Wer so viel vom Leben erwartet wie sie, kann nur enttäuscht werden. Diese Enttäuschung kann ich ihr nicht nehmen und auch kein Therapeut. Das kann sie nur selbst.«

Ich nickte nachdenklich. »Damit hast du wahrscheinlich recht.«

Er stand auf. »Lass uns weitergehen, es wird kalt.«

»Du weißt, dass sie mir mehr oder weniger die Freundschaft gekündigt hat?«, sagte ich, während wir unseren Spaziergang fortsetzten.

»Sie hat so was angedeutet. Ich konnte nicht mal mehr deinen Namen erwähnen, ohne dass sie sauer wurde.«

Ich schüttelte ratlos den Kopf. »Was ist nur los mit ihr?«

»Ich tippe auf Midlife-Crisis«, sagte Thomas. »›Das kann doch nicht alles gewesen sein‹ – weißt du, wie oft ich den Spruch in letzter Zeit gehört habe?«

Wir gingen eine Weile schweigend nebeneinander her, dann hakte ich mich bei ihm ein. »Kommst du klar, oder kann ich was für dich tun?«

»Ich komm klar.«

»Sonst meldest du dich«, sagte ich eindringlich. »Und zwar zu jeder Tages- und Nachtzeit. Versprochen?«

»Versprochen.«

ELF

W as möchten Sie trinken?« Die Stewardess beugte sich freundlich lächelnd zu uns herunter. Tim bestellte einen Kaffee, ich Orangensaft.

»Wünschen Sie ein Zweitgetränk?«

»Ein Zweitgetränk?« Ich musste lachen. Die Stewardess blickte eingeschnappt.

Nach meinem letzten Zusammenstoß mit Ivan hatte ich beschlossen, Tims Einladung nach Barcelona anzunehmen. Was hatte ich noch zu verlieren?

Das Gespräch mit Paul hatte meine Laune auch nicht gerade gehoben. Er hatte mich beschimpft, weil es gemein und unfair sei, dass ich ihm das versprochene Geld nicht geben wolle. Ich hatte ihm erklärt, wie enttäuscht und traurig ich darüber sei, dass er mich so dreist belogen habe.

»Aber ich liebe Sybille«, hatte er geschrien. »Ich will sie glücklich machen!«

»Wenn es Liebe wäre, würde sie nicht zusehen, wie du dich ruinierst«, hatte ich kühl geantwortet und damit nur einen weiteren Ausbruch hervorgerufen.

»Du weißt ja nicht mal, was Liebe ist!«, hatte Paul zornig

ausgestoßen. »Eure Ehe besteht doch nur noch auf dem Papier!«

Ich hatte die Lippen zusammengepresst und geschwiegen. Zwei Tage waren wir stumm umeinander herumgeschlichen, dann war Paul in seine WG zurückgekehrt. Es machte mich fertig, mit ihm zerstritten zu sein.

Tim beugte sich zu mir rüber. »Geht's dir gut?«

Ich lächelte ihn an. »Ja, alles gut. Habe ich dir eigentlich erzählt, dass mein Vater Spanier war?«

»Echt? Woher kam er?«

»Ich weiß es nicht. Meine Mutter und er waren nur kurz zusammen, und sie hat später nie über ihn gesprochen.« Ich zeigte auf meine Nase. »Von ihm habe ich meinen kastilischen Riesenzinken.«

»Wie hieß er?«, fragte Tim.

»Oriol. Seinen Nachnamen weiß ich nicht.«

»Oriol ist ein katalanischer Name«, sagte Tim. »Du hast also einen katalanischen Riesenzinken. Vielleicht war dein Vater ja aus Barcelona?«

Der Gedanke war verwirrend. Womöglich war ich auf dem Weg in die Heimatstadt meines Vaters.

»Hast du nie nach ihm gesucht?«, wollte Tim wissen.

»Nein.«

»Wolltest du ihn denn nicht kennenlernen?«

»Was hätte das gebracht?«

Tim überlegte. »So was wie … Identität? Zu wissen, woher man stammt, gehört doch zu den Grundbedürfnissen des Menschen. Deshalb suchen Adoptivkinder so oft verzweifelt nach ihren leiblichen Eltern.«

Ich zuckte die Schultern. »Komisch. Ich hatte nie das Bedürfnis. Mir sind Wahlverwandtschaften wichtiger. Menschen, die ich mir ausgesucht habe, nicht welche, mit denen ich zufällig verwandt bin.«

»Hast du denn einen Stiefvater?«, fragte Tim weiter.

»Der ist abgehauen, als er erfahren hat, dass ich nicht von ihm bin. Ich habe ihn nur noch einmal gesehen, am Grab meiner Tante Elsie vor zwanzig Jahren.«

Es war Ivan gewesen, der mich als armes, vaterloses Kind bezeichnet hatte, das immer auf der Suche nach Liebe sei. Ich würde vorgeben, den Flirt, das erotische Abenteuer und die Bestätigung durch Männer zu suchen – in Wahrheit sei ich auf der Suche nach Bindung. Keine Ahnung, ob das stimmte.

»Ich verstehe nicht, wie man sein Kind verlassen kann«, sagte Tim kopfschüttelnd. »Männer, die das tun, sind mir ein Rätsel. Selbst ein Kind, das man irrtümlich für sein eigenes gehalten hat, wächst einem doch ans Herz.«

»Tja, meinen beiden Vätern war ich jedenfalls schnuppe«, sagte ich.

Er legte den Arm um mich und zog mich an sich, was mir unangenehm war. Ich wollte nicht bemitleidet werden.

Wir checkten im Sol y Luna ein, einem charmanten, wenn auch etwas staubigen Hotel im Zentrum. Das Zimmer war klein, ging aber nach hinten raus und war relativ ruhig, das schwere, geschnitzte Bett aus dunklem Holz sah aus, als hätte es schon viele Liebespaare beherbergt.

Nachdem wir ausgepackt hatten, ging ich unter die Dusche. Ich kniff die Augen zusammen und versuchte, die Schrift auf den kleinen Fläschchen zu lesen, die Shampoo und Duschgel enthielten. Schließlich nahm ich eines, ohne zu wissen, was es war. Als ich mich abgetrocknet hatte, griff ich nach einem Behälter mit milchig weißem Inhalt und cremte mich am ganzen

Körper ein. Das Zeug zog nicht in die Haut, es schmierte und klebte. Genervt hielt ich das Fläschchen vor den Vergrößerungsspiegel. *Conditioner* entzifferte ich. Verdammt. Ich stieg wieder in die Duschkabine und seifte mich zum zweiten Mal von oben bis unten ein, um das klebrige Zeug loszuwerden.

»Wo bleibst du denn?«, wunderte sich Tim, als ich endlich ins Zimmer zurückkam. »Ich dachte schon, du bist ertrunken.«

Wir verließen das Hotel und bummelten durch die Straßen. Tim nahm – was er zu Hause nie tun würde – meine Hand, als wollte er aller Welt zeigen, dass wir zusammengehörten. Ich fand es süß, aber auch ein kleines bisschen peinlich. Ich war keine Händchenhalterin. Zu viel körperliche Nähe im alltäglichen Umgang verminderte meiner Meinung nach die sexuelle Spannung. Pärchen, die ständig aneinander herumfummelten, konnten unmöglich die plötzlichen, erotischen Eruptionen erleben, die nur aus einer gewissen Distanz heraus entstanden.

Nach einer Weile entzog ich Tim die Hand, indem ich auf die Auslage eines Feinkostgeschäftes wies, und sagte: »Schau bloß, diese riesigen Schinken!«

Wir setzten uns in ein Café, genossen die goldene Spätnachmittagssonne und tranken Palo auf Eis.

»Heißt es jetzt eigentlich La Rambla oder Las Ramblas?«, fragte ich, nachdem ich beide Bezeichnungen für die Promenade zwischen der Plaça de Catalunya und dem Hafen mehrfach gehört hatte.

»Eigentlich La Rambla«, sagte Tim. »Das heißt Flussbett, und das war es früher auch. Aber weil die Straße alle paar Meter eine andere Zusatzbezeichnung hat, sprechen die Leute von Las Ramblas, beziehungsweise Les Rambles, das ist katalanisch.«

»Eins, setzen!«, sagte ich grinsend.

»Liest du keinen Reiseführer, bevor du irgendwohin fährst?«, fragte Tim.

»Nein«, sagte ich. »Lieber lasse ich mich überraschen.«

»Aber dann weißt du doch gar nicht, welche Sehenswürdigkeiten sich lohnen.«

»Dafür habe ich doch dich!«

Und tatsächlich hatte Tim einen präzisen Plan ausgearbeitet, nach dem wir die touristischen Highlights der Stadt besichtigen würden. Die Sagrada Familia, der Park Güell, verschiedene Gebäude von Gaudí, das Barri Gótic und die Kathedrale standen ganz oben auf der Liste.

Eigentlich fand ich es schön, dass ich mal nicht »der Bestimmer« war, wie Paul als Kind denjenigen von uns Eltern zu nennen pflegte, der gerade das Sagen hatte – bezeichnenderweise war meistens ich das gewesen. So machte ich alles mit, was Tim vorschlug, und genoss das Gefühl, nicht verantwortlich zu sein.

Wie in jeder Stadt erkundigte ich mich auch hier nach dem Museum für Moderne Kunst. Als ich Tim vorschlug, dort hinzugehen, versteinerte sich sein Gesicht.

»Wärst du lieber mit Ivan hier?«, fragte er.

»Nein«, sagte ich erschrocken. »Wie kommst du darauf?«

»Du weißt doch, dass ich mit moderner Kunst nichts anfangen kann.«

»Tut mir leid, daran habe ich nicht gedacht.«

»Ich verstehe die Sache zwischen dir und Ivan nicht«, sagte er mit plötzlicher Heftigkeit. »Ihr lebt getrennt, du hast einen Liebhaber. Was soll das für eine Ehe sein?«

Das war genau die Frage, die ich mir selbst stellte. Plötzlich wollte ich unbedingt darüber reden und erzählte Tim von Ivans Rückzug und der Krise, die er damit ausgelöst hatte. Mir wurde bewusst, dass ich bisher mit niemandem wirklich darüber ge- sprochen hatte – vielleicht hatte Uli doch recht mit ihrem Vor- wurf, ich würde nach außen immer die Coole spielen. Es war eine Erleichterung, mir den Zorn und die Kränkung von der Seele zu reden.

Tim hörte schweigend zu. Irgendwann sagte er: »So eine Be- handlung hast du nicht verdient. Ein Mann, der so mit dir um- geht, hat dich nicht verdient.«

Zu meiner Überraschung spürte ich den Impuls, Ivan in Schutz zu nehmen. »Er ist eben Künstler, er ist schwierig«, sagte ich. »Vielleicht muss ich ihm gegenüber auch nachsich- tiger sein.«

Dann wurde mir klar, was ich gerade getan hatte. Nicht ge- nug damit, dass ich Ivan betrog, nun war ich auch noch illoyal gewesen.

»Lass uns nicht mehr darüber sprechen«, bat ich Tim.

Den restlichen Tag war ich durch unsere Sightseeingtour glücklicherweise abgelenkt, und so vergaß ich den kritischen Moment wieder.

Das Abendessen nahmen wir unter Weinreben und duftenden Büschen in einem Restaurant ein, das als Geheimtipp galt. Von der wirtschaftlichen Krise des Landes war hier nichts zu mer- ken. Zwischen hip gekleideten jungen Leuten, die aussahen, als würden sie allesamt beim Film, in der Werbung oder als De- signer arbeiten, aßen wir köstlich zubereiteten, frischen Fisch und tranken Unmengen von Weißwein. Tim zahlte die opulente Rechnung, ohne mit der Wimper zu zucken. Arm in Arm bum- melten wir zurück ins Hotel, genossen den nächtlichen Tru- bel auf den Straßen, unterschiedlichste Essensdüfte, Fetzen von Musik, Stimmen und Lachen.

Auf dem Zimmer erwartete uns eine eisgekühlte Flasche Champagner und eine Schale mit Süßigkeiten, die Beleuchtung war schummrig, die Bettdecke sorgsam zurückgeschlagen. Wir küssten uns, während wir uns gegenseitig die Kleider abstreiften und achtlos auf den Boden fallen ließen. Eng umschlungen sanken wir aufs Bett und liebten uns. Irgendwann murmelte Tim: »Du bist das Beste, was mir seit Langem passiert ist. Am liebsten würde ich für immer mit dir hierbleiben.«

Alles war so, wie es sein sollte, und trotzdem fühlte es sich falsch an.

In der Nacht lag ich lange wach und fragte mich, was mein Problem war. Warum konnte ich die Zeit mit Tim nicht einfach genießen?

Für den letzten Tag hatte Tim sich eine Überraschung ausgedacht. Eine Limousine mit Fahrer holte uns vom Hotel ab und brachte uns zu einem Landgut einige Kilometer außerhalb der Stadt. Unter weißen Schirmen standen weiß gedeckte Tische, livrierte Kellner servierten ein edles Mittagessen, dazu spielte ein kleines Orchester klassische Musik. Ich war wie verzaubert, doch gleichzeitig überfiel mich eine seltsame Traurigkeit. Ich ließ mir aber nichts anmerken, versuchte, aufmerksam und gesprächig zu sein. Jeder, der uns sah, musste glauben, wir seien das perfekte Liebespaar.

Auf dem Rückweg fuhren wir kurz zum Hotel, um das Gepäck zu holen, dann saßen wir im Flugzeug. Nach dem Start fragte Tim, ob mir das Wochenende gefallen habe. Ich sagte, es sei wunderschön gewesen, dankte ihm für seine Großzügigkeit und lächelte ihn an, bis er zufrieden zurücklächelte.

Als wir die Reiseflughöhe erreicht hatten, kam eine Durchsage. Die Stewardess sagte, es sei ein Mann an Bord, der nach einem unvergesslichen Wochenende in Barcelona diesen Weg gewählt habe, um die Frau seines Herzens etwas zu fragen. Die Passagiere johlten und klatschten, mir blieb fast das Herz stehen. Dann sagte die Stewardess, sie gebe nun Andi das Mikrofon, und Andi sagte mit zitternder Stimme, seine Freundin Sandra sei die Liebe seines Lebens und er wolle sie hier und jetzt fragen, ob sie seine Frau werden wolle. Ein pummeliges Mädchen mit neonfarbenem T-Shirt drängte sich aus einer der Sitzreihen und lief vor Freude weinend durch den Gang, um in Andis Arme zu fallen. Die Passagiere applaudierten begeistert, die Stewardess gratulierte im Namen der gesamten Besatzung, und ich atmete erleichtert auf.

Die E-Mail von Benno, die ich am Montagmorgen vorfand, hatte folgenden Text:

Liebe Frau Schiller, Ihre Intuition ist beachtlich, aber das Schicksal war Ihnen eine Nasenlänge voraus. Mira Jenner und ich kannten uns bereits: Sie ist die Frau, die ich damals auf dem Seminar ›Wie erkenne ich mich selbst‹ getroffen habe. Wir sind sehr froh, uns wiedergefunden zu haben, und bedanken uns für Ihre Bemühungen. Da Ihre Leistung nicht darin bestand, uns miteinander bekannt zu machen, haben Sie gewiss Verständnis dafür, dass wir unter diesen Umständen die vereinbarte Abschlussgebühr nicht entrichten werden.
Mit freundlichen Grüßen und guten Wünschen
Benno Bachmaier

Ungläubig blickte ich auf meinen Bildschirm. Wie kam dieser Kerl dazu, mich um meinen Verdienst zu prellen? Nein, dafür hatte ich absolut kein Verständnis! Dass ich mich so in Benno getäuscht haben sollte, war schlimm genug. Aber dass Mira bei diesem Betrug mitmachte, nahm ich persönlich. Sie war mir, wie die meisten meiner Klienten, ans Herz gewachsen. Ich hatte ihr Liebesglück zu meinem persönlichen Anliegen gemacht. Und sie machte gemeinsame Sache mit diesem Kleinkrämer?

Ich griff nach dem Telefon und wählte die Nummer ihres Ladens. Sie meldete sich mit ihrer fröhlichen Stimme: »Hier ist Jenner, wer ist dort?«

»Cora Schiller. Ich wollte fragen, wie's dir geht.«

»Oh, danke«, jubelte sie. »Benno ist einfach der Volltreffer!«

»Das freut mich«, sagte ich.

»Wusstest du, dass wir uns schon mal begegnet sind? Der Wahnsinn, oder? Und jetzt hat uns das Schicksal wieder zusammengeführt.«

»Darüber wollte ich mit dir reden …«, begann ich.

Mira fiel mir ins Wort. »Benno ist so froh, dass er sogar meine Abschlussgebühr übernommen hat. Er sagt, sein Glück sei mit Geld gar nicht zu bezahlen.«

Mir blieb die Antwort im Hals stecken.

»Das ist ja un… unglaublich nett von ihm. Also dann, Mira, alles Gute und viel Glück.«

Ich drückte den Ausknopf und legte das Telefon weg. Dann schrieb ich eine E-Mail an Benno:

Lieber Herr Bachmaier, was würden Sie davon halten, wenn ich in einem Ihrer Restaurants essen und die Bezahlung mit der Begründung verweigern würde, Sie hätten diesen Schweinebraten ja nicht persönlich gekocht? Offenbar ist es um meine Intuition doch nicht so gut bestellt, denn ich hatte Sie nicht für den Scheißkerl gehalten, der Sie offenbar sind.

Cora Schiller

Es kam keine Antwort. Aber zwei Tage später hatte ich die zwei Abschlussprämien auf dem Konto.

Ich stand in der Bar des Bayerischen Hofs, war mit meinem eigenen Mann verabredet und wäre an jedem anderen Ort lieber gewesen als hier. Aber Paul würde gleich mit seiner Band auftreten, und er hatte sich dringend gewünscht, dass wir dabei waren. Er war so stolz gewesen, als er uns die Nachricht überbracht hatte. Er! Mit seiner Band! Im Bayerischen Hof! Wir hatten es nicht übers Herz gebracht, ihm abzusagen.

Nach dem Eklat wegen seiner Schulden hatte ich einige Zeit nichts von ihm gehört, und obwohl es mir schwerfiel, hatte ich mich nicht bei ihm gemeldet. Ich hatte nicht die geringste Ahnung, ob und wie er seine Geldprobleme in den Griff bekommen hatte, aber zumindest heute Abend würde er hoffentlich eine ordentliche Gage bekommen. Ich fragte mich, wie Paul an dieses Engagement gekommen war, schließlich war er ein Newcomer, und hier traten sonst Musiker von Weltrang auf. Vielleicht hatte das Hotel ein Programm zur Förderung von Nachwuchs, so was gab ja immer gute Presse.

Ich warf einen Kontrollblick in meinen Schminkspiegel – ja, ich sah wirklich gut aus. Paul zuliebe hatte ich mich schick gemacht, sogar beim Friseur war ich gewesen. Mein Sohn sollte sich nicht für seine Mom schämen müssen!

Die Bar füllte sich zusehends. Es waren viele junge Leute da, die meisten wahrscheinlich Freunde von Paul und den anderen Bandmitgliedern, ansonsten Stammpublikum und ein paar Hotelgäste. Der Mann, mit dem ich noch verheiratet war, aber nicht mehr wusste, warum, tauchte am Eingang auf und sah sich suchend um. Ich verzichtete darauf, ihm zuzuwinken, blickte nur wie zufällig in seine Richtung. Er kam rüber und begrüßte mich mit den obligatorischen Wangenküssen.

»Du siehst ja super aus«, sagte er anerkennend.

»Nimm's nicht persönlich«, gab ich zurück.

Er lachte und bestellte einen Gin Tonic. »Und du?«

»Dasselbe, bitte.«

Wir schlürften unsere Drinks und machten Small Talk. Ich fühlte mich unwohl. Schließlich hielt ich es nicht mehr aus.

»Hast du mit Paul gesprochen?«

»Wieso?«

»Du weißt doch, über die Sache mit dem Kind.«

Er winkte ab. »Na klar, schon längst.«

»Und, wie hat er reagiert?«

»Wie ich es dir vorausgesagt habe, völlig cool.«

Klar, dachte ich. Und wenn er anders reagiert hätte, würdest du's mir nicht sagen. Ich fand immer noch, dass die Entscheidung, ein Kind in die Welt zu setzen, eine etwas bedeutendere Sache war als, sagen wir, die Anschaffung eines Haustieres, aber mit dieser Meinung stand ich offenbar allein.

»Und … wie weit ist das Ganze gediehen?«, fragte ich vorsichtig.

Ivan sah mich mit unbewegter Miene an. »Bist du nicht ein bisschen indiskret?«

»O ja, du hast recht«, sagte ich. »Es geht mich wirklich nichts an, dass mein Mann ein Kind mit einer anderen Frau zeugt.«

»Das meine ich nicht«, sagte Ivan. »Ich meine nur, die … Details.«

»Gerade die sind doch interessant«, gab ich zurück. »So wüsste ich zum Beispiel gern, an wen du dabei gedacht hast …«

Ivan legte den Arm um mich, zog mich kurz an sich und sagte: »Das, meine Liebe, fällt unters Arztgeheimnis.«

Damit schien für ihn die Sache beendet zu sein, und er orderte zwei neue Drinks.

Seine Reaktion war verräterisch. Das bedeutete, sie hatten es schon getan! Vielleicht war Nathalie schon schwanger. Vielleicht noch nicht, dann würde es einen zweiten Versuch geben. Wie viele Versuche sie wohl vereinbart hatten?

Die Beleuchtung im Raum wurde heruntergedimmt, einige Scheinwerfer erleuchteten die kleine Bühne. Das Publikum begann zu klatschen, ich blickte nach vorn. Die Band kam auf die Bühne. Alle vier trugen enge, schwarze Anzüge, weiße Hemden und Hüte. Normalerweise trug Paul Jeans, T-Shirts und Kapuzenshirts, was Achtzehnjährige eben so trugen. In diesem Aufzug wirkte er fremd und vor allem viel älter. Als er den Kopf hob und sein Gesicht nicht mehr von der Hutkrempe beschattet wurde, traf mich fast der Schlag: Er hatte sich einen Vollbart stehen lassen, der ihn noch erwachsener wirken ließ. Da vorn stand nicht mein Sohn, mein Paul. Dort stand ein mir unbekannter Mann von ungefähr dreißig Jahren.

Sie fingen an zu spielen, und mein Blick fiel auf eine Frau, die am Bühnenrand stand und sich rhythmisch zur Musik bewegte. Sybille. Die hatte mir gerade noch gefehlt.

Ich tippte Ivan an und zeigte in ihre Richtung. »Das ist das Miststück, das ihn so quält«, stieß ich zwischen zusammengebissenen Zähnen hervor.

»Wenigstens sieht sie gut aus«, sagte er.

»Schön, dass du immer das Positive siehst«, sagte ich. »Erzählst du auch einem Arbeitslosen, dass es toll sein muss, so viel Zeit zu haben?«

Er gab keine Antwort und wandte sich wieder den Musikern zu. Die vier waren mit einem schnellen Stück eingestiegen, einer rockigen Hillbilly-Nummer, die das Publikum sofort mitriss.

Sie wirkten trotz ihrer Jugend erstaunlich professionell und gut aufeinander eingespielt. Kein Wunder bei den vielen Auftritten, dachte ich grimmig. Das Geld für Pauls kostspielige Liebschaft musste ja erarbeitet werden.

Ich blickte noch einmal unauffällig zu Sybille rüber und begriff, dass sie mit einer Gruppe von Leuten da war. Zwei andere junge Frauen und mindestens drei Typen lungerten um sie herum. Die Typen waren in ihrem Alter und sahen alle aus wie Paul. Nein, Paul sah aus wie diese Typen. Was er da trug, war also keine Bühnenkleidung, sondern sein neues Styling. Er wollte so aussehen wie die Freunde von Sybille.

Nach einigen Nummern machte die Band Pause, damit der Getränkeverkauf weitergehen konnte. Ich gab Ivan, der gerade mit einem Bekannten sprach, ein Zeichen und ging zur Toilette. Als ich die Tür zum Vorraum aufstieß, sah ich direkt ins Gesicht von Sybille. Mein Blick wanderte reflexhaft in ihre Körpermitte.

»Na, wenigstens bist du noch nicht schwanger«, begrüßte ich sie.

Sie lachte verächtlich. »Wenn du sonst keine Probleme hast …«

Eine der Toiletten wurde frei, ich ging rein, schloss ab und nahm mir fest vor, es nicht zu einer Konfrontation mit ihr kommen zu lassen. Dabei könnte ich nur verlieren, und Paul wäre wieder sauer auf mich.

Stolz auf meine Selbstbeherrschung trat ich den Rückweg an. Plötzlich stieß ich mit jemandem zusammen. Ich murmelte eine Entschuldigung und wollte weitergehen, doch der Jemand hielt mich an der Schulter fest.

»Cora! Das gibt's doch nicht!«

Ich stellte meine Augen auf scharf, was bei dieser Entfernung zunehmend schwierig wurde, dann erkannte ich Florian. Mein Ex. Der Mann vor Ivan.

»Flori! Meine Güte, wie lange ist das her! Wie geht's dir?«

Florian küsste mich überschwänglich und fing an zu erzählen, aber ich hörte nur mit halbem Ohr zu. Schlagartig war ich in die Vergangenheit katapultiert worden, in die selige Zeit vor Ivan, Paul und allen dazugehörigen Krisen.

Flori war meine große Liebe gewesen. Kurz nach meinem dreißigsten Geburtstag hatte sich allerdings herausgestellt, dass er Tabea, die Exfreundin meines Exfreundes, geschwängert hatte. Auch sonst hatte sich die Geschichte unerfreulich entwickelt, und mit einem von mir öffentlich über ihn gekippten Caipirinha war unsere Beziehung zu Ende gegangen. Danach hatte ich immer mal wieder über Dritte von ihm gehört, ihn aber nie wieder gesehen.

»Und wie kommst du heute Abend hierher?«, fragte ich, nachdem er mir einen kurzen Abriss seiner Lebensgeschichte gegeben hatte, die – soweit ich es mitbekommen hatte – zwei Scheidungen, drei Kinder und mehrere Firmenpleiten im Bereich Design, Unternehmensberatung und Kunstinvestment beinhaltete.

»Ich bin der Marketingchef des Hotels«, sagt er. »Ich habe die Band engagiert.«

Ich lachte. »Das gibt's doch nicht! Du weißt schon, dass der Gitarrist und Sänger mein Sohn ist?«

»Nein, das wusste ich nicht. Smarter Junge, mit ihm habe ich verhandelt.«

Sieh an, dachte ich. »Sag mal, Flori, ganz im Vertrauen, was zahlst du ihm?«

Florian guckte überrascht. »Ich zahle ihm gar nichts. Er zahlt mir was.«

»Wie bitte?«

»Das läuft so«, erklärte er. »Wenn wir keine Gastspiele haben, vermieten wir den Laden. Dann können Bands hier spielen, die eine Live-Platte aufnehmen oder sich einfach mal der Öffentlichkeit präsentieren wollen. Wir verlangen nicht viel, normalerweise zwischen vier- und fünftausend Euro. Dein Sohn hat mich auf dreitausend runtergehandelt. Smarter Junge, sag ich doch.«

Dreitausend! Ich musste mich an der Lehne eines Barhockers festhalten. »Ah, so ist das«, sagte ich mit schwacher Stimme. »Dann steht seiner glanzvollen Karriere ja nichts mehr im Wege.«

»Da bin ich mir ganz sicher«, dröhnte Florian. »Du siehst übrigens super aus! Also, für dein Alter, ich muss schon sagen … Darf ich dir einen Drink ausgeben?«

Ich konnte gerade noch der Versuchung widerstehen, einen Caipirinha zu bestellen, um ihn über seinem Kopf auszukippen. Stattdessen sagte ich mit einem gezwungenen Lächeln: »Danke, Flori, aber da drüben wartet mein Mann.«

Wir verabschiedeten uns, und ich ging mit wackeligen Knien zurück an meinen Platz.

Ivan sah mich prüfend an. »Was ist los? Ist dir nicht gut?«

Ich nahm einen kräftigen Schluck von meinem Drink, dann sagte ich: »Du kannst zu den Schulden unseres Sohnes noch mal dreitausend dazuaddieren.«

»Wie bitte?« Er blickte mich entgeistert an.

Nach dem Konzert gab es keine Gelegenheit mehr, mit Paul zu reden. Er war so von Fans und Freunden umringt, dass Ivan und ich ihm nur aus der Ferne zuwinkten und uns dann verdrückten.

»Woher hat er das Geld?«, fragte Ivan, als wir auf der Straße standen.

»Er muss es sich geliehen haben«, sagte ich. »So viel kann er mit der Band nicht verdienen.«

»Wer würde ihm so viel Geld leihen?«

Ich zuckte ratlos die Schultern. »Keine Ahnung.«

»Dann sollten wir ihn das fragen.«

»Auf keinen Fall«, widersprach ich. »Er war so stolz, dass er dort spielen durfte. Wir dürfen ihm nicht zeigen, dass wir es wissen.«

»Dann sollen wir also zusehen, wie er sich immer weiter verschuldet?« Ivan wurde wütend.

»Natürlich nicht, aber … er tut mir nur so leid«, sagte ich aufseufzend.

»Du willst schon wieder verhindern, dass er die Verantwortung für sein Handeln übernimmt«, sagte Ivan mit diesem mahnenden Unterton, der mich immer zur Raserei brachte.

»Soll ich ihn etwa noch weiter in den Untergang treiben?«, fragte ich aufgebracht.

»Wenn's sein muss, ja«, sagte Ivan. »Nur so lernt er es.«

»Das kann nicht wahr sein!«, rief ich verzweifelt. »Was ist denn das für eine Scheißerziehung?«

Wir stritten noch eine Weile herum. Ohne zu einer Einigung gekommen zu sein, wie wir uns verhalten wollten, trennten wir uns schließlich.

Einige Tage später wurde mir klar, woher Paul das Geld hatte. Die Bank hatte Kontoauszüge geschickt, und wie immer heftete ich sie ab, ohne ihnen weiter Beachtung zu schenken. Nur zufällig fiel mein Blick auf den Auszug des Kindergeldkontos, und ich erstarrte. Von den fast zwölftausend Euro, die wir im Laufe seines Leben für Paul gespart hatten, waren nur noch etwas mehr als fünftausend übrig. Der Rest war in den letzten Wochen in mehreren Einzelbeträgen abgehoben worden, darunter auch einmal dreitausend Euro.

Wie war das nur möglich? Wie hatte Paul Geld von diesem Konto abheben können, das wir für ihn verwalteten?

Ich rief bei der Bank an und verlangte, den zuständigen Mitarbeiter zu sprechen. Der hatte sofort eine Erklärung parat.

»Dieses Konto läuft auf den Namen Ihres Sohnes. Solange er nicht volljährig war, hatten Sie als Eltern die Verfügungsgewalt. Mit dem Erreichen des achtzehnten Lebensjahres hat er Zugriff darauf, und davon hat er offenbar jetzt Gebrauch gemacht.«

»Können wir das Konto nicht nachträglich blockieren?«, fragte ich.

»Leider nein. Das hätten Sie vor dem Stichtag tun müssen.«

Mist, verdammter. Wir hatten nicht mal von dieser Regelung gewusst, und selbst wenn, wären wir nicht auf den Gedanken gekommen, dass Paul uns so hintergehen könnte. Mir wurde klar, dass ich ihn durch die Erwähnung des Kontos vermutlich sogar auf die Idee gebracht hatte, sich dort zu bedienen.

Obwohl ich nicht die geringste Lust hatte, mit Ivan zu reden, schrieb ich ihm eine Mail. Er musste Bescheid wissen.

Am nächsten Abend saßen wir zu dritt um den Küchentisch. Ich servierte Pauls Lieblingsgericht, Spaghetti bolognese, und trotz des unerfreulichen Anlasses war ich insgeheim froh, dass meine Familie endlich mal wieder zusammen war.

»Eigentlich bin ich ja Vegetarier«, erklärte Paul, während er sich eine Kelle Soße über die Nudeln kippte.

Er trug den gleichen schwarzen Anzug wie auf der Bühne, diesmal mit einem T-Shirt darunter. Nur widerwillig hatte er den Hut abgelegt, als würde er dadurch seine alte Identität wieder annehmen. Aber da war ja noch der Bart. Durch den wirkte er immer noch fremd.

»Cooler Look«, sagte ich lächelnd.

»Ich hatte keine Lust mehr, wie ein Bubi auszusehen.«

Als ich merkte, dass Ivan sich eine Bemerkung verkniff, wechselte ich schnell das Thema. Wir sprachen über das Konzert und lobten Pauls Auftritt, behielten aber für uns, dass wir von der Zahlung an das Hotel wussten.

Als er aufgegessen hatte, schob Paul seinen Teller von sich, lehnte sich zurück und verschränkte die Arme. »Also, was ist los? Lasst ihr euch scheiden?«

Wir hatten ihm nur gesagt, dass wir mit ihm sprechen müssten, aber nicht, worüber. Wir wollten den Überraschungseffekt ausnutzen und ihm keine Gelegenheit geben, sich neue Lügengeschichten auszudenken.

Ich stand auf, holte die Kontoauszüge und legte sie schweigend vor ihm auf den Tisch.

Er warf einen Blick darauf. »Und? Das ist mein Geld. Damit kann ich machen, was ich will.«

»Irrtum«, sagte Ivan mit ungewohnter Schärfe. »Das ist Geld, das wir für Notfälle gespart haben!«

»Es war ein Notfall«, erwiderte Paul.

»Werd bloß nicht unverschämt!«, brauste Ivan auf.

»Lasst uns bitte vernünftig miteinander reden«, bat ich. »Paul, das ist ein riesiger Vertrauensbruch, das siehst du doch ein, oder? Das hättest du nicht tun dürfen, unter gar keinen Umständen!«

»Das ist mein Geld«, sagte er störrisch. »Und ich bin erwachsen. Kümmert euch um euren eigenen Scheiß.«

Ivan sprang auf. Ich hatte Angst, er würde Paul eine knallen, aber er ging nur zornig auf und ab. Dann blieb er vor Paul stehen.

»Deine Mutter und ich, wir arbeiten uns auf deutsch gesagt den Arsch ab, um den Lebensunterhalt für uns drei zu verdienen. Und du haust mal eben Tausende von Euro raus, nur um dich wichtig zu machen!«

»Ihr habt doch keine Ahnung.« Paul blickte trotzig vor sich hin.

»Bitte, Paul«, wiederholte ich. »So kommen wir nicht weiter.«

»Wofür brauchst du überhaupt so viel Geld?«, fragte Ivan. »Nimmst du Drogen, hast du Spielschulden, wirst du erpresst?«

Paul lachte schnaubend. »Zu viele Krimis gesehen, Dad?«

»Oder hast du nur eine teure Freundin?«, fragte ich leise. Pauls Miene verdüsterte sich. Ivan warf mir einen warnenden Blick zu.

»Das ist meine Sache«, sagte Paul. »Ich hab's im Griff, das muss reichen.«

Er gab nicht nach. Und wir hatten nichts in der Hand, womit wir ihm hätten Druck machen können. Mir dämmerte die furchtbare Einsicht, dass Ivan recht haben könnte. Wir würden Paul gegen die Wand laufen lassen müssen, so unerträglich dieser Gedanke für mich auch war.

»Also gut«, sagte Ivan. »Ab sofort ist dein Unterhalt gestrichen. Von uns erhältst du nichts mehr. Wir können leider nicht verhindern, dass du das restliche Geld vom Konto abräumst, aber danach musst du sehen, wie du zurechtkommst.«

»Alles klar«, sagte Paul und stand auf. »Danke fürs Essen, Mom.« Und schon war er weg.

Ich war wie vor den Kopf geschlagen. Was war mit meinem Sohn passiert? Paul wirkte wie gehirngewaschen, er war nicht mehr er selbst. Diese Frau hatte offenbar so viel Macht über ihn, dass alle anderen Einflüsse keine Rolle mehr spielten.

Ivan wanderte immer noch auf und ab, um seiner Erregung Herr zu werden. Er hatte eigentlich immer Zugang zu Paul gefunden, oft hatte ich sogar das Gefühl gehabt, die beiden verbündeten sich gegen mich. Aber diesmal war auch er gescheitert.

»Was machen wir jetzt?«, fragte ich.

»Abwarten«, sagte Ivan. »Irgendwann wird er zur Vernunft kommen.«

»Nachdem er zwölftausend Euro verpulvert hat«, sagte ich wütend. »Ich könnte dieses Weib umbringen!«

Zum ersten Mal versuchte Ivan nicht, die Sache zu verharmlosen oder Sybille in Schutz zu nehmen. Offenbar hatte er endlich begriffen, wie gefährlich diese Frau war.

»Sollen wir noch mal mit ihr reden?«, schlug ich vor. »Willst du es mal versuchen?«

»Das bringt nichts«, sagte Ivan.

»Woher weißt du das?«

»Druck erzeugt Gegendruck. Wir schweißen sie nur noch mehr zusammen.«

»Ich finde es verantwortungslos, nichts zu unternehmen«, widersprach ich.

Ivans Blick wurde abwesend. »Als ich so alt war wie Paul, hatte ich eine ähnliche Phase. Meine Eltern hatten mir verboten, mich auf der Kunstakademie zu bewerben, stattdessen sollte ich eine Ausbildung machen. Ich begann eine Schreinerlehre, die ich nach wenigen Wochen hingeworfen habe, ohne dass sie es wussten. Monatelang habe ich mich auf der Straße herumgetrieben, getrunken und gekifft. Ich war auf dem besten Weg, total abzustürzen. Als mein Vater davon erfuhr, hat er mich windelweich geprügelt und nicht mehr mit mir gesprochen. Der Erfolg war, dass ich für viele Jahre den Kontakt abgebrochen habe.«

Davon hatte er mir nie erzählt. Ich wusste nur, dass er ein ausgesprochen schlechtes Verhältnis zu seinen Eltern gehabt hatte, das auch durch meine Vermittlungsversuche nicht besser geworden war. Ich hatte aber nie erfahren, was genau der Auslöser dafür gewesen war.

»Was willst du mir damit sagen?«, fragte ich verständnislos. »Dass wir auf diese kranke Geschichte mit Sybille nachsichtig reagieren sollen?«

Ivan blieb stehen und blickte mich ernst an. »Ich will damit sagen, dass wir jetzt keinen Fehler machen dürfen, weil sonst das Risiko besteht, dass wir Paul für immer verlieren.«

ZWÖLF

Es war einer dieser sattgoldenen Oktobertage, an denen die Sonne noch mal zeigte, was sie draufhatte, bevor sie sich ermattet dem Herbstnebel ergab. Es klingelte, ich griff nach meiner Tasche, nach der Sonnenbrille und lief die Treppe hinunter.

Draußen wartete Tim in einem knallroten Cabrio. Als er mich sah, hupte er fröhlich. Ich trat näher und entdeckte, dass noch jemand im Auto saß. Ein ungefähr siebenjähriges, blondes Mädchen mit Haselnussaugen blickte schüchtern hinter dem Fahrersitz zu mir auf.

»Hallo, Cora!«, sagte Tim. »Darf ich dir meine Tochter Milla vorstellen?«

»Hallo«, sagte das Mädchen.

»Hallo«, erwiderte ich.

Ich warf Tim einen fragenden Blick zu. Das war eindeutig gegen die Abmachung.

»Millas Mutter hatte ein Terminproblem, deshalb mussten wir das Wochenende tauschen«, erklärte Tim. »Ich hoffe, es ist okay für dich?«

»Natürlich«, sagte ich schnell. »Ich freue mich, dich kennenzulernen, Milla.«

Ich lächelte sie an, sie lächelte zaghaft zurück. Das Kind sollte auf keinen Fall das Gefühl bekommen, nicht erwünscht zu sein. Es wurde schon genügend herumgeschubst.

Ich setzte mich neben Tim auf den Beifahrersitz. »Ist das dein Auto?«

Tim lachte. »Leider nein. Ein Freund hat es mir geliehen, solange er im Ausland ist. Gefällt's dir?«

»Ja, ist schön«, sagte ich.

Noch nie hatte ich verstanden, wie viel Leidenschaft Menschen für einen Haufen Blech entwickeln konnten. Mein Verhältnis zu Autos war eher nüchtern, und Cabrios fand ich einfach nur unpraktisch. Die Haare verknoteten sich, man bekam Verspannungen von der Zugluft, und wenn man nicht schnell genug war, regnete es rein. Ich suchte in meiner Tasche nach einem Gummi und band mein Haar zum Pferdeschwanz zusammen.

»Na, dann los!«, sagte Tim und gab Gas.

Inzwischen war ich entspannter, wenn es darum ging, mit Tim gesehen zu werden – wir waren schließlich alte Bekannte. Ivan zufällig zu treffen war nicht sehr wahrscheinlich. Er bewegte sich in immer demselben Radius, ich wusste ziemlich genau, wo er zu finden sein würde und wo nicht. Trotzdem war es mir nicht unrecht, dass Tim den Wagen aus unserem Stadtviertel herauslenkte und an der Isar entlangfuhr.

»Wohin fahren wir?«

»Lass dich überraschen«, sagte er lächelnd.

»Ich weiß es«, rief Milla.

Ich drehte mich zu ihr um. »Und? Verrätst du es mir?«

»Nein.« Sie schüttelte den Kopf.

Ich gab vor, beleidigt zu sein, und sie kicherte zufrieden. Damit waren die Machtverhältnisse aus ihrer Sicht schon mal geklärt.

Unser Ziel war, wie sich herausstellte, eine beliebte Ausflugsgaststätte außerhalb der Stadt, deren besondere Attraktion ein frei begehbarer Streichelzoo war. Amüsiert sah ich zu, wie Milla sich mit einer Mischung aus Entzücken und Entsetzen den Ziegen, Eseln und Ponys näherte, die durch energisches Stupsen mit dem Maul nach Futter verlangten und dadurch ebenso putzig wie bedrohlich wirkten.

»Iiiih«, kreischte Milla begeistert, als eine Ziege ihre Hand leckte.

»Darf ich reiten?«, rief sie als Nächstes, und schon saß sie auf dem Rücken eines Zwergponys und klammerte sich entschlossen an seiner Mähne fest.

Ich musste an die Zeit denken, in der wir solche Ausflüge mit Paul gemacht hatten. Er war ebenso fasziniert von Tieren gewesen, hatte sich aber frühzeitig dafür interessiert, welche man essen konnte und welche nicht. Das brachte ihn schnell in Konflikte, und wir mussten ihm immer wieder versichern, dass Hunde auf keinen Fall gegessen wurden, jedenfalls nicht in unseren Breitengraden.

Nachdem Milla auch sämtliche Schafe, Kaninchen und Meerschweinchen ausgiebig gestreichelt und »süüüß« gefunden hatte, suchten wir uns einen Tisch auf der Terrasse des Cafés. Das Mädchen erhielt die Erlaubnis, einen riesigen Eisbecher zu bestellen, Tim und ich tranken Kaffee und aßen Zwetschgenkuchen mit Sahne. Ich kam mir ein bisschen vor wie beim Vater-Mutter-Kind-Spielen.

»Hast du auch Kinder?«, fragte Milla.

»Einen Sohn. Aber der ist schon erwachsen.« Auch wenn er sich leider nicht so verhält, fügte ich in Gedanken dazu.

»Ich bin auch ein einzelnes Kind«, erklärte sie. »Wenn Leute sich trennen, kriegen sie danach keine anderen Kinder mehr. Bist du auch getrennt?«

»Nein«, sagte ich und fing einen interessierten Blick von Tim auf.

»Warum hast du dann nur ein Kind?«

»Sei nicht so neugierig«, schaltete er sich ein.

»Schon okay«, sagte ich. Dann suchte ich nach einer Antwort. »Ehrlich gesagt, ich weiß es gar nicht genau. Es war immer so viel los, die Zeit ist so schnell vergangen, und irgendwann war es zu spät.«

»Hättest du gern mehr Kinder?«

Wenn ich an die Schwierigkeiten dachte, die wir gerade mit Paul hatten, erschien mir ein Kind mehr als ausreichend. Andererseits hatte ich mir ein zweites Kind gewünscht, wegen unserer unsicheren finanziellen Lage aber immer wieder darauf verzichtet. Das waren die Jahre gewesen, in denen Ivan so gut wie nichts verkaufte und ich unseren Lebensunterhalt fast allein verdient hatte. Damals konnte ich mir nicht vorstellen, wie ich ein weiteres Kind mit meinem Job hätte vereinbaren sollen. Kurz vor meinem vierzigsten Geburtstag befiel mich dann die Torschlusspanik, aber da wollte Ivan nicht mehr. »Ich bin zu alt«, hatte er gesagt. »Und du auch.«

»Ja, Milla«, hörte ich mich sagen. »Ich hätte gerne ein zweites Kind.«

»Ein Mädchen?«

»Das wäre schön.«

Milla schenkte mir einen koketten Blick. »Wenn du willst, kannst du mich mal ausleihen!«

Ich musste lachen. »Das ist wirklich sehr großzügig von dir!«

Bevor wir aufbrachen, fragte Tim seine Tochter, ob sie zur Toilette müsse. Milla nickte, dann fragte sie mich: »Kannst du mit mir gehen?«

Ich stand auf, und wir gingen gemeinsam nach drinnen. Zwitschernd erzählte sie mir von einer ihrer Freundinnen, die mal in einem Restaurant so lange nach der Toilette gesucht habe, bis sie ihr Pipi nicht mehr habe halten können und sich in die Hose gemacht habe.

»Warte hier!«, befahl sie, als wir den Vorraum der Damentoilette erreicht hatten. Gehorsam stellte ich mich neben das Waschbecken.

»Und jetzt du!«, sagte Milla, als sie fertig war.

Sie wusch sich die Hände und warf einen Blick in den Spiegel. »Was ist das nur für ein schlechtes Licht!«, sagte sie mit der Miene einer Vierzigjährigen, die sich über ihre ersten Fältchen ärgerte.

Ich grinste in mich hinein und fragte mich, was sie ihrer Mutter wohl über den Nachmittag erzählen würde. Auf dem Weg zum Tisch sagte ich: »Weißt du eigentlich, dass dein Papa und ich uns schon seit über zwanzig Jahren kennen? Wir sind wirklich alte Freunde!«

Die Bezeichnung »alte Freunde« klang unverdächtig, das würde hoffentlich nicht zu Nachfragen seitens der Exfrau führen.

Milla überlegte. »Ich finde, Papa braucht auch mal eine neue Freundin. Aber er muss mich zuerst fragen.«

»Das finde ich auch«, sagte ich. »Du sollst sie ja auch nett finden.«

Sie legte den Kopf schief und sah mich von der Seite an. »Dich finde ich nett.«

Ich lachte. »Aber ich habe ja schon einen Mann.«

Sie seufzte. »Schade.«

Auf der Rückfahrt schlief Milla ein. Tim hatte das Dach geschlossen, und wir sprachen leise, um sie nicht zu wecken.

»Sie ist entzückend«, sagte ich.

»Freut mich, dass du sie magst. Du hast ja gehört, du kannst sie mal ausleihen.«

Wir lachten.

»Was hast du für ein Verhältnis zu ihrer Mutter?«, fragte ich, obwohl auch das gegen die Regeln war.

Er atmete tief durch. »Sagen wir so: Es besteht nicht mehr die Gefahr, dass einer dem anderen ein Messer zwischen die Rippen rammt.«

»Oh«, sagte ich. »Das klingt großartig.«

»Es war schon schlimmer. Milla zuliebe reißen wir uns zusammen.«

»Das solltet ihr auch«, sagte ich. »Sonst ruiniert ihr nämlich das Kind.«

»Genau das versuche ich die ganze Zeit zu verhindern«, presste Tim hervor.

Er tat mir leid, und deshalb verzichtete ich darauf, ihm Vorhaltungen zu machen. Natürlich hätte er mich darüber informieren müssen, dass Milla bei ihm war. Natürlich hätte ich diesen Ausflug eigentlich nicht mitmachen dürfen. Wenn ihre Mutter von mir erführe, würde sie es vielleicht zum Anlass nehmen, Tim weitere Schwierigkeiten zu machen. Aber aus irgendeinem Grund war es ihm wichtig gewesen, dass ich das Mädchen kennenlernte.

Als wir meine Wohnung erreicht hatten, küsste ich ihn auf die Wangen und wollte aussteigen. Da ertönte von hinten ein Stimmchen. »Mir auch tschüs sagen!«

Ich beugte mich zu ihr, küsste sie auf die Stirn und sagte: »Tschüs, Milla.«

»Tschüs, Cora«, sagte sie zufrieden und schloss die Augen wieder.

SMS von Arne. *Lust auf einen Asien-Abend?* Ich lachte auf. Meine
Güte, wie lange war das her? Früher, als wir noch gemeinsam in
meiner Agentur gearbeitet und uns die Nächte um die Ohren geschlagen hatten, um ein Projekt fertig zu bekommen, hatten wir
den Asienabend erfunden. Meist war Arne losgezogen, um im
Take-away asiatisches Essen zu besorgen, während ich einen Sender suchte, auf dem Sumoringen gezeigt wurde. Einmal brachte
er eine CD mit Chinarestaurant-Musik mit, die zum Schreck-
lichsten gehörte, was je in meine Gehörgänge gedrungen war.
Hella kochte Jasmintee, und eine Zeit lang tranken wir auch
noch Schlangenschnaps, den Thomas nach einem Akupunktur-
seminar aus Vietnam eingeschmuggelt hatte. Der Schnaps war
zum Glück alle, aber die CD musste ich noch irgendwo haben.

Super Idee! Um acht?, schrieb ich zurück und machte mich
auf die Suche.

Um kurz vor acht klingelte es, und Arne, bepackt mit mehreren Schachteln Asia-Food, stand vor der Tür.

»Bist du allein?«, fragte ich und blickte mich nach Hubert um.

»Ja«, sagte Arne und küsste mich. »Wir haben heute getrennten Ausgang. Micki ist bei meinen Eltern, da können wir's mal
so richtig krachen lassen.«

Ich lachte. »Und dann kommst du ausgerechnet zu mir, deiner langweiligen Hausfrauenfreundin?«

»Mir war heute danach«, erklärte Arne, dann stutzte er. »Ist
das etwa …« Er lauschte.

Ich hatte die Chinamusik aufgelegt. Es orgelte, eierte und
zimbelte zum Steinerweichen.

»Wenn schon Asienabend, dann richtig«, sagte ich grinsend.

»Dass du die echt aufgehoben hast!« Arne war gerührt.

»Jasmintee gibt's auch«, sagte ich. »Nur Sumoringen habe ich
auf keinem Sender gefunden. Das scheint nicht mehr in zu sein.«

Zum Glück hatte Arne auch Singha-Bier mitgebracht, sodass wir nicht den ganzen Abend Tee trinken mussten. Wir lagerten im Wohnzimmer auf dem Teppich und aßen mit Stäbchen direkt aus den Schachteln.

Als ich nicht mehr papp sagen konnte, legte ich die Stäbchen weg und rollte mich auf den Rücken. »Herrlich! Das sollten wir öfter machen! Auch wenn es bedeutet, dass ich den Rest der Woche hungern muss.«

»Wenn hier einer hungern muss, dann ich«, behauptete Arne und kniff in eine kleine Fettrolle an seinem Bauch. Er war immer sehr auf sein Äußeres bedacht gewesen, sicher nervten ihn die körperlichen Veränderungen, die das Älterwerden mit sich brachte.

»Ist es nicht ungerecht«, jammerte ich. »Man isst genauso viel, wie man immer gegessen hat, und ab dem Tag des fünfzigsten Geburtstags nimmt man plötzlich nur noch zu!«

»Und egal welche Diät man macht, man nimmt auch nicht mehr ab«, ergänzte Arne resigniert.

»Das heißt, es ist scheißegal, ob man isst oder nicht isst«, fasste ich zusammen. »Man wird sowieso fett. Gib mir noch mal die frittierten Honigbananen rüber.«

Arne reichte mir grinsend die Schachtel. »Wo ist eigentlich Ivan?«

Ich gab die übliche Erklärung ab, Ivan habe ein wichtiges Ausstellungsprojekt, müsse ungestört arbeiten und sei vorübergehend ins Atelier gezogen.

»Und bei euch?«, fragte ich. »Alles in Ordnung?«

»Ach Cora«, seufzte er.

Ich stöhnte theatralisch. »Erzähl mir nicht, dass ihr auch eine Krise habt!«

»Wieso, wer hat sonst noch eine?«

»Frag lieber, wer keine hat. Außer Katja und ihrer neuen Liebe fällt mir niemand ein.«

Arne seufzte wieder. »Die Krise nach zwanzig Jahren. Scheint eine Art Naturgesetz zu sein.«

Ich stopfte mir das letzte Stück Banane in den Mund, leckte mir den Honig von den Fingern und setzte mich auf. »Ich verstehe euch Schwule nicht. Da könntet ihr dieses angenehme, promiskuitive Leben ohne Verantwortung führen, und stattdessen macht ihr alles nach, was schon bei uns Heteros meistens nicht richtig funktioniert. Ihr versprecht euch Treue, ihr heiratet, ihr zieht Kinder auf, und dann wundert ihr euch, dass ihr in dieselben Krisen geratet wie wir.«

Arne lächelte. »Wir wollen eben unbedingt normal sein.«

»Na toll. Und? Was für eine Krise ist es bei euch?«

»Das Übliche«, sagte Arne und zuckte die Schultern. »Hubert hat einen anderen.«

Ich schluckte. »Bist du dir da sicher?«

Arne nickte. »Ich habe seine E-Mails gelesen.«

»Das tut man aber auch nicht!«, sagte ich streng. »Dann darfst du dich nicht wundern, wenn du Sachen erfährst, die du lieber nicht gewusst hättest.«

»Was soll denn das heißen?«, sagte Arne. »Ist es schlimmer, fremde Mails zu lesen oder seinen Partner zu betrügen? Außerdem war es ein Versehen. Ich habe unser iPad aufgeklappt, und Huberts Mail-Programm war geöffnet. Mein Blick ist direkt auf die Nachricht gefallen, ich konnte das gar nicht verhindern.«

»Wer ist es?«, fragte ich weiter.

»So eine dämliche Tucke. Er kennt ihn schon länger.« Arne sprang auf. »Einer von denen, weißt du«, sagte er, legte affektiert eine Hand auf die Hüfte und ging mit schwingendem Hintern durchs Zimmer.

»Hubert steht auf Tucken?«, fragte ich ungläubig.

»Er ist jung, er ist willig, er erzählt ihm wahrscheinlich den ganzen Tag, wie toll er ist«, sagte Arne bitter. »Man kennt das doch.«

Wieder musste ich schlucken. »Es könnte doch auch ganz anders sein«, wandte ich ein. »Vielleicht habt ihr ja Probleme, und Hubert sucht … emotionalen Trost.«

»Wir haben die Probleme, die alle in unserer Situation haben. Wir arbeiten, wir haben ein Kind, wir haben zu wenig Zeit und zu wenig Sex. Ist das ein Grund, einander zu betrügen?«

»Es gibt ja auch andere Gründe. Vielleicht fühlt Hubert sich nicht genügend geliebt? Vielleicht muss er sich beweisen, dass er noch begehrenswert ist? Vielleicht will er sich sogar für irgendwas rächen, was du ihm mal angetan hast?«

Arne legte den Kopf schief. »Sag mal, wieso verteidigst du eigentlich Hubert, statt mich zu bemitleiden? Ich bin hier der Arme, nicht er!«

Ich räusperte mich und sah verlegen zur Seite. »Ich versuche nur herauszufinden, was der Grund für Huberts Untreue sein könnte.«

»Erklärungen gibt es immer«, sagte Arne. »Man muss sich eben entscheiden, ob man es dem anderen antun will oder nicht.«

Ich nickte schuldbewusst. Es kam mir vor, als hätte er den Satz auf mich gemünzt.

»Weiß Hubert, dass du … also, dass du Bescheid weißt?«

»Ich habe nichts gesagt und versuche, mir nichts anmerken zu lassen. Er wird schon wieder zur Vernunft kommen.«

»Aber wieso stellst du ihn nicht zur Rede?«

»Ich mache mich bestimmt nicht lächerlich und schreie ›ich oder er‹. Das ist unter meiner Würde. Wenn er nicht weiß, was er an mir hat, dann hat er mich auch nicht verdient.«

Ich griff nach meinem Singha-Bier und hielt mich an der Flasche fest.

»Und … wenn er nicht zur Vernunft kommt?«

»Dann gehe ich, was sonst?«

»Du würdest nicht um ihn kämpfen?«

Arne überlegte. »Was ist eine Liebe wert, um die man kämpfen muss?«

Ich klammerte mich an seinem Arm fest. »Bitte, sag so was nicht«, flehte ich. »Das macht mich völlig fertig.«

»Liebe ist ein Geschenk«, beharrte Arne, »wenn der andere es dir nicht mehr geben möchte, kannst du es nicht erzwingen.«

»Aber Liebe ist auch etwas, was man gemeinsam gestaltet«, widersprach ich. »Und nur weil einer mal eine … Formschwäche hat, gibt man doch nicht gleich auf!«

»Ich weiß nicht«, sagte Arne zweifelnd.

»Und noch was: Vielleicht kann man sich auch in jemanden verlieben, obwohl man einen anderen Menschen liebt. Wer sagt denn, dass Liebe so was Exklusives ist?«

Arnes Blick richtete sich prüfend auf mich. »Sag mal, Cora, kann es sein, dass du mehr über das Thema weißt, als du zugibst?«

»Klar«, sagte ich schnell. »Schließlich befasse ich mich beruflich damit.«

Arne ließ nicht locker. »Woher willst du eigentlich wissen, dass Ivan dir treu ist?«

Sofort schoss mir die rothaarige Galeristin durch den Kopf.

»Ich weiß es nicht«, sagte ich. »Und ich möchte es auch gar nicht wissen.«

Nachdem Arne gegangen war, schrieb ich eine SMS an Tim. *Es geht nicht so weiter. Wir müssen reden.*

Am nächsten Morgen, einem Sonntag, rannte ich hinter einer abfahrenden S-Bahn her, nachdem ich vier Tomatenscheiben für die Fahrkarte bezahlt hatte. Die S-Bahn verwandelte sich in ein startendes Flugzeug, aus dessen Fenstern mich große Hunde anbellten. Ich lief und lief, aber ich konnte das Flugzeug nicht einholen. Ein Handy klingelte. Ich schreckte aus meinem Traum hoch und war froh, dass ich nicht mehr rennen musste.

»Ja, bitte«, murmelte ich verschlafen. Am anderen Ende der Leitung atmete es. Ich setzte mich ruckartig im Bett auf. »Hallo?«, rief ich. »Wer ist da?«

»Ich bin's doch«, sagte eine Mädchenstimme.

»Wer?«, fragte ich begriffsstutzig.

»Na, ich, die Milla!«

»Milla? Was gibt's denn? Wie spät ist es?«

»Ich kann die Uhr noch nicht.«

»Du bist sieben und kannst die Uhr noch nicht?«

Sie gab keine Antwort. »Schläfst du noch?«

»Jetzt nicht mehr«, murmelte ich. »Was ist denn los?«

»Kommst du mal wieder?«

»Ich war doch erst gestern da.«

In diesem Moment hörte ich erst ein Rascheln, dann eine Stimme. »Hallo, Cora, hier ist Tim. Ich hoffe, Milla hat dich nicht geweckt?«

»Wieso lässt du sie anrufen?«

»Sie hat einfach mein Handy genommen und deinen Namen gesucht«, sagte Tim. »Seit gestern redet sie nur von dir.«

Ich ging nicht darauf ein. »Wir müssen uns treffen«, sagte ich. »Wann hast du Zeit?«

»Warte, ich geh gerade mal aus dem Zimmer«, sagte Tim, dann sprach er leise weiter. »Heute Abend. Milla wird um sechs abgeholt.«

»Dann komme ich gegen halb sieben«, sagte ich. »Bis später.«
»Bis später«, erwiderte er voller Wärme. »Ich freue mich auf
dich.«

Ich nutzte den Tag, um Ordner mit alten Briefen und Kisten
voller Kram zu sortieren. Als Hella weg war, hatte ich begonnen auszumisten. Wenn ich schon mein Leben nicht in den
Griff bekam, wollte ich wenigstens eine aufgeräumte Wohnung
haben.

Leider war es nicht einfach, diesen Vorsatz in die Tat um-
zusetzen, denn immer häufiger fand ich mich auf dem Boden
hockend in Erinnerungen versunken wieder. So dauerte die
Aufräumaktion schon Wochen, und ein Ende war nicht abzu-
sehen.

Vor mir lag ein Ordner mit der Aufschrift »Haus Sonnenschein«. Das war das Kinderheim gewesen, das Ivan und ich damals gerettet hatten, unter anderem mit der Versteigerung von
Kunstwerken, die ich in wochenlanger Überzeugungsarbeit nam-
haften Künstlern aus dem Kreuz geleiert hatte. Der Kritiker
Anatol Dunkelangst, den ich neulich bei Ivan wiedergesehen
hatte, war der Auktionator gewesen. Wir hatten die unvorstell-
bare Summe von fünfhunderttausend Mark zusammenbekom-
men, die den Trägerverein in die Lage versetzt hatte, das Haus
zu kaufen. So konnte die drohende Schließung abgewendet
werden.

Plötzlich erinnerte ich mich an den Tag, als Ivan mich zum
ersten Mal ins Haus Sonnenschein mitgenommen hatte, in dem
Kinder mit geistigen und körperlichen Behinderungen lebten.
Er hatte mir nicht verraten, wohin unsere Fahrt ging, und so
war ich mit einem Kleid und eleganten Schuhen völlig unpassend gekleidet gewesen. Vor allem für den Waldspaziergang, auf

dem Ivan mir anschließend erklärt hatte, welchen Bezug er zu dieser Einrichtung hatte: Sein Sohn Matti hatte die letzten Lebensmonate dort verbracht und war dort gestorben.

Plötzlich glaubte ich, die kleine Hand von Jacob, einem damals ungefähr achtjährigen Jungen mit Downsyndrom, in meiner zu spüren. Er war der Erste, dem ich bei meinem Besuch begegnet war, und sein spontanes Zutrauen hatte mich angerührt. Hora hatte er mich genannt, weil er meinen Namen nicht richtig aussprechen konnte. Bei der Erinnerung an sein liebevolles Lächeln wurde mir warm. Was wohl aus ihm geworden war?

Zuerst hatte ich Ivan dafür gehasst, dass er mich aus meinem sorglosen und oberflächlichen Leben als PR-Frau herausgerissen und mit Realitäten konfrontiert hatte, mit denen ich bis dahin nichts zu tun haben wollte. Aber dann hatte ich die Herausforderung angenommen und meine Fähigkeiten zum ersten Mal für etwas Sinnvolles eingesetzt. Die Rettung des Kinderheimes war unendlich viel befriedigender gewesen als alles, was ich bis dahin gemacht hatte.

Ich fragte mich, was ich seither eigentlich Sinnvolles tat. Na gut, ich hatte ein Kind aufgezogen, wenn auch mit zweifelhaftem Erfolg. Ich hatte mich bemüht, eine gute Ehefrau zu sein – auch das nur begrenzt erfolgreich. Ich war meinen Freunden eine gute Freundin gewesen, hatte zu jeder Tages- und Nachtzeit alkoholische Getränke zur Verfügung gestellt und immer zugehört, wenn sie mich gebraucht hatten. Mit meiner Agentur versuchte ich, Menschen glücklich zu machen. Aber letztlich bot ich eine Dienstleistung an, die mir kein persönliches Opfer abverlangte. Ansonsten war ich so geworden, wie ich es anderen gern vorwarf: weitgehend mit mir selbst beschäftigt.

Diese plötzliche Einsicht erschütterte mich so, dass ich mir eine heiße Schokolade mit viel Schlagsahne machen musste, bevor ich weiter aufräumen konnte.

Es bestand kein Zweifel: Ich musste ein besserer Mensch werden.

Am besten wurde man ein besserer Mensch, wenn man aufhörte, böse Dinge zu tun. Also ging ich mit dem festen Vorsatz zu Tim, unsere Affäre zu beenden.

Um zwanzig vor sieben klingelte ich bei ihm. Milla öffnete die Tür.

»Hallo, Cora!«, rief sie begeistert und hopste auf und ab wie ein Gummiball.

Hinter ihr tauchte Tim auf. »Komm doch rein«, sagte er. »Millas Mama hat sich verspätet.«

»Hallo, Milla«, sagte ich. »Schön, dich zu sehen.«

»Schön, schön, schön«, sang sie und hüpfte weiter herum. Aber es war kein fröhliches Hüpfen, sondern Ausdruck einer nervösen Unruhe. Ich konnte mir vorstellen, wie die Kleine sich fühlte. Gleich würde sie sich vom Vater verabschieden müssen und spüren, dass er traurig war. Zurück bei der Mutter würde deren stummer Vorwurf sie treffen. Weil sie nicht bedingungslos auf ihrer Seite war, weil sie den Vater liebte, diesen Dreckskerl, der all das Unglück über sie gebracht hatte. Und alle zwei Wochen würde sich das Drama wiederholen, immer und immer wieder, bis sie groß war und selbst entscheiden konnte, wen sie verletzen wollte, die Mutter oder den Vater.

Es klingelte, Milla erstarrte mitten in der Bewegung. Tim griff nach der Tasche, die fertig gepackt bereitstand, und nahm seine Tochter an der Hand.

»Tschüs, Milla«, sagte ich. Die Kleine stellte sich vor mich hin, reckte mir ihr Gesicht entgegen und schloss die Augen. Ich küsste sie auf die Stirn.

»Tschüs, Cora«, sagte sie, ohne mich anzusehen, und ging neben ihrem Vater die Treppe hinunter, ergeben wie ein Lämmlein, das zur Schlachtbank geführt wurde.

Ich sah ihr nach und war mit einem Mal unendlich dankbar, dass Ivan und ich wenigstens das geschafft hatten: unserem Sohn den Albtraum einer Trennung zu ersparen.

Als Tim zurück war, nahm er mich in den Arm und presste mich an sich.

»Bin ich froh, dass du da bist. Dieser Moment ist immer der schlimmste.«

»Kann ich mir vorstellen«, murmelte ich.

»Milla fand dich übrigens toll. Sie meinte, es sei nur schade, dass du einen Mann hättest, sonst könntest du meine Freundin sein.«

Ich lächelte. »Hat sie mir auch gesagt.«

»Und du hattest Sorge, sie könnte dich nicht mögen!« Tim küsste mich schwungvoll auf den Mund. »Als könnte man dich nicht mögen.«

»Ich muss mit dir reden«, sagte ich.

»Klar, das hast du ja schon angekündigt«, sagte er. »Soll ich was kochen?«

Eigentlich wollte ich die Mitteilung, dass ich mich von ihm trennen würde, so schnell wie möglich loswerden. Andererseits war ich emotionalen Turbulenzen auf nüchternen Magen nicht gewachsen. Ich hatte seit dem Frühstück nichts mehr gegessen.

»Okay«, sagte ich, und wir gingen in die Küche. Tim versorgte mich mit Wasser und Wein und stellte ein Schälchen mit gerösteten Pistazien vor mich hin. Er setzte Nudelwasser auf und schnitt Speck, Zwiebeln und Pilze klein.

»Kannst du Parmesan reiben?«, bat er und reichte mir die Käsereibe und eine Schüssel.

»Wann siehst du Milla wieder?«, fragte ich.

»Erst in drei Wochen, wegen des Tausches. Meine Ex würde mir nie ein zusätzliches Wochenende gönnen. Sie rechnet mir jede Stunde genau vor. Nur wenn sie Terminprobleme hat, soll ich flexibel sein. Manchmal frage ich mich, warum ich in all den Jahren nicht gemerkt habe, was für einen schlechten Charakter sie hat.«

»Vermutlich basieren die meisten Beziehungen auf der Bereitschaft, die Schwächen des Partners konsequent zu verdrängen«, sagte ich. »Nach einer Trennung gelingt einem das nicht mehr, oder man ist nicht mehr dazu bereit.«

Tim rührte in der Soße. »Und was verdrängst du?«

»Darüber wollte ich mit dir reden.«

»Ah«, sagte er. »Interessant.«

Ich seufzte unhörbar. Das lief eindeutig in die falsche Richtung, und ich war diejenige, die es richtigstellen musste. Wenn ich nur nicht solchen Hunger hätte!

»So, fertig.« Tim stellte mit Schwung die Töpfe auf den Tisch. Meine Entschlossenheit kam ins Wanken. Vielleicht war jetzt einfach nicht der richtige Moment.

Als wir gegessen hatten, lehnte ich mich zurück, atmete einmal tief durch und sagte: »Tim, wir müssen uns trennen.«

Tim blickte mich an, sein Gesicht verriet keine Regung. »Trennen«, wiederholte er.

Ich nickte. »Ich halte es nicht mehr aus. Ich habe Ivan gegenüber ein so schlechtes Gewissen, dass ich unser Zusammensein nicht mehr genießen kann.«

Er überlegte. Dann sagte er: »Das verstehe ich, mich würde es auch zerreißen.«

»Ich habe auch dir gegenüber ein schlechtes Gewissen«, fuhr ich fort. »Du gibst dir so viel Mühe, bist so aufmerksam und großzügig. Wenn ich nur an unser Wochenende in Barcelona denke … Ich kann das alles nicht mehr annehmen.«

»Aber es war sehr schön, oder?«

»Wunderschön! Das ist ja das Problem.«

Statt eine Antwort zu geben, nahm Tim meine Hand.

»Ich dachte immer, wir hätten nur eine Affäre«, sagte ich. »Aber nun ist … irgendwie mehr draus geworden …«

»Ich empfinde es genau wie du«, sagte er. »Aber der Unterschied ist, ich bin frei, du nicht.«

»So ist es«, pflichtete ich ihm bei. »Ich muss die Sache mit Ivan klären, davor kann ich mich nicht länger drücken.«

Tim nickte verständnisvoll und drückte meine Hand.

Gott, war ich erleichtert! Er war nicht sauer, machte mir keine Szene, im Gegenteil, er verstand mich und unterstützte mich offenbar bei meinem Entschluss.

Ich stand auf. »Soll ich dir noch beim Abspülen helfen?«, fragte ich.

»Nicht nötig«, sagte er, zog mich an sich, küsste mich und begann, mir die Bluse auszuziehen.

»Was soll das, was machst du?«, murmelte ich, den Mund an seinem Hals.

Er antwortete nicht. Mit der rechten Hand fuhr er unter meinen BH und streichelte meine Brust, mit der linken zog er meinen Unterleib zu sich heran, bis ich seine Erektion spürte.

Mein Widerstand fiel schlagartig in sich zusammen.

Scheiß drauf, dachte ich, nur noch ein letztes Mal.

DREIZEHN

Hast du Lust, meine neuen Bilder anzusehen? Liebe Grüße, Ivan.

Ich ließ das Handy sinken. War er das jetzt, der große Moment, in dem mein Mann seine Blockadepolitik beendete und mich wieder in sein Leben ließ?

Einen Moment lang bildete ich mir ein, es würde zwischen Ivans Einladung und meiner Entscheidung, mit Tim Schluss zu machen, einen geheimnisvollen Zusammenhang geben. Aber das war unmöglich.

Ich wollte mir meine Aufregung nicht zu sehr anmerken lassen, deshalb ließ ich einen Tag verstreichen, bevor ich zurückschrieb: *Danke für die Einladung, ich bin gespannt. Wie wär's am Freitag gegen sieben?*

Seine Antwort lautete: *Alles klar, bis dahin.* Kein »Liebe Grüße« oder gar ein »Ich freue mich«. Man konnte nicht sagen, dass der Mann überflüssige Worte verlor. Trotzdem war er endlich einen Schritt auf mich zugekommen, nur das zählte.

Zum vereinbarten Zeitpunkt stand ich vor seinem Atelier und klingelte. Ich trug eine schwarze Hose, eine elegante Seidentunika und die Haare offen, was Ivan, wie ich wusste, am besten gefiel.

Er öffnete, küsste mich auf die Wangen und bat mich herein. Das Atelier war penibel aufgeräumt. Nichts störte meine Aufmerksamkeit. Fünf der Bilder waren aufgehängt, darunter die drei, die ich schon bei der Präsentation gesehen hatte, weitere lehnten an der Wand.

»Willst du was trinken?«

»Was gibt's denn?«

»Wasser, Bier, Wein, Champagner, Aperol, Campari …«

»Hast du eine Bar eröffnet?«, unterbrach ich ihn lachend.

»Ist alles von meinem Cocktail übrig«, erklärte er. »Ich trinke das süße Zeug ja nicht.«

»Dann muss ich das wohl übernehmen«, sagte ich. »Champagner mit Aperol, bitte.«

Er bereitete meinen Drink zu und nahm sich selbst ein Bier. Wir stießen an.

»Auf uns, die Liebe und viel gutes Essen«, sagte ich gewohnheitsmäßig, spürte aber im gleichen Moment, wie unpassend unser Trinkspruch war.

Ivan reagierte nicht, sondern stellte sich vor eines der Bilder. Ich stellte mich neben ihn. Immer wenn wir gemeinsam eine Ausstellung besuchten, folgten wir diesem Ritual. Wir betrachteten beide das Bild, irgendwann fragte Ivan: »Was siehst du?«, und ich beschrieb ihm, was ich sah, ohne es zu interpretieren. Gerade bei abstrakten Bildern war das ganz schön schwierig.

Dann fragte er: »Was sagt es dir?«, und ich versuchte, die Botschaft des Bildes zu deuten oder die vermuteten Absichten des Künstlers zu entschlüsseln. Daraus hatte sich meist ein lebhafter Dialog zwischen uns entwickelt, den ich immer als sehr anregend empfand. Durch Ivan hatte ich Spaß daran bekommen, mich mit Kunst zu beschäftigen, und wusste inzwischen eine ganze Menge darüber.

Ich sah mir also das erste seiner Bilder an und versuchte, für mich zu formulieren, was ich sah. Das Auffälligste war: Es handelte sich nicht um Malerei. Das Bild hatte eine harte, glänzende Oberfläche, vermutlich Glas. Auf den ersten Blick sah man das Foto eines Menschen, darunter zeichneten sich weitere Schichten ab, die wie Röntgenbilder und Aufzeichnungen eines Magnetresonanztomografen aussahen. Als ich das Bild von der Seite betrachtete, entdeckte ich, dass mehrere Glasplatten aufeinanderlagen. So entstand eine erstaunliche Tiefe, der Mensch wirkte wie in seine Bestandteile zerlegt und bildete doch ein Ganzes. Das Bild war nicht, wie man hätte annehmen können, schwarzweiß, sondern hatte eine matte Farbigkeit, die an alte Fotos erinnerte. Ich war fasziniert.

Ivan ließ mir reichlich Zeit, bis er fragte: »Was siehst du?«

Ich beschrieb es ihm, so genau ich konnte, und er nickte mehrmals beifällig.

Dann folgte seine zweite Frage: »Was sagt es dir?«

Ich sah weiter auf das Bild, während ich sprach. »Der Künstler möchte den Menschen sezieren, durchschauen, sein Innerstes nach außen kehren. Er möchte ihn verstehen und das Ergebnis sichtbar machen. Im Grunde möchte er dem Geheimnis des Lebens auf die Spur kommen, obwohl er weiß, dass er auch mit der präzisesten Abbildung das Wesentliche nicht erfassen kann: die menschliche Seele.«

Es gehörte zu unserem Ritual, dass ich auch bei seinen Bildern vom Maler als dem Künstler sprach, als wäre er ein mir Unbekannter, nicht der Mann, mit dem ich verheiratet war. Inhalt und Aussage eines Bildes mussten sich nach Ivans Meinung erschließen, ohne dass man die Person des Künstlers in die Betrachtung des Werkes einbezog.

Ivan sah mich an, sagte aber nichts.

Wir gingen zum nächsten Bild, der Abbildung eines Windhundes, die nach demselben Prinzip aufgebaut war, und schließlich zum dritten, auf dem mehrere menschliche Föten zu sehen waren. Jedes Bild hatte einen verstörenden ästhetischen Reiz und legte weitere Deutungen und Interpretationen über den Menschen und sein Verhältnis zu seinen Mitkreaturen nahe.

Während wir dastanden und sprachen, entstand plötzlich eine Nähe zwischen uns, die ich lange nicht empfunden hatte. Ivan sah mich nur an und legte ganz selbstverständlich den linken Arm um meine Schulter, während er mit der rechten Hand auf ein Detail zeigte, das mir entgangen war.

»Du hast vorhin von der Seele gesprochen«, sagte er. »Sieh mal da drüben, da hat sich bei der Herstellung ein heller Fleck gebildet, der da eigentlich nicht hingehört. Ich habe ihn mir so erklärt, dass sich dort die Seele des Abgebildeten ins Bild geschlichen hat.«

Er beugte sich vor und wies auf die Stelle, ich spürte seinen Brustkorb an meinem Rücken, sein Atem streifte meine Wange. Ich wandte ihm das Gesicht zu und schloss die Augen. Im nächsten Moment spürte ich seine Lippen auf meinem Mund, seine Hände auf meinem Körper.

»Komm«, flüsterte er heiser. Wir stolperten in sein Schlafzimmer und fielen aufs Bett, wo wir uns so ungestüm und leidenschaftlich liebten, wie schon seit Jahren nicht mehr. Die Fremdheit und der Groll der vergangenen Monate waren wie weggeblasen, Ivan schien wie von einem großen Druck befreit zu sein, und als ich nach einem gigantischen Orgasmus neben ihm zusammensank, war ich so glücklich, dass ich fast geweint hätte.

Schweigend blieben wir eine Weile liegen und lauschten auf den Atem des anderen. Sollte mich noch mal jemand nach einem

Rezept gegen Routine in der Ehe fragen, würde ich, ohne zu zögern, eine mehrmonatige Trennung empfehlen. Ich hatte nicht geahnt, wie erregend das Wiedersehen nach einer solchen Pause sein konnte.

»Und jetzt?«, fragte ich verlegen.

»Noch was zu trinken?«, schlug Ivan lächelnd vor, und ich willigte ein.

Wir zogen uns an und gingen zurück in den Raum mit den Bildern. Ivan brachte neue Drinks, und wir setzten uns in die zwei alten Sessel, die wir vor langer Zeit gemeinsam vor der Müllabfuhr gerettet hatten. Es waren echte Fünfzigerjahre-Designerteile, die lediglich einen neuen Bezug gebraucht hatten, um in alter Schönheit zu erstrahlen.

Ich ließ meinen Blick über die Bilder wandern, die mir jetzt noch eindrucksvoller erschienen. Ich hatte einen hohen Preis dafür bezahlt, dass sie entstehen konnten.

»Verstehst du jetzt, dass ich all meine Kraft für diese Arbeit brauche?«, fragte Ivan eindringlich. »Es ist das wichtigste und schwierigste Projekt, das ich je realisiert habe, dafür musste ich mich einfach so radikal zurückziehen.«

»Sag mal, woher kommen eigentlich die medizinischen Aufnahmen?«, fragte ich, um das Thema zu wechseln. »Ist das erlaubt, die aus der Hand zu geben?«

»Die Aufnahmen sind anonymisiert, man kann sie niemandem mehr zuordnen. Katja hat sie mir besorgt. Sie hat einen Freund mit einer großen radiologischen Praxis, den sie überreden konnte, die Kunst zu fördern.«

Ich fragte ihn, wie die Herstellung der Platten funktioniere und wo er sie fertigen lasse. Er beschrieb mir die Technik, mit der die Vorlagen fotografisch übertragen, eingefärbt und aufeinandergeschichtet wurden. Es klang so kompliziert, als beschriebe er den Bau eines Raumschiffs, und mir kam ein unerfreulicher Gedanke.

»Sag mal, kostet das alles nicht ein Schweinegeld?«

Ivan hielt inne. »Da sprichst du einen wichtigen Punkt an«, sagte er.

Ausführlich erklärte er mir, dass seine Galeristin intensiv auf der Suche nach Sponsoren sei, dass bereits mehrere Stiftungen und Sammler ihre Unterstützung zugesagt hätten, dass also schon eine Menge Geld zusammengekommen sei, das gesamte Ausstellungsprojekt aber mit vierundzwanzig Bildern so teuer werde, dass er selbst investieren müsse.

»Von welchem Geld?«, fragte ich.

Ivan lebte von der Hand in den Mund, er hatte keine Rücklagen außer dem, was er in die Künstlersozialkasse einbezahlte und irgendwann als Rente erhalten würde.

»Darüber wollte ich mit dir reden«, sagte er.

»Mit mir?«

Auch ich verdiente gerade so viel, dass es zum Leben reichte. Ich war bis auf die zehn Jahre bei STIL TV nie fest angestellt gewesen, und mit der Rente aus dieser Halbtagstätigkeit würde ich nicht existieren können. Deshalb war ich heilfroh, dass Tante Elsie mir damals ihr Häuschen vermacht hatte. Den Erlös aus dem Verkauf hatte ich angelegt, das war meine Altersvorsorge.

Ivan blickte mich eindringlich an. »Du hast doch das Geld von Tante Elsie, das brauchst du im Moment nicht. Es wäre genau die Summe, die noch fehlt, um das Projekt zu finanzieren.«

»Wie bitte?« Ungläubig blickte ich ihn an.

»Das ist ein ganz normales Geschäft«, erklärte er. »Du investierst in einen Künstler, an den du glaubst, und nach dem Verkauf der Bilder erhältst du nicht nur dein Geld zurück, sondern wahrscheinlich sogar eine Rendite!«

»Und was, wenn die Bilder nicht verkauft werden?«, wandte ich aufgeregt ein. »Dann ist meine Investition beim Teufel. Ivan, das Geld von Elsie ist alles, was ich besitze!«

Er nickte. »Ich weiß, dass ich da einiges von dir verlange. Aber die ersten Reaktionen auf die Bilder sind fantastisch, alle sind überzeugt, dass ich damit auch auf dem internationalen Kunstmarkt bestehen kann. Das wird ein Riesenerfolg!«

In meinem Kopf summte es, ich hatte Mühe, einen klaren Gedanken zu fassen. Ich beugte mich nach vorn und fixierte Ivan. »Habe ich irgendeine Absicherung?«

»Nein. Du musst mir vertrauen.«

»Das glaube ich einfach nicht«, rief ich empört. »Du lädst mich ein, deine Bilder anzusehen, du schläfst mit mir, ich bin glücklich, dass wir uns endlich wieder näherkommen. Und du? Hast in Wahrheit die ganze Zeit nichts anderes im Sinn, als mir meine Ersparnisse abzunehmen! Und dir soll ich vertrauen?«

Den letzten Satz schrie ich ihm entgegen, Tränen der Wut in den Augen.

»Du siehst das völlig falsch …«, begann Ivan, aber ich hörte ihm nicht mehr zu, sondern sprang auf, rannte in Richtung Ausgang, riss meinen Mantel vom Garderobenhaken und knallte die Tür hinter mir zu.

Ein paar Tage lang hoffte ich, Ivan würde sich besinnen, aber ich hörte nichts von ihm. Ich konnte nicht fassen, dass er meine Gefühle so ausgenutzt und mich in ein derartiges Dilemma gebracht hatte. Was für eine miese Erpressung! Lehnte ich ab, ihm das Geld zu geben, wäre ich schuld am Scheitern seines Projektes. Stimmte ich zu, wäre ich am Ende mit einiger Wahrscheinlichkeit ruiniert. Ich hatte also die Wahl, ob ich meine Ersparnisse verlieren wollte oder meinen Mann. Wieder dachte ich ernsthaft über Trennung nach.

Ich musste mit jemandem reden. Nach kurzem Nachdenken rief ich Katja an.

»Können wir uns heute Abend sehen? Ich brauche deine Hilfe.«

»Diese Woche habe ich Nachtdienst«, sagte sie bedauernd. »Was ist denn passiert?«

Ich erzählte ihr von meinem Treffen mit Ivan. Katja hörte schweigend zu. Dann sagte sie: »Und du bist wirklich überrascht? Du kennst ihn doch. Wenn's um seine Arbeit geht, ist er gnadenlos.«

»Und warum habe ich das all die Jahre nicht bemerkt?«

»Vielleicht wolltest du es nicht bemerken.«

Vermutlich hatte sie recht. War nicht ich es gewesen, die über die verdrängten Schwächen des Partners doziert hatte, auf denen die meisten Beziehungen beruhten? Da war ich ja mal wieder ganz schlau gewesen.

»War er immer schon so?«, fragte ich.

Katja machte einen tiefen Atemzug. »Damals, als Matti starb, hatte er eine wichtige Ausstellung vor sich. Jeder andere hätte die Eröffnung abgeblasen. Ivan hat sich wie verrückt in die Arbeit verbissen, und die Ausstellung hat stattgefunden.«

»Hat dich das verletzt?«

»Eigentlich eher … verwundert. Ich verstand nicht, woher er die Kraft nahm. Auf Außenstehende wirkt diese Entschlossenheit fast … brutal. Aber ich glaube, das ist ihm nicht bewusst.«

Ich war überrascht, wie klar sie ihn sah. Ivan hatte ein Ziel vor Augen und stürmte darauf zu, ohne nach rechts oder links zu sehen. Dass er dabei die Gefühle anderer Menschen verletzte, war ihm offensichtlich egal. Und wenn ich es mir recht überlegte, hatte es in den vergangenen Jahren immer wieder derartige Situationen gegeben, wenn auch nicht ganz so extreme.

»Was würdest du an meiner Stelle tun?«, fragte ich.

»Das kann ich dir nicht sagen. Aber versuch auf jeden Fall, sein Verhalten nicht persönlich zu nehmen.«

Ich wollte widersprechen, aber sie kam mir zuvor.

»Schon klar, das ist schwer.« Dann lachte sie kurz auf. »Aber wer weiß, vielleicht ist Ivan Remky ja wirklich eine lohnende Investition?«

Nach einigen schlaflosen Nächten war meine Entscheidung gefallen.

Lieber Ivan –
»Die Liebe erträgt alles, sie glaubt alles, sie hofft alles, sie duldet alles. Die Liebe höret niemals auf.« Das war der Text unserer Hochzeitsanzeige. In den vergangenen zwanzig Jahren mussten wir beide manches ertragen und erdulden, aber ich habe nicht aufgehört, an unsere Liebe zu glauben. Was du jetzt von mir verlangst, erschüttert meinen Glauben. Du stellst mich vor eine unmögliche Wahl. Ich werde mich nicht zwischen Geld und Liebe entscheiden, ebenso wenig, wie ich von dir verlange, dich zwischen Kunst und Liebe zu entscheiden.
Cora

Seine Antwort kam umgehend.

Schade, du bringst uns um eine große Chance.

Betroffen blickte ich auf das Display. Warum konnte er nicht wenigstens schreiben, dass er meine Entscheidung akzeptierte? Warum musste er mir auch noch Schuldgefühle machen?

Es kam mir vor, als hätte mich nach meinen beiden Vätern nun auch noch mein Mann im Stich gelassen. Einsamer konnte ich mich nicht mehr fühlen.

VIERZEHN

Hella war wieder da. Nicht dass ich nicht insgeheim damit gerechnet hätte. Trotzdem war ich überrascht, als sie eines Tages anrief und ohne Einleitung fragte: »Kann ich wieder bei dir einziehen?«

Ich überlegte einen kurzen Moment, wie groß die Chance war, dass Ivan demnächst zurückkommen würde. Sie erschien mir ungefähr so groß wie die Wahrscheinlichkeit einer friedlichen Lösung des Nahostkonflikts. Also sagte ich: »Du kannst. Aber es gibt eine Bedingung.«

Hella schien zu überlegen. Dann sagte sie: »Nie wieder schwäbisch?«

»Danke«, sagte ich. »Wann bist du hier?«

»Jetzt«, erwiderte sie, und im selben Moment klingelte es schon.

Ich ging an die Tür, um zu öffnen. Diesmal schleppte Hella zwei Koffer.

»Wow«, sagte ich überwältigt. »Du siehst fantastisch aus!«

Sie hatte mindestens zehn Kilo abgenommen, trug statt des biederen Pagenkopfs eine moderne, fransige Kurzhaarfrisur und strahlte Entschlossenheit aus.

»Was ist passiert?«, fragte ich.

»Nichts«, sagte sie. »Außer dass ich jetzt endlich weiß, was ich will.«

Ganz offensichtlich wollte sie nicht mehr mit Herbert Hennemann verheiratet sein. Ich war gespannt, was sie stattdessen wollte.

»Komm rein«, forderte ich sie auf.

»Ist Ivan immer noch …?«, fragte sie und machte eine wedelnde Handbewegung.

»Auf dem Egotrip, ja.« Ich nickte. »Kann noch dauern.«

»Tut mir leid«, sagte sie.

Ich winkte ab. »Schon okay.«

»Vielleicht kommst du ja noch auf den Geschmack«, sagte Hella. »Das Leben ohne Mann bietet völlig neue Perspektiven.«

Ich seufzte »Ja, vielleicht« und schloss die Wohnungstür. »Du weißt ja, wo dein Zimmer ist.«

Hella stellte ihre Handtasche auf einem der Koffer ab und umarmte mich. »Danke für alles, was du für mich tust! Hab ich dir schon mal gesagt, dass du die allerbeste Freundin von der Welt bist?«

Ich knuffte sie in die Seite. »Untersteh dich.«

Wir zogen ihre Koffer in Pauls Zimmer, und einen kurzen, wehmütigen Moment lang wurde mir klar, dass er nicht zurückkommen würde. Von sich aus meldete er sich nie, und wenn ich ihm Nachrichten schickte, antwortete er kurz und unverbindlich.

Plötzlich war ich richtig froh, dass Hella wieder da war und wir unsere Wohngemeinschaft klimakterischer Exehefrauen in spe aufleben lassen würden. So würde ich wenigstens nicht zur einsamen Trinkerin werden.

Wenig später saßen wir in der Küche beim Kaffee.

»Danke, keine Milch«, sagte Hella. Auch die angebotenen Kekse wies sie zurück. »Bin ich froh, wieder hier zu sein!«, rief sie und streckte sich.

Ihr T-Shirt rutschte ein Stück nach oben, neidvoll blickte ich auf ihren flachen Bauch.

»So, raus damit, wie hast du es geschafft, so viel abzunehmen?«

Sie ließ die Arme sinken. »Bohnendiät.«

»Was?« Davon hatte ich noch nie etwas gehört.

»Zu jeder Mahlzeit Eiweiß, Gemüse und Bohnen, sonst keine Kohlenhydrate. Fünf Stunden Pause zwischen den Mahlzeiten, keine Milchprodukte außer Hüttenkäse.«

»Alkohol?«

»Ein Glas Rotwein pro Tag. Und das Beste: Einmal in der Woche soll man einen Fresstag einlegen, an dem man sich alles reinschiebt, worauf man Lust hat. Dann saust der Stoffwechsel wieder nach oben, und danach nimmt man weiter ab.«

»Dreimal am Tag Bohnen?«, fragte ich nach.

Hella nickte. »Kidney-Bohnen, Baked Beans, Saubohnen, grüne Bohnen … du kannst zwischendurch auch mal Linsen nehmen oder Kichererbsen. Aber am besten sind rote und schwarze Bohnen.«

»Kein Wunder, dass du so schnell wieder hier warst«, sagte ich grinsend. »Das muss ja einen enormen Rückstoß gegeben haben.«

Sie lachte. »Mir geht's echt gut damit. Und ich habe überhaupt keine Lust mehr auf Süßes.«

Den Tag, an dem ich keine Lust mehr auf Süßes hatte, würde ich wohl nicht mehr erleben. So viele Bohnen wurden weltweit nicht produziert.

»Ich weiß nicht«, sagte ich zweifelnd. »Ohne Kohlenhydrate bin ich den Herausforderungen des Alltags nicht gewachsen.

Ich würde sagen, zurzeit herrscht in meinem Leben sogar ein deutlich erhöhter Kohlenhydrat- und Kalorienbedarf.«

Hella erkundigte sich nach dem Grund und lauschte Anteil nehmend meiner Schilderung sämtlicher Desaster, die sich in der Zwischenzeit abgespielt hatten. Bei der Beschreibung meiner Situation verzichtete ich auf ein paar unwesentliche Details wie meine Affäre mit Tim, Ivans Samenspende an Nathalie und unsere Auseinandersetzung um Geld. Dafür schilderte ich ausführlich, was in unserem Freundeskreis los war. Hin und wieder stellte sie eine Frage, während sie weiter schwarzen Kaffee schlürfte.

»Euch darf man ja nicht mal fünf Minuten alleine lassen, schon gibt's Chaos auf allen Kanälen«, sagte sie kopfschüttelnd.

»Na gut, dann erzähl jetzt von dir.«

Sie stellte die Tasse ab. »Was soll ich dir sagen? Herbert und ich haben es noch mal versucht, wir haben uns wirklich Mühe gegeben, aber es war, als kämen wir von unterschiedlichen Planeten. Irgendwann haben wir beide kapituliert.«

»Wie geht es ihm?«

»Er ist beleidigt, fühlt sich ungerecht behandelt. Wo er doch alles für mich getan hat.«

»Du bist aber auch undankbar«, sagte ich. »Keine Kreuzfahrten, keine Golf-Reisen, keine Brillis, da muss ein Mann doch verzweifeln.«

Hella verzog das Gesicht. »Autos hast du vergessen! Als alles den Bach runterging, hat er mir einen Porsche Cayenne hingestellt.«

»Boah«, sagte ich neidisch. »Den hätte ich genommen!«
»Und dann?«

»Verkauft«, sagte ich, ohne zu zögern.

»Siehst du«, sagte Hella. »Genau das habe ich gemacht.«

»Ist doch super, dann hast du ein bisschen Startkapital.«

»Ich habe das Geld einem Projekt für Kinder mit Essstörungen gespendet«, sagte sie. »Für die übergewichtigen Kids, die aus Kummer und Einsamkeit zu viele Süßigkeiten gefressen und Herbert Hennemann reich gemacht haben.«

Ich schnappte nach Luft. »Das meinst du nicht ernst!«

Hella nickte. »Doch.«

»Und Hennemann?«

»Hat mich rausgeschmissen. Die Scheidung läuft.«

Wie hatte mein Ex Flori immer gesagt: *Stil zeigt sich in den kleinen Dingen.* Das musste ich erst mal verdauen.

»Und eure Kinder?«, fragte ich. »Wie haben sie die Trennung aufgenommen?«

Hella schnaubte. »Die haben fluchtartig das Haus verlassen, genau wie du es vorausgesehen hast. Anna ist in Kanada und Lukas in Peru. Ich kann inzwischen mit Whatsapp, Viber und Skype umgehen, als hätte ich nie was anderes gemacht.«

Ich staunte, wie rasant sich Hellas Leben in kurzer Zeit verändert hatte. Wenn ich sie so ansah, wurde ich fast neidisch. Sie sah toll aus, hatte längst überfällige Entscheidungen getroffen, sie schaffte es, ihre Kinder loszulassen, und wirkte wie jemand, der noch mal richtig durchstarten wollte.

»Und was hast du vor mit deinem neuen Leben?«, fragte ich neugierig. Ich wäre nicht erstaunt gewesen, wenn sie mir erzählt hätte, dass sie eine Unternehmensgründung im Hightech-Bereich plane oder sich für eine Marsmission beworben habe.

Stattdessen sagte sie: »Du hast mir doch mal angeboten, in deiner Agentur mitzuarbeiten. Steht das Angebot noch?«

»Na klar«, rief ich begeistert. »Die Bedingungen sind aber die gleichen geblieben, viel Arbeit und wenig Geld.«

Hella grinste. »Das passt zu meinen neuen Prioritäten.«
Ich hob die Hand, sie klatschte mich ab.
»Die Agentur ist tot, es lebe die Agentur!«

Der Brief kam von der Tontechnikerschule und war an Paul gerichtet. Ich kämpfte kurz mit mir, dann öffnete ich ihn. Was war das Briefgeheimnis gegen den Seelenfrieden einer Mutter?

Sehr geehrter Herr Remky,
hiermit teilen wir Ihnen mit, dass Sie wegen Überschreitung der zulässigen Fehlzeiten vom Unterricht suspendiert sind. Sollten Sie an einer Wiederholung des ersten Halbjahres interessiert sein, melden Sie sich bitte im Sekretariat. Mit freundlichen Grüßen,
Obergassner, Schulleiter

Wütend tippte ich den Text in mein Handy und schickte ihn als SMS an Paul. Als ich keine Reaktion erhielt, rief ich ihn immer wieder an. Entweder hatte er sein Telefon ausgeschaltet, oder er drückte mich – sobald er meine Nummer sah – weg. Schließlich rief ich Dan an.

»Hallo, Dan, hier ist Cora. Ich erreiche Paul nicht. Hast du eine Ahnung, wo er steckt?«

»Der ist viel unterwegs, Schule, Proben und so.«

»Die Schule hat ihn rausgeworfen.«

»Echt? Oh, shit.«

»Hör zu, Dan«, sagte ich eindringlich. »Ich will dich nicht in Konflikte stürzen, aber ich mache mir Sorgen um Paul. Wenn du irgendetwas weißt, was ich wissen sollte, dann sag es mir bitte!«

Am anderen Ende der Leitung blieb es eine Weile still. Dann sagte Dan zögernd: »Er hat eine Menge Probleme, so viel kann ich sagen.«

»Welche Probleme?«

»Diese Frau. Alk. Pillen. Das ganze Programm eben.«

»Was für Pillen?«, fragte ich alarmiert.

»Na ja, Aufputschmittel, Partypillen. Das Zeug, das einen fröhlich macht und den Sex noch geiler.«

Ich schluckte. »Danke, Dan.«

»Aber von mir hast du das nicht«, sagte er flehend. »Er würde mich umbringen, wenn er das wüsste!«

Verdammt. Am liebsten hätte ich mir sofort Paul gegriffen und ihn ins Gebet genommen, aber ich konnte mir vorstellen, wie der reagieren würde. Und Dan durfte ich auf keinen Fall verraten. Ich musste mir was anderes einfallen lassen.

Ich tippte eine SMS in mein Handy.

Liebe Sybille, ich weiß, ich gehe dir auf die Nerven, aber ich muss dringend mit dir sprechen. Persönlich. Es ist wichtig, bitte melde dich. Cora

Schon nach einer halben Stunde hatte ich eine Antwort. *Okay. Wann und wo?*

Erleichtert schrieb ich zurück und schlug ihr als Treffpunkt das Café vor, in dem wir uns vor ein paar Monaten zufällig getroffen hatten. Wir einigten uns auf sieben Uhr am gleichen Abend.

Ich ging extra etwas früher hin, um sie auf keinen Fall zu verpassen. Ihrem Outfit nach zu schließen kam sie direkt von der Arbeit. Sie sah müde und gestresst aus.

»Danke, dass du gekommen bist«, sagte ich.

Sie präsentierte mir ihren Bauch. »Immer noch nicht schwanger, falls du dir deshalb Sorgen machst.«

Ich genierte mich ein wenig. Vielleicht hatte ich ihr ja unrecht getan?

Wir bestellten Getränke, dann sagte ich: »Paul ist von der Schule geflogen, er hat heimlich sein Kindergeldkonto abgeräumt, und nach allem, was ich weiß, trinkt er zu viel und schluckt Aufputschpillen.«

Sie zog eine Augenbraue in die Höhe. »Klingt nach einem grandiosen Erziehungserfolg.«

»Sehr witzig. Vielleicht kannst du dir vorstellen, dass ich mir Sorgen mache.«

»Ich hab mich schon gewundert, woher er die viele Kohle hat«, sagte sie nachdenklich.

Ich beugte mich nach vorn. »Warum hast du ihn nicht gefragt?«

»Ich bin nicht seine Mutter.«

»Aber er tut das alles für dich«, rief ich. »Er will dir imponieren, er will dir zeigen, dass er genauso toll ist wie deine gleichaltrigen Freunde. Nur du kannst ihn zur Vernunft bringen!«

»Das habe ich ja versucht«, sagte sie genervt. »Ich habe ihm schon ein paarmal gesagt, dass wir nicht zusammenpassen und dass er aufhören soll, mir nachzulaufen.«

»Offenbar hast du es ihm nicht deutlich genug gesagt.«

»Habe ich. Aber das hat nur dazu geführt, dass er sich noch mehr ins Zeug gelegt hat. Ehrlich gesagt habe ich längst genug von ihm, aber ich weiß nicht, wie ich ihm das klarmachen soll.«

Das gab mir einen Stich, schließlich war Paul bis über beide Ohren verliebt und nahm jede ihrer Zurückweisungen zum Anlass, noch verzweifelter um ihre Liebe zu kämpfen. Und ihr bedeutete das alles nichts, genau wie ich es vorausgesehen hatte. Oh, wie gern hätte ich dieses eine Mal unrecht gehabt!

»Hör zu, Sybille, wenn ich jemanden nicht mehr sehen will, dann sehe ich ihn nicht mehr.«

Und ich gehe auch nicht mehr mit ihm ins Bett, obwohl ich gerade mit ihm Schluss gemacht habe, dachte ich schuldbewusst. Nein, ich war kein Vorbild in diesen Dingen, da machte ich mir nichts vor. Aber das musste Sybille ja nicht wissen.

»Was soll ich denn machen, wenn er mit Dackelblick vor meiner Tür steht und mir wieder irgendein Geschenk mitgebracht hat?«, sagte sie ungeduldig. »Dann tut er mir leid, ich lasse ihn doch wieder rein, und dann landen wir eben wieder im Bett.«

»Du musst das beenden«, sagte ich eindringlich. »Paul geht sonst kaputt, und das werde ich nicht zulassen.«

»Willst du mir drohen?«

Womit hätte ich ihr drohen können? Ich wünschte, ich hätte etwas in der Hand, mit dem ich sie unter Druck setzen könnte. So blieben mir nur meine Rachefantasien, in denen ich sie mit einem Epiliergerät folterte.

»Ich drohe dir nicht«, sagte ich. »Ich bitte dich nur.«

Mit einem letzten intensiven Blick in ihre Augen stand ich auf, legte zehn Euro für die Getränke hin und verließ das Café.

Durchs Fenster sah ich, wie Sybille hektisch eine Zigarette aus der Packung zerrte. Sie winkte dem Kellner, drückte ihm das Geld in die Hand und ging in Richtung Ausgang.

Am Abend bekam ich endlich eine Antwort von Paul.

Mach dir keinen Kopf, Mom, die Schule hat es sowieso nicht gebracht. Ich mach jetzt 'ne Weile nur Musik, und dann mal sehen. LG, Paul

Na, ganz toll! Ich überlegte lange, wie ich reagieren sollte. Meine Hoffnung war, dass Paul sich fangen würde, wenn Sybille endlich aus seinem Leben verschwunden wäre. Bis dahin würde ich mit allen Ermahnungen, Drohungen und Bitten wohl nur das Gegenteil von dem erreichen, was ich wollte.

Deshalb schrieb ich: *Falls du einen Rat brauchst, melde dich. Wir sind immer für dich da. Pass auf dich auf! Love, Mom*

O Mann, dachte ich. Da hielt man irgendwann ein Kind im

Arm und schwor sich, dafür zu sorgen, dass es ihm immer gut ging. Und keiner sagte einem, dass man scheitern würde. Weil das Kind zu einem erwachsenen Menschen heranwuchs, der von seinem ureigenen Recht Gebrauch machen würde, sich in die Scheiße zu reiten.

Hella war gerade seit ein paar Tagen zurück, da stand eines Abends plötzlich Uli vor der Tür.

»Du?«, sagte ich überrascht.

»Ich bin eine treulose Tomate, ich weiß«, sagte sie. »Aber in letzter Zeit war wirklich die Hölle los. Ich nehme an, du weißt, was passiert ist?«

»Hab davon gehört«, murmelte ich.

Sie schwenkte zwei Flaschen Rotwein. »Wo ist denn unsere Heimkehrerin?«

Kein Wort zu unserem Streit, keine Entschuldigung. Ich war so überrumpelt, dass ich wortlos die Tür aufzog und sie einließ.

Sie stürmte auf Hella zu und umarmte sie so überschwänglich, als wäre sie von einer Nordpolexpedition heimgekehrt. »Du siehst ja fantastisch aus! Willkommen im Klub!«

»In welchem Klub?«, fragte ich.

»Na, im Klub der frisch Getrennten!«

Daher wehte der Wind. Sie war auf der Suche nach Schicksalsgenossinnen, die sie in ihrem Entschluss bestärkten. Ganz sicher schien sie sich ihrer Sache also nicht zu sein.

»Ich bin nicht getrennt«, stellte ich fest.

»Was nicht ist, kann ja noch werden.« Sie lächelte mich an und sah aus, als könnte sie es kaum erwarten. Mir lagen eine Menge Antworten auf der Zunge, aber ich beschloss, die Klappe zu halten. Ich wollte nicht wieder mit Uli streiten, schon gar nicht vor Hella.

Gleich darauf saßen wir um den Küchentisch, zwischen uns die gefüllten Gläser und das Knabberzeug, das Hella normalerweise anmahnte, um nicht zu schnell betrunken zu werden. Diesmal griff sie nicht ein einziges Mal zu. Ihre Disziplin war geradezu unheimlich.

»Daran könntest du dir mal ein Beispiel nehmen«, fing meine bessere Hälfte an zu quengeln, aber diesmal war ich schneller. Ich packte sie, warf sie zu Boden und hielt ihr den Mund zu.

»Und wie ist es so, getrennt zu sein?«, erkundigte ich mich.

Uli schien meinen süffisanten Unterton nicht zu bemerken. »Verdammt gut! Das erste Mal nach zwanzig Jahren denke ich mal wieder *ich* und nicht immer nur *wir*, das bringt mich auf eine völlig neue Wahrnehmungsebene.«

Komisch, ich dachte weder *ich* noch *wir*, ich dachte die meiste Zeit *du*. *Du egoistisches Arschloch*. Ganz offensichtlich war ich von einer neuen Wahrnehmungsebene noch weit entfernt.

Hella wollte wissen, was Ulis Entschluss zur Trennung herbeigeführt habe, und Uli betete die Leier vom unbelehrbaren Thomas und dem langweiligen Ehe- und Sexleben runter, die ich schon kannte.

»Hast du dich eigentlich mal gefragt, ob du irgendeinen Anteil an dieser Situation hast?«, fragte ich. »Zu einer Ehekrise gehören bekanntlich zwei.«

»Willst du mir schon wieder Vorwürfe machen?«, gab sie angriffslustig zurück.

»Sie macht dir doch keine Vorwürfe«, schaltete Hella sich ein. »Ich finde die Frage berechtigt. Ich habe sie mir hundert Mal gestellt.«

»Und zu welchem Ergebnis bist du gekommen?«, fragte Uli, offensichtlich froh, von sich ablenken zu können.

»Ich bin wahrscheinlich nicht korrupt genug«, sagte Hella.

»Viele Frauen wären dankbar für das, was Herbert mir geboten hat. Mir bedeutet materieller Wohlstand aber nicht so viel, dass ich dafür weiter Kompromisse machen würde.«

»Siehst du«, triumphierte Uli. »Und bei mir ist es genau umgekehrt. Ich will endlich ein bisschen Glanz, ich will auch mal was Besonderes erleben und verwöhnt werden. Schließlich lebe ich nur einmal!«

»Und wie stellst du dir das vor?«, fragte ich.

Uli wurde lebhaft. »Ich habe eine Frau kennengelernt, die reist im Winter durch Asien und kauft Klamotten, die sie im Sommer auf Ibiza verkauft. Die hat das ganze Jahr schönes Wetter, verdient ein Schweinegeld und lernt obendrein ständig interessante Männer kennen. Warum soll ich nicht so was machen?«

»Ja, warum nicht«, sagte ich. »Wenn du davon träumst.«

Für mich war das eine Horrorvorstellung. Immer unterwegs, nirgendwo zu Hause, die Kinder weit weg – unvorstellbar. Wahrscheinlich war ich einfach eine Spießerin.

Aber auch Hella meldete Zweifel an: »Also, für so ein Hippieleben fühle ich mich echt zu alt.«

»Zu alt?«, schrie Uli auf. »So was darfst du nicht mal denken, geschweige denn aussprechen!«

»Wieso denn nicht?«, fragte Hella.

»Weil deine Gedanken dein Sein bestimmen, noch nie was von Selffulfilling Prophecy gehört?«

»Alt werde ich doch sowieso, egal was ich denke«, gab Hella unbeeindruckt zurück.

»Aber du musst doch noch Träume haben!«, beharrte Uli.

»Ich träume davon, eine Wohnung zu finden, so viel Kultur wie möglich zu genießen und mich sozial oder politisch zu engagieren«, zählte Hella auf.

Uli blickte sie an, als hätte Hella ihren sofortigen Eintritt ins Kloster verkündet.

Ich lachte. »Wisst ihr, was mir gerade auffällt? Ihr wollt beide das Gegenteil von dem, was ihr die letzten zwanzig Jahre hattet!«

»Stimmt genau!«, sagte Hella.

»Und was willst du?«, fragte mich Uli.

Ich musste nicht lange überlegen. »Genau das Leben, das ich die letzten zwanzig Jahre hatte.«

»Ist das denn so toll?«

»Ob es toll ist, weiß ich nicht«, erwiderte ich. »Aber es ist mein Leben. Ich habe es mir ausgesucht, ich habe all meine Kraft investiert, und auch wenn nicht alles so gelaufen ist, wie ich es mir gewünscht habe, ist es das, was ich will.«

»Ich will ja nicht indiskret sein«, sagte Uli. »Aber was genau ist eigentlich dein Problem?«

Ich schluckte. Monatelang hatte ich es geschafft, meine Probleme vor meinen Freundinnen geheim zu halten, während ich mich ausführlich mit ihren beschäftigte. Genau genommen hatte ich es geschafft, meine Probleme sogar vor mir selbst geheim zu halten.

»Das ist schwer zu sagen«, antwortete ich ausweichend.

Ich wusste nicht, wie ich Ivans Rückzug erklären sollte – ich verstand ihn ja selbst nicht. Ging es um seine Arbeit, um eine andere Frau, war er nur genervt von mir oder alles zusammen? Oder die Sache mit Tim – war das nur eine Racheaktion von mir gewesen, hatte ich narzisstische Bestätigung gesucht, oder hatte ich mich tatsächlich verliebt? Warum hatte ich so ein Problem mit Ivans Samenspende? Machte ich mir Sorgen wegen Paul, hatte ich Angst vor finanziellen Konsequenzen, oder war ich einfach nur eifersüchtig? Und schließlich die Sache mit dem Geld – fühlte ich mich zu Recht von Ivan erpresst, oder war ich eine Krämerseele ohne Sinn für die wichtigen Dinge des Lebens? Mir drehte sich der Kopf, wenn ich nur anfing, über all das nachzudenken.

»Lass mich die Frage anders stellen«, sagte Uli. »Ist Ivan noch der Mann, den du willst?«

Ich überlegte. »Ich fürchte, ja.«

»Will er dich auch noch?«

»Ehrlich gesagt, ich weiß es nicht.«

Nun schaltete sich Hella mit gewohntem Pragmatismus ein. »Wie wär's, wenn du ihn einfach mal fragen würdest?«

»Sollte ich vielleicht tun«, räumte ich ein. Dann versuchte ich, das Thema zu wechseln. »Was ist eigentlich mit einer weiteren Folge von Ulis Sextipps?«, fragte ich munter.

Hella und Uli blickten sich betreten an und schüttelten den Kopf. Dann sagte Uli im Tonfall einer TV-Expertin: »Als Nebenwirkung einer Trennung kann es vorkommen, dass die Sexualfrequenz rapide sinkt.«

Hella ergänzte: »Und zwar gegen null.«

»Was besonders ärgerlich ist, wenn man gerade den Rat einer Beziehungsexpertin befolgt und sich sauteure Wäsche gekauft hat«, fuhr Uli fort und ließ einen violetten Spitzen-BH aufblitzen. »Fünfundsiebzig Euro!«

Hella seufzte. »Was für eine Verschwendung!«

»Achtung, Hella!«, rief ich. »Hier spricht die schwäbische Hausfrau!«

»So was kauft man sich aber doch, damit jemand es sieht!«, sagte Hella.

»Eben nicht«, gab ich zurück. »So was kauft man sich, damit man selbst Freude daran hat. Männer haben ja bekanntlich den Nachteil, nicht immer in der Nähe zu sein, wenn man sie braucht.«

Das Gespräch drehte sich weiter um Männer beziehungsweise um die Vorteile eines Lebens ohne sie. Hella und Uli stei-
gerten sich in seltener Einigkeit in einen Begeisterungsrausch
über ihre neuen Freiheiten und Möglichkeiten, dem ich nichts
abgewinnen konnte. Weder wollte ich Defizite meiner bishe-
rigen Persönlichkeitsentwicklung aufarbeiten, noch wollte ich
allein spontane Kurzreisen unternehmen oder die wohltuende
Solidarität anderer getrennter Frauen erleben. Meine spirituelle
Seite wartete nicht darauf, entwickelt zu werden, und mein
feministisches Potenzial hatte schon immer zu wünschen übrig
gelassen.

Ich wollte nichts anderes als mit meinem Mann auf dem Sofa
sitzen und fernsehen. Oder zusammen in der Küche das Abendessen zubereiten. Ich wollte wochenlang neben ihm sitzen, ohne
an Sex nur zu denken, und plötzlich dieses Kribbeln im Bauch
spüren, das uns übereinander herfallen ließ, als hätten wir uns
gerade erst kennengelernt. Kurz, ich wollte, dass alles wieder
wurde, wie es mal war.

FÜNFZEHN

Am nächsten Tag war Hellas erster Arbeitstag in der Agentur. Ich stellte meinen Schreibtisch so um, dass wir zu zweit daran Platz hatten, besorgte einen weiteren Computer und weihte meine neue Mitarbeiterin in die Geheimnisse meiner Kürzelsprache ein. Bei Gesprächen mit Klienten pflegte ich mir Notizen zu machen; damit es schneller ging, hatte ich Abkürzungen erfunden.

»Hischi« bedeutete »hysterical chicken«, »tendnoi« »tendencially not interesting« und »nevsat« »never satisfied« (das hätte gut auf Uli gepasst). Es gab noch eine Menge Kürzel mehr, über die Hella sich kringelig lachte. Dann fing sie an, selbst welche zu erfinden.

»Was ist mit ›chuf‹?«, fragte sie und grinste.

»Chronically underfucked«, gab ich zurück. »Das ist alt!«

Hella überlegte angestrengt. »Semal?«

Ich musste raten. »Warte … See my algorithm … Nein … Some evil male … Sexiest man alive?«

»Hey, du bist gut«, lobte mich Hella.

»Ich hab's erfunden«, erinnerte ich sie.

»Und was heißt ›almagen‹?«

Da musste ich passen.

»Almost a genious«, trumpfte Hella auf.

»Die sind äußerst selten«, sagte ich. »Und wenn, wären sie vermutlich schwer vermittelbar.«

Wir legten eine Liste an, in die wir unsere Kürzel eintragen wollten, damit wir unsere Notizen auch später noch verstehen konnten.

Ich erläuterte ihr meine bisherige Arbeitsweise, und wir überlegten gemeinsam neue Aktionsfelder. Hella, die jahrelang an den Strategien für Hennemanns Firma mitgearbeitet hatte, sprühte vor Ideen.

»Du musst dich breiter aufstellen«, sagte sie. »Einfach nur Männer und Frauen zusammenbringen, das reicht heute nicht mehr.«

»Wir können ja auch Männer und Männer zusammenbringen«, schlug ich vor. »Und Frauen mit Frauen.«

»Unbedingt«, sagte Hella. »Außerdem musst du innerhalb der Zielgruppen segmentieren.«

»Was?«

»Alle deine Klienten suchen etwas Bestimmtes. Die einen wollen heiraten, die anderen nur eine Partnerschaft, die dritten suchen einen Begleiter für Reisen und Kultur, die nächsten wollen hauptsächlich Sex, all diesen Gruppen musst du maßgeschneiderte Angebote machen.«

»Verstehe«, sagte ich.

»Deine wichtigste Zielgruppe ist die der Frauen über fünfzig«, erklärte sie weiter.

»Wieso das denn? Die sind am schwierigsten zu vermitteln.«

»Eben deshalb! Wenn du dir da eine Spezialkompetenz erwirbst, wird das deine Wettbewerbsfähigkeit enorm steigern.«

»Du willst sagen …«

»Wenn sich herumspricht, dass du auf diesem Sektor erfolgreich bist, werden die Ladys dir die Bude einrennen.«

»Was ist mit den Männern?«

»Die kommen auch, wenn die Auswahl groß genug ist. Schließlich wollen nicht alle eine Dreißigjährige.«

»Und die brauchbaren Exemplare können wir abgreifen und unter der Hand an unsere getrennt lebenden Freundinnen vermitteln«, sagte ich grinsend.

»Insidergeschäfte«, sagte Hella und wiegte mit gespielter Besorgnis den Kopf. »Ganz schlecht fürs Image.« Wir kicherten.

»Du musst deine Akquiseaktivitäten ausweiten«, fuhr Hella fort. »Wilderst du denn auch in Internetportalen?«

»Wie soll das denn gehen?«

»Na, du legst ein eigenes Profil an, und wenn es mit dir und den Interessenten leider nicht geklappt hat, bietest du deine Dienste als professionelle Vermittlerin an.«

»An so was habe ich bisher nicht gedacht«, gab ich kleinlaut zu.

»Dann wird es höchste Zeit«, sagte sie und öffnete die Homepage von Happylove, einem der größten Online-Paarvermittler. Sie sah sich die Seite kurz an, las »Wir über uns«, dann klickte sie auf »Profil anlegen«.

Ich war beeindruckt. Wie hatte meine Agentur bisher ohne Hella überleben können?

Eines Vormittags war Hella nicht im Büro, dafür tauchte ein bekanntes Gesicht auf. Mit goldenem Engelshaar und weißem Wallegewand, eine Hand in die Hüfte gestemmt, kam eine Frau ins Büro gehumpelt.

»Mira!«, sagte ich überrascht. »Was ist los? Zu viel Yoga gemacht?«

Mira feixte verlegen. »Zu viel Sex. Háb mir das Iliosakralgelenk ausgerenkt.«

Ich musste lachen. »Entschuldige, bitte. Wie läuft's mit Benno?«

Schlagartig verdüsterte sich ihre Miene. »Deshalb bin ich hier. Wenn ich meine Abschlussgebühr bezahlt hätte, würde ich sie jetzt zurückfordern!«

Ich seufzte ahnungsvoll. »Erzähl!«

Mit schmerzverzerrtem Gesicht ließ sie sich auf einem Stuhl nieder. »Also, er ist eine Bombe im Bett, da gibt's nichts«, begann sie. »Aber sonst ist er der kleinlichste und piefigste Typ, mit dem ich je zu tun hatte. Wenn wir Pizza essen waren, hat er die Rechnung von neunzehn Euro achtzig auf zwanzig aufgerundet. Und wenn er Kondome besorgt hat, wollte er die Hälfte vom Kaufpreis von mir zurück!«

»Das passt zu ihm«, sagte ich und erzählte ihr, wie er mich um meine Abschlussprämie hatte prellen wollen.

Mira war empört. »Und mir hat er weisgemacht, er würde für mich mitbezahlen! Wieso hast du mich eigentlich nicht vor dem Kerl gewarnt?«

»Ich bringe meine Kunden zusammen, aber was danach passiert, liegt nicht mehr in meiner Verantwortung«, erklärte ich. »Das ist wie bei der Kindererziehung: Sie müssen ihre Erfahrungen selbst machen.«

»Stimmt schon«, räumte Mira ein. »Wenn du versucht hättest, ihn mir auszureden, hätte ich dir in meinem Hormonrausch wahrscheinlich nicht geglaubt.«

Trotz ihrer Enttäuschung wollte sie offenbar einen weiteren Versuch wagen. Ich müsste also bei der Auswahl eines potenziellen Kandidaten noch sorgfältiger vorgehen. Eine weitere Pleite konnte ich ihr nicht zumuten.

»Bist du denn noch auf deinem yogischen Weg?«, erkundigte ich mich.

Sie deutete mit dramatischer Geste auf ihre lädierte Rückseite. »Wie denn? Ich kann ja kaum sitzen. Nicht mal meditieren kann ich. So werde ich nie Samadi erreichen! Und einen Mann finde ich sicher auch nicht mehr.«

Ihre Zerknirschung wirkte fast komisch und reizte mich schon wieder zum Lachen. Ich riss mich zusammen.

»Pass auf«, sagte ich. »Bevor wir dein Profil überarbeiten, bringen wir erst mal dein Dingens-Gelenk in Ordnung. Ich kenne da einen Heilpraktiker, der auf diesem Gebiet Wunder vollbringt.« Ich wählte eine Nummer. »Thomas? Du, ich habe hier einen Notfall. Können wir gleich vorbeikommen?«

Die Praxis von Thomas war eigentlich immer voll, aber die Sprechstundenhilfe war informiert, und so wurde Mira gleich in einen Behandlungsraum geschickt.

»Kommst du mit?«, bat sie, und ich folgte ihr.

Nach ungefähr zehn Minuten öffnete sich die Tür, und Thomas kam herein. Er begrüßte mich mit Küssen auf die Wangen, und ich stellte ihm Mira vor.

Im privaten Umgang war Thomas eher schüchtern und wirkte manchmal unsicher, aber hier, in seiner Praxis, bewegte er sich selbstbewusst und wirkte äußerst kompetent. Kein Wunder, dass so viele Patienten ihm vertrauten.

Er glaubte an alternative Methoden wie Irisdiagnostik, Handauflegen und Chakra-Stimulation, die ich für Hokuspokus hielt. Auch die Wirksamkeit von Blutegeln, die bei Beschwerden von Bluthochdruck über Migräne bis Schnupfen helfen sollten, wollte ich nicht unbedingt ausprobieren. Aber im Einrenken war er einsame Spitze.

Er ließ sich Miras Beschwerden schildern und fragte, bei welcher Gelegenheit der Schmerz zum ersten Mal aufgetreten sei.

Mira errötete. »Bei … einer Yogaübung. Ich habe mich wohl ungeschickt bewegt, und dann …«

»Sie machen Yoga?«, sagte Thomas interessiert und erkundigte sich, welche Art Yoga sie praktiziere. Beide warfen mit indischen Bezeichnungen um sich, die ich noch nie gehört hatte.

»Legen Sie sich bitte auf die Seite, das rechte Bein angewinkelt, ja, so.«

Thomas stand hinter Mira und beugte sich so weit seitlich herab, dass er fast neben ihr auf der Behandlungsliege landete. Mit geübtem Griff schlang er einen Arm um ihren Oberkörper, drückte mit der anderen Hand gegen ihre Hüfte und sagte: »Und jetzt … ausatmen!«

Im gleichen Moment machte er eine ruckartige Bewegung, bei der er die zwei Körperhälften gegenläufig auseinanderdrückte. Ich hörte ein Knacken.

»Aaah«, machte Mira.

»Das war schon ganz gut«, befand Thomas. »Und jetzt umdrehen, bitte.«

Er wandte den gleichen Griff von der anderen Seite an, dann ließ er Mira aufstehen und griff wieder zu. Es knackte noch mal.

»Und? Wie fühlt es sich an?«

Mira schlenkerte mit den Armen und drehte sich vorsichtig in den Hüften. »Schon viel besser.«

»Es wird noch ein bis zwei Tage dauern, ehe die Verspannung, die sich durch die Schonhaltung gebildet hat, ganz weg ist. Danach sollten Sie keine Beschwerden mehr haben.«

Mira lächelte. »Vielen Dank. Ich habe gesehen, dass Sie auch Akupunktur machen, kann ich wegen meiner Schlafstörungen mal kommen?«

»Lassen Sie sich von meiner Mitarbeiterin einen Termin geben«, sagte Thomas und reichte ihr die Hand. Dann küsste er
mich zum Abschied und ging in den nächsten Behandlungsraum.

»Er ist wirklich gut«, sagt Mira. »Vielen Dank, dass du mich
hergebracht hast.«

Wir gingen zum Auto, Mira humpelte kaum noch.

»Jetzt habe ich Hunger«, verkündete sie. »Komm, ich lade
dich zum Essen ein! Wie wär's mit Schweinshaxe und Knödel?«

Im kürzester Zeit hatte Hella meine Agentur komplett umge-
krempelt. Sie hatte sämtliche Zielgruppen neu definiert, grif-
fige Slogans für die unterschiedlichen Angebote erfunden und
ein Konzept für die Überarbeitung meiner Website geschrieben.
Sie hatte ein Mailing entworfen, einen Facebook-Auftritt kon-
zipiert und Profile bei fünf Onlineportalen angelegt.

»Wochenende!«, verkündete sie am Freitagnachmittag. »Ich
fahre jetzt zu meinen Eltern aufs Land.«

Ich umarmte sie. »Ich danke dir für alles, Hella. Hab ich dir
eigentlich schon gesagt, dass du die allerbeste Mitarbeiterin von
der Welt bist?«

Sie grinste. »Nee, darauf warte ich schon über zwanzig Jahre.
Damals hast du es mir nämlich nie gesagt. Hättest du es bloß
mal getan, vielleicht hätte ich mich dann nicht Hennemann an
den Hals geworfen!«

Nachdem ich Hella am Bahnhof abgesetzt hatte, fuhr ich beschwingt nach Hause.

Als ich die Tür aufschloss, hörte ich, dass jemand in der Wohnung war.

»Hallo, wer ist da?«, rief ich.

Ich ging den Flur entlang bis zum Schlafzimmer. Auf dem
Bett lag ein geöffneter Koffer, Ivan kramte im Schrank.

»Was machst du denn da?«

Er drehte sich um. »Ich ziehe aus.«

Ich gab mich unbeeindruckt. »Du bist doch schon längst ausgezogen.«

Er warf einen Stapel T-Shirts in den Koffer. »Irrtum. Bisher habe ich aus beruflichen Gründen vorübergehend in meinem Atelier gewohnt. Jetzt ziehe ich ganz dorthin.«

Ich ließ mich auf die Bettkante fallen. »Und … darf ich erfahren, wieso?«

»Kannst du es dir nicht vorstellen?«

Klar konnte ich. »Weil ich dir das Geld nicht gegeben habe.«

Mein Mann verließ mich nach zwanzig Jahren Ehe, weil ich nicht bereit war, ihm meine Ersparnisse zu überlassen. Ich war kurz davor, laut loszulachen.

Ivan legte mehrere Bügel mit Hemden aufs Bett. Mechanisch begann ich damit, sie abzunehmen und zu falten, wie ich es immer getan hatte, wenn er packte.

»Ich hatte Besuch von einem gewissen Tim«, sagte er. »Der Typ, mit dem du an deinem Geburtstag Tango getanzt hast. Er stand gestern Abend plötzlich vor meiner Tür. Rate mal, was er gesagt hat.«

»Tim?«, sagte ich überrascht. »Keine Ahnung.«

»Gib sie frei!«, deklamierte Ivan so theatralisch, als wäre er der Marquis von Posa, der Gedankenfreiheit einforderte. »Er sagte, er wisse von unserer Krise, ich hätte dich, diese wunderbare Frau, nicht verdient, und da unser Sohn ja schon erwachsen sei, solle ich mich freundlicherweise von dir trennen, um den Weg für eure große Liebe freizumachen.«

Ach du Scheiße. Tim musste den Verstand verloren haben. »Und … was hast du gemacht?«

»Ich habe ihm gesagt, dass er sich verpissen soll.«

Ich legte die gefalteten Hemden auf einen Stapel und griff nach einem weiteren Bügel. »Ich kann dir das alles erklären!«

»Danke, kein Bedarf«, sagte Ivan und stopfte die Ecken des Koffers wütend mit Socken aus.

»Du bist ja eifersüchtig«, sagte ich erstaunt. Seit wir verheiratet waren, hatte er gerade das erste Mal eine derartige Regung gezeigt.

»Eifersüchtig?«, sagte er verächtlich. »Wirklich nicht. Das würde voraussetzen, dass dieser Kerl eine Konkurrenz für mich ist.«

»Wenn er keine ist, warum willst du dann gehen?«

»Ich will eurer großen Liebe nicht im Weg stehen.«

»Hör auf«, sagte ich. »Du weißt, dass das Quatsch ist.«

Er ließ ein letztes Paar Socken in den Koffer fallen und richtete seinen Blick auf mich. »Einmal in zwanzig Jahren bitte ich dich um Rücksichtnahme«, brüllte er plötzlich los. »Einmal erwarte ich Loyalität von dir, und was machst du? Fängst ein Verhältnis an. Das ist so was von … erbärmlich!«

Erschrocken zuckte ich zusammen, ein halb gefaltetes Hemd segelte auf den Boden.

»Rücksichtnahme?«, schrie ich zurück. »Du meinst wohl totale Selbstaufgabe! Du haust einfach ab, ziehst monatelang deinen Egotrip durch, und wenn ich es wage, irgendwas von dir zu wollen, behandelst du mich, als wäre ich eine aufdringliche Hausiererin und nicht deine Frau!«

»Das ist einfach lächerlich!«, schrie er zurück. »Du kannst es bloß nicht ertragen, mal nicht im Mittelpunkt zu stehen, dann musst du dir deine Bestätigung sofort woanders holen!«

Mit hochrotem Kopf standen wir uns gegenüber. Längst ging es nicht mehr um Tim und die Frage, ob ich eine Affäre mit ihm hatte oder nicht. Es ging um Ivan und mich und all den Frust, der sich zwischen uns angestaut hatte. Natürlich hatte es immer mal kleinere Scharmützel gegeben, aber die ganz große Abrechnung hatte nie stattgefunden. Jetzt kam alles auf den Tisch, aber im Eifer des Gefechts hörte keiner dem anderen richtig zu. Irgendwann waren wir erschöpft und fingen an, uns im Kreis zu drehen.

»Schlimm genug, dass du mit diesem Tango-Heini gevögelt hast«, sagte Ivan schließlich bitter. »Aber dass du ihm Hoffnungen auf ein gemeinsames Leben gemacht hast, das ist Verrat an unserer Ehe!«

»Aber er hat sich diese Hoffnungen selbst gemacht, nicht ich!«, rief ich aus. »Es war nur eine Affäre … rein sexuell.«

Er schnaubte. »Und das soll mich trösten? Außerdem glaube ich es nicht. Bist du nicht sogar mit ihm verreist?«

»Ein Wochenende«, gab ich widerwillig zu. »Und es war überhaupt nicht toll.«

»Das tut mir aber leid!« Seine Stimme troff von Hohn.

»Ehrlich, Ivan, ich habe keine Ahnung, wie er auf die Idee kommt, bei dir aufzukreuzen. Die Sache zwischen uns ist längst vorbei.«

Egal, was ich noch vorbringen würde, es hätte keinen Sinn. Und was noch schlimmer war: Ivan war überzeugt, unser eigentliches Problem sei mein Verrat, nicht das, was ihm vorausgegangen war.

Er warf noch ein paar Unterlagen in eine Kiste, dann begann er, die Koffer zur Tür zu schleppen.

Mir war zum Heulen zumute, aber ich ließ mir nichts anmerken. »Na, dann tschüs«, sagte ich schnippisch.

»Das ist alles, was du mir zu sagen hast?«, fragte er.

Mit einer hochmütigen Bewegung warf ich den Kopf in den Nacken und verschwand im Wohnzimmer. Gleich darauf hörte ich, wie die Wohnungstür zufiel.

Zusammengesunken saß ich auf dem Sofa und starrte vor mich hin. Ich war wie betäubt, mein Gehirn weigerte sich zu begreifen, was gerade geschehen war. Zwanzig Jahre Ehe sollten mit einem Handstreich beendet sein? Das war einfach nicht möglich. So was passierte anderen, so was passierte doch nicht mir.

Als ich mich einigermaßen gefasst hatte, schrieb ich eine SMS an Tim.

Danke, dass du mein Leben ruiniert hast.

Es dauerte fünf Sekunden, bis er anrief. »Was ist los, wie meinst du das?«

»Wie kommst du dazu, bei meinem Mann aufzutauchen und ihm diesen Schwachsinn aufzutischen?«, fauchte ich ins Telefon.

»Ich verstehe nicht …«, stammelte Tim. »Du hast zu mir gesagt, du würdest die Sache mit Ivan klären, damit wir zusammen sein können. Ich wollte dich unterstützen.«

»Das hast du vielleicht so verstanden, aber das habe ich nie so gesagt.«

Tim wurde ganz aufgeregt. »Du hast dich bei mir über ihn beklagt, du hast mir gesagt, wie unglücklich er dich macht, du bist mit mir nach Barcelona gefahren, du hast gesagt, aus unserer Affäre sei mehr geworden und du müsstest darüber mit Ivan sprechen, und gleich danach hast du mit mir geschlafen …«

Ich unterbrach ihn. »Aber das alles heißt doch nicht, dass ich einfach meine Ehe beende und ab jetzt mit dir zusammen bin.«

»Nein?« Tim war fassungslos. »Dann haben wir uns aber gründlich missverstanden.«

»Sieht so aus«, sagte ich seufzend. »Tut mir leid, Tim. Es ist meine Schuld.«

Ivan hatte recht. Ich hatte diese Affäre angefangen, weil ich in meiner Eitelkeit gekränkt war und mich an ihm rächen wollte. Ich hatte keine Rücksicht auf seine Gefühle genommen, und auf die von Tim schon gar nicht. Nun hatte ich nicht nur meine Ehe ruiniert, sondern auch noch einen guten Freund verloren. Cora, die emotionale Abrissbirne, hatte ganze Arbeit geleistet.

Uli konnte ihren Triumph nur schwer verbergen, als sie am Telefon von Ivans endgültigem Auszug erfuhr. »Was habe ich dir gesagt? Es war doch nur eine Frage der Zeit, bis es auch bei euch passieren musste. Glaub nicht, dass ich mich freue! Ich weiß, wie schwer eine Trennung ist.«

»Du erzählst doch die ganze Zeit, wie toll und frei du dich fühlst.«

»Tu ich auch«, sagte sie trotzig. »Aber natürlich habe ich auch meine schwachen Momente.«

Seit Ivans Auszug hatte ich eigentlich nur schwache Momente gehabt. Anders gesagt, es ging mir beschissen. Ich wollte es mir nicht anmerken lassen, aber Uli kannte mich lange genug, dass sie mich durchschaute.

»Wir sollten uns sehen«, schlug sie vor. »Morgen in meiner Mittagspause?«

Ich fuhr also am nächsten Tag in die Innenstadt, wo ich sonst immer gern herumgebummelt war. Aber ich hatte schon seit Längerem keine Lust mehr auf Shopping. Gegen meinen Herzschmerz hatte ich mich in letzter Zeit oft mit Essen getröstet und wohl auch mehr getrunken, als gut für mich war. Ich hatte zugenommen, und meine Jeans kniffen. Hella mit ihrer Disziplin machte mich zusätzlich fertig. Keine Chips, keine Süßigkeiten, kaum Alkohol und zu den Mahlzeiten nur gesunde Sachen. Wenn ich ihr beim Verzichten zusah, machte mich das nur noch hungriger.

Ich betrat das Herrenbekleidungsgeschäft, in dem Uli arbeitete. Da ich etwas zu früh dran war, streifte ich eine Weile durchs Erdgeschoss, bevor ich mit dem Aufzug in den zweiten Stock fuhr.

Uli war noch mit einem Kunden beschäftigt, der einen Anzug anprobierte, deshalb hielt ich mich im Hintergrund. Staunend beobachtete ich, wie sie dem Mann mit beiden Händen über die Taille strich, scheinbar zufällig ihre Hand auf seiner Schulter liegen ließ, als er sich vor dem Spiegel drehte, und sich in einer Weise an seinem Hosenbein zu schaffen machte, die fast schon anzüglich wirkte. Schlagartig begriff ich, dass ein Herrenausstatter ein ideales Jagdrevier war, in dem Ulis Begehrlichkeit auf andere, aufregendere Männer vielleicht schon seit Jahren Nahrung gefunden hatte. Nun hatte sie offenbar die Jagd eröffnet.

Seit der Trennung von Thomas hatte sie ihr Aussehen völlig verändert. Früher hatte sie nur Hosenanzüge und flache Schuhe getragen und mit ihrer athletischen Figur und den kurzen Haaren eher burschikos gewirkt. Inzwischen trug sie figurbetonte Kleider und Kostüme, dazu hohe Schuhe und – wie sie uns gezeigt hatte – verführerische Dessous. Es war, als hätte sie erst jetzt ihre Weiblichkeit entdeckt, und wie ein Kind, das ein neues Lieblingsspielzeug hatte, konnte sie gar nicht genug davon bekommen.

Als ihr Blick zufällig in meine Richtung schweifte, deutete ich zum Aufzug. Dort würde ich auf sie warten. Sie lächelte, sprach mit ihrem Kunden, strich ihm noch einmal fast zärtlich über das Revers. Der Kauf schien perfekt zu sein, der Mann verschwand in der Kabine. Gleich darauf trug Uli den Anzug zur Kasse, verabschiedete sich und kam zu mir.

»Nichts wie weg, bevor der Nächste kommt«, sagte sie und schubste mich in den Lift.

»Du bist keine Verkäuferin, du bist eine Verführerin«, stellte ich überrascht fest.

»Das ist dasselbe«, bemerkte Uli trocken. »Der Kunde kauft keinen Anzug, sondern eine Vorstellung von sich selbst. Ich helfe ihm, diese Vorstellung zu entwickeln.«

»Verkaufst du eigentlich mehr, seit du deinen Kleidungsstil geändert hast?«

Uli wurde verlegen. »Ist es dir aufgefallen?«

»Ja, und es gefällt mir. Würde mich interessieren, ob es Auswirkungen hat.«

»Du wirst lachen«, sagte sie. »Ich verkaufe ungefähr dreißig Prozent mehr. Die Kunden fühlen sich männlicher, wenn ihr Gegenüber betont weiblich ist. Eine Frau im Hosenanzug ist keine Herausforderung, eine Frau mit Ausschnitt und Beinen schon.«

»Und was ist, wenn der Verkäufer ein Mann ist?«

Uli lachte. »Die meisten sind schwul, da können die Machos sich auch männlich fühlen!«

»Und bei den anderen?«

»Ich glaube, da kommt das Gockel-Gen durch«, sagte Uli. »Männer wollen andere doch immer übertrumpfen, besser aussehen, den teureren Anzug haben. Unsere Verkäufer haben deshalb die Anweisung, selbst nur Anzüge aus dem mittleren Preissegment zu tragen.«

Ich musste lachen. »Hast du nicht neulich gesagt, Männer seien berechenbar? Jetzt verstehe ich, wie du darauf kommst.«

Als wir auf die Straße traten, hakte sie sich bei mir ein. »Wohin gehen wir?«

»Dahin, wo das Essen keine Kalorien hat«, sagte ich seufzend. »Hast du gesehen, wie fett ich geworden bin?«

»Du übertreibst«, sagte Uli. »Aber ein bisschen aufpassen solltest du wirklich.«

Mein Blick fiel in ein Schaufenster, in dem sich zwei Frauen spiegelten. Eine attraktive, schlanke in einem engen Kleid und eleganten Schuhen und eine weniger schlanke, schlecht frisierte in einem uralten Trenchcoat und ausgetretenen Stiefeln.

»Himmel«, sagte ich erschrocken und blieb stehen. »Bin das wirklich ich?«

Der Rollentausch zwischen Uli und mir war perfekt. Vorbei die Zeiten, in denen sie sich im Schatten der Traumfrau fühlen musste. Sie sah viel besser aus als ich, seit ihrer Trennung war sie regelrecht aufgeblüht, während ich so niedergeschlagen war, dass ich jedes Interesse an meinem Äußeren verloren hatte.

Als wir uns in einem vegetarischen Restaurant bei Salat und Gemüsesuppe gegenübersaßen, erwartete ich, dass Uli sich danach erkundigen würde, wie es mir nach Ivans Auszug gehe. Stattdessen fragte sie: »Hast du Thomas in letzter Zeit mal gesehen?«

»Nur kurz, ich war bei ihm in der Praxis.«

»Ich glaube, es geht ihm besser«, sagte sie.

»Das freut mich.«

»Mich auch. Ich hab dann nicht so ein schlechtes Gewissen, weißt du.«

Sie stocherte in ihrem Salat herum und wirkte kein bisschen so, als freute sie sich.

Ich überlegte, ob ich ihr unaufgefordert von mir erzählen sollte, aber dann ließ ich es bleiben. Obwohl sie das Treffen vorgeschlagen hatte, war sie offensichtlich nicht daran interessiert, etwas von mir zu erfahren.

Also fragte ich: »Und wie geht's dir sonst?«

»Immer noch gut, obwohl es manchmal nicht leicht ist«, sagte sie. »Neulich war ich eingeladen, bei einer Kollegin und ihrem Mann. Nur Paare am Tisch und dazwischen ich. Mein

Tischherr rechts wechselte ein paar Worte mit mir, dann wollte seine Frau den Platz tauschen, weil sie angeblich auf einem Ohr nicht gut hört. Sie hat den ganzen Abend kein Wort mit mir gesprochen. Mein Tischherr auf der anderen Seite wollte ebenfalls gern mit mir ins Gespräch kommen, aber seine Frau ist ihm immer wieder ins Wort gefallen und hat ihn nicht aus den Augen gelassen. Ich habe mich dann selbst angerufen und so getan, als müsste ich weg.«

»Klingt nach einer echten Chance zur Persönlichkeitsentwicklung«, sagte ich.

Uli seufzte. »Ich wusste nicht, wie biestig Frauen sein können, ich habe ja meistens mit Männern zu tun. Eine alleinstehende Frau ist für verheiratete Frauen ein rotes Tuch.«

»Eine alleinstehende Frau auf der Pirsch«, korrigierte ich. »Dir steht doch auf der Stirn geschrieben, dass du offen für ein Abenteuer bist.«

»Wenn das bloß so einfach wäre mit den Abenteuern«, sagte Uli seufzend.

Sie erzählte von einem Kunden, der ihr schon länger schöne Augen mache, den sie aber als verheiratete Frau bisher selbstverständlich nicht beachtet habe.

»Selbstverständlich nicht!«, wiederholte ich lächelnd.

Vor Kurzem habe sie sich mit ihm verabredet, sie hätten in einem sehr schönen Restaurant gegessen und dann noch einen Drink genommen. Schließlich seien sie in ihrer Wohnung gelandet.

»Ich in Spitzenwäsche, frisch enthaart, frisch lackierte Nägel, das ganze Programm«, erzählte Uli. »Ich war reif wie eine Pflaume kurz vor dem Platzen.«

»Und er?«

»Bekam keinen hoch.« Uli verzog das Gesicht. »Es war so

peinlich. Ich hörte mich selbst diesen Spruch aufsagen: ›Mach dir nichts draus, das ist doch überhaupt nicht schlimm.‹ Aber es ist schlimm, das kannst du mir glauben.«

Ich konnte mich eines Anfluges von Schadenfreude nicht erwehren. Da hatte Uli jahrelang über Thomas' mangelndes erotisches Talent geklagt, und gleich beim ersten Date passierte ihr so was. Das nannte man wohl ausgleichende Gerechtigkeit.

»Freiheit hat eben ihren Preis«, sagte ich lakonisch.

»Du wirst auch noch erleben, wie schwer es ist, in unserem Alter jemanden kennenzulernen«, sagte Uli gereizt. »Jedenfalls wenn man keinen Vaterkomplex hat. Gleichaltrige interessieren sich doch nicht für uns, die wollen Dreißigjährige. Wenn wir noch irgendwo landen wollen, müssen wir uns … altersmäßig nach oben orientieren.«

»Du kannst gern die Dienste der CS-Partnervermittlung in Anspruch nehmen«, bot ich an. »Wir haben diversifiziert und jetzt auch rein erotische Begegnungen im Programm.«

Uli machte eine abwehrende Handbewegung. »Vielen Dank, aber das habe ich nicht nötig!«

»Was nicht ist, kann ja noch werden«, sagte ich.

Endlich schien ihr doch noch einzufallen, warum sie sich eigentlich mit mir hatte treffen wollen. »Und wie läuft's bei dir so?«

Plötzlich hatte ich keine Lust mehr, über mich zu sprechen. Uli würde mir sowieso nur drei Sätze lang zuhören, bevor sie mich unterbrechen und wieder von sich erzählen würde. Tatsächlich wartete sie nicht mal meine Antwort ab, sondern redete gleich weiter. »Meistens spielt doch bei so was ein Dritter eine Rolle, ist das bei euch auch so?«

Herausfordernd sah ich sie an. »Wem von uns traust du denn eher einen Seitensprung zu?«

Sie lachte auf. »Wie hat deine Tante Elsie immer gesagt? Man hat schon Pferde kotzen sehen. Ich würde für niemanden mehr die Hand ins Feuer legen.«

»Weil du von dir auf andere schließt.«

Uli überlegte. »Kann sein. Ich hätte mir nie vorstellen können, Thomas zu betrügen. Und dann ist es damals eben doch passiert, und es kam mir total selbstverständlich vor. Ich hatte nicht mal ein schlechtes Gewissen.«

Ich hatte eines. Ein furchtbar schlechtes Gewissen sogar. Weniger wegen des Betrugs an sich als wegen meiner niederen Motive. Wenn ich wenigstens in Tim verliebt gewesen wäre, das hätte irgendwie als Entschuldigung gelten können. Aber so war es nicht gewesen.

»Jetzt gehen wir mal davon aus, dass du eine brave Ehefrau bist«, spann Uli das Szenario unbeirrt weiter. »Bist du dir denn sicher, dass dein Mann dich nicht betrügt?«

Seltsam, hatte Arne mir diese Frage nicht neulich auch schon gestellt? Und wieso stellte ich sie mir eigentlich nicht selber? Hatte ich vielleicht zu viel Angst vor der Antwort?

Ich seufzte. »Keine Ahnung. Ich glaube, ich will es nicht wissen, aber das bedeutet ja schon, dass ich es nicht ausschließen kann.«

»Hast du einen Verdacht?«

Ich schüttelte den Kopf und hatte wieder mal das Bild der rothaarigen Galeristin vor Augen.

»Sagen wir so: Statistisch gesehen hat ungefähr die Hälfte aller Männer und Frauen ihren Partner schon mal betrogen«, stellte Uli fest. »Wenn du es nicht getan hast, stehen die Chancen gut, dass Ivan es getan hat.«

Na, dann muss ich mir ja keine Sorgen mehr machen, dachte ich. Und genau die machte ich mir ab diesem Moment.

Als Uli ins Geschäft zurückgekehrt war, lief ich weiter durch die Stadt. Ohne festes Ziel, wie ich mir einredete, trotzdem stellte ich nach einer Viertelstunde fest, dass ich vor der Galerie von Katharina Mettler stand.

Ich blickte durchs Schaufenster und entdeckte drei von Ivans Bildern an der Wand. Die Galeristin stand mit dem Rücken zu mir an einem Grafikschrank und sortierte irgendetwas.

Ich sah ihr eine Weile zu und überlegte, ob ich eintreten und was ich dann sagen sollte.

»Entschuldigen Sie, aber welche Beziehung pflegen Sie eigentlich zu Ihren Künstlern? Ist das rein professionell, oder kommt da hin und wieder ein privater Touch mit rein?«

Oder lieber: »Guten Tag, Frau Mettler, eine Frage. Haben Sie eigentlich was mit meinem Mann?«

»Alte, tickst du eigentlich noch richtig?«, wollte meine bessere Hälfte wissen.

»Wieso?«, fragte ich trotzig. »Vielleicht ist die Überrumpelungstaktik ja hier die richtige.«

»Kennst du nicht die Regel Nummer eins bei Ehebruch?«, sagte sie. »Leugnen, leugnen, leugnen. Die meisten Leute halten sich daran.«

Hätte ich mich nur auch dran gehalten, dachte ich reuevoll, dann wäre ich jetzt vielleicht keine arme, verlassene Ehefrau. Ich hätte Tims Geschichte ja rundweg bestreiten und zu einem Produkt seiner Fantasie erklären können. Leider war ich eine verdammt schlechte Lügnerin. Das war schon immer mein Problem gewesen.

»Aber wie erfährt man denn, ob man betrogen wird?«

Sie ließ ihr höhnisches Lachen ertönen. »Das erfährt man schon, keine Sorge. Meistens, wenn man nicht damit rechnet.«

Noch einmal folgte ich der Galeristin mit den Blicken.

War es vorstellbar, dass Ivan ein Doppelleben führte? Einen kurzen Moment hoffte ich fast, es wäre so. Dann müsste ich mich nicht mehr ganz so schlecht fühlen. Dann wären wir quitt.

Ich blieb noch ein bisschen vor der Galerie stehen, dann wandte ich mich ab und ging weg.

SECHZEHN

Die Agentur brummte. Und ich flüchtete mich in die Arbeit, auch wenn es mir zunehmend absurd vorkam, Menschen zu Paaren machen zu wollen. Ich hatte jeden Glauben daran verloren, dass Glück dauerhaft sein könnte, und die Liebe erschien mir voller Fallstricke und Tücken, an denen jeder über kurz oder lang scheitern musste. Die Überzeugung Frischverliebter, ihre Beziehung sei etwas ganz Besonderes und ihre Liebe werde ein Leben lang halten, hatte mich früher immer gerührt. Nun, da ich selbst zu den vierzig Prozent gehörte, deren Ehe scheiterte, fand ich diesen Glauben naiv, ja geradezu albern.

Hella war da längst einen Schritt weiter. Sie hatte keinerlei missionarischen Eifer und sah die Partnervermittlung als das, was sie war: ein Geschäft. Auch nichts anderes als der Vertrieb von Schokolade. Mit dieser Einstellung war sie erfolgreicher, als ich jemals gewesen war, und ich war ihr dankbar, dass sie den Löwenanteil der Arbeit übernommen hatte, vor allem die Neuzugänge.

Ich konzentrierte mich auf meine Altfälle, darunter Werner und Mira.

Mira hatte wenige Tage nach der Behandlung angerufen. »Noch mal vielen Dank, Cora, dein Freund hat wirklich Wunder an mir vollbracht!«

»Dann kannst du ja wieder loslegen mit der Partnersuche«, sagte ich munter. »Wir haben interessante neue Kandidaten!«

Sie zögerte. »Ach, weißt du, ich habe gedacht, ich warte jetzt mal ab. Man soll ja nichts erzwingen, und die Sache mit Benno hängt mir doch noch ganz schön nach.«

»Kein Problem«, sagte ich. »Melde dich einfach, wenn du so weit bist.«

Blieb noch Werner. Der hatte sich länger nicht gemeldet, ich musste also, getreu Hellas neuem Motto »Wir geben nicht auf, bevor Sie glücklich sind« selbst aktiv werden.

Ich schrieb ihm eine Nachricht.

Sind Sie noch interessiert? Wir haben eine Menge Neuzugänge. Herzliche Grüße, Cora Schiller

Ein paar Tage später stand er plötzlich in der Agentur. Genauer gesagt stieß er beim Hereinkommen mit Hella zusammen, die gerade mit zwei gefüllten Tassen aus der Küche kam. Der Kaffee schwappte auf den Parkettboden, und nur weil Hella geistesgegenwärtig zur Seite sprang, wurde sie nicht verbrüht.

»Passen Sie doch auf, Sie Dödel!«, rief sie ärgerlich.

Ich räusperte mich und bedachte sie mit einem strafenden Blick, immerhin war Werner ein Klient. Er entschuldigte sich und bot an, jeden Schaden an Kleidung und Mobiliar zu ersetzen, aber zum Glück war nichts weiter passiert.

»Darf ich vorstellen«, sagte ich. »Das ist meine neue Mitarbeiterin, Hella Hennemann.«

Sie gab Werner die Hand und lächelte. »Entschuldigen Sie den Dödel.«

»Sie haben ja recht«, sagte er zerknirscht. »Werner Krüger.«

Hella holte eine Küchenrolle und wischte den Boden auf, während ich mit Werner sprach und einige DVDs bereitlegte.

»Herr Krüger?«

»Ja, bitte?«

»Ich sagte, diese drei Kandidatinnen erscheinen mir vielversprechend. Möchten Sie die DVDs sehen?«

»O ja, natürlich.«

Er folgte mir ins Nebenzimmer, wo ich die erste DVD einlegte. »Kommen Sie zurecht?«

Er nickte und griff nach der Fernbedienung. »Vielen Dank.«

Ich ging zurück ins Büro. Eine halbe Stunde später kam er wieder und sah sich um. »Wo ist denn Ihre Mitarbeiterin?«

Ich erklärte ihm, dass Hella schon gegangen sei, da sie vor Geschäftsschluss noch etwas besorgen müsse. Er wirkte enttäuscht.

»Wie haben Ihnen die Damen gefallen?«, fragte ich gespannt.

Er setzte sich mir gegenüber. »Darf ich ehrlich zu Ihnen sein, Frau Schiller?«

Ich lächelte. »Ich bestehe darauf.«

»Ich fürchte, dies ist der falsche Weg für mich, eine Partnerin kennenzulernen.«

Ich nickte. »Diesen Eindruck habe ich schon länger. Soll ich also meine Bemühungen einstellen?«

»Nicht ganz«, sagte er.

Ich blickte ihn fragend an.

»Ich möchte Frau Hennemann näher kennenlernen.«

Ich lachte hell auf. »Vergessen Sie's.«

»Warum? Ist sie schon vergeben?«

»Im Gegenteil«, sagte ich. »Sie ist frisch getrennt, steht kurz vor der Scheidung und hat, wenn ich so sagen darf, die Schnauze von Männern gestrichen voll.«

Er wiegte nachdenklich den Kopf. »Ich gebe zu, das klingt nicht gerade ermutigend. Aber kennen Sie das? Sie sehen einen Menschen und sind sofort bezaubert, Sie glauben ihn zu kennen, obwohl Sie ihm zum ersten Mal begegnet sind. Es ist wie ein Blitzschlag, der berühmte ›coup de foudre‹. In der Literatur gibt es das ständig, und bisher habe ich es für eine Erfindung gehalten. Aber heute … ist es mir passiert.«

»Im Ernst?«, sagte ich perplex. »Mit Hella?«

Er nickte.

Wie seltsam die Menschen doch sind, dachte ich.

Der E-Mail-Betreff lautete: *xy*. Ich öffnete die Nachricht und las.

Liebe Patentante Cora,
du sollst nach Ivan die Erste sein, die es erfährt: Nathalie und ich erwarten eine Tochter! Der Geburtstermin wurde für Anfang Juli errechnet, Nathalie geht es gut, und wir sind super aufgeregt! Wir würden gern bald mit Ivan, Paul und dir anstoßen – schließlich seid ihr unsere wichtigsten »Geburtshelfer«!
Alles Liebe und viele Grüße, Katja und Nathalie

Ich fing an zu heulen. Wie gern hätte ich mich mit Ivan gemeinsam gefreut, schließlich war es doch auch ein bisschen »unser« Kind! Aber wie sollten wir unter den gegebenen Umständen einen gemeinsamen Abend verbringen? Noch dazu mit Paul?

Ich klickte auf »Weiterleiten« und schrieb an Ivan: *Was soll ich antworten?*

Als Antwort kam: *Schreib ihnen die Wahrheit.*

Ich schrieb zurück: *Was ist die Wahrheit?*

Keine Antwort.

Ich schrieb Katja, dass ich mich sehr für sie beide freue, unsere familiäre Situation derzeit aber etwas angespannt sei und ich den Umtrunk deshalb gern verschieben würde.

Sie antwortete, dass sie uns alles Gute wünsche und hoffe, uns bald zu sehen. Diesmal hatte sie einen Anhang beigefügt, ein Ultraschallbild. Die Umrisse des kleinen Mädchens waren bereits klar zu erkennen.

Ich musste an Paul denken und an das erste Ultraschallbild, das ich von ihm in der Hand gehalten hatte. Damals hatte ich auch geweint, aus Freude, genau wie Ivan. Unsere Zukunft hatte vor uns gelegen, ich hatte mich sicher und aufgehoben gefühlt, endlich angekommen in einer Familie, die ich mir als vaterloses Kind wohl immer gewünscht hatte, ohne es zu wissen.

Nun lag diese Zukunft hinter mir. Und ein tristes Leben als verlassene Ehefrau vor mir. Ich würde – von ein paar Affären abgesehen – den Rest meines Lebens allein bleiben. Frauen über fünfzig waren ungefähr so leicht vermittelbar wie Behinderte, Hartz-IV-Empfänger und Kriminelle. Niemand wusste das besser als ich, schließlich waren in den letzten Jahren Heerscharen von ihnen in meine Agentur gekommen.

Wieder stand ich vor der Galerie und beobachtete die rothaarige Galeristin. Ich war überzeugt, dass sie mir über Ivans wahre Beweggründe für die Trennung Aufschluss geben konnte. Je länger ich darüber nachdachte, desto überzeugter war ich nämlich, dass die Sache mit Tim nur ein Vorwand gewesen war. Ivan war nie eifersüchtig gewesen, und meine Affäre war vorbei. Warum hätte er mich verlassen sollen, wenn es keinen weiteren triftigen Grund dafür gab?

Eine andere Frau würde alles erklären. Seinen seltsamen Rückzug, sein abweisendes Verhalten, die überstürzte Trennung. Immer wieder sah ich die beiden am Abend seiner Preview vor mir, den Künstler und seine wichtigste Unterstützerin, die sich so selbstverständlich gemeinsam zwischen den Gästen bewegt hatten. Sie hatten sehr vertraut miteinander gewirkt, und ich war mir von Anfang an wie ein Eindringling vorgekommen.

Egal was ich von ihr erfahren würde, jede Gewissheit wäre mir lieber als meine quälenden Fantasien. Wenn ich endlich die Wahrheit wüsste, könnte ich die Trennung vielleicht akzeptieren.

Als ich die Glastür aufdrückte, ertönte ein Klingeln. Katharina Mettler, die mir bis dahin den Rücken zugewandt hatte, drehte sich um und kam auf mich zu. Ich starrte sie an. Sie war schwanger.

»Ach, hallo«, sagte sie und kam mit ausgestreckter Hand auf mich zu. »Frau Remky, stimmt's?

Ich schüttelte ihr die Hand und nickte. Es hatte mir die Sprache verschlagen.

»Wir haben uns ja neulich nur kurz gesehen«, fuhr sie fort. »Leider waren Sie nicht mehr mit beim Essen.«

Ich räusperte mich, um den Kloß aus meinem Hals zu bekommen. »Ich war … Mir ging's an dem Abend nicht so gut.«

»Ja, also …« Sie drehte sich auf dem Absatz und wies mit dem rechten Arm in den Galerieraum. »Was kann ich für Sie tun?«

Immer wieder musste ich auf ihren Bauch starren. »Ich wusste gar nicht, dass Sie …«, stammelte ich. »Neulich hat man noch nichts gesehen.«

Sie legte die Hand auf den Bauch und lächelte. »Ja, am Anfang sieht man gar nichts, und dann plötzlich – wumm – geht's los, und man hat das Gefühl, die Kugel wird jeden Tag größer.«

Wumm.

»Ich wollte mit Ihnen über meinen Mann sprechen«, sagte ich. Sie blickte mich unverändert freundlich an. »Äh, also ich meine, über seine Arbeit … Ich habe erfahren, dass es sehr teuer ist, die Bilderserie herzustellen, und ich mache mir Sorgen, dass das Projekt scheitern könnte.«

Ich hoffte, das würde halbwegs glaubwürdig klingen.

Sie nahm einen tiefen Atemzug. »Ja, es ist eine schwierige Situation. Das Interesse an den Bildern ist groß, auch international, und es gibt bereits einige potenzielle Investoren. Das Problem ist, dass die im Gegenzug für ihr hohes Engagement Exklusivrechte erwerben wollen, und Sie kennen ja Ihren Mann.« Sie lächelte vielsagend.

»O ja«, sagte ich und starrte weiter auf ihren Bauch.

»Er will sich auf keinen Fall in eine solche Abhängigkeit begeben. Deshalb sind wir immer noch auf der Suche nach Geldgebern.«

»Und wenn Sie keine finden?«

»Dann wird es keine weiteren Bilder geben.«

Ich schluckte. »Das wäre wirklich …«

»Ein Drama«, sagte sie. »Für Ivan, für die Kunstwelt, aber auch für die Investoren.«

»Auch für Sie?«, fragte ich und blickte ihr direkt ins Gesicht.

Sie lächelte. »Ach, wissen Sie, diese Galerie gehört meinem Mann, und der muss damit kein Geld verdienen. Ich wäre sehr gern an Ivans künstlerischem Erfolg beteiligt, aber ein Ende des Projektes wäre für uns keine finanzielle Katastrophe.«

»Sie sind verheiratet?«, fragte ich dämlich.

Sie schaute überrascht. »Hat Ivan Ihnen nichts davon erzählt? Ich bin Irmis Schwiegertochter.«

Jetzt begriff ich es endlich! Irmi war Ivans langjährige Galeristin gewesen, und ich hatte nicht verstanden, warum Ivan plötzlich nicht mehr mit ihr zusammenarbeiten wollte. Offenbar hatte ihr Sohn die Galerie übernommen und seiner Frau die Leitung übertragen.

»Ja … ich glaube, er hat es mal erwähnt«, sagte ich. »Wie geht es Irmi?«

Katharina lächelte. »Sie genießt das Alter und freut sich auf ihr Enkelkind.«

Um meine Verlegenheit zu überspielen, näherte ich mich einem der Bilder und blieb davor stehen.

»Diese Bilder sind wirklich etwas ganz Besonderes«, sagte ich sinnend. »Ich kenne Ivans Arbeit seit mehr als zwanzig Jahren, aber diese Werke sind ein … Quantensprung. Ich frage mich, woher er die Inspiration dafür bekommen hat.«

»Sprechen Sie beide denn nicht darüber?«, fragte Katharina erstaunt.

»Doch, aber nicht während des Entstehungsprozesses. Da zieht Ivan sich total zurück, wird fast autistisch. So extrem wie zurzeit war es aber noch nie.«

Ich verschwieg ihr, dass wir faktisch getrennt waren und sie ihn vermutlich sehr viel häufiger zu Gesicht bekam als ich.

»Künstler sind seltsame Wesen«, sagte sie lächelnd. »Für mich gibt es nichts Schöneres, als ihrer Kreativität zum Durchbruch zu verhelfen. Das ist jedes Mal fast wie … eine Geburt!« Sie lachte und umfasste wieder ihren Bauch.

»Wann ist es denn so weit?«

»In dreieinhalb Monaten. Ich hoffe, dass wir bis dahin eine Lösung für Ivans Problem gefunden haben, denn ich werde für eine Weile nicht arbeiten.«

Wir unterhielten uns noch ein bisschen, dann verabschiedete ich mich.

»Es wäre mir übrigens recht, wenn Ivan nichts von meinem

Besuch erfahren würde«, bat ich verlegen. »Er will nicht, dass ich mich in seine Arbeit einmische.«

»Kein Problem«, sagte Katharina lächelnd.

Ich verließ die Galerie und schämte mich vor mir selbst.

Als ich das nächste Mal in der Agentur mit Hella allein war, brachte ich das Gespräch auf Werner.

»Erinnerst du dich an Werner Krüger?«

Hella überlegte. »Du meinst den Dödel mit dem Kaffee?«

»Genau den«, sagte ich. »Er ist einer meiner sympathischsten Kunden, aber er ist sehr anspruchsvoll. Ich hatte mit meinen Vorschlägen bisher kein Glück. Willst du ihn übernehmen?«

»Kann ich machen«, sagte Hella. »Ich schau mir gleich sein Video an, und vielleicht kann er ja noch mal zum persönlichen Gespräch kommen.«

»Macht er sicher gern«, sagte ich.

Dann rief ich Werner an und erläuterte ihm meinen Plan. »Ab jetzt ist Frau Hennemann für Sie zuständig. So haben Sie immer einen Vorwand, anzurufen oder vorbeizukommen. Vielleicht lernen Sie sich auf diese Weise näher kennen.«

»Danke, dass Sie sich so bemühen«, sagte er. »Man merkt, dass Sie Ihren Job mit Leidenschaft machen! Wie hat schon Shakespeare gesagt? ›Was ihr nicht tut mit Lust, gedeiht euch nicht.‹«

Ich war versucht, ihm meine Zweifel an den Chancen glücklicher Zweisamkeit zu gestehen, ließ es aber bleiben. Ich durfte schließlich nicht mein eigenes Geschäftsmodell infrage stellen. Und Verliebte ließen sich sowieso nicht entmutigen.

»Hella darf nicht merken, dass Sie an ihr interessiert sind«, fuhr ich mit meinen Regieanweisungen fort. »Sie ist der Typ, der sofort misstrauisch wird, wenn jemand sich um sie bemüht, so nach dem Motto: Dem Club, der mich als Mitglied nimmt, will ich nicht angehören. Sie muss das Gefühl haben, selbst aktiv zu sein.«

Werner seufzte. »Das klingt nach einer echten Herausforderung! Einerseits kein Interesse zeigen, aber andererseits in ihrer Nähe sein.«

»Tja, Hella ist eine harte Nuss«, sagte ich. »Sagen Sie nicht, dass ich Sie nicht gewarnt hätte.«

»Ein Weib wird bald zum Narr'n gemacht, wenn sie nicht Mut hat, sich zu widersetzen«, deklamierte er.

»Woraus zitieren Sie denn da?«, fragte ich.

Er lachte. »Der Widerspenstigen Zähmung!«

»So, Ladys, was gibt's Neues?«, leitete Uli unseren nächsten Weiberabend ein.

»Ich habe heute Post vom Anwalt bekommen«, sagte Hella aufgeregt. »Mein Scheidungstermin steht fest.«

»Töfftöö, töfftöö!«, imitierte ich den Klang eines Bläsertuschs im Bierzelt. »Wenn das kein Grund zum Feiern ist!«

»Allerdings«, sagte Hella. »Und du, Uli? Neues von der Sexfront?«

Uli hob vielsagend die Augenbrauen. »Kann man sagen.«

»Na, dann mal raus damit!«, sagte ich. »Du bist die Hoffnungsträgerin der Frauen über fünfzig, denn du bist so ungefähr die Einzige von uns, die noch Sex hat.«

Uli zierte sich. »Es ist … Na ja, es ist mir ein bisschen unangenehm.«

»Macht nichts«, sagte Hella.

»Also … ich war neulich auf einer Geburtstagsparty und hab einen Mann kennengelernt«, begann Uli zögernd. »Gut aussehend, kultiviert, höflich, kurz …«

»Zu schön, um wahr zu sein«, ergänzte ich.

Sie verzog nur kurz das Gesicht. »Wir haben uns verabredet, und es war klar, dass es um Sex gehen würde. Wir haben nur ein paar Drinks genommen, dann sind wir zu ihm nach Hause. Tolles Haus in Nymphenburg, modern eingerichtet, sehr edel. Mehr habe ich nicht gesehen, weil wir sofort ins Schlafzimmer gegangen sind.«

»Du traust dich ja was«, sagte Hella bewundernd. »Einfach mit einem wildfremden Typen mitzugehen!«

»Haben wir doch früher immer gemacht«, sagte ich.

»Du vielleicht«, sagte Hella pikiert.

»Also«, nahm Uli den Faden wieder auf. »Wir liegen nackt im Bett, über uns ein riesiger Spiegel, und als wir mittendrin sind … öffnet sich plötzlich die Tür.«

»Was?« Hella starrte sie entsetzt an.

»Eine Frau im Bademantel kommt rein. Lange, blonde Haare, super attraktiv, ein bisschen älter als wir. Ich denke mal, die Ehefrau.«

»Ach du Scheiße«, sagte ich.

»Ich dachte, mich trifft der Schlag, und wollte natürlich nur raus aus dem Bett und nichts wie weg, aber der Typ hält mich fest«, fuhr Uli fort. »Die Frau kommt näher, öffnet den Bademantel. Darunter ist sie nackt. Sie bleibt vor dem Bett stehen, lächelt und sagt: ›Ihr bösen Kinder, ihr werdet doch nicht ohne mich Spaß haben?‹«

Hella hörte mit offenem Mund zu. »Das ist ja gruselig«, sagte sie kopfschüttelnd.

Ich blickte Uli zweifelnd an. »Du verarschst uns, oder? So was gibt's in Sexromanen oder Filmen, aber doch nicht in Wirklichkeit.«

»Das meinst du«, sagte Uli.

»Und wie ging es weiter?«, fragte Hella.

»Na, wie schon«, sagte Uli verlegen.

»Ihr habt wirklich zu dritt …?«

Uli räusperte sich. »Es ist mir peinlich, es zuzugeben, aber … es war absolut geil!«

Ich schüttelte ungläubig den Kopf. »Ich fasse es nicht. Unsere Freundin Uli wird auf ihre alten Tage eine Sexbestie!«

Ich staunte über die Wandlung, die meine Freundin durchgemacht hatte. Uli definierte sich neuerdings über die Beachtung, die Männer ihr schenkten, und ihre daraus resultierenden erotischen Erfolge. Viele Jahre war das mein Muster gewesen. Während meiner Ehe hatte ich gern meine Wirkung auf Männer getestet, auch wenn ich die Gelegenheiten dann ungenutzt verstreichen ließ. Niemand hatte mich mehr dafür kritisiert als Uli. Wir hatten wirklich die Rollen getauscht.

»Und was hast du als Nächstes vor?«, fragte ich. »Gruppensex?«

»Hör auf«, sagte sie errötend. »Das war ein einmaliger Ausrutscher.«

»Wie fühlt sich denn das an … mit einer Frau?«, wollte Hella wissen. Ihre Wangen waren gerötet.

Uli überlegte. »Seltsam … vertraut. Und auf eine aufregende Weise verboten.« Sie lachte. »Leider keine Alternative auf Dauer. Ich bin und bleibe hetero.«

»So was könnte ich nie«, sagte Hella entschieden. »Gut, dass ich sowieso keinen Sex mehr will.«

»Nein!«, kreischte Uli. »Schon wieder so ein Satz, den man nicht mal denken, geschweige denn aussprechen darf.«

»Wegen dieser Sache mit Selffulfilling Prophecy«, erinnerte ich sie.

»Ich will aber doch wirklich keinen Sex mehr«, beharrte Hella. »Dann ist es doch ganz egal, ob ich es ausspreche oder nicht.«

»Du hast die falsche Einstellung«, sagte Uli streng. »Wir machen jetzt mal eine Lockerungsübung. Ich gebe dir ein paar Satzanfänge, und du führst sie mit deinen Worten zu Ende.«

Hella nickte ergeben.

»Sex ist für mich …«, begann Uli.

»Nicht mehr wichtig«, ergänzte Hella.

»Den letzten sexuellen Höhepunkt hatte ich …«

Hella musste überlegen. »Äh … das ist schon eine Weile her.«

»An Männern mag ich …«

»Wenn sie mich als Persönlichkeit schätzen.«

Uli raufte sich fast die Haare. »Wie kannst du dich in deinem Alter als Frau so völlig aufgeben«, sagte sie.

»Ich gebe mich doch nicht auf«, widersprach Hella. »Nur die Sache mit den Männern habe ich aufgegeben.«

Sätze dieser Art hatte sie inzwischen so oft wiederholt, dass ich mich allmählich fragte, was dahintersteckte. Dass ihre Ehe mit Herbert nicht geklappt hatte, war sicher eine große Enttäuschung. Aber deshalb Männer für immer aus ihrem Leben verbannen zu wollen erschien mir doch ziemlich voreilig.

»Du bist noch nicht mal fünfzig und behauptest, du willst nie mehr Sex«, sagte ich. »Das ist doch verrückt!«

Hella schwieg.

»Jetzt sag schon, was soll das?«, setzte Uli nach.

Offenbar fiel es Hella schwer, darauf zu antworten. Sie schob ihr Glas auf dem Tisch hin und her.

Schließlich sah sie auf. »Es ist einfach so … Sex hat mir noch nie Spaß gemacht.«

»Noch nie?«, fragten Uli und ich wie aus einem Mund.

»Nein, noch nie«, wiederholte sie. »Beim ersten Mal fand ich es furchtbar, und danach hab ich es halt gemacht, weil es dazugehört und die Männer es wollen.«

Ich war erschüttert. Darüber hatte sie nie mit uns gesprochen.

»Kannst du denn Orgasmen haben?«, fragte Uli im Ton einer Expertin.

Hella senkte den Kopf. »Nur, wenn ich … es mir selbst mache.«

»Na, immerhin«, konterte Uli trocken.

»Aber das mache ich nicht gern«, sagte Hella. »Ich liege im Bett und denke, ich sollte mich mal wieder anfassen. Und dann versuche ich, mir was Erotisches vorzustellen. Es ist mir noch nie leichtgefallen, aber in letzter Zeit schiebt sich auch noch jedes Mal Herberts schwitzender Körper dazwischen, und dann vergeht mir alles.«

Sie presste die Lippen zusammen, in ihren Augen standen Tränen.

»Wisst ihr, wie furchtbar das ist? Alle Welt redet davon, wie toll Sex ist und wie wichtig ein glückliches Sexualleben. Überall sieht man attraktive Paare und stellt sich vor, was für tollen Sex die wohl haben. Und ich bin von all dem ausgeschlossen.«

Ich überlegte. »Sag mal, Hella, wie viele Männer hattest du in deinem Leben?«

Sie blickte überrascht. »Na ja, vor Herbert hatte ich zwei feste Freunde und ein paar One-Night-Stands. Seit meiner Hochzeit hatte ich keinen anderen Mann mehr.«

Als ich diese Aufzählung mit meiner persönlichen Statistik verglich, fühlte ich eine gewisse Verlegenheit vor mir selbst. Ich hatte mindestens fünfmal so viele Männer gehabt, bevor ich Ivan geheiratet hatte. War ich besonders verdorben oder Hella besonders prüde?

»Und du, Uli?«

»Ich zähle gerade, aber ich fürchte, ich habe den Überblick verloren«, sagte Uli.

Ich zog die Augenbrauen hoch. »Liegt's an deinem schlechten Gedächtnis oder an der Zahl der Männer?«

Sie feixte. »Das überlasse ich deiner Fantasie.«

Hella blickte zwischen Uli und mir hin und her. »Irgendwas habe ich wohl falsch gemacht.«

»Du hattest zu wenige Männer«, stellte Uli kategorisch fest.

Ich nickte zustimmend. »Und obendrein die falschen.«

SIEBZEHN

Eines Morgens, kurz vor dem Aufwachen, hatte ich einen Albtraum. Paul war noch klein, ich war mit ihm irgendwo im Süden auf einem großen Platz. In der Mitte des Platzes stand ein Mausoleum, in das man hineingehen und von oben auf zwei Steinsärge in der Gruft hinabblicken konnte. Paul rannte mit anderen Kindern auf dem Platz herum und wollte Verstecken spielen. Ich lief ihm nach, weil ich fürchtete, dass er stürzen und sich wehtun könnte.

Auf einmal war er verschwunden. Ich lief suchend umher, rief seinen Namen, blickte in die Gruft, wo ich erwartete, seinen zerschmetterten Körper zu finden. Nichts. Er war nicht dort. Er war nirgendwo. Niemand hatte ihn gesehen, niemand konnte mir Auskunft geben. Panische Angst ergriff mich und eine Verzweiflung, wie ich sie noch nie empfunden hatte. Ich spürte die entsetzliche Gewissheit, dass ich Paul niemals wiedersehen würde.

Schreiend fuhr ich im Bett hoch, und obwohl ich realisierte, dass ich wach war, hörte mein Herz nicht auf zu rasen.

Hella kam ins Zimmer gestürmt. »Was ist los? Cora!«

»Ich ... hatte einen grauenvollen Traum ...«

»Sch, alles ist gut«, sagte sie, setzte sich aufs Bett und nahm mich in den Arm. »Willst du ihn mir erzählen?«

»Nein!«, schrie ich. Würde ich das Entsetzliche aussprechen, würde es wahr werden, davon war ich plötzlich überzeugt. Mir brach der Schweiß aus, nur mit Mühe konnte ich atmen. Hella wiegte mich, bis ich mich einigermaßen beruhigt hatte.

»Wie spät ist es?«, fragte ich.

Sie drückte auf das Display meines Handys, das neben dem Bett lag.

»Kurz vor sieben.«

Ich schüttelte mich, als könnte ich die Erinnerung an den Traum damit endgültig loswerden, und schwang die Beine aus dem Bett. »Ich stehe auf. Kann sowieso nicht mehr schlafen.«

»Ich leg mich noch mal hin«, sagte Hella gähnend. »Bis später.«

Mein Körper fühlte sich wie zerschlagen an, mein Kopf schmerzte. Ich schleppte mich in die Küche, machte mir einen Kaffee und dachte nach.

Der Traum war ein Zeichen. Ich musste irgendetwas tun, aber was? Ich musste … ein Opfer bringen. Ja, das war es. Wenn ich wollte, dass Paul nichts zustoßen sollte, müsste ich etwas opfern, etwas Großes. Ich zerbrach mir den Kopf, und mit einem Mal hatte ich die Lösung.

Ich griff nach dem Handy und wählte. Es klingelte lange, bevor sich jemand meldete.

»Ivan? Ich bin's, Cora. Hör zu, ich hab's mir überlegt. Ich gebe dir das Geld.«

Am anderen Ende blieb es still.

»Ivan?«

»Cora … ich … Das geht nicht. Ich will es nicht.«

»Aber, warum nicht? Du brauchst es, du hast mich gefragt, ich will es dir geben. Bitte!«

Ivan räusperte sich, seine Stimme klang belegt. »Nein, Cora. Ich kann es nicht annehmen. Es war ein Fehler, dich darum zu bitten. Ich entschuldige mich dafür.«

Ich verstand ihn nicht. Er hatte mich geradezu angefleht, ihm das Geld zu geben, fast wäre an meiner Weigerung unsere Ehe zerbrochen (wenn ich ihm nicht den viel besseren Grund mit Tim geliefert hätte), und nun wollte er es nicht?

»Ich will nichts dafür«, fuhr ich eindringlich fort. »Wir bleiben getrennt, du musst dich zu nichts verpflichtet fühlen. Ich sehe es als … Investment.«

Wieder dauerte es einen Moment, bis er antwortete. »Das ehrt dich, Cora. Ich weiß es wirklich zu schätzen, aber ich kann es nicht annehmen.«

Klick. Das Gespräch war beendet. Fassungslos ließ ich das Telefon sinken.

Meine Stirn war feucht und heiß, gleichzeitig zitterte ich vor Kälte. Ich ging ins Bad, durchwühlte den Spiegelschrank auf der Suche nach dem Fieberthermometer und klemmte es unter die Achsel. Es zeigte 38,9 Grad. Ich schlich zurück ins Bett.

Wenig später schaute Hella nach mir. »Was ist los, stehst du nicht auf?«

»Kommst du heute ohne mich zurecht? Ich bin krank.«

Sie blickte besorgt. »Tut mir leid. Bist du dir sicher, dass ich dich allein lassen kann?«

»Kein Problem.« Ich bat sie, mir eine Kanne Ingwertee zu kochen und Aspirintabletten ans Bett zu bringen. Bevor sie das Haus verlassen hatte, schlief ich bereits wieder.

Als ich ungefähr drei Stunden später zu mir kam, fiel mir mein Gespräch mit Ivan wieder ein.

Hatte ich ihm in meinem Fieberrausch tatsächlich Tante Elsies

Geld angeboten? Ja, das hatte ich. Und er hatte es abgelehnt. ER HATTE ES ABGELEHNT! Und er hatte sich sogar dafür entschuldigt, dass er danach gefragt hatte. Ich konnte es nicht fassen. Die Realisierung dieses Projekts war sein größter Wunsch, er hätte nur ja sagen müssen. Aber er hatte abgelehnt, weil er begriffen hatte, dass es ein Fehler gewesen war, mich darum zu bitten.

Mein schlechtes Gewissen sprang mich an wie eine wild gewordene Hauskatze. Diesen Mann hatte ich nicht nur betrogen, sondern ihm ungerechterweise auch noch unterstellt, dass er dasselbe mit mir tun könne! Ich war ein schlechter Mensch. Immer noch.

Gleich fiel ich in den nächsten unruhigen Fieberschlaf, hörte hallende, verzerrte Stimmen, Gelächter. Jemand lachte mich aus. Plötzlich sah ich übergroß Ulis Gesicht vor mir.

Statistisch gesehen hat ungefähr die Hälfte aller Männer und Frauen ihren Partner schon mal betrogen.

Und dann sagte Ulis riesiger Mund etwas, was ich vor einiger Zeit gelesen und sofort vergessen hatte.

Man geht davon aus, dass jedes zehnte Kind in deutschen Familien ein Kuckuckskind ist.

Die schwangere Katharina Mettler schwebte an mir vorbei. Schlagartig war ich wieder wach.

»Schluss jetzt!«, befahl meine bessere Hälfte. »Du bist ja paranoid!«

Nur weil Ivan sich großzügig bereit erklärt hatte, Nathalie zu einem Kind zu verhelfen, musste er ja nicht zwangsläufig für jede Schwangerschaft in seiner Umgebung verantwortlich sein. Offenbar ging jetzt endgültig meine Fantasie mit mir durch. Ich nahm noch mal Aspirin, um das Fieber zu senken.

Gegen Mittag, als ich davon ausging, dass er wach sein könnte, rief ich Paul an. Er ging tatsächlich ans Telefon, klang aber so, als hätte ich ihn geweckt.

»Hm?«

»Hallo, mein Großer. Wollte mal hören, wie's dir geht.«

»Okay.«

»Was machst du so?«

»Wir nehmen zurzeit 'ne Platte auf.«

»Ist ja toll!« Na bitte, dann konnte er später, wenn er als Taxifahrer seinen Lebensunterhalt verdiente, den Fahrgästen wenigstens eigene Stücke vorspielen.

»Ja, läuft richtig gut mit der Band«, sagte er.

»Und ... sonst?«

»Okay.«

Zack. Muschel zu. Ende.

»Sehen wir dich mal wieder?«

»Wir ...?«, fragte er gedehnt.

Er wusste also Bescheid. Ivan musste ihn über unsere Trennung informiert haben. Eine Welle von Trauer und schlechtem Gewissen überrollte mich. Genau das hatten wir ihm ersparen wollen.

»Paul, lass dir erklären ...«, begann ich, aber er unterbrach mich sofort.

»Es ist okay, Mom. Ich bin erwachsen, ihr seid erwachsen, jeder von uns tut, was er für richtig hält.«

Ich nahm ihm seine Coolness nicht ab, andererseits musste ich ihm auch keine Erklärungen aufdrängen. Zu gern hätte ich nach Sybille gefragt, aber ich wusste ja, dass ich sowieso keine Antwort bekommen würde. Allerdings schien sie nicht mit ihm Schluss gemacht zu haben, dafür war er zu gut drauf.

»Na dann«, sagte ich. »Wenn du Lust auf einen gemütlichen

Abend hast, dann komm vorbei. Wir könnten doch mal wieder zusammen kochen!«

»Alles klar, Mom. Mach's gut.«

Hella kam früher als sonst nach Hause, weil sie nach mir sehen wollte. Sie hatte eingekauft und brachte mir frische Säfte, Obst und ein Sandwich.

»Und, wie geht's dir?«, fragte sie und befühlte meine Stirn.

»Etwas besser«, sagte ich wahrheitsgemäß. »Wie war dein Tag?«

»Gut«, sagte sie. »Es war wieder richtig was los.«

Was würde ich eigentlich tun, wenn Hella auszöge? In ein paar Wochen würde sie Katjas Wohnung übernehmen, Katja und Nathalie würden zusammenziehen. Dann wäre ich ganz allein. Niemand mehr da, der mir die Stirn fühlte, für mich kochte und den ich fragen konnte, wie sein Tag gewesen sei.

»Werner Krüger war heute in der Agentur«, erzählte Hella. »Wir hatten ein gutes Gespräch. Der Mann ist geistreich und humorvoll, das ist eine gute Mischung. Aber er hängt wohl noch sehr an seiner verstorbenen Frau. Wird nicht leicht sein, ihn zu vermitteln.«

»Manchmal denke ich, er ist fast zu schade, um einfach auf den Markt geworfen zu werden«, sagte ich nachdenklich. »Man würde ihn am liebsten aufbewahren und einer Frau geben, die ihn wirklich zu schätzen weiß.«

»Denkst du an jemand Bestimmtes?«, fragte Hella.

»Nein, ich meine nur, dass Männer wie er äußerst selten sind.«

Hella nickte nachdenklich. »Darf ich dich was fragen?«

»Klar.«

»Glaubst du, ich brauche eine Therapie?«

Darüber hatte ich auch schon nachgedacht. Hellas Abneigung gegen Sex war zwar groß, aber in meinen Augen nicht pathologisch. Sie hatte schlechte Erfahrungen gemacht, und jeder Flop war eine weitere Bestätigung dafür, dass sie Sex nicht mochte. Ich glaubte, dass Hellas Problem sich lösen würde, wenn sie an den richtigen Mann geriete.

»Ich glaube nicht«, sagte ich. »Aber du könntest dich dem Thema Sex vielleicht wieder mehr öffnen.«

»Das würde ich ja gerne, ich weiß nur nicht, wie.«

Am liebsten hätte ich sie mit Mira bekannt gemacht. Die würde Hella schnell davon überzeugen, dass Sex das Tollste auf der Welt wäre, und sicher hätte sie jede Menge Tipps für einschlägige Kursangebote.

»Hast du schon mal was von Tantra gehört?«, fragte Hella zögernd.

War das nicht diese Sextechnik, bei der man es darauf anlegte, *nicht* zum Orgasmus zu kommen? Dafür musste man wohl ähnlich diszipliniert sein wie für die Bohnendiät, das war also definitiv nicht mein Ding.

»Ja, klar. Wieso fragst du?«

»Da geht es wohl um die Erfahrung körperlicher Nähe, aber nicht primär um Sex. Vielleicht wäre so ein Seminar was für mich?«

Ich stellte mir Hella im Kreise von sanften Selbsterfahrungsjüngern vor, die sich unter Anleitung eines Tantragurus stundenlang streichelten und versuchten, nicht an Sex zu denken. Ich würde schreiend davonlaufen, aber vielleicht war es ja genau das Richtige, um Hella aus ihrem Körperpanzer zu befreien.

»Probier's aus!«, sagte ich und lächelte sie aufmunternd an.

Als ich wieder gesund war, bat ich meinen Exfreund Florian um ein Treffen. Im fiebrigen Halbschlaf der letzten Tage war mir eine Idee gekommen.

Er lud mich zum Mittagessen ein, und mir war sofort klar, dass ich diese Einladung ohne ein paar Sanierungsarbeiten im Vorfeld nicht würde annehmen können. Inzwischen war aus den altersbedingten Lackschäden nahezu ein Totalschaden geworden. Wenn ich mich im Spiegel sah, bekam ich Depressionen. Ich machte also Termine für Friseur, Maniküre und Pediküre, legte mich zweimal unter die Höhensonne und kaufte mir ein Kostüm, das etwas zu eng und so teuer war, dass ich mich schon aus Gründen der Sparsamkeit würde hineinhungern müssen.

Das Ergebnis meiner Bemühungen war einigermaßen annehmbar, und so machte ich mich am vereinbarten Tag auf den Weg zu meiner Verabredung.

Florian wartete im Dachrestaurant des Bayerischen Hofs und schien ehrlich erfreut zu sein, mich zu sehen. Bei Tageslicht betrachtet, sah auch er nicht mehr ganz so sensationell aus, wie ich ihn in Erinnerung hatte. In der Zeit unserer Studentenliebe hatte er längere Haare und eine John-Lennon-Brille getragen, als Chefredakteur des Design-Magazins STIL einen Yuppie-Haarschnitt, italienische Anzüge und teure Krawatten. Inzwischen hatte sich sein Haar deutlich gelichtet, und unter seinem Sakko war ein leichter Bauchansatz zu erkennen. Trotzdem hatte er den Gestus und das Auftreten eines Mannes, der sich bisher auf sein gutes Aussehen verlassen hatte.

Er bestellte Jahrgangsmineralwasser, von dem eine Flasche so viel kostete wie der Wein, den ich üblicherweise trank, sowie zwei Gläser Champagner zum Anstoßen.

»Auf unser Wiedersehen«, sagte er lächelnd und hob sein Glas. Mit leichtem Klirren stieß das Kristall aneinander.

Florian war der Erste gewesen, mit dem ich jemals Champagner getrunken hatte. Tante Elsie hätte niemals etwas Teureres als Sekt aus dem Discounter gekauft, und ich selbst konnte mir solchen Luxus nicht leisten.

Ach Flori, was hatten wir für eine wunderbare Zeit zusammen! Spaziergänge im Englischen Garten, Spätvorstellungen im Türkendolch, Liebesnächte bis mittags und Pizza zum Frühstück. Wir waren jung und schön, berauschten uns aneinander und bezauberten uns gegenseitig. Alles war leicht, das ganze Leben eine Verheißung.

Fast wäre ich sentimental geworden, aber dann erinnerte ich mich, dass Florian chronisch unzuverlässig und untreu gewesen war und ich viele gute Gründe gehabt hatte, ihn zum Teufel zu schicken. Den Caipirinha, den ich ihm zum Abschied über den Kopf schütten musste, hatte er mir offenbar verziehen.

Der Kellner brachte die Karte, Florian bestellte, ohne auch nur zu fragen, was ich wollte. Erst danach sagte er: »Du bist doch hoffentlich nicht Vegetarierin geworden oder sonst irgendwas Grässliches?«

Ich lächelte. »Keine Sorge, bei mir rangiert der Genuss immer noch vor der Vernunft.«

Erwartungsvoll blickte er mich an. »Also, meine Schöne, was kann ich für dich tun?«

Ich erinnerte ihn an unsere Begegnung in der Bar und fragte: »Hast du nicht erwähnt, du hättest mal im Bereich Kunstinvestment gearbeitet?«

Er nickte. »Ich war bei der Beratungsgesellschaft einer Bank, die Investoren im Kunstbereich beraten hat. Leider wurden einige krasse Fehleinschätzungen getätigt, und ein paar der wichtigsten Kunden haben viel Geld verloren, deshalb wurde der Laden liquidiert.«

»Dabei kann man mit Kunst heutzutage so viel verdienen«, seufzte ich. »Neulich wurde ein Gerhard Richter für 37 Millionen Dollar versteigert.«

»Und ein Barnett Newman für 43 Millionen«, ergänzte Florian.

»Stimmt es, dass ein einziger Rothko 87 Millionen Dollar gebracht hat?«, fragte ich, und er bestätigte es mit einem Kopfnicken. »Wie kann man dann als Berater so danebenliegen?«

»Meistens geht's nicht um Rothkos«, sagte Florian. »Und viele Berater haben keine Ahnung.«

»Und du, hast du Ahnung?«

Er grinste. »Meine Tipps waren jedenfalls immer gut. Ich habe ein paar Leuten zu einer satten Rendite verholfen. Leider hatte ich selbst nie genug, um vernünftig zu investieren.«

»Hast du denn noch Kontakte aus dieser Zeit?«

»Jede Menge«, sagte Florian. »Ich habe sogar eine Weile überlegt, ob ich mich selbständig machen soll. Das war mir aber dann doch zu heiß.«

Die Vorspeise kam, und ich versenkte mich in den Genuss eines Lachscarpaccios mit Koriander-Zitronen-Dressing und gerösteten Senfsamen.

»Köstlich«, schwärmte ich. »Wenn ich viel Geld hätte, würde ich es wahrscheinlich verfressen.«

»Willst du denn investieren?«, fragte Florian.

Ich lachte. »Schön wär's. Ich bin zwar inzwischen glücklich geworden, aber leider nicht reich.«

Ich erzählte von Ivans Projekt und der Suche nach Investoren.

»Ivan ist wirklich ein Ausnahmekünstler«, sagte ich. »Er ist kompromisslos, radikal und leidenschaftlich. Was er jetzt geschaffen hat, ist etwas völlig Neues, das den Kunstmarkt umkrempeln könnte. Das Einzige, was ihm fehlt, sind mutige Geldgeber.«

Florian hatte aufmerksam zugehört. »Schön, wie du über

deinen Mann sprichst«, sagte er. »Ihr seid sicher ein tolles Paar. Wie lange seid ihr zusammen?«

Ich schluckte. »Über zwanzig Jahre.«

Das Hauptgericht wurde serviert, Lammcarrée mit Kräuterkruste und Ratatouille, dazu hausgemachte Kartoffelgnocchi. Wieder einmal sah ich mich in meiner Erfahrung bestätigt: Je besser das Essen, desto kleiner die Portionen.

»Schmeckt's dir?«, fragte Florian.

Ich verdrehte verzückt die Augen, er lächelte zufrieden.

»Wenn ich dich richtig verstehe, suchst du Investoren für Bilder, die noch nicht existieren«, kam er schließlich auf unser Gespräch zurück. »Das ist eigentlich nicht üblich. Normalerweise kaufen Anleger Bilder, wenn ein Künstler bereits etabliert ist und die Chance besteht, dass sein Marktwert steigt.«

»Aber Ivan ist etabliert«, sagte ich. »Er braucht nur eine Art Vorschuss, um seine neuen Bilder realisieren zu können.«

»Wieso nimmt er keinen Kredit auf?«

»Weil keine Bank ihm so viel Geld leiht.«

»Warum sollte es dann ein Investor tun?«

»Ich mache dir einen Vorschlag«, sagte ich und legte mein Besteck ab. »Warum vereinbarst du nicht einen Termin mit Ivans Galeristin? Wenn du die Bilder gesehen hast, kennst du die Antwort.«

Ich wartete gespannt auf seine Reaktion. Ob er sich daran erinnerte, dass unser Beziehungsshowdown bei einer Ausstellungseröffnung von Ivan stattgefunden hatte? Wir waren gemeinsam auf die Vernissage gegangen und dort in Streit geraten, ich hatte ihn angeschrien, und er war wütend abgehauen. Kurz danach hatten wir uns endgültig getrennt.

»Warum machst du nicht einen Termin für uns beide aus und kommst mit?«, schlug er vor.

»Ivan soll nicht wissen, dass ich dich geschickt habe«, sagte ich. »Er soll nicht mal wissen, dass wir uns kennen, also bitte behalt das für dich. Er mag es nicht, wenn ich mich in seine Geschäfte einmische. Er ist sehr … stolz.«

Florian grinste. »Wie du willst, dann also ein Blind Date. Ich finde es toll, wie du dich für deinen Mann engagierst!«

Vor allem angesichts der Tatsache, dass er bald mein Exmann sein würde, dachte ich. Aber wenn die Sache klappte, würde er wenigstens den Unterhalt für Paul pünktlich zahlen können.

Uli kam immer häufiger zu uns. Irgendwas an ihrer neuen Freiheit schien doch nicht so super zu sein. An diesem Abend wirkte sie regelrecht niedergeschlagen.

»Was ist los?«, fragte ich.

Sie nahm einen Schluck Wein. »Ach, ich habe Mist gebaut.«

»Was für Mist?« In Erwartung einer neuen aufregenden Story aus dem erotischen Universum unserer zügellosen Freundin sah ich sie gespannt an.

Sie zögerte, nahm noch einen Schluck. »Neulich wollte ich mit Thomas reden. Ich bin also zu uns nach Hause gefahren und habe ihn auf sein Rad steigen und losradeln sehen. Ohne darüber nachzudenken, bin ich ihm einfach hinterher. Er ist bis zum Bamberger Haus gefahren, ihr wisst schon, das Café im Luitpoldpark. Dort hat er sein Rad abgestellt und gewartet. Ich bin im Auto sitzen geblieben und habe ihn beobachtet. Plötzlich ist eine hell gekleidete Gestalt auf einem Fahrrad aufgetaucht …«

»Rainer Langhans?«, unterbrach Hella aufgeregt.

»Wer ist das?«, fragte Uli.

»Na, der Typ aus der Kommune Eins, der was mit Uschi Obermaier hatte und heute mit einem Frauenharem zusammenlebt, aber ohne Sex. Der ist immer weiß angezogen und oft in der Gegend mit dem Fahrrad unterwegs.«

»Es war nicht Rainer Langhans«, fuhr Uli fort. »Es war eine Frau.«

»Kanntest du sie?«, wollte Hella wissen.

Uli schüttelte den Kopf.

»Und dann?«, fragte ich ungeduldig.

»Sie haben sich mit Küsschen links, Küsschen rechts begrüßt und sind ins Lokal gegangen.«

»Das ist alles?«, fragte Hella enttäuscht.

»Natürlich nicht, denn dann habe ich was getan, was ich in meinem ganzen Leben niemals tun wollte«, sagte Uli. »Ich bin aus dem Auto ausgestiegen und um das Gebäude gegangen, bis ich in den Gastraum sehen konnte. Die beiden saßen am Tisch und haben geredet. Erst sah es ganz harmlos aus, und ich war schon kurz davor, wieder zu gehen, weil ich mich selbst so peinlich fand, wie ich da um das Haus herumgeschlichen bin und meinem Mann nachspioniert habe …«

»Von dem du nichts mehr wissen wolltest«, erinnerte ich sie.

»Und in diesem Moment hat Thomas diese Frau angesehen, mit einem Blick, den ich noch nie bei ihm erlebt habe, und dann … hat er die Hand gehoben und ihr eine Haarsträhne aus der Stirn gestrichen … so was von … zärtlich …« Uli begann zu weinen.

Hella blickte betroffen.

»Wie sah sie aus?«, fragte ich.

»Ungefähr … zehn Jahre jünger als wir«, schluchzte Uli. »Blondes Kruselhaar, weibliche Figur, sofern man das unter dem weißen Wallezeugs erkennen konnte.«

»Warte«, sagte ich, holte mein Notebook und ging auf Facebook. Dann hielt ich Uli das Display hin. »Ist sie das?«

329

»Mira Jenner«, las Uli und betrachtete überrascht die Fotos. »Ja, das ist sie. Wieso kennst du sie?«

»Sie ist eine Klientin von mir. Ich habe sie zu Thomas gebracht, wegen eines ausgerenkten …« Ich suchte nach dem Namen. »Ach, weiß der Teufel, wegen irgend so eines Gelenks halt.«

Uli schnäuzte sich die Nase. »Thomas und ich sind gerade mal sechs Wochen getrennt, da kann er doch nicht einfach was mit einer anderen Frau anfangen!«

»Und wieso nicht?«, sagte ich. »Darf ich dich noch mal daran erinnern, dass du es warst, die ihn nicht mehr wollte? Du bist ausgezogen und hast ein neues Leben angefangen.«

»Aber … das habe ich doch nicht als endgültig angesehen, es sollte eine Auszeit sein, damit wir beide nachdenken können.«

»Thomas hat offenbar nachgedacht«, stellte ich fest.

»Das war ja klar, dass du dich wieder auf seine Seite schlägst«, rief Uli.

»Ich schlage mich auf keine Seite«, korrigierte ich sie. »Ich stelle nur die Tatsachen fest.«

»Woher wisst ihr denn, dass er wirklich was mit ihr hat?«, schaltete Hella sich ein. »Vielleicht verstehen sie sich nur gut. Nicht alle Leute sind so wild auf Sex wie du, Uli.«

Uli schnaubte.

»Sei nicht naiv, Hella«, sagte ich.

»Du kennst die Frau.« Uli sah mich an. »Ist sie der platonische Typ?«

»Eher nicht«, sagte ich. »Um die Wahrheit zu sagen, sie ist geradezu versessen auf Sex.«

Uli jaulte auf wie ein getretener Hund.

Ich nahm ihre Hand. »Uli, es tut mir leid, dass dir das so viel ausmacht, aber Thomas hat nichts Unrechtes getan, höchstens was … Unerwartetes.«

Ja, dachte ich, genau so ist es. Zum ersten Mal hatte Thomas nicht wie der gutmütige Trottel reagiert, als den Uli ihn kannte. Wahrscheinlich hatte sie angenommen, er würde ihr die nächsten Jahre hinterhertrauern, während sie die große Freiheit ausprobierte. Vielleicht hatte sie sogar gehofft, es würde eine Hintertür geben, und sie könnte zu ihm zurück, falls sie es sich anders überlegte.

Jetzt schien die Hintertür zugefallen zu sein, und plötzlich bekam sie Zweifel. Ich glaubte nicht, dass sie ihn wirklich zurückwollte. Aber in jedem Fall gönnte sie ihm keine andere Frau.

ACHTZEHN

Hey, Mom, schalt doch heute Abend um zehn mal Power 3 ein!
Liebe Grüße, Paul.

Power 3? Das war ein Jugendkanal, auf dem die ganze Zeit Comedy, Musik und dämliche Soaps liefen. Warum sollte ich auch nur fünf Minuten meiner wertvollen Lebenszeit opfern, um mir so etwas anzusehen?

Aber natürlich war ich zu neugierig, die Aufforderung einfach zu ignorieren, und so hockten Hella und ich pünktlich um zehn vor dem Fernseher. Mit wachsendem Entsetzen sahen wir einer Dokusoap mit dem Titel »Live aus der Chaos-WG« zu. Sie handelte von sechs jungen Leuten, die in einem superschicken (in Wirklichkeit vermutlich unbezahlbaren) Penthouse wohnten und ununterbrochen aßen, tranken, rauchten und stritten. Die Mädchen waren tätowiert und hatten wenig an, die Jungs trugen Klamotten mit Aufschriften oder aufgedruckten Fantasy-Figuren und hatten seltsame Haarschnitte. Ich begriff nicht, was das alles mit Paul zu tun haben sollte. Immerhin war er keiner der Laiendarsteller, wie ich zunächst befürchtet hatte.

Irgendwann veranstaltete die WG eine Party, zu der massen-

haft Leute kamen, was zu heftigen Protesten anderer Hausbe-
wohner und viel Schreierei im Treppenhaus führte. Bei der Party
spielte eine Band, und das war Pauls Auftritt, denn es war *seine*
Band, die für ungefähr dreißig Sekunden zu sehen war.

»Wow«, sagte Hella erschlagen, als die Sendung vorbei war.

»Was soll ich ihm schreiben?«, fragte ich. »Er wartet sicher
auf eine Reaktion.«

»Hoffentlich haben sie dich gut bezahlt«, schlug Hella grinsend vor.

Ich nahm das Handy und schrieb: *Lieber Paul, danke für den
Tipp! Schade, dass man euch nur so kurz gesehen hat, ihr wart
sehr gut.*

Das war nicht gelogen und klang wie ein Kompliment.

Das Nächste, was ich von Paul hörte, war die Mitteilung, dass er
mit seiner Band an einer Castingshow von Power 3 teilnehmen
würde. Erschrocken fragte ich: »Muss ich mir das dann jede Woche ansehen?«

Es war mir einfach so rausgerutscht, und im gleichen Moment tat es mir leid.

Paul reagierte gekränkt. »Weißt du, wie viele Leute sich da
bewerben? Ich dachte, du bist stolz auf mich!«

»Bin ich doch auch«, versicherte ich schnell. »Natürlich
werde ich mir jede Folge mit euch ansehen!« Ich konnte es mir
nicht verkneifen hinzuzufügen: »Auf diese Weise kriege ich
dich wenigstens mal zu Gesicht.«

Und so kam es, dass ich jeden Donnerstag mit Hella vor dem
Fernseher saß und *Beste Band* ansah. Am Anfang fand ich es
blöd, aber schon nach der zweiten Folge fieberte ich mit, und
schließlich machte ich für donnerstags keine Verabredungen
mehr, weil ich unbedingt sehen musste, ob die Girlies mit den

quietschigen Stimmchen länger im Rennen blieben als der Grunge-Typ mit der lilafarbenen Gitarre und dem verschlafenen Blick. Ich regte mich über ein onduliertes Bübchen Marke Mamas Liebling auf, das grässliche Schlager zum Besten gab, aber von den weiblichen Jurymitgliedern angehimmelt wurde, und hoffte auf Erfolg für die schrille Punktante mit den unanständigen Texten, die hie und da einen Wutausbruch bekam, wenn ihr was nicht passte. Paul und seine Jungs machten sich gut und kamen von Runde zu Runde weiter, sie verkörperten genau die Mischung aus Eigenwilligkeit und Mainstream, die beim Publikum ankam.

Und irgendwann war ich wirklich stolz auf Paul. Er kam sympathisch rüber, und es war zu spüren, dass er die Sache ernst nahm, ohne verbissen zu sein. Die Mitwirkung an dieser Show erforderte außer Selbstbewusstsein und Teamgeist auch eine Menge Disziplin. Und obwohl ich eine Laufbahn als Musiker nach wie vor nicht erstrebenswert fand, war ich froh, dass Paul seine Sache mit Leidenschaft betrieb.

Endlich meldete sich Florian. Er war in der Galerie gewesen, hatte lange mit Katharina Mettler gesprochen und schließlich Ivan im Atelier besucht. Keiner von beiden hatte sich offenbar an den Abend vor über zwanzig Jahren erinnert, an dem sie sich kurz begegnet waren. Dabei hatte in dem Moment meine Beziehung mit Flori geendet und die mit Ivan begonnen. Es amüsierte mich, mir vorzustellen, dass die beiden miteinander gesprochen hatten, ohne etwas davon zu ahnen.

»Und, wie war's?«, fragte ich neugierig.

»Guter Typ, dein Mann«, sagte Florian. »Ist ein interessanter Künstler.«

»Hab ich dir doch gesagt«, erwiderte ich mit kindischem Stolz.

Irgendetwas in mir wollte nicht zu Kenntnis nehmen, dass Ivan und ich nicht mehr zusammengehörten.

»Die Sache ist trotzdem nicht einfach«, sagte Florian.

»Wieso?«

»Er hat sehr präzise Vorstellungen davon, wie es laufen soll. Ich weiß nicht, ob ich Investoren dazu kriegen kann, sich auf seine Bedingungen einzulassen.«

Ich seufzte unhörbar. Ivan der Sture. Immer mit dem Kopf durch die Wand. Wie oft er sich wohl durch diese Eigenschaft Ärger eingehandelt oder Chancen verbaut hatte. Ich hoffte, diesmal würde es anders sein.

»Wie soll's denn jetzt weitergehen?«, wollte ich wissen.

»Als Nächstes werde ich ein paar Leute ansprechen, die sich die Bilder ansehen sollen. Ein, zwei unabhängige Experteneinschätzungen wären gut. Dann wird man überlegen müssen, ob man auf einzelne Investoren setzt oder einen Fonds auflegt.«

»Klingt nach einer Menge Arbeit«, sagte ich. »Hast du überhaupt Zeit und Lust, dich darum zu kümmern?«

»Ach, weißt du, meine Schöne, ich mache es ja nicht für Gotteslohn. Wenn es klappt, fällt eine schöne Provision für mich ab.«

»Und wenn nicht?«

»Wiegt die Freude meines Wiedersehens mit dir all meine Mühen auf.«

Ich lachte. »Immer noch der alte Charmeur.«

»Sag mal, kann es sein, dass ich Ivan irgendwo schon mal begegnet bin?«, sagte Florian. »Er kam mir entfernt bekannt vor.«

»Nein, das kann nicht sein«, antwortete ich im Brustton der Überzeugung. »Als ich mit Ivan zusammenkam, waren du und ich doch längst getrennt.«

Zu bestimmten Zeiten fehlte Ivan mir besonders. In der Nacht, wenn ich aufwachte und mit Erschrecken die leere Betthälfte neben mir ertastete. Immer freitags, wenn ich daran dachte, wie wir früher Pläne fürs Wochenende gemacht und gemeinsam eingekauft hatten. Und am Sonntagvormittag, wenn ich die Küche betrat, wo Ivan das Frühstück vorbereitet hatte. Dazu hatten wir immer klassische Musik gehört, während die Espressomaschine gemütlich vor sich hin gezischt hatte.

Besonders an den Sonntagen hielt ich die Einsamkeit kaum aus und hätte mich über Hellas Gesellschaft gefreut, aber die war viel unterwegs und besuchte neuerdings auch noch ein Seminar für tantrische Körpererfahrung.

An diesem Sonntag hatte ich mir einen Gast eingeladen. Es klingelte, Thomas betrat die Wohnung mit einer großen Tüte, aus der es verführerisch duftete. Genau die Art Duft, die alle meine Diätpläne innerhalb von Sekunden zunichtemachen konnte.

»Du hast doch nicht etwa Schoko-Croissants mitgebracht?«, sagte ich streng.

»Sollte ich nicht?«, fragte Thomas lächelnd.

Er legte die Tüte auf den Küchentisch, und wir setzten uns. Ich dachte an mein teures Kostüm, schnupperte an den buttrig schimmernden Hörnchen und dachte noch mal an mein Kostüm. Dann seufzte ich tief, nahm ein Croissant und biss hinein.

»Ich hasse dich«, sagte ich mit vollem Mund.

»Da bist du nicht die Einzige«, sagte Thomas.

»Wieso? Wer hasst dich noch?«

Thomas nahm einen Schluck Kaffee und köpfte sein gekochtes Ei. »Meine Frau.«

»Die ist wahrscheinlich mit deinem Therapieerfolg bei Mira nicht zufrieden.«

Überrascht sah er auf. »Wieso weißt du über Mira Bescheid?«

»Du glaubst also, du kannst deine alte Freundin Cora hinters Licht führen«, sagte ich mit süffisantem Lächeln.

»Aber ich habe niemandem davon erzählt! Und Uli … sie weiß nur, dass es jemanden gibt, aber nicht, wer es ist.«

Ich klärte Thomas darüber auf, dass Uli Mira zwar nicht persönlich kannte, sehr wohl aber wisse, wer sie sei und wie er sie kennengelernt habe.

»Wahrscheinlich gibt sie mir sogar insgeheim die Schuld, weil ich Mira zu dir geschickt habe«, sagte ich.

»Uli gibt allen an allem die Schuld«, sagte Thomas bitter. »Damit sie bloß nicht in die Verlegenheit kommt, sich über ihre eigenen Fehler Gedanken zu machen.«

Er erzählte mir, dass Uli ihn zur Rede gestellt und mit Vorwürfen überschüttet habe. Wie er eine neue Beziehung habe anfangen können, wo sie doch gar nicht getrennt seien, sondern nur eine Auszeit hätten. Warum er sich in die Arme einer anderen Frau flüchte, statt sich mit ihren Problemen auseinanderzusetzen. Wie er Clara und Laura das zumuten könne. Wie unreif und verantwortungslos er sich benehme.

»Dabei hat sie doch *mich* verlassen! Und nun führt sie sich auf, als wäre es umgekehrt.«

Es war der Klassiker. Unzählige Male hatte ich das so oder ähnlich von meinen Klienten gehört. Meist waren es allerdings Männer, die ihre Familien verlassen hatten und ihre Schuldgefühle damit bekämpften, dass sie die Frauen im Nachhinein schlecht machten, so nach dem Motto: »Sie hat mich so unglücklich gemacht, dass ich gar keine andere Wahl hatte, als sie zu verlassen.«

Ich sah ihn prüfend an. »Ist es denn was Ernstes zwischen dir und Mira?«

Ein Leuchten ging über sein Gesicht. »Ach Cora, ich kann dir nicht sagen, wie glücklich ich bin! Es fühlt sich an, als wäre ich nach einer Wüstendurchquerung halb verdurstet in einer Oase angekommen.«

»Und es besteht nicht die Gefahr, dass es sich bei der Oase um eine Fata Morgana handelt?«, fragte ich spöttisch. »Du weißt, Verdurstende neigen zu Halluzinationen.«

Er lachte. »Nein, ich mache mir nichts vor. Mira ist … Es klingt kitschig, aber es ist, als hätte ich mein Leben lang auf sie gewartet.«

Das gab mir einen Stich. Es klang, als wären die Jahre mit Uli verschwendete Zeit gewesen, als wäre alles falsch gewesen. Thomas und Uli waren meine Freunde, ich liebte sie beide, ich hatte sie zusammengebracht und auch als Paar geliebt. Diese plötzliche Wendung der Dinge war eine ziemliche Überforderung für mich.

»Ja, dann …«, sagte ich ratlos. »Was willst du jetzt von mir hören?«

»Könntest du nicht mal mit Uli reden?«

»Ich rede mit Uli, und zwar ziemlich oft. Das Problem ist, dass sie mir immer unterstellt, ich wäre auf deiner Seite.«

»Und ich habe immer das Gefühl, sie zieht dich auf ihre Seite«, gestand Thomas.

Plötzlich bekam ich Angst, zwischen den beiden hin- und hergerissen zu werden und mich irgendwann entscheiden zu müssen, auf wessen Seite ich stehen wollte. Dass ich einen der beiden verlieren würde, wenn nicht alle beide. Wenn enge Freunde sich trennten, ging doch meistens mehr kaputt als ihre Beziehung.

Ich nahm Thomas' Hand. »Versprich mir, dass unsere Freundschaft eure Trennung überlebt, ja?«

Er drückte meine Hand. »Ich hoffe es, Cora. An mir soll's nicht liegen.«

Der Anruf kam am frühen Morgen. Benommen nahm ich das Telefon auf und hörte Katjas Stimme. Sie weinte.

»Nathalie ist im Krankenhaus, sie hat Blutungen. Kannst du … bitte kommen?«

Ich schoss im Bett hoch. »Na klar. Wo seid ihr?«

Sie nannte mir die Adresse, und ich zog mich in Windeseile an. Zehn Minuten später raste ich mit dem Auto durch die nächtliche Stadt. Das Krankenhaus sah aus wie ein beleuchtetes Raumschiff. Ich stellte meinen Wagen auf dem fast leeren Parkplatz ab und rannte zum Eingang. Der Pförtner wies mir den Weg, und ich fuhr zwei Stockwerke hoch zur gynäkologischen Station.

Nathalie durfte das Kind auf keinen Fall verlieren. Ich war es gewesen, die Katja zugeredet hatte. Wenn jetzt etwas passierte, wäre ich mitverantwortlich.

Ich erreichte den Flur, an dessen Ende der Operationssaal lag. Katja saß zusammengesunken auf einem der orangefarbenen Plastikstühle im Wartebereich. Ich stürmte zu ihr und nahm sie in die Arme.

»Wie geht's ihr? Weißt du schon was Neues?«

Sie schüttelte den Kopf. Ihr Gesicht war blass, die Augen gerötet.

»Sie untersuchen sie noch, vielleicht operieren sie schon, ich weiß es nicht.«

Ich nahm ihre Hand und hielt sie fest. »Versuch, ruhig zu bleiben. Du musst jetzt stark sein. Für Nathalie.«

Sie drehte ihr tränenfeuchtes Gesicht zu mir und sagte: »Erinnerst du dich an unser Gespräch beim Inder?«

Ich nickte.

»Du hast mir Mut gemacht, mich auf dieses Abenteuer einzulassen. Ich habe mich stark genug gefühlt, den Kampf mit den Scheinriesen zu gewinnen. Ich war mir so sicher, dass alles gut gehen würde. Und jetzt …« Sie brach ab.

»Bleib ruhig«, wiederholte ich. »Noch wissen wir nichts.«

Katja blickte auf die Uhr. »Ich werde noch verrückt!«

Es vergingen weitere zwanzig Minuten.

Ich versuchte, innere Zwiesprache mit meinem Weltgeist zu halten. »Hör zu, das kannst du nicht machen«, erklärte ich ihm. »Diese Frau hat schon genügend gelitten, du kannst nicht zulassen, dass sie auch noch dieses Kind verliert. Wenn du nur einen Funken Gerechtigkeitssinn hast, dann … Ach, was rede ich. Bitte beschütze Nathalie und das Kind. Bitte.« Auch ich konnte meine Tränen kaum noch zurückhalten.

Endlich öffnete sich die Tür zum OP. Nathalie wurde auf einer Liege herausgefahren und verschwand in einem seitlich angrenzenden Flur. Ein Arzt kam auf uns zu. Katja sprang auf und lief ihm entgegen.

»So, Frau Kollegin«, sagte er. »Das war ganz schön knapp. Die Kleine scheint ein ungeduldiger Charakter zu sein, wollte sich viel zu früh auf den Weg machen. Ihre Lebensgefährtin wird den Rest der Schwangerschaft liegen müssen.«

Katja fiel mir weinend um den Hals. Nun waren es Tränen der Erleichterung.

»Können wir unsere Freundin sehen?«, fragte ich.

»Nur für einen kurzen Augenblick«, sagte der Arzt. »Sie braucht Ruhe.«

Er führte uns zu dem Zimmer, in das Nathalie gebracht worden war. Eine andere Patientin lag in dem zweiten Bett und grunzte unwillig, als wir reinkamen.

Katja ging zu Nathalie und küsste sie auf den Mund, dann strich sie ihr zärtlich übers Haar. Die Frau in dem anderen Bett starrte ungläubig zu ihnen hinüber.

Für einen Moment verharrten die beiden Frauen in stummer Zwiesprache, dann winkte mich Katja zu sich. Ich trat näher, küsste Nathalie auf beide Wangen und flüsterte: »Wie geht's dir?«

Sie lächelte schwach. »Wieder besser. Isch atte solsche Angst.«

»Du musst jetzt vernünftig sein«, mahnte Katja, ganz Ärztin. »Du tust genau das, was sie dir sagen, hörst du? Morgen früh bin ich wieder da.«

Nathalie nickte lächelnd und schloss die Augen. Wir traten den Rückzug an. Die andere Patientin blickte uns verwirrt nach.

Wir gingen durch menschenleere Flure und fuhren mit dem Aufzug nach unten.

»Hast du dein Auto da?«, fragte ich.

Katja schüttelte den Kopf. »Ich bin im Krankenwagen mitgefahren.«

»Ich bring dich nach Hause«, bot ich an.

Sie lehnte für einen Moment erschöpft ihren Kopf an meine Schulter. »Das wäre toll.«

Vor ihrem Haus angekommen, sagte sie: »Komm doch mit rauf, dann mache ich uns Kaffee.«

Ich sah auf die Uhr. Es war halb sechs, ich würde sowieso nicht mehr schlafen.

In der Wohnung erkannte man die Spuren des überstürzten Aufbruchs, das Bett war ungemacht, Kleidung lag herum, Schubladen und Türen standen offen.

Wir tranken Kaffee und aßen aufgebackene Brötchen. Wie immer bei emotionaler Aufregung gierte ich nach Kalorien, und so schmierte ich dick Butter und Honig drauf. Nach dem ersten Bissen fragte ich, wann die neue Wohnung fertig sei, denn dann würde Hella mich verlassen und hier einziehen. Mir graute schon davor.

»Das hängt davon ab, wie lange die Sanierung dauert«, sagte Katja. »Ich hoffe, wir können bis Weihnachten rein.«

»War es eigentlich schwer, was zu finden?«, fragte ich und nahm einen Schluck Kaffee. »Es gibt ja schon Demos, weil die Mietsituation in München so schlimm geworden ist.«

»Na ja, einige Vermieter wollten keine Kinder, andere keine Lesben.«

»Waaas?« Mir fiel fast das Brötchen aus der Hand.

»Na, was glaubst du denn? Wir werden manchmal angeglotzt wie Kälber mit zwei Köpfen. Und kaum eine Mutter lässt die Chance aus, uns zu erklären, wie schlecht es für ein Kind ist, wenn der Vater fehlt.«

»Was sagst du dann?«

»Dass unser Kind dafür zwei Mütter hat. Und ich den Damen von Herzen wünsche, dass ihnen die Männer nicht abhanden-kommen angesichts einer Scheidungsrate von vierzig Prozent.«

Ich grinste. »Hast du die Frau im Krankenhaus bemerkt?«

Katja nickte. »Spätestens morgen wird sie anfangen zu fra-gen. Oder irgendeinen Spruch machen. Darauf würde ich eine Wette abschließen.«

»Nervt das nicht?«

»Wir versuchen, es mit Humor zu nehmen, aber manchmal ist es schwer.«

Katja schenkte Kaffee nach. »Wie geht's dir eigentlich?«, fragte sie. »Wir haben uns ewig nicht gesprochen.«

»Hat Ivan euch nicht erzählt, was passiert ist?«, fragte ich zurück.

»Nein«, sagte Katja. »Er erkundigt sich regelmäßig nach Na-thalie, und wir reden über dies und das, aber er spricht eigentlich nie über euch.«

Das traf mich. Es klang so, als würde ich in seinem Leben

überhaupt keine Rolle mehr spielen, nicht mal als Exfrau, über die man sich beklagte. Aber vielleicht wollte er ja nur diskret sein. Ich dachte an das unausgesprochene Abkommen, mit Katja nicht über Probleme zu sprechen, die Ivan und mich betrafen. Aber ich hatte keine Lust mehr, diskret zu sein. War doch ohnehin alles egal.

So erzählte ich ihr von Ivans Auszug und verheimlichte auch nicht, dass ich eine Affäre gehabt hatte.

»Ich hatte ja keine Ahnung«, sagte Katja betroffen. »Warum hast du nicht früher was gesagt?«

»Ich wollte dich nicht belasten«, sagte ich. »Du warst so glücklich. Außerdem, diese Sache mit Tim … dafür schäme ich mich ziemlich.«

»Ich glaube nicht, dass die Affäre euer Hauptproblem ist«, sagte Katja. »Ivan hatte immer schon Schwierigkeiten mit Nähe und Distanz, er hat das in den letzten Jahren nur gut versteckt. Vielleicht musstest du endlich darauf reagieren.«

Ich war froh, dass sie mich nicht verurteilte. »Man kann nicht mit ihm reden«, sagte ich. »Er will die wahren Ursachen nicht sehen und suhlt sich in seiner Rolle als betrogener Ehemann.«

Katja lachte. »Klar, ist ja auch bequemer, als sich selbst infrage zu stellen.«

»Und was soll ich tun?«, fragte ich.

»Kommt drauf an, was du willst.«

Ich überlegte. »Eine Zeit lang habe ich mir gewünscht, dass einfach alles wieder wird, wie es war. Aber ich habe begriffen, dass es so nicht geht. Ich muss einen Neuanfang machen.«

Fragend sah Katja mich an. »Mit oder ohne Ivan?«

Ich seufzte. »Wenn ich das nur wüsste.«

Endausscheidung bei *Beste Band*. Hella, die inzwischen zum ebenso hartnäckigen Fan der Sendung geworden war wie ich, ließ sich das Spektakel natürlich nicht entgehen. Und Uli, die eigentlich nur zum Quatschen gekommen war, wurde kurzerhand gezwungen mitzuschauen. Schicksalsergeben machte sie es sich mit ihrem Getränk und einer Schüssel Kartoffelchips auf dem Sofa bequem.

Paul und seine Jungs hatten es tatsächlich bis in die letzte Runde geschafft, und schon jetzt begann ein Medienhype, der ahnen ließ, was los sein würde, wenn die Gewinner feststünden. Es waren noch drei Acts im Rennen: die Mädchen mit den Quietschestimmen, Mamas Liebling und Pauls Band. Die Punkerin war leider ausgeschieden, nachdem sie dem Chef der Jury erklärt hatte, was für ein Megaarschloch er sei. Inhaltlich konnten sich die meisten Beteiligten dieser Meinung anschließen, leider hatte die junge Frau aber den Fehler gemacht, es vor laufender Kamera zu sagen. Da blieb den Produzenten keine Wahl, als sie zu feuern.

Das Finale wurde live aus einer Halle gesendet, die viertausend Leute fasste. Aufgeregte Interviewer holten Meinungen von prominenten Zuschauern ein, Filme von den Proben wurden eingespielt, kreischende Teenies versuchten, sich Zutritt zur völlig ausverkauften Halle zu verschaffen. Man konnte den Eindruck gewinnen, dieses Ereignis wäre so ungefähr das wichtigste seit der Mondlandung. Die beiden Moderatoren, eine aufgedrehte Blondine, die ständig in neuen Outfits erschien und sehr viel sprach, sowie ein öliger Schönling, der sich vor lauter Begeisterung über sich selbst kaum die Namen der Musiker merken konnte, wirkten ebenfalls von der Bedeutung des Augenblicks wie überwältigt und wiederholten unablässig, wie hammergeil der Abend sei und wie super motiviert die Finalisten.

Hella knabberte aus Versehen einige Kartoffelchips, während Uli staunend bemerkte, diese Sendung sei wie ein Autounfall: so schrecklich, dass man unbedingt hinsehen müsse.

Die Künstler mussten drei Durchgänge absolvieren. Zuerst wurde ein rockiges Stück verlangt, danach eine Ballade und zum Schluss eine Eigenkomposition.

Paul und seine Jungs gingen auf Nummer sicher und schrubbten »Rock Around the Clock«, bis die Halle tobte. Als Ballade wählten sie Sinead O'Connors »Nothing Compares to You«, und als Eigenkomposition spielten sie einen melodischen Popsong, der ein bisschen an frühe Beatles-Stücke erinnerte. Sie machten ihre Sache großartig.

Während das Publikum wählte, lief eine längere Werbeeinblendung, die ich dazu nutzte, Getränke nachzuschenken.

»Was kriegen denn die Gewinner?«, wollte Uli wissen.

»Einen Plattenvertrag und eine Knebelvereinbarung mit der Produktionsfirma, in der sie sich verpflichten, zwei Jahre lang dreißig Prozent ihrer Einnahmen abzuführen«, sagte ich.

»Und die anderen?«

»Dasselbe, nur ohne Plattenvertrag.«

»Und was soll daran toll sein?«

»Das musst du die Teilnehmer fragen«, sagte ich.

Eine Fanfare ertönte, die Moderatoren waren wieder im Bild und wedelten mit einem Umschlag. »Und hier sind wir wieder, meine Damen und Herren, sehr verehrte Zuschauer. Machen Sie sich bereit für den großen Augenblick, einen Augenblick, der das Leben einiger junger Menschen in diesem Saal für immer verändern wird!«

Die Blonde öffnete den Umschlag, zog einen Zettel heraus und las: »And the winner is ...«

Gegen meinen Willen hielt ich die Luft an. Paul hatte sich so reingehängt, ich hatte wochenlang mit ihm mitgefiebert, nun wünschte ich ihm mit all meiner Kraft den Sieg.

Der Name von Mamas Liebling wurde verlesen. Die Halle tobte, der Gewinner sank weinend auf die Knie, seine Eltern und Geschwister kamen auf die Bühne und erdrückten ihn fast, die Moderatoren bekamen Schnappatmung, die Zweit- und Drittplatzierten (der Begriff Verlierer wurde bewusst vermieden) lächelten tapfer und gratulierten dem Sieger, und ich sank in mich zusammen.

»O nein«, sagte ich enttäuscht.

Dann fragte ich mich plötzlich, wer zu Paul auf die Bühne gekommen wäre, wenn er gewonnen hätte. Warum hatte er uns eigentlich nicht eingeladen, dabei zu sein? Schämte er sich für uns? Oder schämte er sich vor uns?

Ich konnte nicht anders, ich schrieb eine Nachricht an Ivan: *Hast du unseren Sohn in der Show gesehen?* Die Antwort kam umgehend: *So einen Mist schaue ich mir nicht an, nicht mal wenn unser Sohn dabei ist.*

Ich hätte eine Wette darüber abgeschlossen, dass er die Sendung gesehen hatte. Und sei es nur, um sich aufzuregen.

Im Laufe des Abends bekam ich eine SMS nach der anderen mit Glückwünschen zu Pauls Auftritt, und ich wunderte mich, wer alles zugesehen hatte. Besonders überrascht war ich über eine Nachricht von Juan, dem Tangogitarristen, der bei meinem Geburtstag gespielt hatte: *Dein Sohn ist wirklich ein begabter Junge! Falls er mal Lust hat, etwas anderes zu machen als diese kommerziellen Sachen, dann soll er sich bei mir melden. Ich hätte da ein paar Ideen. Liebe Grüße, Juan.*

Das hieß ja wohl auf gut deutsch, dass jeder, der wirklich etwas von Musik verstand, diese Show grauenhaft fand. Ich leitete Juans Nachricht an Paul weiter. Dann spürte ich plötzlich ein Gefühl der Erleichterung. Vielleicht war es ja ganz gut, dass Paul nicht gewonnen hatte.

Am nächsten Tag besuchte ich Nathalie wieder im Krankenhaus. Mit einem Blumenstrauß in der einen und Pralinen in der anderen Hand klopfte ich an ihre Zimmertür und trat ein.

An ihrem Bett saß jemand, der ihr gerade etwas Lustiges erzählt haben musste, denn sie lachte hellauf. Als er sich umdrehte, erkannte ich Ivan.

Sein Anblick war ein Schock. Schlagartig wurde mir bewusst, dass hier der Vater des Kindes saß, das Nathalie austrug, dass die beiden zwar kein Paar, aber ein Elternpaar waren und dass sie dasselbe verband wie Ivan und mich. Obwohl ich mich dagegen wehrte, tat dieser Gedanke weh. Und noch mehr schmerzte mich die Erkenntnis, dass auch Ivan und ich zwar noch Eltern waren, aber kein Paar mehr.

»Oh, hallo«, sagte ich, küsste Nathalie auf die Wangen und wusste nicht, wie ich Ivan begrüßen sollte. Er beugte sich vor, als wollte er mich küssen, hielt aber in der Bewegung inne, als ich nicht reagierte.

»Ich leg das mal ab«, sagte ich verlegen und hob Blumen und Schokolade in die Höhe, suchte nach einer Vase, fand schließlich eine im Bad und stellte die Blumen auf den Tisch.

»Oh, isch liebe Pralinen«, sagte Nathalie begeistert, als ich ihr die Schachtel reichte. Sie grinste. »Und jetzt darf isch sie endlisch essen!«

»Ja, also, ich wollte sowieso gerade gehen.« Ivan stand auf und stellte seinen Stuhl zur Seite.

»Ich wollte dich nicht vertreiben«, sagte ich. »Soll ich später noch mal wiederkommen?«

»Nein, alles okay. Mach's gut. Bis bald, Nathalie!«

Er warf ihr eine Kusshand zu und verließ den Raum so schnell, als wäre er auf der Flucht.

Sie blickte mich fragend an. »Was ist los mit eusch?«

Offenbar hatte Katja ihr noch nichts erzählt, und ich wollte sie nicht damit belasten. »Alles in Ordnung«, sagte ich. »Er ist nur gerade ein bisschen überarbeitet.«

Ich ließ mir berichten, wie es ihr und dem Baby ging und was die Ärzte gesagt hatten. »Sie aben misch zugenäht, damit das Baby nischt rausfallen kann«, erklärte sie kichernd. »Aber isch muss so viel wie möglisch liegen.«

Sie verzog das Gesicht. Für einen Bewegungstypen wie sie musste das ein Horror sein.

»Willst du eigentlich wieder tanzen, wenn das Kind da ist?«, fragte ich.

»Nicht auf der Bühne«, sagte sie ohne großes Bedauern. »Isch werde wohl unterrichten wie die meisten ehemaligen Tänzer.«

Wie sprachen darüber, wie schwierig es in Deutschland war, Kinder zu haben und berufstätig zu sein, und Nathalie erzählte aus Frankreich, wo auch Mütter mit drei oder vier Kindern Vollzeit arbeiteten.

»Die sind aber alle total gestresst, weil die Franzosen Chauvis sind und sisch zu Hause um nichts kümmern«, sagte sie. »Es hängt alles an den Frauen.«

»Ist doch hier das Gleiche. Wie viele Väter kümmern sich denn wirklich um ihre Kinder?«

»Da ist es doch gut, dass wir zwei Mütter sind«, sagte Nathalie lachend. »Katja wird sich bestimmt kümmern.«

An dieser Stelle legte die zweite Patientin, eine Frau unseres Alters, die bis dahin so getan hatte, als würde sie lesen, ihr

Buch weg und blickte zu uns herüber. »Darf ich Sie mal was fragen?«

Ich zwinkerte Nathalie zu. Nach dem, was Katja mir erzählt hatte, ahnte ich, was kommen würde.

»Ja, natürlich«, sagte ich freundlich.

»Glauben Sie, man kann auch in meinem Alter noch lesbisch werden? Wenn ich Sie so miteinander sehe, wäre ich auch am liebsten mit einer Frau zusammen. Mit den Männern habe ich nämlich mein Leben lang nur Ärger gehabt.«

Nathalie und ich blickten uns verblüfft an.

»Äh ... ich weiß nicht«, sagte ich. »Ich bin eigentlich nicht lesbisch. Ich bin mit dem Mann verheiratet, der gerade hier war. Dem Vater des Kindes, das unsere Freundin hier erwartet.«

Die Patientin blickte verwirrt. »Und die andere Frau?«

»Das ist die Exfrau von meinem Mann und jetzige Lebensgefährtin der werdenden Mutter. Die hat sich in unserem Alter erst in eine Frau verliebt, also da besteht durchaus Hoffnung für Sie.«

Nathalie gluckste leise.

Die Frau sah mich an, als hätte ich chinesisch gesprochen. »Ach, so ist das«, sagte sie verwirrt. »Ich glaube, das ist mir doch alles zu kompliziert.«

Damit drehte sie sich weg und hob wieder ihr Buch vors Gesicht.

Nathalie und ich grinsten uns an.

»Alle haben sich gegen mich verschworen!«, jammerte Uli bei ihrem nächsten Besuch. »Stellt euch vor, die wollen mich in eine andere Abteilung versetzen, nach fünfzehn Jahren!«

»Ach, so ein bisschen Abwechslung kann doch nicht schaden«, wandte Hella ein.

»Krawatten und Einstecktücher!«, sagte Uli verächtlich. »Da quatschen immer die Ehefrauen mit, oder es kommen gleich die Omas und kaufen einen Binder für ihren Enkel.«

Ich begriff. Uli sollte ihres Jagdreviers beraubt werden, und das passte ihr verständlicherweise nicht. Sie wollte Männer kennenlernen, da störten Omas und Ehefrauen nur.

»Und, wieso plötzlich jetzt?«, wollte ich wissen.

Uli schnaubte. »Angeblich hat man herausgefunden, dass Männer sich Anzüge lieber von Männern verkaufen lassen, Krawatten aber lieber von Frauen.«

Ich überlegte. »Hast du mir nicht erzählt, du würdest seit einiger Zeit dreißig Prozent mehr verkaufen? Geh doch zu deinem Geschäftsführer und zeig ihm deine Umsatzzahlen. Wenn er kein Depp ist, lässt er dich, wo du bist.«

Uli blickte finster. »Er ist ein Depp. Aber versuchen kann ich es ja trotzdem.«

»Und wer hat sich noch gegen dich verschworen?«, fragte Hella neugierig.

»Meine Töchter«, sagte Uli. »Laura hat neulich gesagt: ›Dem Papa hat eben was bei dir gefehlt, und das findet er jetzt bei der Mira.‹ Stellt euch das mal vor!«

»Kinder halten meistens zu dem, den sie als den Schwächeren empfinden«, sagte Hella. »Das war bei mir genauso. Der verlassene Elternteil tut den Kindern leid, und damit ist der andere automatisch der Böse.«

»Aber Thomas ist doch frisch verliebt, und ich bin allein!«, beschwerte sich Uli.

Sie fühlte sich offensichtlich vom Schicksal verarscht. Da hatte sie einen kleinen Ausbruch gewagt – und das Pech gehabt, dass ihr Mann sie beim Wort genommen hatte. Nun stand sie da und hatte weder Mann noch Freiheit. Das aufregende Leben, von dem sie geträumt hatte, ließ auf sich warten, und sie trauerte zunehmend ihrer Ehe nach.

»Themenwechsel«, bestimmte ich. »Was gibt es Neues an der Sexfront?«

Hella lächelte vielsagend.

»Na los, erzähl endlich aus deinem Seminar«, forderte ich sie auf. »Wie lange müsst ihr ineinanderstecken, ohne einen Orgasmus zu kriegen?«

»Bist du eigentlich noch gelenkig genug für Tantra?«, erkundigte sich Uli.

Hella lachte. »Ihr habt echt keine Ahnung! Lasst es mich so formulieren: Ich bin auf einem guten Weg.«

Uli stöhnte vor Ungeduld.

Ich war einfach nur froh, dass Hella damit begonnen hatte, ihr Problem zu lösen. Keinen Spaß an Sex zu haben schien mir eine schlimmere Strafe zu sein als Migräne, Laktoseintoleranz, Neurodermitis und was man sonst noch an Beschwerden haben konnte.

NEUNZEHN

Guten Abend, Polizei«, tönte es durch die Gegensprechanlage. »Könnten wir bitte mit Paul Remky sprechen?«

Mein Herzschlag beschleunigte sich, meine Hände wurden feucht. Was hatte das zu bedeuten?

»Mein Sohn ist nicht da«, sagte ich.

»Können wir dann kurz mit Ihnen sprechen?«

»Kommen Sie bitte rauf. Vierter Stock.«

Ich sah auf die Uhr, es war nach Mitternacht. Wenn um diese Zeit unangemeldet Polizei vor der Tür stand, verhieß das mit Sicherheit nichts Gutes. Uli, mit der ich in der Küche zusammengesessen hatte, steckte neugierig den Kopf durch die Tür. Ich bedeutete ihr, wieder reinzugehen.

Die Aufzugtüren öffneten sich, ein Beamter mittleren Alters und eine junge, erstaunlich hübsche Polizistin kamen heraus. Sie stellten sich vor, und ich bat sie in die Wohnung.

»Ist meinem Sohn etwas passiert?«, fragte ich aufgeregt.

»Das wissen wir noch nicht genau«, sagte der Polizist. »Er hat einen Unfall verursacht und Fahrerflucht begangen.«

»Einen Unfall?«, sagte ich erschrocken. »Hat er jemanden verletzt?«

»Nein, es ist nur Sachschaden entstanden«, sagte die junge Frau.

»Wie schlimm ist es?«

»Er hat einen Porsche angefahren und schwer beschädigt. Der Fahrer hat sich die Nummer gemerkt.«

Klar, dachte ich, und weil Paul noch unter dieser Adresse gemeldet ist, steht ihr jetzt hier. Schöne Scheiße.

»Ich weiß nicht, wie ich Ihnen helfen soll«, sagte ich. »Mein Sohn wohnt seit einiger Zeit in einer Wohngemeinschaft, ich kann Ihnen die Adresse geben.«

»Hätten Sie auch eine Handynummer?«

»Natürlich.« Ich holte mein Telefon und wählte Pauls Nummer. Mailbox.

»Paul, hier ist Mama«, sagte ich. »Hier steht die Polizei und sucht nach dir, offenbar hast du Mist gebaut. Bitte mach es nicht noch schlimmer, sondern melde dich so schnell wie möglich. Wir kriegen das geregelt, ich versprech's dir.«

Die junge Polizistin blickte zu ihrem Kollegen. »So eine nette Mama hätte ich auch gern.«

»Wieso, was hätte Ihre Mutter denn gesagt?«, fragte ich und drückte den Ausknopf.

»Scher dich zum Teufel, du missratene Schlampe, brauchst dich gar nicht mehr zu Hause blicken zu lassen«, sagte die Polizistin.

»Das gehört jetzt nicht hierher«, ermahnte sie ihr Kollege.

Die junge Frau errötete. »Entschuldigung.«

»Bitte melden Sie sich umgehend, falls Ihr Sohn auftaucht«, sagte der Beamte und reichte mir eine Visitenkarte. Ich gab ihnen Pauls WG-Adresse, und sie gingen wieder. Als ich die Tür schloss, merkte ich, dass ich zitterte.

Ich rief Dan an und warnte ihn vor, dass sie gleich Besuch

von der Polizei bekommen würden. »Falls ihr irgendwas im Haus habt, das die Bullen nicht sehen sollten, dann lasst es verschwinden.«

»Okay«, sagte Dan. »Dann spül ich mal unsere Meth-Vorräte ins Klo und sage Mister White, er soll sich im Schrank verstecken.«

Walter White war die Hauptfigur in *Breaking Bad*, offenbar nicht nur Pauls Lieblingsserie.

»Weißt du, wo Paul steckt?«, fragte ich eindringlich.

»Keine Ahnung, ehrlich«, sagte er und versprach, sich zu melden, falls er was von ihm hören sollte.

Uli, die inzwischen neben mir stand und mitgehört hatte, sagte: »Ich mixe uns was zur Beruhigung.« Sie verschwand wieder in der Küche.

Ich überlegte einen kurzen Moment, dann rief ich Ivan an.

»Ja?«

»Entschuldige die Störung, aber es gibt ein Problem mit Paul«, sagte ich. »Er hat einen Unfall verursacht und Fahrerflucht begangen. Niemand weiß, wo er ist und ob er verletzt ist. Die Polizei war gerade da.«

»Scheiße«, sagte er.

»Hast du was von ihm gehört?«, fragte ich.

»Wir waren heute Abend zusammen essen«, sagte Ivan. »Ich dachte, ich muss mal mit ihm reden, du weißt schon, von Mann zu Mann. Er hat ziemlich viel Wein getrunken, ich hab ihn dann noch zur U-Bahn gebracht. Er wollte direkt nach Hause.«

»Wie ging's ihm?«, fragte ich.

»Ging so. Er war enttäuscht, dass er bei der blöden Castingshow nur den zweiten Platz gemacht hat, und mit seiner Liebsten scheint es auch nicht mehr so toll zu laufen. Er hat aber nichts Näheres rausgelassen.«

Das hätte mich auch gewundert. So viel Wein gab's gar nicht, dass man die Muschel dazu bekam, sich zu öffnen.

»Ich wusste nicht mal, dass er ein eigenes Auto hat«, sagte ich.

»Doch, einen alten Kombi«, sagte Ivan. »Hat er sich gekauft, um die Band zu den Auftritten zu karren.«

»Was machen wir denn jetzt?«, fragte ich.

»Hast du versucht, ihn anzurufen?«

»Klar. Mailbox.«

»Dann können wir nur warten«, sagte Ivan. »Irgendwann muss er ja auftauchen.«

»Ich mache mir Sorgen«, sagte ich leise.

Normalerweise wurde Ivan sauer, wenn ich so etwas sagte. Meist erklärte er mir, ich könne Paul schließlich nicht zu Hause anbinden, und mit meiner ständigen Angst sei sowieso ich schuld, wenn etwas passiere. In Erwartung einer solchen Reaktion duckte ich mich gewissermaßen innerlich, aber zu meiner Überraschung sagte Ivan nur: »Ich auch.«

Was nicht gerade dazu angetan war, mich zu beruhigen.

Wir versprachen, uns gegenseitig zu informieren, und beendeten das Gespräch.

Ich ging in die Küche. Uli hatte einen Gin Tonic für mich vorbereitet, aber ich lehnte ab und kochte mir einen Kräutertee. Ich brauchte einen klaren Kopf.

»Was Neues?«, fragte sie.

»Nichts.«

Die Wohnungstür ging, Hella kam nach Hause, blickte kurz zwischen uns hin und her und erfasste sofort, dass etwas passiert sein musste.

»Was ist los?« Sie sah mich an. »Du bist ja ganz blass!«

Ich erklärte ihr die Situation, sie hörte aufmerksam zu.

»Mach dir nicht zu viele Sorgen«, sagte sie. »Ist doch klar, was passiert ist. Er hat im Suff ein Auto angefahren und ist voller Panik abgehauen. Jetzt hält er sich so lange versteckt, bis man den Alkohol nicht mehr nachweisen kann, und morgen taucht er auf und stellt sich.«

Das klang plausibel, und so beruhigte ich mich ein bisschen.

Hella setzte sich zu uns. »Was habt ihr zu trinken?«, fragte sie, und Uli reichte ihr meinen unberührten Gin Tonic.

»Was war das Peinlichste, das ihr gemacht habt, weil ihr euch um eure Kinder gesorgt habt?«, fragte Hella.

Offensichtlich wollte sie mich auf andere Gedanken bringen. Weil wir nicht gleich reagierten, begann sie selbst zu erzählen.

»Also, ich bin Anna und Lukas im ersten Jahr jeden Morgen heimlich zur Schule gefolgt, weil ich Angst hatte, dass sie überfahren werden.«

»Ich bin Paul auf den Fußballplatz hinterhergefahren und habe ihm seine Winterjacke gebracht«, gestand ich. »Das Spiel musste unterbrochen werden, und seine Freunde haben ihn ohne Ende verarscht. Danach hat er verlangt, dass wir ihn zur Adoption freigeben.«

Uli kicherte. »Ich habe eine Weile behauptet, Clara hätte Neurodermitis, damit sie bei Kindergeburtstagen nicht so viel Zucker isst. Die armen Mütter mussten meine tobende Tochter irgendwie davon abhalten, Kuchen und Süßigkeiten zu essen. Bald hat man sie gar nicht mehr eingeladen.«

»Wie gemein!«, rief Hella.

»Hast du etwa nie so was gemacht?«, wollte Uli wissen.

Hella grinste verlegen. »Ich habe vor Kurzem einem Mädchen erzählt, dass Lukas schwul ist, weil ich Angst hatte, dass er sich mit ihr einlässt. Sie ist so eine richtige Bitch, wenn ihr wisst, was ich meine.«

»Hat er davon erfahren?«, fragte ich.

»Ich hoffe nicht«, sagte Hella mit sichtbar schlechtem Gewissen.

»Ihr seid ja viel schlimmer als ich«, stellte ich verblüfft fest. »Und ich dachte immer, ich sei die hysterischste aller Mütter!«

»Hast du nicht neulich die Freundin deines Sohnes gebeten, mit ihm Schluss zu machen?«, sagte Hella. »Das ist auch ganz schön krass, findest du nicht?«

Ich verteidigte mich, indem ich ihnen erzählte, was Sybille Paul angetan hatte. Plötzlich schoss mir ein Gedanke durch den Kopf.

»Wartet mal«, murmelte ich, nahm mein Handy und wählte die Nummer, die der Polizist mir gegeben hatte.

»Ja, Cora Schiller hier, die Mutter von Paul Remky. Nein, er hat sich nicht gemeldet. Aber ich habe eine Idee, wo er vielleicht sein könnte. Wo hat denn der Unfall stattgefunden, den mein Sohn verursacht hat?«

Der Polizist nannte eine Adresse. Es war die Straße, in der Sybille wohnte.

»Vielen Dank, ich melde mich, sobald ich etwas Neues weiß«, sagte ich und legte auf.

Es gab also irgendeinen Zusammenhang mit Sybille. Ich versuchte weiter, Paul auf dem Handy zu erreichen, sprach ihm noch eine Nachricht auf die Mailbox und schrieb ihm eine SMS. Mit jeder Stunde, die verging, machte ich mir größere Sorgen.

Gegen drei Uhr verabschiedete sich Uli, Hella und ich gingen ins Bett.

Ich konnte nicht schlafen, deshalb hörte ich, wie früh am Morgen leise die Wohnungstür geöffnet wurde. Ich schoss aus dem Bett und hinaus auf den Flur. Es war Paul.

Er sah furchtbar aus. Quer über seine Stirn zog sich eine Wunde, die mit Blut und Schmutz verklebt war, seine Kleidung war verdreckt, das Haar strähnig. Er musterte mich mit fiebrigem Blick.

»Paul!«, rief ich, lief zu ihm und umarmte ihn. Er hob eine Hand wie in Zeitlupe und ließ sie wieder sinken.

»Du bist ja verletzt! Soll ich dich ins Krankenhaus bringen?«

Er schüttelte den Kopf. »Nein.«

»Komm erst mal rein.«

Ich zog ihn in die Küche, drückte ihn auf einen Stuhl und schaltete den Wasserkocher ein, um Tee zu machen. Dann holte ich Verbandszeug und reinigte die Wunde, die wohl besser genäht worden wäre. Jetzt musste ein Klammerpflaster genügen.

Inzwischen war Hella aufgewacht und in die Küche gekommen. »Hey, Paul, ist alles okay?« Sie legte ihm anteilnehmend die Hand auf die Schulter.

Paul schüttelte nur den Kopf.

Während der Tee zog, ging ich mit dem Handy auf den Flur und wählte Ivans Nummer. Er ging so schnell dran, dass er unmöglich geschlafen haben konnte.

»Paul ist hier«, sagte ich. »Er ist ziemlich verstört. Ich weiß noch nicht, was los ist.«

»Ich komme«, sagte er sofort. »Ich meine … wenn es dir recht ist.«

»Natürlich.«

Ich stellte meinem Sohn eine Tasse Tee hin, dann setzte ich mich ihm gegenüber und sah ihn eindringlich an. »Paul, was ist passiert?«

Es starrte vor sich hin, als müsste er einen langen Weg zurücklegen, um gedanklich in der Gegenwart anzukommen. »Sybille …«, flüsterte er schließlich. »Sie ist schwanger.«

»Waaas?« Ich sah ihn entsetzt an, sprang auf und lief aufgeregt in der Küche hin und her.

Ich würde sie anzeigen! Ich würde ihr das Kind wegnehmen! Ich würde sie mit Sorgerechtsprozessen überziehen! Ich würde … ich würde überhaupt nichts tun können.

Wie erschlagen setzte ich mich wieder hin. »Bist du dir sicher? Ist sie wirklich schwanger?« Ich traute ihr zu, eine solche Geschichte zu erfinden, um irgendetwas für sich zu erreichen.

Pauls Augen füllten sich mit Tränen. »Ja, aber nicht von mir«, sagte er. »Sie hat einen anderen, schon länger. Heute Nacht hat sie es mir gesagt.«

Ich fühlte mich, als wäre ich um Haaresbreite einem herabstürzenden Felsbrocken entkommen. Trotzdem schaffte ich es, Anteilnahme zu zeigen.

»Das tut mir leid, Paul, das war sicher schlimm für dich. Was ist denn danach passiert? Wie kam es zu dem Unfall?«

»Es war kein Unfall«, sagte Paul düster. »Ich bin dem Typen mit Absicht in seine Scheißkarre gefahren.«

Ich begann zu begreifen. »Du meinst … der Porsche ist das Auto von Sybilles neuem Freund?«

Wieder füllten sich seine Augen mit Tränen, und er nickte.

»Und danach? Wohin bist du abgehauen?«

»Nirgendwohin«, sagte Paul. »Ich … ich bin herumgefahren, raus aus der Stadt. Ich war so durcheinander … Ich wollte nur, dass es aufhört, so wehzutun.«

»Und was ist dann passiert?«, bohrte ich weiter.

»Ich bin immer schneller gefahren und dann … hab ich mich überschlagen und bin auf dem Acker gelandet«, erzählte er stockend. »Zum Glück hab ich die Tür aufgekriegt. Ich bin zurück zur Straße, aber es kamen kaum Autos. Ich bin ewig gelaufen, irgendwann hat endlich einer angehalten und mich ein Stück mitgenommen, und irgendwann war ich an einer U-Bahn, und jetzt bin ich hier.«

»Wo war das? Wo ist das Auto jetzt?«

»Irgendwo bei Erding.«

Ich versuchte, das Gehörte zu verarbeiten. Für mich hatte es so geklungen, als wäre er nicht zufällig von der Straße abgekommen. Vielleicht hatte er nicht bewusst geplant, sich etwas anzutun, aber er hätte es in Kauf genommen.

Ich klammerte mich an Pauls Hand fest, als hätte ich Angst, dass er sich plötzlich auflösen und verschwinden könnte.

Es klingelte, ich ging zur Tür. Ivan blickte mir besorgt entgegen. »Und?«

Auf dem Weg zur Küche fasste ich kurz zusammen, was ich erfahren hatte. Dort angekommen, umarmte er Paul. »Was machst du nur für einen Scheiß!«

Paul hielt mühsam die Tränen zurück, die beiden sahen sich einen Moment schweigend an. Vater und Sohn. So fern und doch so nah.

Ich stellte Ivan eine Tasse Tee hin, und für ein paar Momente saßen wir alle drei um den Tisch, ohne zu sprechen. Es gab so vieles, was hätte gesagt werden müssen, aber es war nicht der richtige Moment.

»Wir müssen die Polizei informieren«, sagte ich. »Es kann nicht lange dauern, bis sie das Auto finden.«

»Warte«, sagte Ivan. »Lass uns genau überlegen, wie wir vorgehen wollen. Wenn Paul jetzt einen Fehler macht, reitet er sich noch tiefer rein.«

»Eigentlich hängt alles von Sybille und ihrem Typen ab«, sagte Paul.

»Inwiefern?«, fragte Ivan.

»Die Situation war so«, erklärte Paul. »Wir hatten einen Megastreit auf der Straße. Ich steige in mein Auto, die beiden in den Porsche. Der Typ fährt einfach aus der Parklücke, ohne zu blinken. In dem Moment komme ich von hinten und bin in ihn rein. Wenn ich zugebe, dass ich es absichtlich gemacht habe, zahlt die Versicherung nicht. Wenn jemand bezeugen würde, dass der Typ einfach aus der Parklücke geschossen ist, würde ich höchstens eine Teilschuld bekommen, weil ich zu schnell war.«

Ivan hatte aufmerksam zugehört. »Wisst ihr was? Ich glaube, Paul braucht einen Anwalt.« Er sah auf die Uhr. »Ich rufe Roger an.«

Roger war Miteigentümer einer Anwaltskanzlei und ein guter Bekannter von uns.

»Und wann informieren wir die Polizei?«, fragte ich.

»Nachdem wir mit Roger gesprochen haben.«

Ivan ging ins Wohnzimmer und blieb einige Minuten verschwunden. Als er zurückkam, sagte er: »Wir sollen gleich in die Kanzlei kommen.«

Paul war halb auf dem Tisch zusammengesunken. Ich strich ihm über den Kopf. »Mach dich ein bisschen frisch.«

Er nickte und stand auf. An der Tür drehte er sich um. »Mom, Dad … danke, dass ihr mich nicht hängen lasst.«

Ich war so froh, dass Paul am Leben und weitgehend unverletzt war – alles andere war mir ziemlich egal. Als wir allein waren, breitete sich zwischen Ivan und mir verlegene Stille aus.

»Danke, dass du gekommen bist«, sagte ich.

»Ist doch klar, wir müssen Paul jetzt helfen. Vielleicht … tragen wir ja auch ein Stück Verantwortung für das, was passiert ist.«

Wir? Ich war überrascht. Sonst war doch immer ich schuld, wenn mit Paul was schiefgelaufen war. Mein Handy klingelte, ich nahm das Gespräch an.

»Die Polizei«, flüsterte ich unhörbar.

Ein Beamter teilte mir mit, dass Pauls Auto gefunden worden sei, und ich informierte ihn darüber, dass Paul gerade nach Hause gekommen sei und sich stellen werde.

»Wir wissen Bescheid«, sagte der Beamte. »Sein Anwalt hat sich schon gemeldet.«

Wir begleiteten Paul in die Kanzlei. Die Empfangsdame bat uns um einige Minuten Geduld, dann öffnete sich eine Tür, und Roger kam auf uns zu. Er war ein rundlicher Mann mit Halbglatze und Goldrandbrille, über die er verschmitzt hinwegblinzelte.

»So, so, der Junior hat also Mist gebaut«, begrüßte er uns und ging uns voran in sein Büro. Mit gesenktem Kopf stapfte der Delinquent hinter ihm her. Roger befragte ihn ausführlich zum Unfallhergang, Paul gab bereitwillig Auskunft und ließ kein Detail aus, auch nicht, dass er seinem Rivalen mit Absicht ins Auto gefahren war.

»Das musst du nicht erwähnen«, sagte Roger. »Erstens musst du dich nicht selbst belasten, und zweitens ist das nicht beweisbar, auch nicht für die Gegenseite. Entscheidend ist, ob wir beweisen können, dass der Unfallgegner, ohne zu blinken, aus der Parklücke gefahren ist.«

»Und wie soll das gehen?«, fragte Paul.

»Gab es denn irgendwelche Zeugen?«

»Nur seine Beifahrerin, Sybille«, sagte er bitter. »Und die wird sicher ihren Typen in Schutz nehmen.«

»Was ist mit Alkohol?«, wollte Roger wissen. »Hattest du getrunken?«

Paul blickte Hilfe suchend zu uns. »Muss ich das sagen?«

Roger erklärte, dass es für ihn als Anwalt hilfreich sei, wenn er die Wahrheit wisse. Das würde ihm unangenehme Überraschungen ersparen. So erzählte Paul ihm das, was er auch uns gegenüber gesagt hatte. Angeblich hatte er nach dem Essen mit Ivan, bei dem er eine halbe Flasche Wein getrunken hatte, keinen weiteren Alkohol konsumiert.

Roger machte sich Notizen und murmelte: »Unfallflucht, eventuell der Drei-Sechzehner, gefährlicher Eingriff in den Straßenverkehr. Gut, dass es beide Male nur ein Blechschaden war und du dich innerhalb von vierundzwanzig Stunden gestellt hast.«

»Was ist der Drei-Sechzehner?«, fragte Paul.

»Trunkenheit«, sagte Roger. »Das wird davon abhängen, ob du noch Restalkohol hast. Man wird dir auf jeden Fall Blut abnehmen und eine Haarprobe machen.«

»Wieso denn das?«

»Drogen. Hast du gestern was genommen?«

Paul schüttelte den Kopf. »Gestern nicht.«

»Was soll das heißen?«, fragte Ivan alarmiert.

Ich biss mir auf die Lippen. Auf keinen Fall durfte ich mir anmerken lassen, dass ich etwas darüber wusste.

»Ich hab eine Zeit lang so Partypillen genommen«, gestand Paul. »Jetzt aber schon länger nicht mehr.«

»Das wird der Drogentest zeigen«, sagte Roger. »Besser macht das die Sache jedenfalls nicht, so viel kann ich dir schon sagen.«

Paul sank immer tiefer in seinem Stuhl zusammen.

Als Roger alle notwendigen Informationen hatte, erklärte er Paul, worüber er reden und worüber er schweigen solle. Dann rief er bei der Polizei an und kündigte an, dass er gleich mit seinem Mandanten zur Vernehmung komme.

Beim Aufstehen fragte ich ihn: »Was kann Paul schlimmstenfalls passieren?«

Roger wiegte den Kopf. »Das kommt sehr darauf an. Mit

achtzehn gilt er als Heranwachsender und kriegt wahrscheinlich noch eine Jugendstrafe. Der Liebeskummer wirkt sich möglicherweise strafmildernd aus, weiterhin die Tatsache, dass er sich gestellt hat. Wenn Alkohol oder Drogen nachgewiesen werden, verschlechtert das die Lage natürlich.«

»Was bedeutet das konkret?«

»Zeitweiligen Führerscheinentzug, Geldstrafe, Sozialstunden, Idiotentest. Gegebenenfalls ein weiteres Drogenscreening.«

Paul sah blass aus. Allmählich schien ihm das ganze Ausmaß der Sache klar zu werden.

»Wäre ich denn dann vorbestraft?«, fragte er erschrocken.

Der Anwalt nickte bedauernd. »Leider ja.«

Den Rest des Vormittags verbrachten wir auf der Polizei. Wie angekündigt, wurde Paul Blut abgenommen, und er musste ein paar Haare opfern. Bei der Vernehmung durften wir nicht dabei sein, und so saßen wir auf dem kahlen Flur der Polizeiwache und warteten.

Irgendwann räusperte sich Ivan und sagte: »Ich habe übrigens eine gute Nachricht, falls es dich interessiert.«

Ich lächelte ihn erschöpft an. »Gute Nachrichten interessieren mich immer, vor allem nach einer Nacht wie dieser.«

»Es sieht so als, als hätten wir einen Investor. Ich kann mein Projekt wie geplant zu Ende bringen, alle vierundzwanzig Bilder.«

»Wow, das ist ja großartig!«, sagte ich strahlend. »Ich kann dir gar nicht sagen, wie sehr ich mich für dich freue!«

Ein verlegener Blick von ihm traf mich. »Danke, dass du solchen Anteil nimmst.«

»Wie ist das denn zustande gekommen?«, fragte ich unschuldig.

»Das ist eine seltsame Geschichte«, sagte Ivan. »Eines Tages ist bei Katharina in der Galerie ein Typ aufgetaucht und hat gesagt, er sei auf meine Bilder aufmerksam geworden, habe sich über mich erkundigt und erfahren, dass ich Investoren suche. Er sei aus der Branche, habe gute Kontakte und wolle versuchen, die richtigen Leute zusammenzubringen. Es ging dann eine ganze Weile hin und her, und ich hatte schon die Hoffnung aufgegeben, dass etwas daraus werden würde. Irgendwann ist er mit einigen Interessenten angerückt, und dann ging alles ganz schnell.«

»Wie heißt denn der Typ, der das angeleiert hat?«, fragte ich.

»Florian Kreidler«, sagte Ivan. »Er hat für eine Beratungsfirma gearbeitet, macht inzwischen längst was anderes. Du wirst ihn nicht kennen.«

Ich gab vor, in meinem Gedächtnis zu kramen. »Nein«, erwiderte ich. »Der Name sagt mir wirklich nichts.«

»Noch etwas«, sagte Ivan nach einer kleinen Pause. »Dass du mir deine Ersparnisse angeboten hast, werde ich dir nicht vergessen. Das hat … manches wiedergutgemacht.«

Den Nachmittag verbrachten Paul und ich damit, die Unfallstelle zu suchen. Ich erhoffte mir davon eine pädagogische Wirkung. Er sollte bei vollem Bewusstsein sehen, was er angerichtet und in welche Gefahr er sich gebracht hatte. Bei der Polizei hatte man uns mitgeteilt, dass der Wagen gegen fünf abgeschleppt werden würde, bis dahin hatten wir also Zeit.

Pauls nächtliche Irrfahrt hatte im Dunkeln stattgefunden, er war aufgewühlt und angetrunken gewesen, und so dauerte es, bis er sich jetzt, bei Tageslicht, orientieren konnte.

»Hier muss es irgendwo sein«, sagte er und zeigte auf die Felder vor uns. Nachdem wir ein kleines Wäldchen durchquert und über eine Kuppe gefahren waren, entdeckten wir das Auto. Rechts von uns, ungefähr dreißig Meter von der Straße entfernt, lag es – beziehungsweise das, was von ihm übrig war.

»O mein Gott!« Ich klammerte mich an seinen Arm und starrte entsetzt auf das auf dem Dach liegende Wrack.

Der Hergang des Unfalls war offensichtlich: Paul musste in absurd hohem Tempo über die Kuppe gerast sein, es hatte ihn ein Stück von der Straße gehoben, er hatte die Kontrolle verloren und war in der vor uns liegenden Kurve ungebremst geradeaus gefahren, worauf das Auto sich im Acker überschlagen hatte.

Ich bremste, stieg aus und ging auf den Wagen zu. Man konnte sich kaum vorstellen, dass ein Mensch diesen Schrotthaufen lebend verlassen hatte.

Paul folgte mir in einigen Schritten Entfernung und blieb neben mir stehen.

»Du hättest tot sein können!« Ich war wie unter Schock.

Paul nickte. Als er sah, dass ich mit den Tränen kämpfte, legte er unbeholfen seine Arme um mich und schmiegte sein Gesicht an meine Wange.

»Ich bin ein Idiot, Mom. Es tut mir so leid.«

Ich schluchzte auf. »Ach Paul!«

Mit aller Kraft drückte ich ihn an mich und hätte ihn am liebsten nie mehr losgelassen.

Am Abend, als Paul in die WG zurückgekehrt war, wählte ich Sybilles Nummer.

»Was willst du denn schon wieder?«, begrüßte sie mich unfreundlich. »Ich habe mit Paul Schluss gemacht, wie du es von mir verlangt hast, also …«

»Mit dem Erfolg, dass er sich heute Nacht mit dem Wagen überschlagen hat und auf einen Acker geflogen ist.«

Einen Moment blieb es still. »Scheiße. Wie geht's ihm?«

»Er ist verletzt«, sagte ich. »Aber er lebt.«

Ich fand, das entsprach der Wahrheit, denn außer der Wunde auf der Stirn hatte er seelische Verletzungen, die weit tiefer gingen.

»Tut mir wirklich leid, Cora, das wollte ich alles nicht.«

Zum ersten Mal hörte ich aufrichtiges Bedauern in ihrer Stimme. Offenbar hatte sie endlich begriffen, dass das Ganze kein Spiel mehr war.

»Du kannst etwas für ihn tun«, sagte ich.

»Was denn?«

»Sag wegen des Unfalls die Wahrheit.«

»Was ist die Wahrheit?«

»Dass dein Freund, ohne zu blinken, aus der Parklücke geschossen ist, sodass Paul nicht mehr bremsen konnte.«

Wieder schwieg sie eine Weile. »So war es nicht, Cora. Paul ist mit Absicht in ihn reingefahren.«

»Sybille, ich bitte dich«, sagte ich eindringlich. »Der Junge ist am Boden zerstört. Von deiner Aussage wird abhängen, ob er für eine Dummheit, die er aus Verzweiflung begangen hat, zusätzlich bestraft wird. Dein Freund kriegt sein Geld doch sowieso, es kann ihm doch schnuppe sein, von wem. Und die Selbstbeteiligung wird Paul an ihn bezahlen, dafür sorgen wir.«

Sie zögerte. »Ganz schön happig, was du da von mir verlangst.«

»Das ist mir klar«, sagte ich. »Aber du sollst es nicht für mich tun. Tu es für Paul, bitte!«

Wieder verstrich einige Zeit. Sie schien schwer mit sich zu ringen.

»Okay, Cora«, sagte sie schließlich. »Aber im Gegenzug sorgst du dafür, dass Paul mich ein für alle Mal in Ruhe lässt, ist das klar?«

»Ich versuch's«, sagte ich. »Danke, Sybille.«

Und dann wuchs ich über mich hinaus und fügte hinzu: »Alles Gute für dich ... und das Kind.«

ZWANZIG

Ich war in einer Sinnkrise. Jeden Tag saß ich in der Agentur, machte meine Arbeit und versuchte, meine innere Stimme zu ignorieren, die mir Zweifel am Vermittlungsgeschäft einflüsterte. Irgendwann war sie nicht mehr zu überhören.

»Wieso machst du dir was vor? Du glaubst doch selbst nicht mehr an das, was du tust.«

»Wie kommst du darauf?«

»Hast du Hella nicht vorgeschlagen, mit der Abschlussrechnung an die Klienten gleich eine Liste von Scheidungsanwälten mitzuschicken?«

»Das war ein Scherz.«

»Aha.«

Ich vertiefte mich in die Notizen zu einer neuen Klientin.

54 Jahre alt, vom Mann vor zwei Jahren wegen einer Jüngeren verlassen, drei fast erwachsene Kinder, die nun eins nach dem anderen aus dem Haus gehen. Streitereien um Geld, mit Mühe einen Halbtagsjob gefunden. Attraktiv, voller Tatendrang, engagiert sich ehrenamtlich in einem Sozialprojekt, macht zur Entspannung Yoga.

Wieso machten eigentlich plötzlich alle Yoga? Sogar Uli hatte neulich davon gesprochen, dass sie einen Kurs belegen wolle. Vielleicht wurde ja ab einem gewissen Alter das Yogahormon aktiv und trieb die klimakterischen Damen in die Arme verständnisvoller Yogalehrerinnen. Ich befragte kurz meinen inneren Schweinehund, aber der teilte mir unmissverständlich mit, dass er keine Neigung zu sportlicher Betätigung verspüre.

Ich konzentrierte mich auf das Klientenprofil. Diese Frau hatte statistisch gesehen eine größere Chance, von einer fehlgeleiteten Drohne getroffen zu werden, als noch mal einen Mann zu finden, mit dem sie eine glückliche Beziehung führen würde.

»Sage ich doch«, ließ sich meine bessere Hälfte wieder vernehmen. »Den einen machst du unberechtigte Hoffnungen, und bei den anderen ist der dauerhafte Erfolg ungewiss. Dein Produkt ist also nicht marktfähig. Wenn du Gebrauchtwagen in dieser Qualität verkaufen würdest, säßest du längst im Knast.«

Ich seufzte und blickte zu Hella, die mit Kopfhörern auf den Ohren, um mich nicht zu stören, konzentriert ein Video auf ihrem Bildschirm betrachtete. Ihr Enthusiasmus für die Agentur war ungebrochen, ständig kamen ihr neue, gute Ideen. Für den Fall, dass wir weiter so erfolgreich sein würden, hatte ich ihr bereits eine Gehaltserhöhung in Aussicht gestellt.

Nur mich selbst konnte ich kaum noch motivieren. Die meisten Männer hielt ich derzeit für unreife, triebgesteuerte, kommunikationsunfähige Egoisten, die meisten Frauen für naive, opferbereite Schafe mit unrealistischen Träumen. Natürlich gab es unter den Frauen auch die dominanten, raffgierigen Tussen und bei den Männern die bedauernswerten Trottel. Auf jeden Fall fand ich nichts unsinniger, als diese zwei unvereinbaren Spezies aufeinanderzuhetzen.

Ich konnte aber nicht ausschließen, dass ich von meiner

persönlichen Situation ungünstig beeinflusst wurde. Als jemand, den gerade der Ehepartner verlassen hatte, war mein Blick aufs Liebesbusiness womöglich etwas getrübt. Aber was sollte ich tun? Entweder ich schaffte es, das notwendige Interesse an meiner Tätigkeit wiederzufinden, oder …

Mein Blick wanderte hinüber zu Hella, die immer noch Videos anschaute und gerade amüsiert das Gesicht verzog. Sie bemerkte, dass ich sie beobachtete, und lächelte mir strahlend zu. Seit Kurzem war sie ungewöhnlich gut drauf. Was wohl in diesem Tantrakurs abging? Sie weigerte sich weiterhin, davon zu erzählen, als wollte sie diesen Teil ihrer persönlichen Entwicklung beschützen, bis er erfolgreich abgeschlossen war. Sie hatte in ihrem neuen Leben Fuß gefasst, ging häufig aus, lernte Leute kennen, und demnächst würde sie in ihre eigene Wohnung ziehen.

Und ich? Würde allein zurückbleiben. Es war nicht mehr lange bis Weihnachten, und mir graute davor. Wie sollte ich diese Tage überstehen? Hella würde bei ihren Eltern sein, Paul würde wohl, wie alle Trennungskinder, den einen Tag beim Vater, den anderen bei der Mutter verbringen. Derjenige von uns, der es schaffen würde, für den entscheidenden Termin am Vierundzwanzigsten abends den Zuschlag zu erhalten, wäre der Sieger in diesem traurigen Spiel. Wie ich Paul kannte, würde er sich dem Konflikt am liebsten entziehen, indem er uns beide an Heiligabend alleinließe und mit Freunden feiern ginge. Aber nach allem, was vorgefallen war, würde er sich das wohl nicht trauen.

Sollte ich einfach abhauen? Ich kramte in meiner Schreibtischschublade und zog die Hochzeitseinladung von Elvira und Kajetan hervor. Die beiden würden am Silvestertag in Sydney heiraten und hatten mich dazu eingeladen.

»Was hast du da?« Hella hatte die Kopfhörer abgesetzt und sah zu mir rüber.

Ich reichte ihr die Einladung, sie las und lächelte gerührt. »Wie süß! Die wollen dich dabeihaben, weil du sie zusammengebracht hast. Macht dich das nicht glücklich?«

Ich zuckte die Schultern.

»Das ist doch eine tolle Bestätigung für deine Arbeit«, redete Hella weiter. »Also, mich würde das richtig stolz machen!«

Nachdenklich ließ ich meinen Blick auf ihr ruhen. »Sag mal, Hella, könntest du dir vorstellen, die Agentur allein weiterzuführen?«

»Was?« Hella sah mich erschrocken an. »Aber wieso? Es läuft doch gerade super!«

»Ja, seit du angefangen hast, läuft es super.«

»Aber es ist deine Agentur! Du hast sie aufgebaut, du bist die Chefin, ich will dir auf keinen Fall Konkurrenz machen!«

»Darum geht's gar nicht. Du machst es einfach toll, und ich bin mir sicher, du würdest es auch ohne mich hinkriegen.«

Statt sich zu freuen, wirkte Hella verunsichert. Ich wollte nicht, dass sie dachte, ich würde mich zurückziehen, weil ich neidisch auf ihren Erfolg war, und suchte nach den richtigen Worten.

»Weißt du, ich komme mir immer mehr vor wie … eine Betrügerin, die den Leuten etwas verkauft, von dem sie weiß, dass es nicht funktionieren wird. Ich glaube nicht mehr an mein eigenes Produkt.«

Hella nickte. »Das ging mir ja ähnlich, als du mich das erste Mal gefragt hast, ob ich einsteigen will, deshalb habe ich damals abgelehnt.«

»Dann verstehst du ja, wovon ich rede. Meine Lebenssituation und der Job passen nicht mehr zusammen. Ich habe das Gefühl, ich muss etwas Neues machen.«

»Das kommt sehr überraschend«, sagte Hella. »Kann ich erst mal darüber nachdenken?«

»Klar.«

»Weißt du denn schon, was du stattdessen machen willst?«

Ich sah sie an. »Ehrlich gesagt, ich habe keine Ahnung.«

Ivan rief an und bat mich um ein Treffen am selben Abend. Bestimmt wollte er über Paul sprechen.

Schon jetzt bestätigte sich die alte Weisheit: »Du kannst dich von deinem Ehepartner trennen, nicht aber vom Vater oder der Mutter deines Kindes.«

Ob wir wollten oder nicht, über unseren Sohn würden wir immer miteinander verbunden bleiben.

Ich stellte mir vor, wie es sein würde, wenn Paul irgendwann heiratete. Sicher würde Ivan mit seiner neuen Frau zur Hochzeit kommen – Männer blieben doch nie lange allein. Ich würde mir für den Tag vielleicht jemanden organisieren, der mich begleitete und so tat, als wäre er mein neuer Freund. Wir würden alle betont locker und freundlich miteinander umgehen, und insgeheim würden die neue Frau und ich uns abschätzige Blicke zuwerfen und uns fragen, was Ivan bloß an der anderen gefunden habe. Ich würde zu viel trinken und Ivan eine Szene machen, seine Frau würde uns entdecken und ihn triumphierend von mir wegziehen, worauf ich gedemütigt zurückbleiben und die ganze Nacht heulen würde …

Ich suhlte mich noch ein bisschen in Selbstmitleid, bevor ich mich umzog, um Ivan zu treffen. Wir hatten uns in dem Café verabredet, in dem wir die Samenspendendiskussion geführt hatten. Er saß schon da und schäkerte mit der Kellnerin, die seine Bestellung aufnahm.

Ich sagte hallo, setzte mich und bestellte einen Martini Bianco mit Eis und Zitrone. »Also, was gibt's?«

»Sag mir erst mal, wie's dir geht«, bat er. »Hast du den Schrecken mit Paul einigermaßen verdaut?«

Ich blickte ihn misstrauisch an. Wieso war er so mitfühlend? Auch während der ganzen Aufregung um Paul war er so nett gewesen, obwohl das eine großartige Gelegenheit gewesen wäre, mir mein Versagen als Mutter unter die Nase zu reiben. Wahrscheinlich hatte er Schuldgefühle wegen der Trennung.

»Geht so«, sagte ich. »Das Auto sah furchtbar aus. Ich hoffe, der Anblick hat eine heilsame Wirkung auf ihn.«

»Ich hab noch mal mit ihm gesprochen«, berichtete Ivan. »Er wirkte ziemlich reumütig. Je nachdem wie der Drogentest ausgeht, droht ihm eine Menge Ärger, aber das kann nur gut für ihn sein. Aus nichts lernt er so viel wie aus Schwierigkeiten.«

Ich überlegte, ob ich ihm von meinem Telefonat mit Sybille erzählen sollte, ließ es aber bleiben. Sicher würde er es nicht gut finden, dass ich es mal wieder übernommen hatte, die Sache zugunsten von Paul zu regeln. Also fragte ich nur:

»Und wie geht's dir?«

Er erzählte vom Fortgang seines Kunstprojekts, von der großen Erleichterung, mit einer ausreichenden Finanzierung ausgestattet zu sein, und von der Freiheit, die das für seine Arbeit bedeute.

Ich verzichtete edelmütig darauf, ihm zu eröffnen, wem er diese Freiheit verdankte. Stattdessen sagte ich: »Es ist gut, dass du angerufen hast. Ich wollte sowieso über ein paar Dinge mit dir reden.«

»Was für Dinge?«

»Die Wohnung zum Beispiel. Hella zieht demnächst aus, und ich kann mir die Miete alleine nicht leisten. Ich nehme nicht an, dass du weiter die Hälfte bezahlen willst, obwohl du dort nicht mehr wohnst, oder?«

»Das hat doch noch Zeit«, sagte er. »Lass uns nichts überstürzen.«

Ich verstand ihn nicht, schließlich bedeutete Zeit in diesem Fall Geld, aber da es Ivans Geld war, konnte es mir ja egal sein.

»Paul wird uns sicher noch länger auf der Tasche liegen.« Ich sah ihn direkt an. »Wie wollen wir uns das zukünftig aufteilen?«

»Paul hat das Kindergeld verprasst, der kriegt erst mal gar nichts«, sagte Ivan energisch. »Außerdem ist er in der Lage, selbst Geld zu verdienen.«

»Vielleicht fängt er ja doch noch ein Studium oder eine Ausbildung an, dann sind wir verpflichtet, ihn zu unterstützen.«

»Darüber reden wir, wenn's so weit ist.«

»Vielleicht wird es zukünftig ja schwieriger für uns beide, miteinander zu reden«, gab ich zu bedenken.

Er sah mich verständnislos an. »Wieso? Was meinst du damit?«

»Ich überlege, die Agentur zu verkaufen und … wegzugehen.«

Das mit dem Weggehen war mir erst in dieser Sekunde in den Sinn gekommen. Es tat gut, Ivans überraschte Reaktion zu sehen.

»Weggehen … aber wohin denn?«

»Ich weiß es noch nicht genau, es gibt da mehrere Optionen«, sagte ich vage.

Ivan wirkte bestürzt. »Aber wieso willst du denn alles aufgeben, die Agentur, deine Freunde, die Wohnung …«

»Wieso? Weil mein Sohn erwachsen ist, mein Mann mich verlassen hat und mir die Aufgabe, Menschen zu verkuppeln, zunehmend sinnlos erscheint.«

Er antwortete nicht, sein Blick erschien mir irgendwie … schuldbewusst. Aber vielleicht bildete ich mir das auch nur ein. Mein Martini kam, ich nahm einen kräftigen Schluck. »Wann willst du eigentlich die Scheidung einreichen?«, fragte ich.

»Scheidung? Daran habe ich noch gar nicht gedacht.« Ivan schwieg einen Moment, dann sagte er: »Du machst Nägel mit Köpfen, was? Wie immer.«

»Ja, was denn sonst? Du hast eine Entscheidung getroffen, jetzt müssen wir beide die Konsequenzen tragen.«

»Schon gut.« Er drehte sein Glas in den Händen und sah vor sich auf den Tisch.

Mir fiel ein, dass er es gewesen war, der mich um das Treffen gebeten hatte.

»Was wolltest du eigentlich mit mir besprechen?«, fragte ich.

»Ich wollte … im Wesentlichen über die gleichen Sachen reden. Hat sich also eigentlich erledigt.«

»Na dann«, sagte ich. »Überleg dir, wie du es gern regeln möchtest, und ruf mich an.«

Ich trank mein Glas aus und stand auf. Einen kurzen Moment hatte ich das Gefühl, Ivan wolle mich zurückhalten, aber dann sagte er doch nichts mehr.

Der Gedanke, ich könnte einfach weggehen, alles hinter mir lassen und anderswo neu anfangen, tröstete mich ein wenig. Ständig erwog ich neue Ziele, sah mich als Besitzerin einer Strandbar in Mexico, als eine Art Mutter Teresa mit indischen Straßenkindern, als erfolgreiche Hotelmanagerin in Dubai. Ich überlegte, ob ich in ein österreichisches Bergdorf ziehen und ein Buch über mein wild bewegtes Leben schreiben oder doch lieber in ein Schweigekloster eintreten und den Rest meines Lebens die Klappe halten sollte. Alle diese Ideen hatten ihren Reiz, aber gänzlich überzeugen konnte mich keine. Mein Problem war, dass ich zwar am liebsten weit weg von Ivan sein wollte, um nicht ständig den Schmerz der Trennung zu spüren, keineswegs wollte ich aber weit weg von Paul und meinen

Freunden sein. In unserer gewohnten Umgebung, in der mich alles und jedes an Ivan erinnerte, konnte ich mich nicht von ihm lösen, deshalb hoffte ich insgeheim darauf, dass irgendetwas geschehen würde, das meinen Schmerz schlagartig beenden und mich wieder zu einem glücklichen Menschen machen würde. Aber um das zu erreichen, müsste ich wohl in eine Totalamnesie verfallen.

Wenige Tage später überraschte mich Hella mit der Ankündigung, sie habe eine Neuigkeit für mich.

»Du hast dich entschieden, die Agentur zu übernehmen?«, sagte ich erfreut.

Sie schüttelte den Kopf. Ich war enttäuscht, wollte es mir aber nicht anmerken lassen, um sie nicht unter Druck zu setzen.

»Ich weiß es«, sagte ich. »Du eröffnest ein Tantrastudio!«

»Quatsch«, gab sie errötend zurück.

»Du bist zu einem Ü30-Model-Casting eingeladen?«, riet ich weiter.

»Was heißt denn Ü30?«

»Na, über dreißig.«

Hella lachte. »Lieb von dir. Leider falsch.«

»Du hast eine Diät für mich entdeckt, bei der man so viel essen darf, wie man will, und trotzdem abnimmt?«

Sie verlor die Geduld mit meinen Witzeleien und wurde ernst. »Ich bin jemandem … nähergekommen.«

»Was? Ich dachte, du wolltest keinen Mann mehr!«

Sie lächelte. »Dinge ändern sich.«

Na super. Sie musste in ihrem Kurs jemanden kennengelernt haben. Und was sollte ich jetzt dem netten Werner sagen? Der arme Mann würde sich entleiben, wenn sein Blitzschlag sich als Fehlzündung entpuppen würde.

»Geht das nicht ein bisschen schnell? Du bist ja noch nicht mal von Herbert geschieden!«

»Na und?«

»Ich meine nur, solltest du dir nicht ein bisschen mehr Zeit lassen?«

»Wozu?«, fragte sie verständnislos, und darauf hatte ich auch keine überzeugende Antwort.

»Also gut«, sagte ich widerwillig. »Wann lerne ich ihn kennen?«

»Heute Abend. Er kommt mich abholen.«

Ich überlegte, wie ich es Werner erklären sollte. Ich konnte ja nicht so indiskret sein und ihm von Hellas Tantrakurs erzählen und dass sie dort jemanden aufgegabelt hatte, mit dem sie privat ein bisschen weiterüben wollte. Dass es eine Phase ihrer persönlichen Entwicklung war, aber wahrscheinlich nicht von Dauer sein würde. Egal was ich ihm erzählen würde, er wäre am Boden zerstört.

Wir nahmen ein von Hella zubereitetes Abendessen zu uns, das für meinen Geschmack deutlich zu kalorienarm ausfiel: Tomaten und Gurke, Hüttenkäse, magerer Schinken. Ich träumte von einer Scheibe Bauernbrot mit dick Butter, aber vor Hella traute ich mich nicht, derart frivolen Gelüsten nachzugeben. Wenn sie später ausging, konnte ich ungehemmt zuschlagen. Vielleicht sollte ich auf das Butterbrot noch Nutella schmieren, zur Stärkung meiner Nerven.

Andere Frauen nahmen ab, wenn sie Liebeskummer hatten. Ich nahm zu. Ich nahm auch nicht ab, wenn ich keinen Liebeskummer hatte. Stress bekämpfte ich mit Essen, und wenn ich keinen Stress hatte, hatte ich erst recht Spaß am Essen. Es gab wirklich keine Lebenssituation, die mir den Appetit verderben konnte.

Ich wartete darauf, dass Hella mir etwas von dem geheimnisvollen Mann erzählen würde, der gleich auftauchen sollte, stattdessen kam sie auf die Agentur zu sprechen.

»Ich weiß, dass du auf eine Entscheidung von mir wartest.«

»Und?«

»Es ist wirklich schwierig.« Sie sortierte die Kügelchen des Hüttenkäses auf ihrem Teller nach der Größe.

»Warum?«

Sie legte das Besteck ab und sah mich an. »Weil ich viel lieber mit dir zusammen weitermachen würde.«

»Und wenn es diese Option nicht gibt?«

»Gibt es sie denn wirklich nicht?«

Ich schüttelte energisch den Kopf, obwohl ich mir noch gar nicht so sicher war. Wahrscheinlich wollte ich mir selbst den Weg zurück verbauen, um mich zu einer Entscheidung zu zwingen.

Sie seufzte. »Dann ist dein Angebot die zweitbeste Option.«

Mir wurde ein bisschen schwindelig. Ich war gerade dabei, mich selbst arbeitslos zu machen und mich um meine einzige Einkommensquelle zu bringen. Tat ich das Richtige? Oder war ich verrückt geworden?

Bevor ich Hella antworten konnte, klingelte es. Sie sprang auf und lief zur Wohnungstür. Ich hörte ein Murmeln, gleich darauf kehrte sie mit einem Besucher in die Küche zurück. Es war Werner.

Ich schluckte. Da hatte der Gute aber einen ungünstigen Moment erwischt. Wenn gleich der Tantrahengst auftauchen würde, könnte es ziemlich peinlich für ihn werden. Werner begrüßte mich herzlich, Hella sah mich erwartungsvoll an. Ich sah zwischen ihnen hin und her. Dann begriff ich endlich und fing an zu lachen. Meine Güte, wie hatte ich nur so auf dem Schlauch stehen können!

»Was ist so lustig?«, fragte Hella unsicher.

»Nichts«, sagte ich und warf Werner einen verschwörerischen Blick zu, den er lächelnd erwiderte. Dann riss ich mich zusammen. Hella durfte auf keinen Fall Verdacht schöpfen und denken, es handle sich um ein abgekartetes Spiel.

»Da habt ihr mich ja ganz schön hinters Licht geführt«, sagte ich mit gespielter Empörung.

Hella fiel darauf rein. »Falls du dir Gedanken machst wegen der Provision, die zahlen wir natürlich! Mir ist klar, dass es eigentlich nicht okay ist, mit einem Klienten was anzufangen.« Schuldbewusst sah sie mich an und griff nach Werners Hand. Er hob ihre Hand an seinen Mund und küsste sie.

»Als zukünftige Chefin kannst du das handhaben, wie du möchtest«, sagte ich großmütig.

»Darüber reden wir dann noch«, erwiderte sie ausweichend.

Werner blickte auf die Uhr und dann zu Hella. »Ich will nicht ungemütlich sein, aber wir müssen los.«

Munter fragte ich: »Und, was habt ihr Schönes vor?«

»Wir gehen ins Theater«, sagte sie, und zu Werner gewandt: »Wie heißt noch das Stück?«

»Der Widerspenstigen Zähmung. Wird selten gespielt, ist ein bisschen aus der Mode.«

Ich grinste. »Dabei ist es doch von zeitloser Aktualität.«

EINUNDZWANZIG

Ich öffnete mein Mailprogramm und fand eine Nachricht von Paul vor.

Schau dir das mal an, Mom. Und dann lass uns reden. Viele liebe Grüße, Paul

Ich klickte auf den Link, ein Fenster ging auf. *Juans Tangogitarrenschule* stand dort auf spanisch und englisch. Ich startete das Video.

Juan und Paul saßen nebeneinander, beide mit ihren Gitarren in der Hand. Juan begrüßte die Zuschauer zu seinem Online-Gitarrenkurs, Paul übersetzte ins Englische. Juan zupfte einige Akkorde, erklärte etwas. Paul übersetzte, spielte seinerseits ein paar Töne, Juan sprach weiter. Zwischendurch sah man einige schematische Darstellungen und Animationen, mit denen die Theorie erklärt wurde.

Zwanzig Minuten lang sah ich interessiert zu, obwohl ich gar nicht Tangogitarre lernen wollte. Dann nahm ich das Handy und rief Paul an.

»Das ist ja eine tolle Idee!«, sagte ich begeistert. »Wie seid ihr denn darauf gekommen?«

Paul erinnerte mich daran, dass ich ihm nach dem Finale von

Beste Band Juans SMS geschickt hätte. Er habe ihn angerufen, und sie hätten sich getroffen. Dabei sei die Idee einer Online-Gitarrenschule entstanden.

»Das war nur ein Probevideo«, erklärte er. »Juan will die Sache richtig groß aufziehen, mit vielen Lehrern und in verschiedenen Schwierigkeitsgraden.«

»Und du kriegst dabei einen festen Job?«

»Du meinst, ob ich damit Geld verdiene? Erst mal nicht viel.«

Das hatte ich befürchtet. Ich fragte ihn, worin seine Tätigkeit bestehen solle. Er zählte auf, wofür er – außer fürs Übersetzen – noch verantwortlich sein würde: die Tontechnik, die Bearbeitung der Aufzeichnungen und den Internetauftritt.

»Kannst du das denn alles?«

»Klar. Und was ich noch nicht kann, das lerne ich.«

Paul war technisch begabt, er hatte schon als Junge kleine Filme gedreht, und mit dem Internet kannte er sich bestens aus. Natürlich konnte er das alles.

»Und wie geht's mit der Band weiter?«, fragte ich. »Hast du dafür dann noch Zeit?«

»Mal sehen«, sagte er. »Im Moment ist die Luft sowieso ein bisschen raus.«

Mir kam ein Gedanke. Wenn Juan ihm nur wenig bezahlen konnte und Paul keine Auftritte mehr hätte, würde er bald nicht mehr genügend Geld verdienen, um sein WG-Zimmer bezahlen zu können. Und ich würde demnächst allein in meiner Riesenwohnung hocken. Obwohl ich wusste, dass ich es nicht tun sollte, fragte ich: »Sag mal, was hältst du davon, dein WG-Zimmer aufzugeben und nach Hause zu kommen? Hella zieht aus, und ich habe jede Menge Platz.«

Dass ich außerdem panische Angst vor dem Alleinsein hatte, erwähnte ich nicht.

Ich hörte Paul atmen. Er schwieg.

»Sag doch was«, bat ich ihn.

»Mom …«, begann Paul.

»Ja?«

»Ich hab dir noch nicht alles erzählt.«

»Na, dann los!«

Wieder entstand eine Pause. Dann sagte er: »Das Ganze findet in Buenos Aires statt.«

»Was?«, rief ich. »Wieso denn das? Für einen Internetkurs ist es doch völlig egal, wo man ist!«

Paul erzählte, dass Juans Vater seit Jahrzehnten eine Tangogitarrenschule in Buenos Aires betreibe und in den Ruhestand gehen wolle. Juan würde nach Argentinien zurückkehren und die Schule übernehmen, an der die besten Lehrer des Landes arbeiteten. Die Onlinekurse sollten ein zusätzliches Angebot sein. Paul würde mitgehen und helfen, sie aufzubauen.

»Und für wie lange?«

»Ein paar Monate«, sagte Paul. »Es hängt davon ab, wann mein Gerichtsverfahren ist. Dann muss ich zurückkommen. Aber das kann bis zu einem halben Jahr dauern, sagt Roger.«

»Darfst du überhaupt ins Ausland, wenn ein Verfahren anhängig ist? Ich glaube nicht, dass das geht.«

»Doch, Mom. Roger hat das schon mit der Staatsanwaltschaft geklärt.«

Ich machte einen tiefen Atemzug. Mal wieder wurde ich vor vollendete Tatsachen gestellt.

»Weiß Papa schon davon?«

»Ja. Ich dachte … ich spreche zuerst mit ihm.«

»Klar.«

»Sei nicht sauer, Mom«, bat Paul. »Ich weiß, wie schwierig es für dich ist. Aber ich bin so froh, dass ich bald weit weg bin.

Sonst muss ich immer weiter an Sybille denken …« Seine Stimme war zittrig.

Am liebsten hätte ich ihn gefragt, ob ich mitkommen könne. Buenos Aires! Ich würde in der Wärme sein, endlich richtig Tango tanzen lernen, köstliche Steaks essen und Reitausflüge auf einsam gelegenen Haziendas unternehmen. Vielleicht würde ich sogar einen feurigen Argentinier kennenlernen, der mich über meinen Trennungsschmerz hinwegtrösten würde …

»Mom?«, riss Pauls Stimme mich aus meinen Tagträumen.

»Ich verstehe dich sehr gut, Paul«, sagte ich schweren Herzens. »Wann geht's los?«

»Ja, also, es ist so …«, druckste Paul herum. »Das ist jetzt ein bisschen blöd gelaufen.«

»Was meinst du damit?«

»Der billigste Flug, den ich kriegen konnte, geht am Vierundzwanzigsten morgens.«

»Von welchem Monat sprichst du?«, fragte ich, obwohl ich es schon wusste.

»Dezember.«

»Verstehe.«

Ich hatte geahnt, dass Paul einen Weg finden würde, dem Weihnachtsdilemma zu entgehen. Er würde weder mit Vater noch mit Mutter feiern, er würde einfach wegfliegen. Obwohl es mir einen schmerzhaften Stich gab, dachte ich, dass er genau das Richtige tat.

»Sehen wir uns denn vorher noch?«, fragte ich. »Länger als fünf Minuten, meine ich.«

»Klar, Mom! Wie wär's, wenn ich noch mal für dich kochen würde?«

Ich seufzte. »Das wäre schön.«

Ich kam mir vor wie eine Entfesselungskünstlerin wider Willen. Alles, was mich bislang gebunden, festgehalten und vielleicht auch eingeengt hatte, löste sich auf. Meine Ehe war vorbei, mein Sohn war im Begriff, sich endgültig abzunabeln, mein Beruf war nicht mehr der richtige für mich, meine Freunde waren mit neuen Lieben oder Lebenskonzepten beschäftigt und brauchten mich kaum noch. Nichts war mehr so, wie es vor Kurzem noch gewesen war, und ich war mir nicht sicher, ob ich mich über diese neue Freiheit freuen oder umgehend in eine schwere Depression verfallen sollte.

Hella hatte sich endlich entschlossen, mein Angebot anzunehmen. Wir hatten uns auf einen Kaufpreis geeinigt, den wir beide als fair empfanden. Mit Ende des Jahres würde ich ihr die Agentur übergeben und nur noch als Beraterin zur Verfügung stehen, falls sie mich brauchte.

Ich dachte viel darüber nach, was ich als Nächstes tun wollte. Beim Gedanken, dass ich gewissermaßen bei null anfangen und mir ein völlig neues Leben aufbauen müsste, befiel mich in einem Moment Euphorie, im nächsten blanke Panik. Meine bessere Hälfte ließ es sich nicht nehmen, ihren Kommentar dazu abzugeben.

»Was willst du denn? Andere wären froh, wenn sie in deiner Situation wären!«

»Welche anderen?«

»Na, solche, die auf der Straße leben. Oder ganz schlimm krank sind.«

»Aha.«

»Nein, im Ernst. Du kannst dich noch mal völlig neu erfinden, das ist doch toll! Wie Madonna, die hat auch jedes Jahr ein neues Image. Und neue Outfits. Und neue Typen.«

»Ich bin aber nicht Madonna.«

»Stimmt.«

»Und was soll ich jetzt bitte mit dem Rest meines Lebens anfangen?«

Sie gab keine Antwort. Ich dachte schon, die Unterhaltung wäre beendet, da hörte ich sie sagen: »Melde dich doch fürs Senioren-Bowling an. Da hast du Bewegung und kommst mit Gleichaltrigen zusammen.«

Die Vorweihnachtsstimmung in der Stadt war nicht dazu angetan, meinen Gemütszustand zu stabilisieren. Einerseits hasste ich die Horden von Kaufwütigen, die mit gierigem Glitzern in den Augen die Geschäfte durchpflügten, und mich quälte der Gedanke, wie viel Sinnvolles man mit den Millionen tun könnte, die alljährlich für überflüssigen Luxus ausgegeben wurden.

Andererseits jaulte die Kitschtante in mir vor Entzücken auf, wenn sie einen verschwenderisch geschmückten Weihnachtsbaum erblickte oder den Duft von Glühwein und Lebkuchen in die Nase bekam. Dann befiel mich die unstillbare Sehnsucht nach einem warmen, gemütlichen Heim, in dem ich, umringt von einer fröhlichen Kinderschar, Plätzchen buk und Weihnachtssterne bastelte.

In Wahrheit war ich unfähig, einen Strohstern unfallfrei zusammenzukleben, und das Backen hatte ich aufgegeben, nachdem sowohl Paul wie Ivan jahrelang genölt hatten, sie würden das süße Zeug nicht mögen. So hatte ich die Kekse immer allein gegessen und jeden Winter drei Kilo zugenommen, die ich mir im Frühjahr mühsam wieder abhungern musste.

Frustriert beschloss ich, Weihnachten dieses Jahr einfach zu ignorieren. Nachdem ich keinerlei Anstalten machte, für entsprechende Stimmung in der Wohnung zu sorgen, kam Hella eines Tages mit einem großen Adventskranz nach Hause.

»Ich brauche das«, erklärte sie und hängte zusätzlich eine Lichterkette über den Küchentisch.

Ich hielt ihr einen flammenden Vortrag über meinen Entschluss zur Konsumverweigerung und den notwendigen Bruch mit überholten Traditionen, war ihr aber insgeheim dankbar. Wenn ich abends allein in der Wohnung saß, zündete ich die Kerzen an.

Paul hatte sein Versprechen gehalten und für mich gekocht. Ohne zu fragen, ob es mir recht sei, hatte er Ivan dazu eingeladen. Wir hatten uns alle Mühe gegeben, und so wurde es ein halbwegs entspannter Abend. Nur zwischendurch hatte mich der Katzenjammer befallen, und ich konnte kaum die Tränen zurückhalten. Mit den beiden zusammenzusitzen und zu wissen, dass es nie mehr wie früher sein würde, brachte mich fast um den Verstand.

Als ich es nicht mehr aushielt, sprang ich auf, lief ins Bad und kam nach einer Weile mit geröteten Augen zurück. Entweder Ivan bemerkte es nicht, oder er tat so, jedenfalls reagierte er nicht. Und Paul war so voller Aufregung und Vorfreude, dass er ohnehin nichts wahrnahm.

»Wisst ihr, dass ich die berühmtesten Tangogitarristen Argentiniens treffen werde?«, sagte er mit blitzenden Augen. »Juans Vater kennt sie alle, und sie machen ihm zuliebe bei dem Onlineprojekt mit.«

»Wo kommst du dort eigentlich unter?«, wollte Ivan wissen.

»Erst mal bei Juan.«

»In welchem Teil von Buenos Aires ist das?«, fragte ich.

Leider hatte ich die Sicherheitshinweise des Auswärtigen Amtes für Buenos Aires gelesen – ein großer Fehler.

»San Telmo«, erwiderte Paul.

»Das ist ein ziemlich sicheres Viertel«, sagte ich. »Aber ein paar Straßenzüge weiter südlich solltest du nicht alleine rumlaufen.«

»Das wird Juan ihm schon alles erklären«, sagte Ivan und nahm sich eine zweite Portion. »Großartig, deine Lasagne«, lobte er den Koch.

Am nächsten Tag räumten wir zu dritt Pauls WG-Zimmer aus und brachten die Sachen in meine Wohnung. Nun stand alles auf dem Flur herum und erinnerte mich daran, dass mein Sohn bald weg sein würde. Wenigstens hatte er mein Angebot angenommen, die letzten Tage bis zum Abflug zu Hause zu wohnen. Hella war schon bei ihren Eltern.

Ich überschüttete ihn mit mütterlicher Zuwendung und Fürsorge, als müsste ich ihn auf Vorrat damit anfüllen. Täglich kochte ich ihm seine bevorzugten Mahlzeiten, kaufte Dinge, von denen ich annahm, er könnte sie brauchen, und schrieb an einem Abschiedsbrief, den ich ihm mitgeben wollte.

Wenn mich von Neuem die Angst überkam, gab ich all die Warnungen an ihn weiter, die ich gelesen hatte.

»Die größte Gefahr sind Diebe! Die stehlen dir dein Geld aus der geschlossenen Tasche!«

»Ich weiß, Mom.«

»Und steig nie in ein Taxi, das du nicht vorbestellt hast, da wirst du entführt und ermordet!«

»Ich habe kein Geld für Taxis. Ich werde Bus fahren.«

»Und iss bitte nichts, was man auf der Straße kaufen kann. Und nichts, was nicht gekocht ist. Oder nicht geschält. Cook it, boil it, peel it, or forget it!«

»Ist gut, Mom.«

»Bist du eigentlich gegen Hepatitis A und B geimpft?«

»Ja, Mom.«

Ich wusste, dass ich ihm auf die Nerven ging, und ich hasste mich dafür. Jeder Ratschlag, den ich ihm gab, würde dazu führen, dass er eher leichtsinniger als vorsichtiger wurde, schließlich musste er mir beweisen, dass ich unrecht hatte. Aber ich konnte nichts dagegen tun. Mein mütterlicher Instinkt war stärker als jede Vernunft.

Am Morgen des 24. Dezembers, des Tags von Pauls Abreise, wachte ich früh auf. Als ich in der Küche das Radio einschaltete, ertönte daraus »Süßer die Glocken nie klingen«. Ich machte die Kaffeemaschine an und deckte den Frühstückstisch, dann ging ich in Pauls Zimmer, um ihn zu wecken. Er lag auf dem Bauch, quer über die Matratze ausgestreckt. Ich setzte mich auf die Bettkante und strich ihm über den Kopf. Schon wieder hätte ich fast geheult. Warum tat es nur so weh, sein Kind in die Welt zu entlassen? Ich hätte ein zweites bekommen sollen, das wäre jetzt mitten in der Pubertät und würde mir die sentimentalen Gedanken austreiben.

»Paul, aufwachen«, sagte ich und rüttelte ihn sanft an der Schulter.

Er brummte etwas, drehte sich um und blinzelte mich verschlafen an.

»Danke, Mom.«

Als ich mir sicher war, dass er nicht wieder einschlafen würde, verließ ich das Zimmer. Wenig später kam er in die Küche und griff dankbar nach der Kaffeetasse, die ich ihm reichte. Nach einem schnellen Frühstück, bei dem ich kaum einen Bissen hinunterbekam, schwang Paul sich seinen Travellerrucksack auf den Rücken, und wir verließen die Wohnung.

Am Flughafen erwartete uns Ivan. Wir begrüßten uns mit Küssen auf die Wange, aber die Stimmung blieb gedämpft. Unser beider Aufmerksamkeit war auf unseren Sohn gerichtet, jeder versuchte, die letzten Minuten mit ihm so intensiv wie möglich zu erleben.

Nach dem Check-in blieb noch eine halbe Stunde Zeit, die wir in einem Café verbrachten. Keiner wusste so recht, was er sagen sollte, nur ich hatte noch ein paar Ermahnungen auf Lager, die ich unbedingt loswerden musste.

»Vergiss nicht, dir gleich nach der Ankunft eine Prepaidkarte zu kaufen und uns die Nummer zu schicken!«

»Ja, Mom.«

»Hast du eigentlich eine Kreditkarte, falls die EC-Karte gestohlen wird?«

»Ja, hab ich.«

»Holt dich jemand vom Flughafen ab?«

»Nein, ich nehme den Bus.«

»Pass aber auf, okay? Du weißt ja …«

»Die Taschendiebe, ich weiß.«

Ich war Paul dankbar für seine Gelassenheit und zählte die Minuten bis zum Abschied. Als es so weit war, kramte er in seiner Umhängetasche und zog etwas heraus. »Ich hab hier noch was für euch.«

Einen Moment schien er unsicher zu sein, wem er es geben sollte, dann reichte er es mir. Ich packte es aus, es war eine CD. Ich drehte sie um und blickte aufs Cover. Pauls Band war darauf abgebildet. Es war keine selbst gebrannte CD, sondern eine, die man im Geschäft kaufte, in Folie eingeschweißt und mit Strichcode. *Some Songs* war der Titel.

»Das ist die Platte, die wir aufgenommen haben«, erklärte Paul. »Sie ist gerade erschienen.«

»Wow«, sagte ich verblüfft. »So richtig mit Plattenfirma, Vertrieb, Werbung und allem?«

Paul nickte, der Stolz war ihm anzumerken.

»Zeig her«, bat Ivan, und ich reichte ihm die CD. Die unausgesprochene Frage, warum Paul nicht eine für jeden von uns mitgebracht hatte, stand im Raum. Wir alle kannten die Antwort.

»Toll«, sagte Ivan und knuffte Paul spielerisch. »Herzlichen Glückwunsch!«

Paul griff noch einmal in seine Tasche und zog ein Stück Papier heraus, das er Ivan hinhielt. »Und hier ist noch was.«

Ivan nahm das Blatt, ich blickte neugierig von der Seite darauf. Es war ein Kontoauszug. Fragend sah ich zu Paul.

»Das ist das Kindergeldkonto«, erklärte er. »Wie ihr seht, sind schon wieder fast zweitausend Euro drauf. Ich habe alles, was ich in letzter Zeit mit der Band verdient habe, gespart und auf das Konto zurückgezahlt.«

Mir schossen die Tränen in die Augen. Ich beugte mich zu ihm und zog ihn an mich. Endlich war er wieder da, mein Paul. Mein Sohn. Nicht mehr der ferngesteuerte, verliebte Idiot, der sich ausnutzen ließ und nicht davor zurückschreckte, seine Eltern zu betrügen. Ein Gefühl großer Dankbarkeit breitete sich in mir aus.

Ivan umarmte Paul und klopfte ihm nur stumm auf die Schulter.

Wir gingen, unseren Sohn zwischen uns, gemeinsam zur Sicherheitskontrolle und verabschiedeten uns. Ich steckte Paul meinen Abschiedsbrief zu. Als er durch die Schleuse durch war und uns noch einmal zugewinkt hatte, blickten wir ihm schweigend nach, bis er außer Sicht war. Dann drehten wir uns gleichzeitig um und standen einander gegenüber. Wir wussten beide nicht, was wir sagen sollten.

»Hoffentlich passiert ihm nichts«, sagte ich schließlich und blickte zu Boden.

»Hör auf, dir immer Sorgen zu machen.«

»Ich mache mir keine Sorgen, ich hoffe nur, dass ihm nichts passiert«, sagte ich.

Ich spürte, dass Ivan im Begriff war, etwas zu erwidern, es dann aber bleiben ließ.

»Ja, also …«, begann er und brach ab. »Bist du mit dem Auto hier?«

Ich schüttelte den Kopf.

Er setzte sich in Bewegung. »Soll ich dich in die Stadt mitnehmen?«

»Danke, ich muss ins Büro. Ich fahre mit der S-Bahn, das geht schneller.«

»Wie du meinst.«

Nach einigen Metern trennten sich unsere Wege, ich musste rechts zum S-Bahnhof, er links zum Parkhaus.

»Also dann.« Ivan blieb stehen und sah mich an, als erwartete er, dass ich noch etwas sagte. Aber was hätte ich sagen sollen? Ich spürte, wenn ich noch eine Sekunde länger stehen bliebe, seinen Blick auf mir, würde ich in Tränen ausbrechen.

»Mach's gut«, sagte ich, hob die Hand zu einem unverbindlichen Gruß und ging weg, so schnell ich konnte.

Ich war fest entschlossen, mich nicht hängen zu lassen. Als ich im Büro angekommen war, legte ich die CD von Paul ein. Es waren schnelle, leichte Stücke drauf, aber auch Balladen und eher anspruchsvolle Songs. Insgesamt wirkte die Platte professionell und wie aus einem Guss. Ich war so stolz auf meinen Sohn, der nicht nur Gitarre spielen und singen, sondern auch komponieren konnte.

Ich überlegte, ob ich gleich ein Exemplar für Ivan brennen sollte, dann beschloss ich, dass das noch Zeit hätte. Wenn es Pauls Wunsch gewesen wäre, dass wir beide eine CD haben sollten, hätte er uns zwei geschenkt. Aber insgeheim wünschte er sich wohl, wir würden sie zusammen hören. Dass es dazu kommen könnte, wagte ich allerdings zu bezweifeln.

Ich warf einen Blick aus dem Fenster, draußen hatte es angefangen zu schneien. Ich versuchte, nicht daran zu denken, dass Weihnachten war. Ich räumte das Büro auf und packte meine persönlichen Sachen zusammen, aber immer wieder schob sich die Erinnerung an mein erstes Weihnachtsfest mit Ivan vor mehr als zwanzig Jahren dazwischen. Da hatte es um die gleiche Zeit zu schneien begonnen.

Damals waren wir mit Jacob, dem Jungen mit Downsyndrom aus dem Kinderheim, im Puppentheater gewesen, abends hatte Ivan mich zu sich nach Hause eingeladen und gekocht. Blattsalate mit pochiertem Lachs, Rehrücken mit Spätzle und Bayerische Creme mit Himbeeren. Ich erinnerte mich an jede Einzelheit, weil ich von seinen Kochkünsten so beeindruckt gewesen war.

Danach hatten wir in Gesellschaft von Blue, der damals noch lebte, vor dem Kamin gesessen. Ich hatte Blue Hundekuchen geschenkt und Ivan eine Flasche Grappa und einen Fotoband. Als wäre es gestern gewesen, sah ich ihn vor mir, wie er das Buch öffnete und auf ein Foto stieß, das er Jahre zuvor in einer Ausstellung gesehen und das ihm als Inspiration für sein Bild »Unterwegs in unwegsames Gelände« gedient hatte – dem Bild, das noch heute in unserem Wohnzimmer hing. Ohne davon etwas zu ahnen, hatte ich ein Buch jenes Fotografen ausgewählt, der dieses Foto gemacht hatte.

Verdammt, ich wurde so was von wehmütig, dass es nicht auszuhalten war!

Ich stand auf, ging in die kleine Teeküche und untersuchte den Inhalt des Kühlschranks. Ich fand einen Rest Campari und ein Piccolofläschchen Sekt, das ich mal als Werbegeschenk bekommen hatte, mischte beides in einem Glas und ging zurück an den Schreibtisch. Kaum saß ich wieder, ging der Erinnerungsfilm weiter.

Ivan und ich hatten an diesem Abend keinen Sex gehabt – für mich ein untrügliches Zeichen, dass es was Ernstes war. Irgendwann schlief ich ein und erwachte am nächsten Morgen auf dem Sofa, sorgfältig zugedeckt von meinem Gastgeber, der bereits aufgestanden war und Frühstück machte. In dieser Anfangszeit war Ivan sehr liebevoll gewesen, hatte mich umsorgt und verwöhnt. Es war ihm wichtig gewesen, dass es mir gut ging, und er hatte es genossen, wenn ich ihm das Gefühl gab, gebraucht zu werden.

Wann hatte sich das alles verändert? Was hatte uns so weit voneinander entfernt? Wenn ich darüber nachdachte, fielen mir einzelne Gründe ein, die als Erklärung dienen konnten. Aber so richtig verstehen konnte ich es immer noch nicht.

Unglaublich, was sich in den paar Jahren im Agenturbüro angesammelt hatte! Endlich hatte ich die Ordner im Regal fertig durchgesehen und sie in der richtigen Reihenfolge wieder aufgestellt. Nun begann ich, meinen Schreibtisch auszumisten. Uralte Visitenkarten, Kosmetikpröbchen, Reste von Schokoriegeln, vollgekritzelte Notizzettel und andere unnütze Dinge wanderten in den Müll. Ein paar Rechnungen warteten darauf, bezahlt zu werden. Ich ging auf die Website meiner Bank, klickte mich zum Onlinebanking durch und gab die Überweisungen in Auftrag. Nun standen noch die Fotos von Ivan und Paul da. Ich nahm sie einzeln in die Hand, betrachtete sie und legte sie in

den Karton, in dem ich alles sammelte, was ich nach Hause mitnehmen würde.

Dann lehnte ich mich zurück und nahm einen weiteren
Schluck von meinem Drink. Allmählich spürte ich den Alkohol,
mein Kopf fühlte sich wattig und leicht an.

Ich kam mir vor wie eine dieser Angestellten im Film, die
etwas Kriminelles getan hatten, denen gekündigt worden war
und die nun ihr Büro ausräumen mussten. Meistens weinten
die Darsteller in dieser Szene, und an der offenen Tür gingen
andere Angestellte vorbei und warfen missbilligende Blicke auf
ihre Kollegen.

Ich fühlte mich schuldig, obwohl ich nichts Böses getan
hatte. Kein Büromaterial gestohlen, kein Geld unterschlagen,
nicht mit einem minderjährigen Praktikanten gevögelt. Vielleicht
kam das Schuldgefühl daher, dass ich so vermessen war, einfach
meinen sicheren Arbeitsplatz aufzugeben, in Zeiten wirtschaft-
licher Unsicherheit und in einem Alter, in dem man als Frau in
jeder Hinsicht schwer vermittelbar war.

Plötzlich kam mir ein Gedanke. Ich rief am Computer die
Vermittlungsstatistik der Agentur für die letzten Jahre auf, um
die Erfolgsquote bei Frauen über fünfzig zu überprüfen. Ich
wollte schwarz auf weiß sehen, ob ich statistisch gesehen noch
eine Chance auf Liebesglück hatte oder mich lieber gleich der
Einsamkeit und dem Alkohol ergeben sollte.

Bevor ich aber das Ergebnis errechnete, schloss ich mit mir
selbst eine Wette ab. Ich war mir sicher, dass wir höchstens jede
fünfte Bewerberin hatten vermitteln können, also 20 Prozent.

Ich zählte und rechnete, bis das Resultat feststand. Es fiel
deutlich besser aus, als ich angenommen hatte: Knapp 30 Prozent, also fast jede dritte Frau, hatten nach drei bis sechs Monaten einen Mann gefunden, mit dem sich eine Perspektive für

eine längerfristige Beziehung abzeichnete. Nach einem Jahr hatte sich die Quote sogar auf fast 40 Prozent erhöht.

Ich sah mir die Ergebnisse genauer an und stellte fest, dass die Erfolgsquote sich seit Hellas Einstieg fast verdoppelt hatte. In der kurzen Zeit hatte sie eine Reihe von Altfällen abschließen können und einige Neuzugänge in Rekordgeschwindigkeit an den Mann gebracht.

Ich war mehr als überrascht. Nicht nur, dass ich in ihr ganz offensichtlich die ideale Nachfolgerin für meine Firma gefunden hatte, auch meine persönlichen Perspektiven schienen weit aussichtsreicher zu sein, als ich befürchtet hatte. Ich könnte ja als Agenturchefin gehen und als Kundin wiederkommen!

Ich kippte die Reste aus den Flaschen zusammen und leerte mein Glas. Jetzt hatte ich richtig einen sitzen, und endlich ging's mir besser. Die Traurigkeit war einer leichtsinnigen Heiterkeit gewichen, ich suchte im Radio, bis ich einen Sender mit kitschigen amerikanischen Schlagern gefunden hatte, und grölte laut zu »Last Christmas« und »Love Is All Around Me«.

Mein Magen hing durch, ich musste unbedingt was essen. Die Nummer des Pizzaservice hing groß an der Wand, ich rief an und bestellte eine Capricciosa, eine doppelte Portion Tiramisu und eine Flasche Prosecco.

Der Alkohol hatte gewisse Blockaden in meinem Gehirn gelöst, ich ertappte mich bei Überlegungen, die ich mir bisher nicht erlaubt hatte.

Was wäre eigentlich, wenn ich mir keinen neuen Job suchen und keine weitere Firma gründen würde? Sondern stattdessen mit einer Ausbildung oder einem Studium beginnen würde?

Der Gedanke elektrisierte mich, und ich spürte plötzlich die unbändige Lust, etwas Neues zu lernen. Seit meinem Studium

und der Ausbildung zur Marketing- und Public-Relations-Fach-
frau hatte ich außer einem Englischkurs nichts mehr gemacht,
bei dem ich neue Fertigkeiten erworben hätte. Höchste Zeit,
dass etwas dazukam!

Ich gab alle möglichen Begriffe von »Zweitausbildung« über
»Erwachsenenbildung« bis »Seniorenstudium« ein und surfte eine
Weile im Internet herum, ohne genau zu wissen, was ich suchte.
Dann ließ ich es bleiben und versuchte, in mich hineinzuhor-
chen. Was interessierte mich? Wofür hatte ich Talent? Was wollte
ich wirklich?

Ich ließ das vergangene Jahr Revue passieren, in dem ich –
neben meinen eigenen Eheproblemen – hauptsächlich mit einem
beschäftigt gewesen war: dem Beziehungschaos anderer Leute.
Ich hatte meinen Freunden und Freundinnen zugehört, ich
hatte meinen Klienten zugehört und – sofern er sich dazu her-
abgelassen hatte zu sprechen – meinem Sohn. Ich hatte gute
Ratschläge verteilt und war mir dabei ziemlich verwegen vorgekommen, weil mein eigenes Beziehungsleben nicht gerade
der Beweis dafür war, dass ich die Sache im Griff hatte. Deshalb
hatte ich damit begonnen, Bücher zum Thema zu lesen, mehr
und mehr auch Fachliteratur. Es hatte mich immer schon interessiert, wie Paare zusammenfanden und warum sie zusammenblieben – auch deshalb hatte ich eine Vermittlungsagentur
gegründet. Es musste einen folgerichtigen nächsten Schritt für
mich geben, das spürte ich genau. Und plötzlich wurde mir klar,
welcher es war: eine Ausbildung zur Paartherapeutin!

Als ich die Stichworte in die Suchmaschine eingab, erhielt
ich eine Fülle von Informationen und Ausbildungsangeboten,
viele davon in meiner Umgebung. Es gab Ausbildungen in unterschiedlicher Länge und mit unterschiedlichen Schwerpunk-
ten. Die Aufnahmebedingungen variierten, aber mit einem

abgeschlossenen Studium und mehreren Jahren Erfahrung als Partnervermittlerin hätte ich gute Voraussetzungen.

Ich war aufgeregt und begeistert von meiner Idee, klickte herum, suchte, las und vergaß dabei völlig die Zeit. Erst als es an der Tür klingelte, kehrte ich in die Wirklichkeit zurück.

Ich nahm mein Mittagessen und den Prosecco entgegen und machte es mir in der Besucherecke gemütlich. Während ich genüsslich die Pizza verspeiste und an meinem Glas nippte, erinnerte ich mich an die vielen Gespräche, die ich hier geführt hatte. Was wohl aus meinen Klienten geworden war? Wie viele waren noch glücklich in ihren Beziehungen, wie viele hatten sich bereits wieder getrennt? Und wie viele waren auf der Suche nach Hilfe und Beratung, die ich ihnen vielleicht bald würde anbieten können?

Ich schaffte drei Viertel der Pizza und eine Portion Tiramisu, dann gab ich auf.

Mit einem doppelten Espresso ging ich zurück an meinen Schreibtisch.

Nun blieb nur noch die Frage zu klären, wie ich die nächsten Tage und Wochen hinter mich bringen sollte, bis das ganze Weihnachts- und Jahreswechselgedöns vorbei sein würde. Die ganze Zeit hatte ich mich davor gedrückt, etwas zu planen in der absurden Hoffnung, es würde sich schon etwas ergeben. Natürlich hatte sich nichts ergeben, und die wohl einsamsten Tage meines Lebens lagen vor mir.

Zum x-ten Mal nahm ich die Hochzeitseinladung von Elvira und Kajetan zur Hand.

Australien … Ich öffnete die Seite eines Reiseportals und tippte bei »Billigflüge« den Suchauftrag für die Verbindung München – Sydney ein. Als Datum für den Hinflug gab ich den übernächsten Tag ein, für den Rückflug den 25. Januar. Ich machte mir nicht viele Hoffnungen, schließlich war jetzt Hauptsaison für Australien. Zu meiner Überraschung gab es einige Angebote für unter tausend Euro! Offenbar Restflüge, die von den Veranstaltern günstig angeboten wurden.

Die Proseccoflasche war bereits halb leer, und ich wurde immer übermütiger. Nach dem Verkauf meiner Agentur lag auf meinem Konto ein ordentlicher Betrag. Natürlich sollte dieses Geld dazu dienen, mein neues Leben zu finanzieren. Ich würde in eine andere Wohnung ziehen müssen, und wenn ich tatsächlich eine Ausbildung machen wollte, würde das einiges an Kosten verursachen. Aber wieso konnte ich nicht beschließen, dass mein neues Leben mit einer Australienreise beginnen sollte?

Es klingelte, ich sah erstaunt auf. Außer der Pizza hatte ich nichts bestellt.

Ich stand auf und ging leicht torkelnd zur Tür. Junge, das haute vielleicht rein, wenn man schon mitten am Tag zu saufen anfing!

Ich riss die Tür auf – und war schlagartig nüchtern. Davor stand Ivan.

»Was willst du denn hier?«, fragte ich.

»Kann ich reinkommen?«

»Bitte sehr«, sagte ich und ging, nur noch leicht schwankend, einen Schritt zur Seite. Er trat über die Schwelle und blieb unschlüssig stehen.

»Also, was ist los?«, fragte ich.

Ivan zögerte und rang nach Worten. Dann blickte er mir in die Augen und sagte: »Ich suche nach einer Partnerin. Hältst du mich für vermittelbar?«

Ich starrte ihn verblüfft an. »Das meinst du jetzt nicht ernst.«

»Klar meine ich es ernst«, erwiderte er. »Ich habe allerdings sehr genaue Vorstellungen von meiner Idealpartnerin.«

»Ach ja?«

»Mit jungen Dingern kann ich nichts anfangen, ich bevorzuge Frauen meines Alters. Weiterhin stehe ich nicht auf blond, und ich mag auch keine zu mageren Frauen. Ich mag Frauen, die ihren eigenen Kopf haben. Ich liebe es, bei der Arbeit gestört und mit Aufträgen im Haushalt überschüttet zu werden. Ich diskutiere gern alles stundenlang aus und befasse mich begeistert mit den paranoiden Vorstellungen meiner Partnerin, die immer das Schlimmstmögliche kommen sieht. Und eigentlich finde ich es auch toll, wenn andere Männer meine Frau begehrenswert finden, sofern sie nicht jedem sofort ihre Telefonnummer gibt.«

Ich stand da und brauchte einen Moment, um zu verdauen, was ich gerade gehört hatte. Schließlich fasste ich mich und beschloss, auf das Spiel einzusteigen. In betont professionellem Tonfall sagte ich: »Na, dann schauen wir doch mal, ob ich etwas für dich tun kann.«

Ich drehte mich um und wollte voraus ins Büro gehen, da griff Ivan nach meiner Hand, zog mich an sich und küsste mich. Ich spürte einen leichten Schwindel und wusste nicht, ob er vom Prosecco kam oder von dem überraschenden Besuch.

Nach einer langen Weile löste ich mich von ihm, sah ihn an und sagte: »Ich will, dass du etwas für mich tust.«

Er verdrehte die Augen. »War klar. Ist ein Wasserhahn undicht?«

Ich lachte. »Nein, das nicht. Ich glaube nur, dass wir nicht da anknüpfen können, wo wir aufgehört haben. Es muss sich eine Menge ändern.«

Er nickte zustimmend. »Womit fangen wir an?«

»Damit.« Ich zog ihn in mein Büro, setzte mich an den Schreibtisch und bedeutete ihm, auf dem Stuhl davor Platz zu nehmen.

»Was hast du in nächster Zeit so vor?«, fragte ich.

»Vier Wochen Urlaub«, erwiderte er und streckte sich aufatmend. »Die Bilder sind fertig.«

Das traf sich gut. Ich tippte auf der Tastatur herum, dann hob ich den Blick. »Würdest du etwas mit mir unternehmen, ohne zu wissen, was es ist?«

Ivan seufzte ergeben. »Hatte ich vorhin nicht erwähnt, dass ich es liebe, von den Planungen meiner Partnerin überrollt zu werden, ohne auch nur die Gelegenheit zu bekommen, meine Meinung zu sagen?«

Mein Zeigefinger schwebte über der Tastatur. »Letzte Chance«, sagte ich und sah ihn herausfordernd an.

»Wohin du gehst, da will auch ich hingehen«, zitierte er.

Mein Finger sauste herab. München – Sydney. Vier Wochen. Zwei Passagiere.

SIEBEN MONATE SPÄTER

Ein lauer Sommerwind, der vom See herüberwehte, bauschte die Röcke des Hochzeitspaares und der Festgäste. Nur wenige Meter von der Stelle entfernt, wo ich im Jahr zuvor ins Wasser gefallen war, feierten wir die Hochzeit von Katja und Nathalie. Die Eintragung ihrer Lebenspartnerschaft hatte am Vormittag stattgefunden, nun sollte mit einer Feier im Familien- und Freundeskreis ihr Bund besiegelt werden. Sogar Paul, der jeden Moment in München landen müsste, würde vom Flughafen direkt hierherkommen.

Die Bistrotische für den Sektempfang standen im Gras ganz nah am Ufer, Kellner gingen herum und reichten Häppchen. Hingetupft wie auf einem impressionistischen Gemälde, leuchteten die Farben der sommerlich gekleideten Gäste vor dem Grün der Wiese und dem Blau des Himmels.

Im Schatten eines Baums stand ein Kinderwagen, aus dem zarte Babylaute drangen. Nathalie unterbrach ihr Gespräch und blickte in die Richtung ihrer Tochter, ich stand direkt daneben und bedeutete ihr, dass ich mich kümmern würde. Sie lächelte mir zu.

Ich beugte mich über den Wagen und betrachtete gerührt

das kleine Mädchen, das mit seinen Fäusten in der Luft ruderte und sein Mündchen verzog. Mit dem Schnuller, der heruntergefallen war, kitzelte ich die Kleine an der Wange. Sie drehte den Kopf und schnappte gierig danach. Zufrieden nuckelnd schlief sie wieder ein.

Ihre Mütter hatten sie auf den Namen Corinne getauft, nach mir, ihrer Patentante. Ich hatte den Namen Corinna nicht gemocht, deshalb hatte ich mich schon früh Cora genannt, aber französisch ausgesprochen klang er viel schöner, und natürlich war ich sehr stolz.

Ich schaukelte den Kinderwagen sanft hin und her und ließ meinen Blick über die Anwesenden schweifen. Arne überquerte mit zwei Gläsern in der Hand die Wiese und sah lächelnd zu mir rüber. Ich machte zwei Schritte, die Hand in der Hüfte, affektiert mit dem Hintern wackelnd, so wie er mir damals Huberts Lover vorgespielt hatte. Dann zog ich ein fragendes Gesicht. Arne ließ die beiden Sektgläser miteinander anstoßen und hob einen Daumen, der mir »alles okay« sagte. Ich sah ihm nach, bis er bei Hubert angekommen war, ihm erst das Glas reichte und dann einen Kuss gab.

Neben den beiden standen Hella und Werner sowie Uli, die etwas verloren wirkte. Immer wieder warf sie verstohlene Blicke in die Richtung des Tisches, an dem Thomas und Mira standen und turtelten. Die beiden waren so offenkundig vernarrt ineinander, dass Uli mir leidtat.

Als Katja sich bei ihr erkundigt hatte, ob sie Mira zur Hochzeit einladen dürfe, hatte Uli Größe gezeigt. »Was soll ich sagen? Prickelnd finde ich es nicht, aber ich werde mich sowieso daran gewöhnen müssen, die beiden zusammen zu sehen, also fange ich am besten gleich damit an.«

Ich wusste, welche Überwindung sie das alles kostete. Schlimm genug, wenn man nach einer Trennung allein blieb, während der Partner frisch verliebt war. Noch schlimmer, wenn man selbst es war, der die Trennung herbeigeführt hatte. Sie konnte noch nicht mal auf Mitgefühl hoffen. An einem Tag wie diesem musste es besonders schwer für sie sein. Rundum nur Paare, und sie als Single mittendrin. Aber sie hatte es so gewollt, und wie sie selbst sagte: »Das Glück einer Frau hängt nicht allein am Mann.« Ich hoffte, dass sie ihren Weg zum Glück finden würde, mit oder ohne männliche Begleitung.

Auch Ivan und ich waren noch auf diesem Weg. Unsere spontane Australienreise, die so euphorisch begonnen hatte, war alles andere als einfach gewesen.

Nachdem wir mit Elvira und Kajetan in Sydney Hochzeit gefeiert hatten, waren wir mit einem geliehenen Wohnmobil losgefahren. Endlose Autofahrten, einsame Natur, Nächte im Outback, weit weg von jeder Zivilisation, hatten uns auf uns selbst zurückgeworfen. Wir hatten unsere Probleme nicht einfach zu Hause gelassen, wir trugen sie mit uns im Gepäck. Aber hier konnte keiner von uns weglaufen, wir waren gezwungen, uns damit auseinanderzusetzen. Und es kam alles auf den Tisch.

Wir hatten heftige Diskussionen, erbitterte Streits, leidenschaftliche Versöhnungen und Phasen des Schweigens. Zwischendurch war ich mir nicht sicher, ob wir überhaupt zusammenbleiben würden. Aber am Ende der vier Wochen, als wir gleichermaßen erfüllt und erschöpft ins Flugzeug stiegen, hatten wir beide die Hoffnung, es schaffen zu können. Auf jeden Fall wussten wir, dass wir es schaffen wollten.

Ich sah auf die Uhr. Leider hatten meine Freundinnen mich nicht nur zur Patentante, sondern auch zur Festrednerin erkoren, und allmählich wurde ich nervös. So ungezwungen ich im kleinen Kreis drauflosplaudern konnte, so schwer fiel es mir vor Publikum.

Aber wie hatte Thomas gesagt? »Nur was uns schwerfällt, bringt uns weiter.«

Diese Rede würde mich bestimmt enorm weiterbringen.

Katja und Nathalie gingen herum und forderten die Gäste auf, Platz zu nehmen. Direkt am Seeufer, unter einem weißen Baldachin, waren Stühle und ein Rednerpult aufgebaut. Als alle saßen, warf Katja mir ein aufforderndes Lächeln zu. Ich zog mein Manuskript und die Lesebrille aus der Handtasche und trat ans Pult. Ein Kellner stellte mir ein Glas Wasser hin, ich räusperte mich, versuchte, mein wild klopfendes Herz zu ignorieren, und blickte auf die Hochzeitsgäste, die in gespannter Erwartung dasaßen.

»Liebes Brautpaar, liebe Familienmitglieder, Freunde und Kollegen, ich begrüße euch alle sehr herzlich! Dass wir heute hier zusammen feiern, ist alles andere als selbstverständlich, denn bis vor wenigen Jahren war es nicht möglich, dass zwei Liebende gleichen Geschlechts sich durch einen offiziellen Akt zueinander bekennen konnten. Heute ist es möglich, und das ist gut so! Schließlich sollen alle Menschen das gleiche Recht haben, in ihr Unglück zu rennen.«

Verblüfftes Murmeln, einzelne Lacher.

»Ihr lacht«, fuhr ich fort. »Aber fast jede zweite Ehe geht – nach einer Durchschnittsdauer von rund vierzehn Jahren – auseinander. Das wirkt auf den ersten Blick nicht gerade wie ein Erfolgsmodell. Aber das ist nur die eine Seite der Medaille. Die andere ist, dass sich in einer Zeit, in der wir sämtliche Freiheiten genießen und niemand mehr gezwungen ist – sei es aus religiösen, gesellschaftlichen oder wirtschaftlichen Gründen – zu heiraten, immer noch erstaunlich viele Menschen dafür entscheiden. Warum ist das so? Weil es Spaß macht, sich morgens um die Zeitung zu streiten? Weil man jemanden braucht, der einem am Strand den Rücken einschmiert? Weil man gemeinsam die Probleme besser löst, die man allein gar nicht hätte? Nein. Menschen heiraten oder verpartnern sich, weil sie ein Bedürfnis nach Verbindlichkeit haben, weil sie Verantwortung übernehmen und sich bekennen wollen.«

Zustimmendes Nicken und Murmeln. Ich fing ein Lächeln von Ivan auf und lächelte zurück.

»Wie die meisten von euch wissen, habe ich mehrere Jahre eine Partnervermittlung geleitet, und ich glaube, einiges darüber zu wissen, was Menschen zusammenführt und zusammenhält. Vor allem glaube ich, einiges über die Erwartungen zu wissen, die Menschen an Ehe und Zweisamkeit haben.

Da gab es Männer, die heiraten wollten, weil sie glaubten, damit eine Art Daily-Sex-Abonnement abzuschließen. Es gab Frauen, die vom Märchenprinzen mit Sportwagen, schicker Villa und Heiratsantrag mit Brilli träumten und glaubten, aufgespritzte Lippen und neue Brüste würden ihre Chancen erhöhen. Ich hatte Klienten, die ihrer Angebeteten täglich Liebesgedichte schrieben, und solche, die der Meinung waren, ein übers Internet verschickter Blumenstrauß als Verlobungsgeschenk sei ausreichend. Ich hoffe, sie alle haben ihr Glück gefunden oder das, was sie dafür halten.«

Nun wandte ich mich direkt an das Brautpaar.

»Ich war auch schon auf vielen Hochzeiten. Bei wenigen war ich mir so sicher, dass die Beteiligten die richtige Wahl getroffen haben, wie heute bei euch beiden, Katja und Nathalie. Ihr rennt nicht leichtsinnig ins Abenteuer Ehe, weil ihr Hormone mit Gefühlen verwechselt. Ihr erwartet nicht, dass die andere euch ein komfortables Leben bietet, ihr unterliegt nicht dem Trugschluss, dass mit der Eheschließung die garantierte Glückseligkeit ihren Anfang nimmt. Ihr seid zwei Frauen mit Lebens- und

Liebeserfahrung, ihr habt Scharten auf der Seele, aber ihr habt euch eure Liebesfähigkeit bewahrt. Ihr wollt euch zueinander bekennen, obwohl – oder gerade weil – es immer noch Menschen gibt, die euch keine Wohnung vermieten würden, weil sie eure Liebe für unnatürlich oder sündig halten.«

Katja und Nathalie tauschten einen Blick. Ich nahm einen Schluck Wasser, dann fasste ich, wie es sich für eine Hochzeitsansprache gehörte, einige biografische Fakten zusammen. Ich erzählte, aus welchen Familien die beiden stammten, welchen beruflichen Werdegang sie genommen und wie sie sich kennengelernt hatten. Dann schilderte ich, wie Katja mich ins Tanztheater mitgenommen hatte, um mir ihre neue Liebe zu zeigen, und ich zuerst gedacht hatte, sie meine den schwulen Tänzer. Das Publikum kicherte.

Ich beschrieb, wie überrascht und verunsichert ich zunächst gewesen sei, wie mich Nathalies Liebreiz und Charme aber in kürzester Zeit überwältigt hätten und ich verstanden hätte, warum Katja sich in sie verliebt habe.

An dieser Stelle beobachtete ich, wie Katjas Augen feucht wurden.

Augenzwinkernd behauptete ich, ich hätte es geradezu bedauert, Nathalie meiner Freundin nicht einfach ausspannen zu können. Alle lachten.

Ich deutete mit der Hand auf den See und die Umgebung. »Dass wir heute genau an diesem Ort feiern, ist übrigens kein Zufall. Ungefähr vor einem Jahr haben das Brautpaar und ich einen gemeinsamen Bootsausflug gemacht, der damit endete, dass ich mitsamt meinen Klamotten ins Wasser gefallen bin. Da hatten die beiden mir gerade eröffnet, dass sie sich ein Kind wünschen.«

Ich sah, wie Katja und Nathalie sich anspannten. Vielleicht

fürchteten sie, ich könnte im Überschwang gewisse Details aus-
plaudern, die sie – auch den Behörden gegenüber – im Dunkeln
gelassen hatten. Zum Beispiel, wer der Vater des Kindes war.
Aber das hatte ich natürlich nicht vor.

»Wie Sie unschwer erkannt haben, ist der Wunsch der beiden
in Erfüllung gegangen«, fuhr ich fort. »Da drüben, unter dem
Baum, schlummert die kleine Corinne. Ein Kind, das zwei Mütter hat, die es sich sehnlichst gewünscht haben und alles tun
werden, damit es glücklich heranwächst. Ein Kind, das schon
heute von mehr Menschen geliebt und als Teil ihres Lebens betrachtet wird, als viele andere Kinder. Denjenigen, die sich vielleicht fragen mögen, wo genau dieses Kind hergekommen ist,
kann ich die Antwort geben: ›Kinder sind ein Geschenk des
Himmels.‹ Oder, um es mit den Worten meines Sohnes Paul zu
sagen, der als Dreijähriger auf die Frage, wie er eigentlich zu uns
gekommen sei, geantwortet hat: ›Mit dem Flugzeug!‹«

In diesem Moment entdeckte ich jemanden, der von der Straße
her über die Wiese auf uns zukam, einen großen Rucksack auf
dem Rücken. Ein wildes Glücksgefühl erfasste mich.

Ich brachte meine Ansprache zu Ende, wünschte dem Brautpaar alles Gute, und unter dem Applaus der Gäste überreichte
ich Katja und Nathalie mein Geschenk. Es war – in einem wun-
derschönen Silberrahmen – das Foto, das ich damals hier am
See aufgenommen hatte und auf dem die beiden, umstrahlt
vom Glitzern der Sommersonne, so unglaublich glücklich aussahen. Die beiden umarmten mich und bedankten sich unter
Tränen, während die Gäste nicht aufhörten zu applaudieren.

Und dann konnte ich endlich meinen Sohn in die Arme schließen. Ich drückte ihn an mich, dann küsste ich die Narbe auf seiner Stirn, die von der furchtbaren Nacht vor sieben Monaten
zurückgeblieben war.

Plötzlich spürte ich, wie jemand zu uns trat und seine Arme um uns beide legte.

»Hallo, Mom, hallo, Dad«, murmelte Paul.

Gemeinsam hielten wir unseren Sohn fest, bis der genug davon hatte und sich lachend unserer Umarmung entwand. Nun hielten Ivan und ich uns umarmt, unsere Gesichter näherten sich, und wir küssten uns innig.

Sag noch mal einer, das Leben jenseits der fünfzig hielte keine Überraschungen mehr bereit.

ICH BEDANKE MICH BEI

Marianne Gaßner, die mir von der Arbeit einer Partner-Vermittlerin erzählte

Fred Peschke, der mich über die Arbeit von Polizei und Staatsanwaltschaft nach einer Fahrerflucht informierte

meinem Mann Peter Probst, der mir wie immer mit konstruktiver Kritik und guten Ideen zur Seite stand

sowie meinen Freundinnen und all den anderen Frauen, die mich an ihren Gedanken, Gefühlen und Erlebnissen teilhaben ließen

Amelie Fried

»Mit ihrer Mischung aus Spannung, Humor, Erotik und Gefühl schreibt Amelie Fried wunderbare Romane.« *Für Sie*

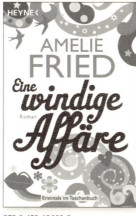

978-3-453-40633-9

Traumfrau mit Nebenwirkungen
978-3-453-41785-4

Eine windige Affäre
978-3-453-40633-9

Immer ist gerade jetzt
978-3-453-40719-0

Die Findelfrau
978-3-453-40550-9

Rosannas Tochter
978-3-453-40467-0

Liebes Leid und Lust
978-3-453-40495-3

Glücksspieler
978-3-453-86414-6

Der Mann von nebenan
978-3-453-40496-0

Am Anfang war der Seitensprung
978-3-453-40497-7

Leseproben unter: **www.heyne.de**

HEYNE ‹